用韓國小孩的方法學俗語慣用語 Korean

前言

啊哈！原來是這個意思！

喔！這時候使用即可！

　　我家有一個要他看點書就嘟嚷說不要；寫日記的時候就抱頭苦思的兒子。兒子開始看電視或上網檢索時，常常問「媽媽，동문서답是什麼意思？」、「媽媽，어림 반 푼어치도 없다是什麼意思？」、「새발의 피為什麼是指一點點的意思？」等，問些令人心煩的問題。「國小五年級了連這個也不知道？」，我壓抑著要給他一記拳頭的心情一一回答，心想如果有能夠教導這些意思的書籍就好了。因此促成寫這本書的契機。

　　這本書簡單說明了我們日常生活中常用的用語、慣用語、俗語或成語。為了要幫助理解，也有標示出該如何使用的例句。這雖然不是感人的故事，或是很神奇想像的故事，但是細嚼用語的意思與由來、語意之間的微妙差異，不知不覺會覺得有趣並增進詞彙能力。

　　來！一想到「詞彙力」，在最近國小教科書中，不只是國語，在社會或科學中也經常有寫作。要寫作，具備多樣與豐富的詞彙力是基本的。如此，才能很明確地表達出自己的想法。詞彙力不足的話會常常感到很痛苦。因為有很多話想要說，但無法很明確地表達自己的意思。真要寫作的話，有很多朋友寫不到三行就嘆氣。有那種情況的朋友們，請把這本書放在身邊，經常閱讀吧。不知不覺地詞彙力會有所增長的。

　　我真心希望讀這本書的朋友會說「啊哈！原來是這個意思！」、「喔！這時候使用就可以了啊！」等感受到理解的樂趣。我要感謝編輯金智慧和朋友惠京。

作者 朴壽美

目錄

請這樣使用這本書！

本書分為
7 大主題與 **92 個小主題**。

感情　關係　心意

狀態、情況　想法　生活　性格

多樣主題
包含與主題相關之多樣表現用法

代表表現
包含經常使用的話·慣用語·俗語·成語等。

喜歡

在表達「좋아하다」的心情時有「꿈인 것 같다」、「눈에 넣어도 아프지 않다」、「사족을 못 쓰겠다」等誇張的表現。

感情

가슴이 방망이질하다　　小鹿亂撞、心臟蹦跳｜內心噗通噗通地跳

代表表現直譯

- 直 心在搗衣、心跳如搗衣
- ▶ 가슴이 두방망이질하다
- 例 그 애를 처음 본 순간 **가슴이 방망이질하여** 고개를 들 수 없었어.
  第一次看到他的瞬間，內心小鹿亂撞，無法抬起頭。

這是以「방망이질」來比喻心跳的表現。

能夠相互替換使用的表現，其意義相同，故不重複解釋。

釋義
有能夠輕易理解的簡潔釋義。

꿈인지 생시인지　是真是假、是不是在作夢｜非常渴望的事實現而無法相信

- 直 是夢境還是實境。
- ▶ 꿈이나 생시냐
- 例 독후감 대회에서 최우수상을 받다니! 이게 **꿈인지 생시인지** 모르겠어!
  在讀書心得比賽中得到優等！我不知道情是夢！

「生時（날·생·때·시）」
指不睡而醒著的時候。說明自己非常渴望的事情實現了，感到幸福歡欣而不知是夢是醒。

簡單有趣的說明文。

例 例句
能夠使用在日常生活的活用例句。

열 번 찍어 아니 넘어가는 나무 없다 (俗語) 精誠所至，金石為開 | 不
管多麼頑固的人，如果多勸幾次的話，也是會改變心意。

- 沒有砍了十次不會倒的樹。
- 열 번 찍어 아니 넘어가는 나무 없다고, 자꾸 이야기하면 같이 가지 않을까?
  俗話說精誠所至，金石為開，如果常常說的話，不會一起去嗎？

不管多麼大的樹，多砍幾次也會砍倒。看起來無法完成的事情，只要多嘗試幾次也
是會成功的。因此道思是用來表達就算多麼固執的人，如果多勸幾次的話，最終
也是能夠回轉他的心意。

우공이산 (成語) 愚公移山 | 不斷努力一定會成功。

- 愚公移山。
- 愚公移山：어리석을 우，어른 공，옮길 이，산 산
- 만리장성은 **우공이산**의 정신으로 이루어낸 인류 최대의 건축물이다.
  萬里長城是以愚公移山的精神完成之人類最偉大的建築物。

「우공이산」是愚公移了山之意。聽說從前有個叫愚公的老人，為了要在擋在家門
前的山上開一條路，就與家人一起挖山的土。雖然大家都嘲笑他很愚笨，但是愚公
說：「如果兒子、孫子也不間斷地挖的話，終究不是會出現道路的嗎？」並始終沒
有放棄。最後愚公的努力與精誠感動上天，上天就幫他把山移了。這是由此故事衍
生而來的成語，表示努力不斷做某事，終究是會成功之意。

╌╌○ 漢字韓文解釋

俗語、成語
以標示 俗語、成語 來區分
俗語和成語。還能夠確認
俗語、成語的有趣由來和
語意。

注意！

⚠ 本書的拼寫方法是依照韓國國立國語院的韓語拼寫方法與標準語規定。

⚠ 本書所出現的表現，如不在韓國國立國語院的「標準國語大辭典」中，即
是參考登載在「意義分類韓語慣用語詞典」與「高麗大學韓國語詞典」
中。

⚠ 分寫法依據現行規定，但如有原則規定或是許可規定的情況時，皆儘依原
則。

⚠ 挑選日常生活中經常使用的用語、慣用語、俗語、成語，依主題區分歸納
類似意思的表現，以利活用於寫作上。

⚠ 依照主題別用가나다的順序排列。

⚠ 特定詞彙，即省略「을」、「를」等語助詞也能夠使用的表現，如「**배꼽
을 빼다**」，該助詞用灰色字體標示。

開心的時候、傷心的
時候或煩悶的時候呢？

用來表達
感情
的適合表現

- 喜樂、歡欣
- 喜歡
- 感動
- 傷心、焦慮
- 厭惡、不滿
- 滿足
- 埋怨、不滿
- 平安、安心
- 擔心、不安
- 生氣、憤怒
- 驚嚇
- 畏懼、恐怖

喜樂與歡欣

　　在漢字裡，表示「기쁨」與「즐거움」的漢字有「樂，즐거울 락（樂）」；相對的表「고통」與「괴로움」的漢字有「苦，쓸 고（苦）」。像是「동고동락（同苦同樂）」、「생사고락（生死苦樂）」等成語一般，「苦」與「樂」一起使用，這是因為人生當中，快樂與痛苦是經常在一起的緣故。

깨가 쏟아지다　**相親相愛** | 關係密切，感情很甜蜜地相處。

🈯 芝麻撒落。

🈺 <u>깨가 쏟아지는</u> 모습을 보니 아직도 신혼인가 봐.

看他們相親相愛的模樣，猜想還是新婚。

芝麻與其他穀物不一樣，只要稍微彈一下就會簌簌輕易地掉下來。芝麻如此容易落下，是很開心且愉快的事情對吧？這表現是用來形容感情很好的人們，特別是指新婚生活。

단맛 쓴맛 다 보았다 (俗語)　**嘗盡酸甜苦辣** | 經歷過開心與痛苦。

🈯 甜味與苦味都嘗過。

▶ 쓴맛 단맛 다 보았다 (俗語)

🈺 내가 비록 나이는 어려도 인생의 <u>단맛 쓴맛을</u> 다 보았다.

我年紀雖小，但也嘗盡了人生的酸甜苦辣。

這是以「단맛（甜味）」比喻人生的快樂；以「쓴맛（苦味）」比喻人生的艱難與辛苦。因此這是歷盡人生歡欣與辛酸之意。

배꼽을 빼다　**令人捧腹** | 非常好笑。

🈯 拔肚臍。

▶ 배꼽이 빠지다

🈺 개그맨의 우스운 행동에 <u>배꼽을 뺐다</u>.

人們因搞笑藝人的行動而捧腹大笑。

살판이 나다 　如釋重負、生活改善｜發生好事而鬆一口氣。

🔵 活局生。

▶️ 살판을 만나다

例 일도 잘되고, 우리 가정도 화목하고. 아빠 요즘 **살판나네**!

　　事情順利、我們家庭也和睦。最近爸爸如釋重負！

「살판（翻跟斗）」是以前「광대（演員）」的演技。指在地面上蹦跳或是在空中翻跟斗等，皆是讓人趣味盎然的表演。但是站在「광대（演員）」的立場來看，會是件有風險的表演。技術好的話叫「살판（活局）」；不好，會有危險的叫「죽을판（死局）」。由此表演而來的「살판」一詞，在今天是指有好運而能舒展之意。

신바람이 나다 　興致勃勃、興奮｜到達心情愉快而聳肩跳舞的程度。

🔵 手舞足蹈，興致勃勃。

例 다음 달 여행 갈 생각만 하면 **신바람이 난다**.

　　一想到下個月要去旅行，就感覺心曠神怡。

일희일비 　成語　悲喜交加｜一方面感到開心，一方面感到傷心。

🔵 一喜一悲

🈢 一喜一悲 : 하나 일，기쁠 희，하나 일，슬플 비

例 괜찮아, 시험 문제 하나 더 맞히고 못 맞히는 데에 너무 **일희일비**할 필요 없어.

　　沒必要為考試多對一題少對一題而太高興或傷心。

為在人生中，歡喜與悲傷的事會交替發生。

입이 귀밑까지 찢어지다 　合不攏嘴｜高興得合不了嘴。

🔵 嘴巴裂到耳邊。

例 생일 선물을 발견하고는 **입이 귀밑까지 찢어지는** 우리 엄마

　發現生日禮物而笑得合不攏嘴的媽媽！

입이 귀에 걸리다 笑顏逐開 | 非常喜悅而張口笑。

直 嘴掛在耳朵上。

例 손녀를 보더니 자네 **입이 귀에 걸리는구먼**! 你見了孫女而笑呵呵的呀!

콧노래가 나오다 哼歌 | 心情很好，自然地哼起歌。

直 哼曲出。

例 용돈 받을 생각에 **콧노래가 절로 나왔다**. 想到會拿到的零用錢，不自覺地哼起歌來。

포복절도 成語 捧腹大笑 | 捂著肚子，大笑得幾乎要翻倒。

直 抱腹絶倒

漢 抱腹絶倒：안을 포，배 복，끊을 절，넘어질 도

▶ 배꼽을 쥐다

例 그 만화책 너무 재미있지? 나도 **포복절도**했다
니까.

那漫畫真的很有趣對吧？因為我也捧腹大笑。

非常滑稽而捧腹的樣子，和彎腰捧腹很像，因
此也可用「배꼽을 쥐다」、「배꼽을 잡다」表
示。

희로애락 成語 喜怒哀樂 | 歡喜、發怒、哀傷、愉快。

直 喜怒哀樂

漢 喜怒哀樂：기쁠 희，성낼 노，슬플 애，즐길 락

例 부부는 인생의 **희로애락**을 같이하는 사람입니다.

夫婦是共度人生喜怒哀樂之人。

희희낙락 成語 高高興興、歡歡喜喜 | 形容開心愉快。

直 喜喜樂樂

漢 喜喜樂樂：기쁠 희，기쁠 희，즐거울 락，즐거울 락

例 소풍 가는 날, 아이들은 모두 **희희낙락**하며 들떠 있었다.

在出外郊遊的日子，小孩子全都高高興興吵鬧著。

用漢字表示「기쁨」與「즐거움」為「희락（喜樂）」。但是，使用「喜」與
「樂」之疊字，表更加開心愉快之意。

喜歡

在表達「좋아하다」的心情時有「꿈인 것 같다」、「눈에 넣어도 아프지 않다」、「사족을못 쓰겠다」等誇張的表現。

가슴이 방망이질하다　小鹿亂撞、心蹦蹦跳｜內心噗通噗通地跳。

（直）心在搗衣、心跳如搗衣。
（▶）가슴이 두방망이질하다
（例）그 애를 처음 본 순간 **가슴이 방망이질하여** 고개를 들 수 없었어.

　　第一次看到他的瞬間，內心小鹿亂撞，無法抬起頭。

這是以「방망이질」來比喻心跳的表現。

꿈인지 생시인지　是真是假、是不是在作夢｜非常渴望的事實現而無法相信。

（直）是夢境還是實境。
（▶）꿈이냐 생시냐
（例）독후감 대회에서 최우수상을 받다니! 이게 **꿈인지 생시인지** 모르겠어!

　　在讀書心得比賽中得到優等！我不知道這是夢！

「생시 (生時：날 생，때시)」指不睡而醒著的時候。說明自己非常渴望的事情實現了，感到幸福歡欣而不知是夢是醒。

눈에 넣어도 아프지 않다 掌上明珠、疼愛的 | 非常喜愛。

直 放到眼睛裡也不會痛。

例 눈에 넣어도 아프지 않을 내 새끼.

我疼愛的寶貝。

眼睛有什麼東西跑進去都會感到疼痛與不舒服吧？但是以「눈에 넣어도 아프지 않다」表現，是指非常珍愛對方之意。

더할 나위 없다 不復多言 | 不必多說，最好的。

直 沒有添加的餘地。

例 이 옷은 물놀이에 **더할 나위 없이** 좋을 것 같아. 휴가 가서 입으면 딱이야!

這件衣服好像在玩水的時候正合適。休假的時候穿正好！

마음을 주다 推心置腹 | 懷有喜歡的心。

直 給心。

例 두 집안에서 반대했지만 이미 로미오와 줄리엣은 서로 **마음을 주었다.**

雖然兩家人都反對，但羅密歐與茱麗葉已是兩情相悅。

사족을 못 쓰다 不能自已 | 非常喜歡而動彈不得。

直 無法使用四肢、四足。

▶ 사지를 못 쓰다

例 너는 족발이라면 **사족을 못 쓰는구나.**

如果跟你提到豬腳的話，你就會不能自已。

四足是指四條腿，俗稱手與腳。無法使用手與腳則是處於無法動彈的狀態。這用來表示非常喜歡某人或某物而到了若是提起那人或那物就動彈不得的程度。

애지중지 **成語** 極為愛惜 | 非常喜愛與珍惜。

直 愛之重之。

漢 愛之重之：사랑 애，어조사 지，소중할 중，어조사 지

例 이것은 내가 **애지중지**하는 장난감이라서 누구에게도 양보할 수 없다.

這是我極為愛惜的玩具，所以不能給任何人。

죽고 못 살다 愛得死去活來、共生死、他死了我活不了 | 非常喜歡與珍惜。

直 死而無法活。

例 우리 둘은 **죽고 못 사는** 사이예요.

我們是共生死的關係。

這意含非常喜歡的人或物品，因此沒有那人或那物，就不能活下去之意。

感動

가슴에 와 닿다 深深打動、頗有同感 | 大有共感。

🔵 來而抵達內心。

🔵 아버지 말씀이 **가슴에 와 닿았다.**

爸爸的話讓我頗有同感。

가슴을 뒤흔들다 動人心弦 | 撼動內心。

🔵 動搖內心。

🔵 그 가수의 공연은 관객들의 **가슴을 뒤흔들었다.**

那歌手的演唱會撼動觀眾心弦。

가슴을 울리다 震撼人心 | 感動人心。

🔵 響動內心。

🔵 어려운 상황에서도 다른 사람을 도왔던 할머니의 사연이 사람들의 **가슴을 울렸다.**

即使在很困難的情況下也樂於助人的老奶奶的事跡，震撼人心。

가슴이 뜨겁다 熱淚盈眶、心暖暖的 | 內心很感謝。

🔵 內心溫熱。

🔵 어머니의 희생과 정성을 생각하면 **가슴이 뜨거워져** 눈물이 난다.

想到媽媽的犧牲與付出，我的心溫暖起來而流出眼淚。

가슴이 뭉클하다 激動、心頭一熱 | 感情湧上心頭。

🔵 內心熱呼呼。

🔵 산악인의 에베레스트 정상 등정 영상을 보고 있자니 내 **가슴이 뭉클하다.**

看到登山者攻頂聖母峰的影片，我的心非常激動。

表激動的感情充滿內心之意。

가슴이 벅차다   心潮澎湃｜似呼吸困難，內心充滿感動之心。

- **直** 內心充滿。
- **例** 기다리던 오디션에 합격했다는 소식을 듣고 **가슴이 벅찼다**.

  聽到試鏡通過的消息，真興奮。

「벅차다」是滿得難以承受的程度。因此這表現是表示充滿了感激與喜悅之情，那股情緒滿到好像要滿溢出來的樣子。

가슴이 찡하다   揪心感動｜非常感動。

- **直** 內心湧起感情。
- **▶** 코끝이 찡하다
- **例** 콘서트에서의 마지막 노래 때문에 아직도 **가슴이 찡해**.

  因為演唱會的最後一首歌，到現在還是感覺震撼。

  엄마의 편지를 본 순간 **코끝이 찡해졌다**.

  看了媽媽寫的信的瞬間，感動得鼻酸。

「찡하다」表內心受震撼的感覺。「가슴이 찡하다」表示內心深受感動之意。「코끝이 아리고 시큰하다」也表示相同的意思。

감개무량 **成語**   感慨萬千｜無可言喻之感慨。

- **直** 感慨無量。
- **漢** 感慨無量：느낄 감，슬퍼할 개，없을 무，헤아릴 량
- **例** 우리 아들이 100점을 맞다니! **감개무량**하다.

  我兒子得到100分！真是感慨萬千呀。

「감개」是抵達內心深處之感覺。「무량」是無法計算之意。若有產生感慨或內心深深感動時，也用「감개가 무량하다」表達。

눈물이 앞을 가리다   淚流滿面｜淚水一直流下。

- **直** 淚水遮住眼前視線。
- **例** 주인공이 사랑하는 사람과 헤어졌을 땐 **눈물이 앞을 가려** 앞을 볼 수 없을 지경이었어.

看到女主角與心愛的人分手時，我淚流滿面而視線模糊。

這是表示一直流淚而無法分辨前方事物的情況。

눈시울이 붉어지다 　眼眶泛紅｜因感動而眼淚在眼眶中打轉。

直 眼眶變紅。

例 영화가 끝난 후 사람들의 **눈시울이 붉어졌다.**

電影結束後，人們的眼眶泛紅。

「속눈썹（睫毛）」周圍稱之為「눈시울（眼眶）」。感動而不自覺地眼淚在眼眶中打轉的時候，眼眶就會泛紅。

심금을 울리다 　觸動心弦｜內心深受感動。

直 響動心弦。

例 휠체어를 타고 끝까지 마라톤을 완주한 청년 이야기가 시청자들의 **심금을 울렸다.**

一位青年坐輪椅完成馬拉松的故事，震動觀眾心弦。

佛陀在跟弟子說明修行的時候，有「심금（心琴：마음 심，거문고 금）」一詞。玄鶴琴（거문고）的弦不要太緊也不要太鬆才會發出美聲。所以玄鶴琴鬆緊適中，才能發出觸動人們心弦的聲音，人的修行也應如此。現在用來指人心感動時心的響動。

콧등이 시큰하다 　鼻酸感動｜到達流淚程度之感動。

直 鼻脊酸。

▶ **콧날이 시큰하다, 코허리가 시큰하다**

例 비인기 종목의 금메달 소식은 언제 들어도 **콧등이 시큰하다.**

任何時候聽到冷門運動項得到金牌，總是會鼻酸感動。

「콧등（鼻樑）」、「콧날（鼻尖）」、「코허리（鼻頭）」全部都是指鼻子周圍。因感動而感到鼻酸的時候，使用這一些表現。

傷心或焦慮

　　人藉由心感受多樣的感情。人們覺得「마음（心思）」是在「가슴（胸）」裡，所以與感情相關的表現時常有「心」字。

가슴에 멍이 들다 　內心鬱結、痛心疾首｜內心留下不可抹滅的傷痛。

(直) 胸瘀血。

(▶) 가슴에 멍이 지다

(例) 자식이 손가락질받는 모습을 보면 부모 **가슴에 멍이 들지**.

　　看到自己的小孩被人指指點點的樣子，父母痛心疾首。

與某事物碰撞時痛苦的痕跡叫「멍（瘀青）」。內心也是，如果有發生無法治癒的傷痛時，以「가슴에 멍이 들다」表達。

가슴을 도려내다 　痛徹心扉｜使心痛。

(直) 挖出心頭肉。

(例) **가슴을 도려내는** 아픔에도 불구하고 너를 떠나보내야 했어.

　　即使有剮心之痛，也要把你送走。

가슴을 앓다 　情傷｜內心焦急難受。

(直) 患心病。

(例) 혼자 **가슴 앓지** 말고 고백해. 혹시 걔도 널 좋아하고 있을지 모르잖아.

　　別獨自情傷，去告白吧。說不定他也喜歡你。

가슴을 저미다 　心如刀割｜內心痛苦得像刀割一樣。

(直) 剜心。

(例) 아이를 떠나보낸 어머니의 이야기는 사람들의 **가슴을 저몄다**.

　　送走孩子的母親的故事，令人心疼。

「저미다」有薄薄地切的意思。這話用來表達心如刀薄切似地非常痛苦的狀態。

가슴을 찌르다   戳心 | 令人痛苦。

直 刺胸。

例 그의 말이 내 **가슴을 찔렀다**.

    他的話使我戳心。

「가슴을 찌르다」是用尖銳的話使人感到痛苦。

가슴을 찢다   撕心裂肺 | 給人內心苦痛。

直 撕裂胸。

例 나를 좋아하지 않는다는 그 애의 말이 내 **가슴을 찢어** 놓았다.

    他說不喜歡我的話,讓我感到內心碎裂。

가슴을 치다   捶胸頓足 | 悲痛焦慮。

直 捶胸。

例 심청이가 인당수에 빠지자 심 봉사는 **가슴을 치며** 통곡했어요.

    沈清投印塘水,沈奉士捶心痛哭。

您有看過搥胸痛哭的人嗎?他可能是內心受到極大的衝擊,或是有無可奈何的悲傷與焦慮而無法用言語表達,只是一昧地搥胸。因此,「가슴을 치다」是行動與心思結合起來的。

가슴이 무겁다   心情沉重 | 內心因傷心與擔憂而沉重。

直 胸沉重。

例 교통사고로 부모님을 잃은 친구 이야기에 **가슴이 무거워졌다**.

    聽了車禍而父母雙亡的朋友的話,我感到內心沉重。

對某事、某人感到極大的責任而擔憂與傷心之意。

가슴이 무너져 내리다　內心崩潰｜受到極大衝擊，內心難以平復。

🈩 胸崩塌。

例 노란 장미 꽃말이 '이별'이라니. 어이없는 실수로 헤어져 **가슴이 무너져 내렸다.**

黃玫瑰的花語是「離別」。由於讓人無語的失誤而造成分手，讓我感到內心崩潰。

가슴이 미어지다　撕心裂肺、肝腸寸斷｜

內心充滿悲憤難以掌控。

🈩 胸破裂。

▶ **창자가 미어지다**

例 할머니가 돌아가셨다는 소식에 **가슴이 미어지는** 것 같았다.

聽到奶奶過世的消息，我感到撕心裂肺。

병원에 누워 계신 아빠를 생각하면 **창자가 미어지는** 것 같아.

想到躺在醫院的爸爸，我感到肝腸寸斷。

「미어지다」表示充滿而快要破裂之意。內心充滿悲傷、痛苦而即將破裂時即為「가슴이 미어지다」。「가슴」也可以「창자」來替用。

가슴이 아리다　椎心之痛｜如同刺入內心一般地痛。

🈩 胸刺痛。

例 견우와 직녀는 오작교에서 **가슴 아린** 이별을 겪었대.

牛郎與織女在鵲橋上經歷椎心之痛的離別。

「아리다」是指傷口如同穿刺一般的痛。「가슴이 아리다」為表達非常可憐感到心刺痛時之表現。

가슴이 아프다　心痛｜因悲傷或惋惜而感到心痛。

🈩 胸痛。

例 뉴스를 통해 **가슴 아픈** 사고 소식을 들었다.

透過新聞聽到令人心痛的事故消息。

가슴이 찢어지다 心如刀絞、肝心若裂 | 因傷心而致痛苦。

🔘 心被撕裂。

🔘 고생하시는 엄마를 생각하면 **가슴이 찢어져**.

　一想到辛苦的媽媽，我就心如刀絞。

땅을 치다 痛不欲生、悲憤 | 非常氣憤、悲痛。

🔘 拍地。

🔘 어머니는 아들의 사고 소식에 **땅을 치며** 통곡하셨다.

　媽媽聽到兒子發生事故的消息，擊地痛哭。

목메다 哽咽 | 因感情激動而咽喉哽塞。

🔘 喉嚨噎住。

🔘 실종됐던 아들을 찾자 아버지는 **목메어** 울었다.

　一找到失蹤已久的兒子，爸爸哽咽哭泣。

「목메다」用於悲傷的感情與哭泣湧上咽喉而說不出話的情況。

애가 터지다 憂心如焚 | 傷心焦慮。

🔘 腸子破裂。

🔘 놀이터에서 맞고 들어온 동생을 보고 있자니 **애가 터진다**.

　看到在遊樂場挨打回來的弟弟，真是憂心如焚。

「애」為身體裡腸子的古語。表示腸子到要破裂的程度非常傷心。

애간장을 태우다 操心、焦慮、心急如焚 | 內心非常焦慮擔心。

🔘 燃燒肝腸、焚腸。

▶ 애간장이 녹다

🔘 갑자기 엄마와 연락이 안 돼서 **애간장을 태웠어**.

　突然與媽媽連絡不上，心裡非常焦慮。

「애간장」是指肝與腸。這是相同意義的字詞重複以強調的表現。

억장이 무너지다　悲痛欲絕｜非常傷心而感到痛苦。

（直）億丈倒塌。

（例）도둑으로 오해받았을 때만 생각하면 지금도 **억장이 무너진다니까**.

只要想到被誤認為是小偷，到現在我還是會感到悲痛欲絕。

「억장」表示極高之意。「억장이 무너지다」是用來形容很堅強的心嘩啦崩塌而深感絕望痛苦。

창자가 끊어지다　斷腸、肝腸寸斷｜非常傷心而無法忍受。

（直）腸子斷裂。

▶ 단장　（成語）

（例）어머니는 수술실에 들어가는 딸을 보고 **창자가 끊어지는** 듯했다.

媽媽看著進到手術室的女兒，好像斷腸一般。

中國秦朝時期，有個士兵抓住一隻小猴子。聽說這小猴子的媽媽跟了士兵百里，跳到小猴子所在的船上就死了。後來他們把母猴的肚子剖開一看，發現腸子都斷成一節一節的。因此，從這個故事而來，表心痛離別或巨大悲傷之意的表現為「창자가 끊어지다」，亦可以成語「단장（斷腸）」表示。

창자를 끊다　斷腸｜非常傷心。

（直）斷腸。

（例）장례식장에는 **창자를 끊는** 듯한 통곡 소리가 가득했다.

葬禮上充滿如斷腸般的哀痛哭聲。

하늘이 노랗다　頭暈目眩、天旋地轉｜受到極大的衝擊而感到絕望。

（直）天黃。

（例）선생님께 거짓말한 사실을 들키면 어쩌지? 생각만 해도 **하늘이 노랗다**.

如果被老師發現說謊的話怎麼辦？光想就頭暈目眩。

在醫學上，如果受到極大的衝擊或非常傷心，通往腦部的血管會變窄而看到一片黃色影像。

感情

厭惡與不滿

　　厭惡的感情是和看待他人不以為然的視線有關，或許如此就有許多臉部「眼睛」的表現。

곱지 않다　**不友善** | 看起來不美。

🔵 不美。

🟠 죄인을 바라보는 사람들의 시선이 **곱지 않았다**.

　　人們看待罪人的眼神不是很友善。

구역질이 나다　**反胃、想吐** | 對對方的行為，真心不喜歡。

🔵 作嘔。

🟠 자신의 잘못을 조금도 인정하지 않는 저 사람을 보니 **구역질이 난다**.

　　看到一點都不承認自己錯誤的那個人，我真想吐。

귀에 거슬리다　**不愛聽** | 令人聽起來感覺厭惡。

🔵 逆耳。

▶ 눈에 거슬리다

🟠 오빠랑 싸운 후라 그런지 오빠 밥 먹는 소리도 **귀에 거슬린다**.

　　跟哥哥吵架之後，連哥哥吃飯的聲音都覺得很刺耳。

「거슬리다」表無法接受對方的話或行動，而影響心情。

꼴같잖다　**不像樣** | 行為或長相令人不滿。

🔵 不像個樣子。

🟠 겨우 그런 일로 집을 나가? **꼴같잖은** 녀석.

　　就因為那點事情而離家出走？不像樣的傢伙。

「꼴」是「겉모양（外表）」的藐稱。「같잖다」表看外表不順眼之意。這是看對方的行動或外表不順眼時所使用的表現。

꼴이 사납다 令人討厭 | 行為令人非常討厭。

直 形貌醜陋，行為難看。

▶ 눈꼴사납다

例 놀부는 **꼴사나운** 짓만 골라 해서 동네 사람들의 눈총을 받았어요.

놀夫專做令人討厭的事情，因此遭受到村里的人異樣眼光。

「사납다」表外貌長得兇狠可怕之意思。「꼴이 사납다」語意擴大到不只是外表，就連行為或是言語都到了讓人討厭的地步。

註 놀夫為朝鮮末期小說《흥부전（興夫傳）》中的人物。

눈 밖에 나다 失去信任 | 失去信任而讓人討厭。

直 出視線之外。

例 매번 약속을 안 지키니 엄마 **눈 밖에 나지**.

因為每次都不遵守約定，所以失去媽媽的信任。

눈엣가시 眼中釘，肉中刺 | 看起來不順眼的人。

直 眼中刺。

例 신데렐라는 새엄마에게 **눈엣가시** 같은 존재였어요.

仙杜瑞拉好像是後母的眼中釘。

眼裡進刺的話會有多痛呢？這是表示某個人如刺一般，礙眼又不舒服，用來表達不喜歡看到某人。

눈을 흘기다 睥睨、傲視 | 斜眼怒視、不滿意的瞪著。

直 瞪著眼睛。

例 누나는 아직도 화가 덜 풀렸는지 **눈을 흘기며** 문을 쾅 닫았다.

姊姊好像還在生氣，瞪了一眼，大力關上門。

「흘기다」表眼珠子斜斜地不滿意地看之意。當埋怨對方的錯誤而不時地斜眼看，此情況以此表現表達。

눈이 시다　刺眼 | 行為刺眼令人厭惡。

直 眼因強光而無法睜開。

▶ 눈꼴시다

例 자기 혼자 잘난 척하며 떠들어 대니 도저히 **눈이 시어** 못 보겠어.

終究是看不慣打腫臉充胖子且到處炫耀的人。

「시다」表因強光而眼睛睜不開之意。如果太刺眼會皺起眉頭，而難以看到對方的面貌。不是因為強光的緣故，而是因為看起來討厭的人或行為而皺眉時，以「눈이 시다」或「눈꼴시다」來表示。

눈초리가 따갑다　目光如炬、眼神逼人 | 用不滿意的視線看。

直 感覺眼神刺痛。

例 주변 사람들의 **눈초리가 따갑게** 느껴져 뒤돌아보니 내가 앉은 자리는 경로석이었다.

我感受到周圍的人眼神逼人，原來我坐的是敬老座位。

「눈초리」指在看東西時眼睛的模樣。「따갑다」表如針刺般疼痛。這是指用充滿不滿意的眼神，如針刺對方，用銳利的眼神看的情況。

눈총을 맞다　遭受異樣眼光 | 招人討厭。

直 中了眼槍。

例 좀 더 빨리 버스 타려고 새치기를 하다 사람들의 **눈총을 맞았다.**

因為想要快點搭公車而插隊，所以遭受別人的異樣眼光。

「눈총」是以眼睛所射的槍。指厭惡或不滿意某人時所投射的視線。「눈총을 맞다」表因不懂察言觀色的行動遭到對方厭惡的情況。把它想成被眼裡射出的雷射光射到會比較好理解。

눈총을 쏘다　扔眼刀子 | 瞪眼直視。

直 射出眼槍。

例 장난치는 민수에게 그만하라고 **눈총을 쏘았다.**

我給愛開玩笑的民秀一道嚴厲的目光叫他停止。

눈총을 주다 給白眼、給眼色看 | 給眼神看。

直 給眼槍。

例 현아는 내가 물감을 빌려 쓸 때마다 **눈총을 줬다**.

炫雅在每次我借顏料的時候都給我眼色看。

도끼눈을 뜨다 怒目而視 | 因生氣而狠視。

直 睜開斧頭眼、爭怒目

例 형은 **도끼눈을 뜨고** 나를 노려보았다.

哥哥對我怒目而視瞪我。

生氣而狠狠看對方的眼神稱為「토기눈」。

미운털이 박히다 討人厭、顧人怨（台）| 遭憎恨。

直 令人討厭的毛長著。

例 자꾸 나만 음정이 틀려서 합창단에서 **미운털이 박혔어**.

只有我一直走音，我在合唱團裡已經給了討人厭的印象。

如果皮膚上長著醒目又拔不掉的毛，感覺會不太好對吧？「미운털이 박히다」表內心已經有不好的感情，不管怎麼做都無法賞心悅目，此情況用「미운털이 박히다」來表達。

被討厭了

討厭的毛

밥맛없다 反胃、倒胃口 | 因不稱心而無心對待、沒心情面對的。

直 沒有胃口。

例 어찌나 잘난 척을 하는지 **밥맛없어** 죽는 줄 알있네.

怎麼一直自以為是，真是非常反胃。

「밥맛이 없다」與「밥맛없다」看起來很相像，但是意思完全不同。「밥맛이 없다」是指沒有想吃的心情；「밥맛없다」則是某人令人非常討厭而不想去面對的意思。

밥맛이 떨어지다 倒胃口 | 話語行動令人不快。

直 胃口掉。

例 그때 일만 생각하면 **밥맛이 떨어져.**

光想到那時候的事情，我就覺得倒胃口。

밥알이 곤두서다 食物難消化 | 心情不好，難消化的程度。

直 飯粒立起來。

例 콩쥐를 괴롭히는 얄미운 팥쥐만 생각하면 **밥알이 곤두서는** 것 같아.

一想到常常欺負大豆女的紅豆女，就會讓我非常難以消化。

「곤두서다」表倒立的意思，當心情不好或神經質時使用。吃飯應該是慢慢消化的，但連飯粒都無法消化而一粒粒倒立著，這是用來比喻對方說的話、做的行動令人厭惡的情況。

註 大豆女與紅豆女是被喻為韓版《灰姑娘》之傳統故事《콩쥐팥쥐（大豆女與紅豆女）》的主角與配角。

배가 아프다 嫉妒、眼紅 | 因看到別人的成就而產生忌妒之心。

直 肚子痛。

▶ 배를 앓다

例 친구가 상을 타는 모습을 보니 **배가 아팠다.**

看到朋友得獎的模樣而眼紅。

這是來自「사촌이 땅을 사면 배가 아프다（表兄弟買土地我就肚子痛）」這句俗語。就是看到別人做得好就心生忌妒。

배알이 꼴리다 惱怒、不痛快 | 心情非常差而不想看。

直 腸絞。

▶ 배알이 뒤틀리다

例 친구가 설날에 받은 세뱃돈을 너무 자랑해서 **배알이 꼴렸다.**

看到朋友炫耀壓歲錢而感到惱怒。

腸子俗稱「배알」。「배알이 꼴리다」是指惱怒到腸子絞纏不舒服，內心很不痛快之意。

비위가 사납다 心情不好 | 違逆心意而氣忿。

直 脾胃兇。

例 잘난 척하는 저 사람을 보면 은근히 **비위가 사나워진다**.

看到裝了不起的那個人，我腸胃隱隱作痛。

비위가 상하다 倒胃口 | 心情不好而傷心。

直 脾胃受傷。

▶ 비위가 뒤집히다

例 동창회만 가면 **비위가 상하는** 일이 한두 개가 아니다.

只要去同學會，令人心情翻騰的事情不是只有一兩件。

看到美食而想吃是指「비위가 동하다」。相反地，看到腐爛的食物而想吐是「비위가 상하다」。當對方的言語或行動令人感到不舒服而想吐，也是使用「비위가 상하다」表達。

비위를 뒤집다 使心情不好 | 使令對方心情不好。

直 翻騰脾胃。

例 가뜩이나 기분이 별로인데, 자꾸 **비위 뒤집을** 거니?

心情本來就不好，為什麼總是要惹我？

사촌이 땅을 사면 배가 아프다 俗語 見不得別人好、吃不到葡萄說葡萄酸 | 看到別人發展很好，不替他高興，反而心生忌妒。

直 堂兄弟買土地我就肚子痛。

例 **사촌이 땅을 사면 배가 아프다**더니, 내가 잘되는 게 그렇게 배가 아파?

俗話說吃不到葡萄說葡萄酸，我做得好你就肚子痛？

原指從前農村鄉下，鄰居堂兄買了土地，大家互相幫助工作因此變得更多，於是就有人裝病說自己肚子痛。不過，在今天其意義改變為心生忌妒之意。

속에 얹히다 　掛念｜內心記掛某件事情而不安。

．．．

直 堆積在內（胃），消化不良。

例 아빠는 출장에서 내 선물을 못 사 온 것이 내내 **속에 얹혔다**고 하셨다.

　　爸爸說出差而無法買我的禮物，一直掛記在心。

「얹히다」與「체하다」意義類似。是指吃的食物無法好好地消化而堆積在一個地方。內心某處像食物卡著，記掛某件事情的情況用「속에 얹히다」來表達。

속이 뒤집히다 　令人作嘔、厭惡｜感到噁心不舒服。

．．．

直 肚子翻騰。

例 화가 나서 **속이 뒤집힐** 지경이다.

　　非常生氣到令人作嘔的地步。

「속이 뒤집히다」是指感到噁心想吐的狀況。意思衍伸為對於對方的話語行動感到反胃作嘔而感厭惡。

언짢다 　不悅｜感到不得心並有點不快。

．．．

直 不高興。

例 지금부터 내가 하는 말을 **언짢게** 생각하지 말고 잘 들어 봐.

　　現在開始，我所說的話請不要感到不悅，仔細聽好。

얼굴을 찌푸리다 　眉頭深鎖、皺眉｜不滿意。

．．．

直 臉皺成一團。

例 사람들은 개똥을 치우지 않고 가는 개 주인을 보고 **얼굴을 찌푸렸다**.

　　人們看到不清理狗大便逕自走掉的狗奴都皺起眉頭。

이맛살을 찌푸리다 　愁眉深鎖、皺眉頭｜非常不悅與不耐煩。

．．．

直 皺眉頭。

例 아빠는 내 말이 못마땅하신 듯 **이맛살을 찌푸렸다**.

　　爸爸好像不喜歡我說的話而皺著眉頭。

如果心情非常不好而皺臉時，眉頭之間也會生出皺紋，因而有「이맛살을 찌푸리

다」、「눈살을 찌푸리다」、「미간 (眉間：눈썹 미，사이 간) 을 찌푸리다」等話，這些全都表示內心不滿。

인상을 쓰다 皺眉、做苦瓜臉 | 因不滿而露出不悅的表情。

直 做出令人不快的表情。

例 싫은 게 있으면 **인상 쓰지** 말고 대화로 풀어 보자.

　如有不喜歡的事情，不要只是一副苦瓜臉，來對話疏通一下。

혀를 차다 嘖嘖作響 | 表達不滿意的心情。

直 咂舌。

▶ 혀끝을 차다

例 할머니는 찢어진 청바지를 입은 사람만 보면 **혀를 차며** 못마땅해했다.

　奶奶看到穿破牛仔褲的人時，就嘖嘖表示不以為意。

在感到心疼或不滿意時，舌抵著上顎摩擦發出「쯧쯧」聲。

滿足

　　當渴望的事情實現或是問題獲得解決時，就如同鑽透堵塞的地方，內心有舒暢滿意之感。因此表達滿意的表現中有「시원하다（暢快）」、「차다（充滿）」、「맞다（符合）」之類的感覺字詞。

가려운 곳을 긁어 주듯　搔到癢處｜瞭解所需，使之滿足。

(直) 如幫他人搔癢處。

(▶) 가려운 데를 긁어 주다

(例) <u>가려운 곳을 긁어 주듯</u> 엄마는 내가 필요한 것을 딱딱 챙겨 주신다.

　　如同搔到我的癢處一般，媽媽幫我準備好了需要的東西。

가슴이 뿌듯하다　心滿意足｜喜悅與感激充滿心中。

(直) 心胸塞滿。

(例) 꽉 찬 돼지 저금통을 보니 <u>가슴이 뿌듯해</u>.

　　看到裝滿滿的小豬存錢筒，我感到心滿意足。

가슴이 후련하다　內心舒暢、心曠神怡｜因為解決了問題而感到內心舒暢。

(直) 胸裡舒暢。

(例) 벼르고 벼르던 대청소를 했더니 <u>가슴이 후련하다</u>.

　　做了一直想做的大掃除，內心舒暢。

心煩、不悅得到紓解而感覺滿足爽快。

금상첨화 (成語)　錦上添花｜好加上好。

(直) 錦上添花。

(漢) 錦上添花：비단 금, 위 상, 더할 첨, 꽃 화

(例) 보쌈 고기에 맛있는 김치까지 더하니 <u>금상첨화</u>가 따로 없네.

　　在菜包肉上再加一點泡菜，有錦上添花之感。

「금상첨화 錦上添花」字面意義是綢緞上再添加花朵之意。出自王安石《即事》中「嘉招欲覆盃中淥，麗唱仍添錦上花」。主要以「～에 ～까지 더하니 금상첨화」來表示。

누이 좋고 매부 좋다 俗語 皆大歡喜 | 對大家都有利。

🁢 姐姐高興，姐夫開心。

例 너는 용돈 벌어서 좋고, 엄마는 설거지 안 해서 좋고. **누이 좋고 매부 좋은** 일이지.

你因為賺了零用錢，而媽媽則是不用洗碗所以很開心。這是皆大歡喜的事情。

「매부」是姐姐的丈夫。「누이 좋고 매부 좋다」是表姐姐遇到姐夫而結婚；原本無法結婚的姐夫，因為遇到姐姐而能夠結婚，因此這是對雙方都有利的事情。用來表達雙方感到滿意之意。

눈에 들다 中意 | 感到喜歡。

🁢 進入眼裡。

◐ 마음에 들다

例 **눈에 딱 드는** 옷을 발견했어.

發現中意的衣服。

눈에 차다 滿意 | 內心感覺滿意。

🁢 眼裡充滿。

◐ 마음에 차다

例 **눈에 차는** 물건이 없으니 다른 곳에 가 보자.

沒有滿意的東西，我們去別的地方看看吧。

이번에 그린 그림이 제일 **마음에 찬다**.

這次畫的畫我最喜歡。

발걸음이 가볍다 步履輕盈 | 心中無負擔，心情爽快。

🁢 步伐輕。

例 방학 숙제를 다 하고 나니 **발걸음이 가벼워졌다**.

做完暑假作業後感到步伐輕盈。

성에 차다 心滿意足 | 形容內心滿意。

🔘 充滿性情。
▶ 성이 차다
📖 밥을 두 공기나 먹고도 **성에 차지** 않는다고?
　吃了兩碗飯還不心滿意足嗎？

「성」是指人自出生開始就持有之本來的品性。因此「성에 차다」是表示充足於本性而喜悅之意。主要與否定詞「않다」一起使用，表示感到不滿意。

속이 시원하다 內心舒暢、痛快 | 內心感到爽快。

🔘 心裡暢快。
📖 신부님께 그동안 잘못했던 것을 이야기하고 나니 **속이 시원했다.**
　跟神父告解那期間自己做錯的事情之後，我感到內心舒暢。

期盼的事情如願以償，或是擔心的事情釋放而感到內心舒暢。

유감없이 毫無遺憾地、盡情地 | 內心沒有感到遺憾。

🔘 沒有遺憾。
📖 월드컵에 참가한 축구 선수들은 그동안 쌓은 실력을 **유감없이** 발휘했다.
　參加世界盃的選手們在那段期間盡情地發揮累積的實力。

「유감」表內心留有悔恨，因此「유감없이」表沒有不安或遺憾的事情，內心感到滿足之意。

입에 맞다 合胃口 | 符合喜好。

🔘 合於口。
▶ 입맛에 맞다
📖 이건 딱 아빠 **입에 맞는** 프로그램이잖아요! 자연이 나오는 다큐멘터리!
　這正是合爸爸胃口的節目！自然紀錄片！

입에 맞는 떡 俗語 稱心如意 | 非常合乎心意的事情或東西。

🔘 合口味的糕點。

例 가게에 옷을 다 뒤져서 결국 **입에 맞는 떡**을 찾았어!

翻找店裡全部的衣服，終於找到一件稱心如意的衣服了！

「입에 맞다」就是「입맛에 맞다（對胃、合於胃口）」的意思。因為是符合我喜好的糕點，所以表達內心非常滿意之意。

找到 稱心 如意 的了！

재미를 보다 嘗到甜頭 | 有成果。

直 嘗到滋味。

例 새로운 게임을 개발해서 큰 **재미를 보고** 있다.

因為開發了新遊戲而嘗到甜頭。

「보다」是親自經歷的意思。表在某事上得到好的成果、效果而感到滿足。

직성이 풀리다 安心、放心 | 事情順利解決而感到滿意。

直 直星散去。

例 나는 청소를 꼼꼼하게 해야 **직성이 풀려**.

我必須認真打掃了才會感到安心。

「직성（直星：곧을 직，별 성）」是指按年齡負責照管命運的九顆星。從前人們相信，根據直星的變化命運因而有好壞。認為凶的直星結束後，吉的直星隨之來臨，運勢才會改變。因此，「직성이 풀리다」表示命運好轉，內心呈滿意的狀態。

천하를 얻은 듯 好像得到了全世界一般 | 沒有更可期望的。

直 如得天下。

例 동생은 생일 신물로 원하던 로봇 장난감을 받자 **천하를 얻은 듯** 기뻐했다.

弟弟生日禮物收到期望的機器玩具，好像得到了全世界一般，非常快樂。

「천하（天下）」指大底卜的全部世界。如果得到全世界，就沒有可獲得的東西了。因此這表示全世界都屬於自己的一般，感到非常滿足快樂。

쾌재를 부르다 不亦快哉 | 事情如所願而感到快樂。

直 呼喊快哉。

例 비가 오면 우산 장수는 **쾌재를 부르지만**, 소금 장수는 울상을 짓는다.

下雨天時賣雨傘的生意人大呼快哉，賣鹽巴的生意人卻是哭喪著臉。

「쾌재（快哉）」表爽快之意。像表達「아！상쾌해！（啊！真爽快！）」、「시원하다（舒服！）」之類，在事情很順利解決時表感激之意。此外，也指順利且滿足的事情。

埋怨與不滿

가시가 돋다　生荊棘｜心有不滿。

🔘 荊棘長出。

▶ 가시가 돋치다

🔘 그는 얼굴에 불만이 가득한 채 **가시 돋친** 말을 쏟아 냈다.

他臉上充滿不滿的表情，吐出許多帶刺的話。

說傷害人的話或做出傷害人的行動，藉「가시（荊棘）」譬喻之。

가시가 박히다　話中帶刺｜說出帶有惡意的話。

🔘 刺扎入。

🔘 너는 왜 **가시 박힌** 말만 골라서 하는 거니?

你為什麼只挑帶刺的話說呢？

귀먹은 푸념　背地裡罵人｜在對方聽不到的地方說抱怨的話。

🔘 耳聾的抱怨。

🔘 그렇게 **귀먹은 푸념**만 반복하면 무슨 소용이 있니?

如果一直在他背後埋怨他，有什麼用呢？

「푸념（牢騷）」為抱怨之話語。「귀먹다（耳背）」為耳朵漸漸聽不太清楚之意。即，在別人聽不到的地方罵他。

바가지를 긁다　絮絮叨叨、嘮叨｜非常嘮叨。

🔘 刮瓢瓜。

🔘 아내가 **바가지를 긁는** 소리는 너무 듣기 힘들다.

老婆絮絮叨叨地，我聽起來很累。

刮瓢瓜殼，會發出很難聽的聲音。他人的嘮叨、抱怨和刮瓢瓜的聲音一樣有著共同點，就是令人聽起來厭煩，此話由此衍生而出。

입을 삐죽이다 　嘟嘴、撇嘴 | 無言的埋怨。

🔵 嘟嘴。

🔶 민채는 엄마의 잔소리에 **입을 삐죽였다**.
　　敏彩聽到媽媽的嘮叨而撇嘴。

입이 나오다 　嘟嘴 | 表示不滿。

🔵 嘴巴突出。

🔶 엄마가 장난감을 사주지 않자 시하는 **입이 나와** 방으로 들어가 버렸다.
　　媽媽說不給買玩具，時河就嘟著嘴進了自己的房間。

這是當因某事生氣或不滿耍脾氣時，嘟著嘴以表達不滿。

平安與安心

　　這是用在內心平安且無擔心的狀態所使用之表現。內心平靜時，會由我們的樣貌表現出來。在這些表現中有「팔자（八字）」一詞，這是指人們一生運氣的生辰八字。

가슴을 쓸어내리다 　內心鬆了口氣、放心｜困難解決而心安。

🔵 撫胸。

🟤 쇼핑몰에서 잃어버린 아들을 찾아 엄마는 **가슴을 쓸어내렸다.**

　　找到在購物商場走失的兒子後，媽媽內心鬆了口氣。

늘어진 개 팔자 　懶洋洋的好狗命｜過著無憂無慮的生活。

🔵 變長的狗命。

🟤 방학이라고 **늘어진 개 팔자**로구나. 가만히 TV만 보지 말고 나가서 운동이라도 하렴.

　　你放假了真是好狗命。別只是坐在那看電視，也到外頭去運動一下吧。

你有看過躺在溫暖陽光底下翻肚皮吐舌的狗嗎？看起來舒服極了吧？人們大概傾向於認為狗過著玩與吃的舒適日子。因此對無憂無慮生活的人經常以「개 팔자（狗八字）」、「오뉴월 개 팔자（五六月的狗八字）」或「늘어진 개 팔자（增長的狗八字）」來比喻。

다리를 뻗고 자다　高枕無憂 | 放心地睡。

直 雙腳伸平睡。

例 밀린 숙제 다 했으니 이제 **다리 뻗고 자야겠다.**

延遲的作業已經完成了，現在該可放心睡了。

腳整天走、跑、站都沒時間休息對吧？膝蓋不彎曲，將腳攤平在平面上稱之為「다리를 뻗다（伸長腿）」。人們全身放鬆並用舒適的姿勢休息時，雙腳會攤平。困難問題解決了，放鬆地睡，稱為「다리를 뻗고 자다」。

숨통이 트이다　鬆口氣、好轉 | 從煩悶的狀態中脫離。

直 氣管通暢。

例 이번 일이 잘돼서 다행이야. 급한 불도 끄고 **숨통이 트였어.**

這次事情進行順利，真是太好了。既滅了急火，又讓我鬆了口氣。

「숨통（氣管）」為呼吸時空氣流通之管道。氣管堵住會感到窒息，因此這話表示困難且窒礙的問題被解決了的狀態。

얼굴이 펴지다　表情變開朗 | 憂心事消失，顏面舒展。

直 臉皮攤平。

例 그는 아버지의 격려를 받고 **얼굴이 펴졌다.**

他聽到爸爸的鼓勵之後，表情變得開朗。

憂心重重時，臉部會有陰影並產生皺紋，若掛心的事情解決則如同萎縮的花朵大開一般，臉部恢復血色舒展開來。

팔자가 늘어지다　無憂無慮、悠閒自在 | 沒有煩惱，日子過得舒適。

直 八字增長。

例 커피숍에서 한가하게 커피나 마시고 **팔자가 늘어졌구려.**

在咖啡店裡悠閒地喝著咖啡，真是悠閒自在。

「팔자가 늘어지다」為命很好，有福氣之意；但也用在反諷無所事事，舒服度日上。

擔心與不安

가슴을 태우다 心急如焚 | 非常焦躁憂慮。

小可愛，因為你走丟，你知道我們有多麼擔心嗎？

狂奔

(直) 內心燒焦。

(例) 우리 집 강아지가 집을 나가 가족들이 **가슴을 태우며** 얼마나 찾았는지 모른다.

我們家的狗狗走失，家人們不知多麼焦慮地找。

가슴이 떨리다 發怵、心情緊張 | 擔心焦慮。

(直) 胸顫抖。

(例) 밤늦게 혼자 집에 갈 때는 뒤에서 작은 소리만 나도 **가슴이 떨린다.**

晚上獨自回家的時候，只要後面有細小的聲音發出我也會發怵。

「가슴이 덜덜 떨리다（心顫）」與「두근두근 떨리다（噗通噗通地跳）」這兩種感覺不一樣。「가슴이 떨리다」可以用來表示在畏懼擔心的情況中內心忐忑不安；也可表在幸福與有希望的情況下期待之意。

가슴이 뜨끔하다 心裡一緊、內心為之一震 | 受到驚嚇或內心感到愧疚。

(直) 胸燒燙。

(例) 선생님의 질문에 **가슴이 뜨끔했지만**, 끝까지 모른 척했다.

在老師的質問下我心裡一緊，但卻從頭到尾都裝作不知道。

「뜨끔하다」為內心如同火燒燙一般刺痛之意。恐怕謊話被揭穿，或犯錯被發現而內心炙熱不安之意。

가슴이 타다 心急如焚 | 煩憂焦心。

(直) 胸焚燒、心焚。

(例) 부모는 늘 자식 걱정으로 **가슴이 탄다.**

父母經常擔心子女而心急如焚。

火燒後變成灰燼稱為「타다（燒）」。「가슴이 타다」表示因擔心與苦惱的事而如焚燒一般，內心變成灰燼之意。以此表現焦慮與不安的心情。

간을 졸이다 緊張、焦慮 | 非常擔心而無法放心。

直 糾結肝。

例 합격 발표가 나는 날, 온종일 **간 졸이며** 지냈다.

今天是公布合格的日子，一整天都精神緊繃著。

身體裡的「간（肝）」是用來清除毒素，並受到壓力與心理狀態的直接影響。「졸이다」是熬煮到濃稠的意思。因此「간을 졸이다」用來表示因牽掛或煩憂而內心捲縮糾結之意。

간이 조마조마하다 忐忑不安 | 內心不安。

直 肝煩躁。

例 막차를 놓칠까 봐 **간이 조마조마했어**.

擔心會錯過末班車而感到忐忑不安。

「조마조마하다」指對即將來臨的事情擔心而放不下心，感覺不安之意。

간장을 태우다 焦躁不安 | 內心非常不安。

直 燒肝臟、焚肝腸。

例 그만 **간장을 태우고** 어서 말 좀 해 봐. 그래서 어떻게 됐는데?

不要再焦躁不安了，快點說明一下。所以現在到底是怎麼回事？

그늘이 지다 表情嚴肅、一臉陰鬱 | 有擔心的事情而表情陰沉。

直 陰影。

例 그 아이는 늘 얼굴에 **그늘이 져** 있다.

那小孩總是一臉陰鬱。

노심초사 成語 憂心忡忡、勞心焦思 | 形容非常擔心焦慮。

直 勞心焦思

漢 勞心焦思：일할 로，마음 심，그을릴 초，생각할 사

例 오늘 소풍이 취소될까 봐 얼마나 **노심초사**했는지 몰라.

怕今天郊遊可能會取消，我不知道有多麼勞心焦思。

「노심（勞心）」為使費心、「초사（焦思）」為操心思考。主要是用在擔心煩躁的情況。

뒷맛이 쓰다　內心過意不去｜事件完成後，心情好不起來。

直 餘味苦澀。

例 결국 그 애와 화해는 했지만, **뒷맛이 쓰고** 찜찜하다.

雖然跟他和好了，但總感到內心過意不去。

똥줄이 타다　燃眉之急、迫在眉睫｜非常迫切且感到緊張。

直 便急難忍。

▶ 똥끝이 타다

例 시간은 없지, 시험 문제는 아직 덜 풀었지. 그땐 정말 **똥줄이 탔었어**.

沒有時間了，考試問題沒有完成很多。那時候真的是燃眉之急。

有時候匆匆忙忙大小便，會拉出一條很長的屎，那就是「똥줄（急便）」。這表示在做某件事的時候內心焦急到連屎糞都會變黑。

마른침을 삼키다　乾嚥口水｜非常緊張。

直 吞嚥乾口水。

例 영희는 무대 뒤에서 **마른침을 삼키며** 순서를 기다리고 있었다.

永熙在舞台後面乾嚥口水地等待她的順序。

在非常緊張的時候，嘴巴會變得很乾燥。因此會不自覺地吞口水。「마른침을 삼키다」是用來表示非常緊張致使嘴唇變乾與不自覺地吞口水。

머리가 무겁다　頭昏腦脹｜心情不好，頭發昏。

直 頭重。

▶ 머리가 아프다

例 시험 생각만 하면 **머리가 무겁다니까**.

我是說我一想到考試就會覺得頭昏腦脹。

발길이 내키지 않다 躊躇不前 | 因為不想做某事而猶豫。

🎯 邁不出腳步。

▶ 발길이 무겁다

📝 오늘 등산은 왠지 **발길이 내키지 않아**.

　　今日登山不知道為何我邁不出步伐。

「발길（步伐）」表示腳往前移動；「내키다」表生出有想要做的心。「발길이 내키지 않다」表示去是該去，但卻猶豫躊躇不前之意。

벙어리 냉가슴 앓듯 俗語 啞巴吃黃蓮 | 心有煩悶卻無法告訴他人而獨自痛苦。

🎯 如同啞巴患了心口痛一般悶在心裡。

📝 **벙어리 냉가슴 앓듯** 혼자 끙끙대지 말고 툭 터놓고 말해 봐.

　　別像啞巴吃黃蓮一般悶在心裡，來說說看發生什麼事。

「냉가슴（獨自鬱悶）」表示憋在內心獨自擔心之意。沒辦法說話的人，即使內心有想要說的話也無法表達。像這樣有口難言，無法隨意開口的情況以「벙어리 냉가슴 앓듯」表達之。

속을 끓이다 操心、焦慮 | 非常擔憂。

🎯 燒滾內心。

📝 할머니는 삼촌이 결혼하지 않아 **속을 끓이고** 있어요.

　　奶奶因為叔叔還沒結婚而操心著。

此話含有「心有擔心事而無法對他人說」之意。

속을 썩이다 令人傷心 | 傷別人的心。

🎯 腐蝕內心。

📝 이제 나이가 그만하니, 부모 **속 좀 그만 썩여라**.

　　現在年齡已經不小了，別再傷父母的心了。

這主要是用在父母與子女的關係，或是上下從屬關係中，不聽話時之表現用法。

속이 타다 心急火燎、心急如火 | 非常擔心而內心焦急。

(直) 內心焚燒。

(例) 부모님은 아이가 밤이 되도록 집에 들어오지 않아 **속이 탔다**.

父母因為孩子夜深未歸而感到心急如火。

손에 땀을 쥐다 捏一把冷汗 | 內心焦慮。

(直) 手捏汗。

(例) 김연아 선수의 경기는 **손에 땀을 쥘** 정도로 긴장감이 넘쳤다.

金妍兒選手的比賽令人緊張得捏了一把冷汗。

非常緊張時會不自覺握緊拳頭，手掌流汗。

손에 잡히지 않다 不上手、未得心應手 | 心亂而無法好好工作。

(直) 不被手掌握控制。

(例) 엄마는 감기 걸린 아이 걱정에 일이 **손에 잡히지 않았다**.

媽媽因為擔心生病的孩子而做事心不在焉。

앞이 캄캄하다 眼前一片黑 | 不知所措。

(直) 眼前昏暗。

(例) 이 많은 숙제를 어떻게 다 할지 **앞이 캄캄하다**.

這麼多的作業怎麼做得完，我感到眼前一片黑。

關燈或閉眼時，可以感覺眼前一片黑。眼前一片黑則不知前方有何物，或不知去路，難以分辨。這是用來表達在發生困難時，自己不知道該如何做的鬱悶心情。

애가 닳다 九回腸斷、焦慮 | 焦慮心焚。

(直) 腸了磨損，

(例) 봉선이는 어제 남겨 둔 빵을 오빠가 먹을까 봐 **애가 닳은** 채 뛰어갔다.

鳳善怕哥哥把昨天剩下的麵包吃掉而感到焦慮地跑走了。

「애」為「창자（腸子）」之意；「닳다」為某物久用而破損之意。因此擔心到腸子好像磨損般的情況以此表達。

애가 마르다 心急如焚、心如刀割｜焦慮傷心。

直 腸子乾。

例 애 낳으러 간 아내가 수술실에서 나오지 않아 **애가 마르는** 듯했다.
　　去生小孩的老婆還沒從手術室出來，我心急如焚。

애간장을 말리다 磨人、令人心焦｜令人焦躁難過。

直 弄乾肝腸。

例 소희는 밥을 잘 안 먹어 엄마의 **애간장을 말리는** 딸이다.
　　昭熙經常不好好地吃飯，是個讓母親操心的女兒。

좀이 쑤시다 身體長蟲、坐不住｜無法好好地待著。

直 蠹蟲扎入。

例 영화 시간이 두 시간이 넘어가자 영희는 **좀이 쑤시는지** 가만히 앉아 있질 못했다.
　　電影時間超過兩小時，英輝身體好像長蟲一般無法好好地待著。

「좀（蠹蟲）」是指專吃衣服或書本的害蟲。聽說如果這蠹蟲爬到人的身體裡，人的身體會發癢而無法好好待著。因此用以比喻無法安靜而不時站起走動，或是不知所措不安時的樣子，這種情況便以「좀이 쑤신다」來表示。

좌불안석 坐立不安、如芒在背，坐如針氈｜坐立難安。

直 坐不安席、心神不寧。

漢 坐不安席：앉을 좌，아니 불，편안할 안，자리 석

例 형이 아끼던 장난감이 망가진 걸 알까 봐 **좌불안석**이다.
　　怕哥哥會發現他最喜愛的玩具壞了而感到坐立不安。

這是表達不安或擔心而無法靜下心來坐著之意。

피가 마르다 心急如焚 | 非常痛苦與悲傷。

直 血乾。

例 컴퓨터에서 합격자 발표 화면으로 넘어가는 순간 **피가 마르는** 심정이었다.

電腦切換到錄取名單的瞬間，我感到心急如焚。

피를 말리다 焦慮萬分、令人焦慮 | 使人痛苦與擔憂。

直 弄乾血。

例 축구가 언장전으로 접어들면서 **피를 말리는** 경기가 진행되고 있습니다.

足球進到延長賽後，比賽變成讓人焦慮萬分的情況。

「말리다（弄乾）」是指經過長久時間逐漸乾涸之意；「피를 말리다」是表示持續讓人痛苦的過程。

生氣與憤怒

　　生氣是不順心或不悅而發怒的情緒；漢字以「火」來表示。所以表示憤怒時經常用「불（火）」、「열（熱）」或是「붉은색（紅色）」。

거품을 물다　口沫橫飛｜非常生氣或興奮。

直 含著口沫。

例 경찰서에 오자 그 사람은 오히려 자신이 피해자라며 입에 **거품을 물고** 이야기했다.
　　一來到警局，那個人反而說自己是受害者，說得口沫橫飛。

「거품」是指從嘴出來的口水泡泡。「거품을 물다」是出自描述生氣而說粗話時，口沫含在嘴角的情況。非常激動以致連擦拭口角泡沫的時間都沒有。

골이 상투 끝까지 나다　怒髮沖冠、火冒三丈、惱羞成怒｜忍無可忍的憤怒。

直 火氣沖到頭頂。

例 동생이 멋대로 내 가방을 뒤져서 **골이 상투 끝까지 났다**.
　　弟弟任意地翻我的包包，我感到怒髮沖冠。

「골（火氣）」是指遭遇不悅之事而暴發的怒氣。「상투（髮髻）」是指從前男人結婚將頭髮捲繞於頭頂上的事情。「골이 상투 끝까지 나다」是表示憤怒衝到頂的意思。

눈에 불을 켜다　眼冒怒光、兩眼冒火｜非常生氣而瞪眼怒視。

直 眼裡點火。

例 미안하다고 말했지만, 언니는 **눈에 불을 켜고** 나를 노려보았다.
　　我道歉了，但姊姊還眼冒怒光地瞪著我。

눈에 불이 나다　瞋目怒視｜非常生氣。

直 眼中火燒著。

例 근거 없는 소문 때문에 **눈에 불이 났지만** 말리는 친구 덕분에 겨우 참을 수 있었다.

因沒有證據的謠言而瞋目怒視，在朋友的阻止中忍了下來。

눈에 쌍심지를 켜다 兩眼冒火、怒目而視、吹鬍子瞪眼睛 | 非常惱怒而怒瞪。

直 眼裡點燃雙燈芯。

▶ 눈에 쌍심지가 나다

例 동생은 "내가 그런 게 아니라고!"라고 울부짖으며 **눈에 쌍심지를 켰다**.

弟弟哭喊著「我沒有！」的同時氣得兩眼冒火。

「쌍심지（雙芯）」是指蠟燭的芯有兩個。如果蠟燭有雙芯的話，會比一個芯還要來得更加明亮與熱。因此這是用來表示非常生氣，雙眼瞪大直盯對方的狀態。

눈에 핏발을 세우다 目眥盡裂 | 非常生氣與憤怒。

直 眼裡立起血絲。

例 희영이는 **눈에 핏발을 세우고** 억울한 듯이 쏘아 댔다.

熙英目眥盡裂好像很委屈地頂嘴。

「핏발（血絲）」是指受傷或是疲累時，血集中到身體某個地方而顯現紅色。主要是用來描述非常生氣時眼睛的狀態。

눈을 부라리다 橫眉豎眼、瞪眼 | 睜大眼睛兇狠地直視。

直 瞪大眼睛。

例 어디 감히 사또 앞에서 **눈을 부라리느냐**?

竟敢在使道的面前瞪眼？

눈이 돌아가다 判斷失準、不辨是非 | 無法準確判斷。

直 眼睛失準　眼睛轉來轉去

例 누군가 자식을 욕하면 **눈이 돌아가는** 것이 엄마 마음이다.

如果有人罵自己小孩的話，不辨是非是媽媽的心理。

눈이 뒤집히다 翻白眼、鬼迷心竅 | 失去理性無法好好地判斷。

🔲 翻眼睛。

🗨 인종 차별 하는 말을 듣자마자 **눈이 뒤집히고** 피가 거꾸로 솟았다.

一聽到種族歧視的話，我就翻白眼血沸騰。

像殭屍般眼白部分較多的狀態稱為「눈이 뒤집히다」。這用來表示非常生氣或受到衝擊，失去理性而無法正確判斷的情況。

哇啊啊啊啊啊

哇啊！翻白眼了。

뒤로 넘어가다 暈倒 | 生氣而暈倒。

🔲 往後倒。

🗨 반대하는 결혼을 하겠다고 고집을 부리니 속이 상해 **뒤로 넘어갈** 지경이다.

堅持要結這個讓人反對的婚姻，傷心到要暈倒的地步。

韓國人在受到衝擊或是非常生氣時，會扶著脖子後方暈倒。因此以「뒤로 넘어가다」來表示暈倒。

부아가 상투 끝까지 치밀어 오르다 怒氣沖天 | 非常生氣。

🔲 憤怒直沖頭頂。

▶ 부아가 치밀다

🗨 매번 나를 무시하니 **부아가 상투 끝까지 치밀어 올랐다.**

每次都當我不存在，我感到怒氣沖天。

「치밀다」是由下往上衝之意。這用來描述非常憤怒冤枉而激烈反應的情況。

분통이 터지다 氣憤不已 | 生氣冤枉。

🔲 氣憤爆發。

🗨 괜한 소문에 믿었던 친구마저 등을 돌리니 **분통이 터져** 못 살겠다.

因謠言，連我信任的朋友也背棄了我，我感到氣憤不已活不下去了。

뿔나다 發怒 | 生氣。

🔲 長角。

例 너는 왜 계속 **뿔난** 얼굴로 앉아 있는 거니?

為什麼你一直用發怒的表情坐著呢?

「뿔」是指因憤怒而生的不悅感情。

속을 뒤집다 惹人生氣 | 使令對方生氣。

直 翻轉內心。

例 늘 내 편이었다가도 엄마는 한 번씩 내 **속을 뒤집어** 놓는다.

雖然總是支持我的媽媽也是會惹我生氣。

「뒤집다（翻）」是使雜亂之意。這用來表示攪亂別人平靜的心，使之紊亂之意。

속이 끓다 上火、氣憤 | 感覺煩悶非常生氣。

直 內心滾熱。

例 먼저 까분 동생은 혼나지 않고 나만 혼나니 **속이 끓었다.**

不罵先調皮搗蛋的妹妹，卻只責備我，真氣人。

「속이 끓다 上火」怒氣如水滾一般上升。主要用於表示問題無法解決，心煩悶的樣子。

속이 치밀다 怒火中燒 | 憤怒之心翻騰。

直 內心往上沖。

例 내 뒷말이 내 귀에까지 들어오니 **속이 치밀어** 도저히 참을 수가 없다.

我的壞話傳到我耳裡，我感到怒火中燒，忍無可忍。

속이 터지다 氣炸 | 非常煩躁。

直 內心爆炸。

例 어이구, **속 터져!** 이렇게 하는 거라고!

我的天，真是氣炸了！居然這樣說！

用於描述事情不順心或有人說了不中聽的話而怒氣上衝的情況。

약을 올리다　火上加油 | 使人非常生氣。

直 提升辛辣味。

例 그만 **약 올려**. 더는 참을 수 없으니까.

別再火上加油了，我已忍無可忍了。

其意義衍伸描述脾胃損傷而產生的辛酸感情。

얼굴을 붉히다　面紅耳赤、漲紅臉 | 互相吵架。

直 漲紅臉。

例 바닥에 매트도 깔았으니 이제 아랫집과 **얼굴 붉힐** 일은 없겠지?

地板也鋪了地毯，現在應該不會再有跟樓下鄰居面紅耳赤的事情吧？

感情激動時，血液快速流向臉部，臉色變紅。這是隨情緒而出現之無法避免的事情。這用來表示跟對方吵架，情緒激動傷及感情的情況。

열에 받치다　興奮 | 非常興奮激動。

直 受熱情支撐、熱情。

例 축구 경기 중에 **열에 받친** 관중들이 경기장 안으로 뛰어 들어갔다.

在看足球賽時，情緒激動的觀眾們跑進賽場。

열을 받다　生氣 | 因某事而生氣。

直 得到熱、激奮。

例 심판의 오판이 계속되자 감독이 **열 받았다**.

裁判老是誤判，教練生氣了。

열을 올리다　生氣、發怒 | 興奮生氣。

直 提升氣憤。

▶ 열을 내다

例 네가 그렇게 **열 낸다고** 달라지지 않으니 조금만 참아 봐.

事情不會因你那麼生氣而改變，你就忍一下吧。

염장을 지르다 耍弄、火上加油、在傷口撒鹽 | 挑弄令人不舒服。

直 挑弄鹽醬。

例 너 왜 자꾸 내 **염장을 지르니?**

你為什麼總是要在我傷口上灑鹽？

울화통이 터지다 大發雷霆 | 憤怒無法再忍受。

直 鬱火爆發。

例 몇 번이나 전화했는데 왜 받질 않아! **울화통 터지게.**

打了幾次電話，但為什麼都不接！要讓我發脾氣！

一再累積的憤怒稱為「울화（鬱火）」。「울화통（鬱火筒）」表強調鬱火之意。
「울화통이 터지다」表示累積一段時間的憤怒無法再忍受而爆發的意思。

이를 갈다 咬牙切齒 | 痛下決心。

直 磨牙。

例 어제 겪은 수모를 생각하며 **이를 바드득바드득 갈았다.**

想到昨天的侮辱，真讓人咬牙切齒。

這是指上下排牙齒相對而銳利地咬著。生氣會
不知不覺地用力咬牙。這用來描述痛下決心要
報復的情況。

입에 게거품을 물다 口沫橫飛、激辯 | 激憤爭吵。

直 嘴裡含著螃蟹白沫。

▶ 입에 거품을 물다

例 누나! 앞집 종혁이랑 뒷집 호영이가 **입에 게거품을 물고** 싸우고 있어!

姐姐！前面鄰居的鍾赫與後面鄰居的浩英正口沫橫飛地吵架！

「게（螃蟹）」會用自己的大鉗對抗敵人。但是，對螃蟹來說，除了大鉗以外還有
別的武器。那就是嘴裡吐出的白沫。白沫可用來嚇阻對方，此稱為「게거품」。

지렁이도 밟으면 꿈틀한다 (俗語) 別欺人太甚、泥人也有三分火氣 | 不管脾氣多麼好的人，也是有脾氣的。

(直) 踩了蚯蚓的話它會蠕動。

(例) **지렁이도 밟으면 꿈틀한다**더니, 온순한 구 씨가 그렇게 화를 낼 줄은 몰랐네.

都說別欺人太甚，沒想到溫和的具先生會發那麼大的火。

就算是溫和軟弱的蚯蚓，踩了它也會扭曲身子。這是表示不起眼的人物，也不能隨意看不起的俗語。

천인공노 (成語) 人神共憤 | 天與人都憤怒。

(直) 天人共怒。

(漢) 天人共怒 : 하늘 천, 사람 인, 함께 공, 노할 노

(例) 어린아이를 대상으로 하는 범죄는 **천인공노**할 악행이다.

針對幼小小孩為對象的犯罪，是人神共憤之惡行。

若犯了卑劣惡行，任誰都會憤怒，此情況以「천인공노하다」來表示。

치가 떨리다 不寒而慄、咬牙切齒 | 非常憤怒而打冷顫。

(直) 齒牙顫抖。

(▶) 이가 떨리다

(例) 일제 강점기에 일본이 우리에게 한 만행을 생각하면 **치가 떨린다**.

一想到日治時期日本人對我們的暴行就感到不寒而慄。

漢字「치（齒）」原指「이빨（牙齒）」之意。若非常憤怒冤枉，身體會氣到發抖，氣得更厲害時會使牙齒不由自主地顫抖。

콩 튀듯 暴跳如雷 | 非常生氣而暴跳之模樣。

(直) 如同豆子彈跳似的。

(▶) 콩 튀듯 팥 튀듯

(例) 옆집 할아버지는 무엇 때문인지 옆집 할머니께 **콩 튀듯** 소리를 질러 대셨다.

鄰居爺爺不知道什麼緣故對鄰居奶奶暴跳如雷地大罵。

聽說大豆、紅豆稍微晚一點收成的話，豆莢會裂開，豆子會掉出來，就難以收成。這些在收成前豆子彈跳的樣子，就用來比喻無法克制自己情緒而暴跳的情況。

펄펄 뛰다 暴跳 | 受冤枉而非常生氣，或強烈否認。

直 蹦跳

▶ 팔짝 뛰다

例 저렇게 **펄펄 뛰며** 화를 내니 더 의심스럽군!

　像那樣暴跳與發怒的模樣，更讓人起疑！

피가 거꾸로 솟다 激動憤怒、氣得血倒流 | 非常激動且怒氣沖天。

直 血逆升。

例 사기꾼이 잘사는 꼴을 보고 있자니 **피가 거꾸로 솟는** 것 같았다.

　看到騙子活得很好的模樣，我好像氣得血倒流的樣子。

「거꾸로（相反）」是指反方向的意思，這話表示血液往頭部逆升，為非常憤怒而到失去理性的程度。

핏대를 세우다 臉紅脖子粗 | 大聲發怒。

直 立起血管。

例 뭐 이런 일에 **핏대를 세우기까지** 하니?

　為這樣的事情要氣到臉紅脖子粗嗎？

此話表示非常生氣而脖子血管浮現，似乎要撲向對方的情況。

혈압이 오르다 血壓上升、上火 | 非常生氣。

直 血壓上升。

例 무개념 고객들을 만나면 **혈압이 오르기** 일쑤이다.

　遇到沒概念的顧客時，血壓會直線上升。

驚嚇

　　當看到某事而驚訝時，臉與身體會發生變化，先是眼睛圓睜、內心奔騰，也會嘴張著。只要想到驚嚇時身體變化的樣子，就容易理解話意。

가슴이 내려앉다　魂飛魄散｜因巨大衝擊而非常驚訝。

直 心下沉。

例 어머! 깜짝이야! 너 때문에 **가슴이 내려앉는** 줄 알았잖니?

　　天啊！嚇到我了！因為你，我都嚇破膽了你知道嗎？

간이 떨어지다　嚇破膽｜瞬間驚嚇。

直 肝掉落、膽落。

▶ 간담이 떨어지다

例 동생의 갑작스러운 비명에 **간 떨어질** 뻔했다.

　　妹妹突然哭叫，我差點嚇破膽。

這與「가슴이 내려앉다」使用在類似的情況。

경악을 금치 못하다　失魂落魄｜驚訝不已。

直 禁不住驚訝。

例 지진의 피해를 직접 눈으로 보니 **경악을 금치 못할** 정도였다.

　　親眼看到地震災害，那是嚇到失魂落魄的程度。

「경악（驚愕）」表非常驚嚇之意。「금치 못하다」為「금하지 못하다」的縮寫，是無法忍受的意思。所以這話是無法忍受驚嚇之意。

눈이 나오다　嚇到眼珠快掉出來｜驚訝而氣塞。

直 眼珠出來。

例 매장의 옷 가격을 확인하고 너무 비싸 **눈이 나왔다**.

　　確認的商場衣服的價格後，因為太貴而嚇到眼珠快掉出來。

受驚嚇時會睜大眼睛。嚇得氣堵塞而眼睛睜大像要掉出來的樣子。這用來描述看到比想像中還要超過的情況。

感情

睜大雙眼了！

嚇

눈이 등잔만 하다 　睜大雙眼 |

非常驚嚇而眼睛睜大。

🔵 眼睛像燈盞一樣。

📋 폭발 소리를 들은 사람들은 모두 **눈이 등잔만 해졌다.**

　聽到爆炸聲音的人們都睜大雙眼。

마른하늘에 날벼락 (俗語)　晴天霹靂 | 出乎意料之外的災難。

🔵 晴天打雷。

▶ 청천벽력 (成語)

📋 **마른하늘에 날벼락**이라더니, 이게 무슨 일이니?

　真是晴天霹靂，這是怎麼回事？

　할아버지가 돌아가셨다는 **청천벽력** 같은 소식을 들었다.

　聽到爺爺過世之晴天霹靂的消息。

「마른하늘에 날벼락（晴天霹靂）」為晴朗的天氣突然打雷之意，用來描述困難不幸突如其來的情況。

식은땀이 나다 　冒冷汗 | 非常緊張。

🔵 冒冷汗。

📋 번지 점프대에 서자 온몸에 **식은땀이 났다.**

　站在高空彈跳台上，全身冒冷汗。

「식은땀（冷汗）」指非常緊張或驚嚇時冒出的汗。這和運動或天熱所流的汗不同。「식은땀이 나다」用來表示在非常緊張的狀態之下所流的汗。

아연실색 (成語)　啞然失色 | 因意外而驚嚇得臉變色。

🔵 啞然失色。

🔴 啞然失色：벙어리 아, 그러할 연, 잃을 실, 빛 색

例 이 일을 모두 어린 꼬마가 꾸며낸 거라니! 우리는 모두 **아연실색**했다.

聽說這全部都是小孩子所編出來的！我們全都啞然失色。

因對意外之事過於驚嚇，就像成為啞巴一般說不出話來，臉色也隨之變化之意。

애가 떨어질 뻔하다　嚇破膽、嚇到吃手手（台）｜因衝擊而驚嚇。

直 孩子差點掉了下來。

例 집에 가는데 고양이가 갑자기 튀어나와서 정말 **애 떨어질 뻔했어**.

回家的路上貓突然跑出來，我差點嚇破膽。

얼굴이 하얘지다　嚇得臉色蒼白｜太驚嚇而面無血色。

直 臉色變蒼白。

例 소녀는 너무 놀라 **얼굴이 하얘졌다**. 少女嚇得臉色發白。

입을 다물지 못하다　目瞪口呆｜非常讚歎驚訝。

直 無法闔上嘴。

例 백두산 천지의 아름다운 모습에 모두 **입을 다물지 못했다**.

每個人都因白頭山天地的美麗景色而目瞪口呆。

입이 딱 벌어지다　瞠目結舌、嚇得

張大嘴巴｜因鉅大或突發而非常驚嚇。

直 突然嘴張大。

例 할머니 댁 마당에 놓인 어마어마한 배추를 보고 **입이 딱 벌어졌다**.

看到奶奶家院子放著堆積如山的白菜，嚇得張大嘴巴。

「딱」指某事突然闊展或張開的模樣。人們會因為驚嚇或因沒道理、無厘頭的事而呈張嘴發楞的狀態。

자라 보고 놀란 가슴 솥뚜껑 보고 놀란다 ^{俗語} 一朝被蛇咬，十年

怕草繩 | 只看到相似的東西就害怕。

🗨 被鱉所嚇，看到鍋蓋也會怕。

📝 **자라 보고 놀란 가슴 솥뚜껑 보고 놀란다**고, 검은 물체만 보여도 바퀴벌레일까 봐 놀란다.

　　一朝被蛇咬，十年怕草繩，看到黑色東西，也會誤以為是蟑螂而害怕。

「자라（鱉）」是外表和「거북이（烏龜）」很相似的動物。它的殼就跟倒蓋的鍋蓋很像。看到鱉而驚嚇的人，只要看到鍋蓋也會想到鱉而驚嚇，因此用來揶揄看到類似事物而驚嚇的人。這與「오우천월（吳牛喘月）」的成語很類似，這是從吳國的水牛很怕熱，有次看到月亮誤以為是太陽的故事衍生而來的成語。這是指膽怯而為不相干的事預先惶恐、徬徨的人。

혀가 굳다 瞠目結舌、張口結舌 | 非常驚嚇而說不出話來。

🗨 舌頭僵硬。

📝 방송국 카메라 앞에 서니 **혀가 굳고** 갑자기 머리가 새하얘졌어.

　　一站到電視台攝影機前，舌頭就打結，腦袋突然一片空白。

혼비백산 ^{成語} 魂飛魄散 | 靈魂離開身體，不知所措。

🗨 魂飛魄散。

漢 魂飛魄散：넋 혼，날 비，넋 백，흩어질 산

📝 비행기가 심하게 흔들려서 승객들이 **혼비백산**했다.

　　飛機劇烈搖晃，乘客們嚇得魂飛魄散。

「혼백（魂魄）」指「넋」，為人的心靈與精神。為驚嚇得魂魄飛散之意。

畏懼與恐怖

　　人若感覺恐怖或畏懼，皮膚裡的血管因而收縮，嘴唇或臉發青，或者手心、背會冒冷汗。表感覺恐怖或畏懼的字詞就使用此類身體變化來表示。

가슴이 서늘하다　心寒 | 害怕，內心打寒顫。

🔒 內心冷冰冰。

🔖 친구의 낯선 눈빛을 생각하면 아직도 **가슴이 서늘하다.**

　　一想到朋友陌生的眼神，我至今仍感到心寒。

當人們感到恐怖的時候，對它採取措施的腦會維持體溫。所以，當畏懼或恐怖時，就好像體溫下降而感到冷或寒氣。

가슴이 섬뜩하다　不寒而慄 | 感覺不安或威脅。

🔖 평소 지나는 길에 큰 사고가 났다는 소식을 듣고 **가슴이 섬뜩했다.**

　　聽到平常都會經過的路段發生嚴重事故，感到不寒而慄。

간담이 서늘하다　內心打了一股冷顫、膽戰心驚 | 感到不安而有威脅之感。

🔒 肝膽涼。

🔖 공포 영화를 보는데 갑자기 텔레비전이 꺼져 **간담이 서늘했다.**

　　看著恐怖電影，突然電視機斷電，我內心打了一股冷顫。

描述「대담하다（有膽量）」或可怕的事情時，以「간（肝）」來比喻。「간담이 서늘하다」表示面對可怕的事而驚嚇打寒顫之意。

간담이 한 움큼 되다　膽戰心驚、嚇得心臟都快跳出來了 | 非常驚嚇而內心跳得很快。

🔒 肝膽結成一團。

🔖 얼마나 놀랐는지 **간담이 한 움큼 됐잖아.** 장난도 적당히 해야지!

　　不知有多嚇人，嚇得我心臟都快跳出來了。惡作劇也該適可而止吧！

「움큼」是指一手掌的份量，即一拳頭的大小。此用來形容因為大受驚嚇，肝膽縮減為一拳頭大小之意。

간이 벌름거리다　提心吊膽｜非常懼怕而心臟直跳。

直 肝跳動。

例 숨어 있는 동안 누군가에게 발견될까 봐 **간이 벌름거렸다.**

在躲藏的期間，害怕可能會被發現而感到提心吊膽。

간이 서늘하다　心驚肉跳、心驚膽戰｜非常危險懼怕而感到驚嚇。

直 肝涼。

例 절벽 아래를 내려다보니 **간이 서늘했다.**

我俯瞰懸崖，心驚肉跳。

간이 콩알만 해지다　魂不附體、六神無主、喪失勇氣｜非常可怕而畏縮。

直 肝變成豆粒大小。

▶ **간이 오그라들다**

例 귀신 얘기를 듣자 **가슴이 콩알만 해졌다.**

一聽到鬼故事就魂不附體。

너무 놀라서 **간이 오그라들었다.**

因為非常驚嚇而六神無主。

「콩알（豆粒）」用來代指非常小的東西。此話指對某事感到不安、懼怕而喪失勇氣的狀態。

귀신보다 사람이 더 무섭다　俗語　人比鬼更可怕｜人的陰謀最可怕。

直 比起鬼人更可怕。

例 **귀신보다 사람이 더 무섭다더니** 그 시구기 내 뒤등 ↑를 칠 줄이아.

俗話說人比鬼更可怕，怎知道他會從我背後捅一刀。

這是指人的陰謀、詭計能帶來更可怕的禍害。

등골이 서늘하다 背脊發寒 | 害怕到頭暈目眩。

🔵 脊梁冷。

🔵 초행길이고 또 밤도 깊어서 순간 **등골이 서늘했다.**

第一次走這條路，且又是半夜，讓我突然感到背脊發寒。

「등골」是背脊內的骨髓。此話描述專司神經的重要器官脊髓在感到恐怖的時候會呈緊張的狀態。

등골이 오싹하다 骨寒毛豎、不寒而慄 | 恐怖到起雞皮疙瘩。

🔵 脊梁打寒顫。

🔵 나는 이 장면만 보면 **등골이 오싹하다.**

我一看到這場面就骨寒毛豎。

똥줄이 당기다 屁滾尿流、嚇壞 | 非常恐怖懼怕。

🔵 急便快出。

🔵 오빠는 귀신이라는 말만 들어도 **똥줄이 당기는** 모양이야.

哥哥只要聽到鬼這個字就會嚇得好像快屁滾尿流。

聽說非常恐怖的話，肛門與膀胱都會麻痺，因此會不知不覺屁滾尿流。當遭遇恐怖畏懼的瞬間，肛門好像著力而呈現麻痺狀態可使用此表現。

머리끝이 쭈뼛쭈뼛하다 毛髮悚然 | 非常驚嚇。

🔵 髮尖聳立。

🔵 어둠 속에서 나를 발견한 친구는 마치 귀신을 본 듯 **머리끝이 쭈뼛쭈뼛했다고** 한다.

連在黑暗中發現我的朋友都說如同看到鬼一般，嚇得毛髮悚然。

머리털이 곤두서다 毛髮倒豎、毛骨悚然 | 非常恐怖而神經敏銳。

🔵 頭髮倒立。

🔵 텔레비전에서 무서운 장면이 나오자 나는 **머리털이 곤두섰다.**

電視一出現可怕的場面，我毛髮就倒立起來。

如果老鼠遇到貓，背脊會弓起，毛豎起。人也是在一感受到懼怕的瞬間，毛髮會挺

直立起。「머리털이 곤두서다」是用來描述非常恐怖以致神經緊張尖銳的狀態。

모골이 송연하다 毛骨悚然 | 非常恐怖而全身毛髮豎立。

🔵 毛骨悚然。

🟢 구급차가 빨리 오지 않았으면 어떤 일이 벌어졌을지 생각만 해도 **모골이 송연하다**.

如果救護車沒有很快來的話，不知會發生什麼事情，光想就感到毛骨悚然。

「모골（毛骨）」是毛與骨。「송연（悚然）」是描述因恐怖畏懼而全身冷得瑟縮的情況。因此，「모골이 송연하다」用來表現恐怖驚悚得毛髮直豎。

사색이 되다 臉色蒼白 | 非常恐怖而臉色變得蒼白。

🔵 變成死色。

🟢 친구는 **사색이 되어** 나를 불렀다.

朋友臉色蒼白地叫我。

「사색（死色：죽을 사，빛 색）」是指如死人般蒼白的臉色。指有極大憂心事或畏懼而嚇得蒼白的臉色。

소름이 끼치다 起雞皮疙瘩 | 感到恐怖或受衝擊。

- 🔘 起雞皮疙瘩。
- ▶ 소름이 돋다
- 🔘 어둠 속에서 혼자 친구를 기다리자니, **소름 끼치도록** 무서웠다.

  要一個人在黑暗中等待朋友，恐怖到起雞皮疙瘩。

속이 떨리다 提心吊膽 | 非常害怕緊張。

- 🔘 心顫抖。
- ▶ 간이 떨리다
- 🔘 전망대에서 아래를 내려다본 순간 **속이 떨렸다**.

  從展望台上往下看的瞬間，我感到提心吊膽。

전전긍긍 成語 戰戰兢兢、如履薄冰 | 非常害怕而小心謹慎。

- 🔘 戰戰兢兢。
- 🔘 戰戰兢兢：두려워 떨 전，두려워 떨 전，두려워할 긍，두려워할 긍
- 🔘 친구가 무서운 놀이기구를 같이 타자고 할까 봐 **전전긍긍**했다.

  害怕朋友會叫我一起搭可怕的設施而感到戰戰兢兢。

這是出自「시경（詩經）」詩句。「전전（戰戰）」是非常恐怖全身發抖的樣子；「긍긍（兢兢）」是身體瑟縮小心的樣子。這描述處在危機中，手足無措緊迫的心情。

파랗게 질리다 毫無血色 | 受驚嚇而臉色改變。

- 🔘 （臉色）發青失色、嚇得發青。
- 🔘 너 얼굴이 **파랗게 질렸어**! 대체 무슨 일이 있었던 거야?

  你嚇得臉色發青！到底發生什麼事情？

受到驚嚇或害怕而臉色改變稱為「질리다」。通常以「하얗게 질리다」或「파랗게 질리다」來表現，聽說這是因為皮膚血管收縮，血色消失而呈白色；或是藍色靜脈鮮明呈現的緣故。

2

用來表達

關係

的適合表現

- 原因、結果
- 一致、配合
- 不和諧
- 認定、接受
- 競爭
- 阿諛、奉承
- 背叛
- 責任

- 要求
- 主導權
- 特別、傑出
- 重要
- 血緣關係

原因與結果

任何事情都有開始與結束，還有原因與結果。就像是因為植物有根，所以就有稱之為果實的結果產生。因此，在原因與結果的表現用法中，很容易找到用「씨（種子）」、「뿌리（根）」與「열매（果實）」來比喻的話。

결자해지　解鈴還須繫鈴人｜自己惹出來的麻煩要自己去解決。

🔘 結者解之。

🔘 結者解之：맺을 결，사람 자，풀 해，그것 지

🔘 이 일은 네가 알아서 해결해. **결자해지**해야지.

這件事情你看著辦吧，因為解鈴還須繫鈴人。

漢字字面意思是打結的人要自己解開那個結。所以這是惹出問題的人必須自己去解決。

까마귀 날자 배 떨어진다 俗語　烏飛梨落、瓜田李下｜兩件無相關的事情同時發生而被懷疑。

🔘 烏鴉飛起，梨子掉落。

▶ 오비이락　成語

🔘 **까마귀 날자 배 떨어진다**고 컴퓨터 앞에 앉자마자 게임 했다고 의심을 받으니 너무 억울해.

俗話說瓜田李下，我一坐到電腦前面就被懷疑在打遊戲，真冤枉。

烏鴉趴搭趴搭飛起，梨子就從樹上掉落下來。這是指看到這情況的人，懷疑梨子是因為烏鴉而掉落的。但經瞭解，這兩件事情是完全毫無關聯的。站在烏鴉的立場，無緣無故地受到懷疑會是很冤枉的。

다름이 아니라 **不為別的** | 不是有其他理由。

🔘 不是別的。

🔘 선생님! **다름이 아니라**, 제가 배가 아파서 조퇴해야 할 것 같아요.

老師！不為別的，我肚子痛，所以好像要早退。

본전도 못 찾다 **得不償失** | 反而不做任何事情會更好之意。

🔘 本錢找不回。

🔘 **본전도 못 건지다**

🔘 괜히 남의 일에 끼어들어 아는 척하다가 **본전도 못 찾았다**.

無端介入別人的事情，裝行反而得不償失。

「본전도 못 찾다」表示事情失敗，遭到連成本都拿不回來的損失。這也用來表示為某事情出面反而被人揶揄的情形。

불씨가 되다 **變成導火線** | 成為某件事的原因。

🔘 成為火種。

🔘 사소한 오해가 **불씨가 되어** 큰 싸움으로 번지게 되었다.

小誤會變成導火線，氾濫成大戰。

뿌리를 뽑다 **斬草除根** | 袪除可能成為某事生成的根源。

🔘 拔根。

🔘 학교 폭력의 **뿌리를 뽑기** 위해 학교에서는 대대적인 캠페인을 시작했다.

為了要斬除校園暴力，校園裡開始展開宣傳活動。

此話表示就如除根的話，植物就完全死去一樣，意思是完全去除某事的根源使之完全消失。

사필귀정 **成語** **事必歸正** | 所有的事情都會回到正軌。

🔘 事必歸正。

🔘 事必歸正：일 사，반드시 필，돌아갈 귀，바를 정

🔘 지금은 어렵더라도 조금만 인내하고 기다리자. 모든 일은 **사필귀정**이라고 했어.

即使現在感到困難，還是稍作忍耐，耐心等候吧。全部的事情都會事必歸正。

這是表示即使被誤會，有冤枉的事，以後真相也會被澄清之意。

씨를 뿌리다　種下因果｜提供原因。

直 播種。

例 모두 자기가 **씨를 뿌린** 대로 거두는 거지.

全部都是照自己播的種收成的。

아니 땐 굴뚝에 연기 날까 俗語　無風不起浪｜沒有無原因的結果。

直 不生火煙囪會冒煙嗎？

例 스캔들이라고 하더니 정말 둘이 사귄다면서? 어쩐지, **아니 땐 굴뚝에 연기 나겠어?**

聽說是謠言，你說兩個人真的在交往？難怪，無風哪會起浪？

如同無火不生煙，因此用來表達沒有原因就沒有結果之意。

유종의 미　有始有終｜完美地結束一件事獲得成果。

直 有終之美。

例 여러분 모두 **유종의 미**를 거두시길 바랍니다. 고생 많으셨습니다.

希望大家如願以償。辛苦了。

「유종（有終：있을 유，마칠 종）」是指著手的事有終結之意。「미（美）」是指「아름답다（美麗）」之意。這是指有始有終之美的情況。

인과응보 成語　因果報應｜善有善報，惡有惡報。

直 因果應報。

漢 因果應報：원인 인，결과 과，응할 응，갚을 보

例 나쁜 짓을 그렇게 많이 했으니 벌을 받은 것은 당연한 **인과응보**다.

做了許多壞事，受到懲罰是理所當然的因果報應。

這話原來是佛教中使用的話，意思是按上輩子的罪行決定下輩子。因此多行不義的人在下輩子會受很多苦。現在的用法無關宗教信仰，用來表示做善事得善報；做壞事得惡報之意。

콩 심은 데 콩 나고 팥 심은 데 팥 난다 ⑱ 種瓜得瓜，種豆得豆 |

依原因不同而得到相應的結果。

直 種大豆長大豆，種紅豆長紅豆。

例 콩 심은 데 콩 나고 팥 심은 데 팥 난다고, 공부를 열심히 해야 좋은 결과가 나오지.

俗話說種瓜得瓜，種豆得豆，努力讀書就會得到好結果。

關係

핑계 없는 무덤이 없다 ⑱ 總是有藉口 | 有那麼一回事地辯解。

直 無沒藉口的墳墓。

例 핑계 없는 무덤 없다더니, 남의 그림을 다 망쳐 놓고도 변명뿐이구나!

俗話說總是有藉口，弄壞了別人的畫還一直辯解啊！

死亡總會有個理由。可能是老死、生病或受傷。這俗語是用來斥責嚴重犯錯卻還硬要辯解的情況。

一致、配合

　　「일치하다（一致）」是沒有相違且完全吻合之意。這就像「가재와 게（龍蝦與螃蟹）」、「바늘과 실（針與線）」或「손과 발（手與腳）」一樣相配合且分不開的關係，這些經常做為比喻的表現。

가재는 게 편이다 俗語　物以類聚｜同類相聚在一起。

直 龍蝦是屬於螃蟹的一類。

例 **가재는 게 편**이라더니, 같은 학교에 다닌다고 편드는 거야?

俗話說物以類聚，你這是挺同校出身的人嗎？

龍蝦與螃蟹的外表看起來很相像。這俗語用來表示類似的人常聚在一起。

각별한 사이　特殊關係｜特別的關係。

直 特殊的關係。

例 이 친구와 나는 같은 마을에서 태어나 지금까지 인연을 이어온 **각별한 사이**다.

這朋友跟我是在同一個村子出生的，因緣延續到今天有特殊的關係。

눈이 맞다　看對眼｜兩人的內心相通。

直 眼合。

例 우리 엄마 아빠는 대학 때 음악 동아리에서 **눈이 맞으셨대**.

聽說我爸爸媽媽是大學的時候在音樂社團上看對眼的。

在這裡的「눈」是指視線的意思。互看而視線相碰時，稱為「눈이 맞다」。

다리를 놓다　搭橋｜相互連結。

直 搭橋。

例 두 사람이 결혼할 수 있게 **다리를 놓아** 준 사람이 바로 나야!

讓他們倆得以結婚，給他們搭橋的就是我！

두 손뼉이 맞아야 소리가 난다 俗語 一個巴掌拍不響 │ 互相有意思，事
情才會有進展。

直 兩手掌要相碰才有聲音出。

例 **두 손뼉이 맞아야 소리가 나는** 것처럼, 절대 한 사람만의 잘못은 아니다.

如同一個巴掌拍不響，這絕對不會是只有一個人的過失。

如同兩手要相碰才會發出聲音一般，這是指雙方意志要一致，不管任何事情都會實
現完成之意。另外也有彼此相似才會打架之意。

딱 맞아떨어지다 絲毫不差 │ 一致。

直 正好對上。

例 처음에 내가 계산했던 것과 **딱 맞아떨어졌다**.

這與我剛開始所計算的絲毫不差。

「맞아떨어지다（完全對）」是沒多也沒少之意。因此這是完全符合基準之意。

마음이 맞다 心意相通 │ 想法一樣。

直 心意相同。

例 **마음 맞는** 친구와는 무엇을 해도 어디를 가도 재미있다.

跟心意相通的朋友一起，不管做什麼事或去哪裡都很有趣。

맞장구를 치다 隨聲附和 │ 附和或同意別人所說的話。

直 一搭一唱、敲對鼓。

例 이장의 말에 동네 사람들은 모두 고개를 끄덕이며 **맞장구를 쳤다**.

對里長所說的話，村民們全都點頭隨聲附和。

「맞장구」是兩個人面對面站著，說一句敲一下鼓的事情。因此「맞장구 치다」是
表示和他人意氣相投，對其談話表示支持或對所說大呼「說得好」，從旁助興之
意。

바늘 가는 데 실 간다 (俗語) 形影不離 | 兩人關係密切且如影隨形，同來同往。

🔵 線跟著針走。

🟢 **바늘 가는 데 실 간다**더니, 너희 둘은 항상 붙어 다니는구나!

　俗話說針到哪裡，線就到哪裡，你們兩個真的常常黏在一起耶！

발을 맞추다 迎合、步調一致 | 使言行一致。

🔵 協調步調。

🟢 4차 산업혁명 시대에 **발맞추어** 미래에 대비해야 한다.

　因應第四次產業革命，必須為未來做準備。

這是許多人同時行走，起腳、踩腳一致的情況。用來表示說話與行動的方向一致，同心協力之意。

보조를 맞추다 同調 | 許多人在一起工作的時候達成和諧。

🔵 配合步調。

🟢 다른 사람들과 **보조를 맞추어** 일을 무사히 끝냈다.

　配合他人步調，因此事情順利地結束了。

這裡的「보조（步調）」是指調整走路步調之意。這話表示數人一起做事情時，調整彼此的速度。這主要以「～와（과）보조를 맞추다」之形態運用。

선을 대다 拉上關係 | 與某人或團體締結關係。

🔵 連上線、搭上線。

🟢 그 사람은 고위층에 **선을 대서** 회사에 취직했다는 소문이 있어.

　傳言說他與高層拉上關係，因此進入公司。

손발이 맞다 有默契 | 意見或行動一致。

🔵 手腳相配合。

🟢 은수와 나는 **손발이 맞는** 환상의 단짝이다.

　恩秀與我是很有默契，夢幻般的一對。

손을 잡다 攜手合作 | 合力互助。

📖 抓手。

📝 너와 내가 **손을 잡고** 댄스 경연 대회에 출전하면 1등은 문제없어.

你跟我攜手合作參加舞蹈比賽的話，第一名是沒問題的。

어깨를 겯다 並肩作戰 | 為了相同目標而一起行動。

📖 搭肩。

📝 유비, 관우, 장비는 서로 **어깨를 겯고** 삼국 통일에 힘썼다.

劉備、關羽和張飛三人並肩作戰，統一三國。

「겯다（搭）」是指不鬆開，互相交錯穿插或披掛之意。如果說「어깨를 겯다（肩搭肩）」，想到齊肩搭背即可。表示為了同一目的，同心協力努力之意。

어깨를 나란히 하다 　並肩而行 | 為了相同目的而一起工作。

直 肩並肩。

▶ 어깨를 같이하다

例 김구 선생과 윤봉길 의사는 우리나라 독립을 위해 **어깨를 나란히 하였다**.

金九先生與尹奉吉義士為了我們國家獨立而共同努力。

肩並肩一起走必須方向或速度都要一致。因此這是用來表示為了同一目的而一起工作之意。

우호적 　友好的 | 個人之間或國家之間的關係良好。

直 友好的。

例 우리나라는 미국과 **우호적**인 관계이다.

韓國是和美國有友好的關係。

「우호적（友好的）」是如好朋友般關係良好之意。

유유상종 **成語** 　物以類聚 | 相同群集互相交往。

直 類類相從。

漢 類類相從：무리 류，무리 류，서로 상，따를 종

例 **유유상종**이라더니 어떻게 비슷한 애들끼리 매일 몰려다니니?

俗話說物以類聚，怎麼相似的小孩子們都每天聚在一起呢？

이구동성 **成語** 　異口同聲 | 許多人說法一樣。

直 異口同聲。

漢 異口同聲：다를 이，입 구，같을 동，소리 성

例 눈이 오니 아이들은 **이구동성**으로 운동장에 나가자고 외쳤다.

下雪了，孩子們異口同聲地要求去運動場。

이심전심 **成語** 　心有靈犀、心電感應 | 意見藉心相傳。

直 以心傳心。

漢 以心傳心：써 이，마음 심，전할 전，마음 심

例 동생은 나와 쌍둥이라 그런지 **이심전심** 잘 통한다.

弟弟跟我是雙胞胎，所以我們能夠心電感應。

일맥상통 成語 —脈相通 | 想法或狀態等相通或是類似。

直 一脈相通。

漢 一脈相通：하나 일，맥 맥，서로 상，통할 통

例 우리는 식성이 **일맥상통**하는 면이 있다.

我們飲食習慣愛好有頗為類似的一面。

「맥（脈）」是指氣或是力量，也指相互連繫的關係。「일맥상통」指此脈合一互通，轉指性質、力量或想法類似。

일심동체 成語 —心同體、同心同德 | 如心與身不可分的關係。

直 一心同體。

漢 一心同體：하나 일，마음 심，한가지 동，몸 체

例 부부는 **일심동체**라고 엄마는 늘 아빠 편이다.

俗話說夫婦是一心同體，媽媽總是站在爸爸這邊。

입 안의 혀 善解人意的人 | 善於迎合他人喜好。

直 嘴裡的舌頭。

▶ 입의 혀 같다

例 할머니는 엄마가 **입 안의 혀** 같은 딸이라고 하셨다.

奶奶說媽媽是貼心的女兒。

如同可以隨心所欲運作舌頭一般，這是指他人依照我的意思行動的表現。

죽이 척척 맞다 意氣相投 | 彼此意思相通。

直 捆數對。

例 우리는 원래 **죽이 맞는** 사이다.

我們原本即是意氣相投的關係。

這裡說的「죽」不是指粥，而是衣服或碗，單位十個為一捆，因此「죽이 맞다」是一個也不剩，成對的。從前說數字符合的情況為「죽이 맞다」，今天意義衍伸為意

一致、配合 | **077**

氣相通之意。

한 몸이 되다　團結一致｜心與力凝聚一處。

🔵 變成一體。

🟠 줄다리기에서 이기려면 우리 편 모두가 **한 몸이 되어야** 한다.

　　想要在拔河的時候獲勝，我們必須團結一致。

한마음 한뜻　同心協力｜許多人的心志一致。

🔵 一心一志。

🟠 모든 국민이 **한마음 한뜻**이 되어 어려운 IMF 시기를 이겨 냈다.

　　全國國民團結一致而戰勝艱難的ＩＭＦ時期。

한배를 타다　相同處境｜形成同一立場。

🔵 搭同一條船。

🟠 너랑 나는 이제 **한배를 탔으니** 죽어도 같이 죽고 살아도 같이 사는 거야!

　　你跟我現在是在同一條船上，要死一起死，要活一起活！

在同一條船上的話，無法中途下船，如果遇到暴風雨也只能一起度過。因此這是表示生死與共，或是立場處境相同之意。

한솥밥을 먹다　吃大鍋飯、互為共同體｜共同生活。

🔵 吃同一鍋飯。

🟠 앞으로 **한솥밥을 먹게** 되었네요.

　　往後就要一起吃同一鍋飯了吧。

這是挖同鍋的飯來吃的意思。為共同做事，同屬一共同體之意。

호흡을 같이하다　步調一致、齊心協力｜知

道對方的意圖並配合其步調。

🔵 呼吸一致。

🟠 일할 때는 **호흡을 같이해야** 빨리 끝낼 수 있다.

　　做事情的時候，必須要大家步調一致才能快速完成。

我們是吃大鍋飯的關係！

호흡을 맞추다 齊心協力、步調一致、默契十足 | 清楚知道對方的意圖並處理之。

🔵 調節呼吸。

🟢 저 두 배우가 **호흡을 맞춘** 뮤지컬 공연을 보러 갈 예정이에요.

我想要去看那兩演員默契十足的音樂劇。

호흡이 맞다 有默契、協調契合、步調一致 | 互相的想法與意圖一致。

🔵 呼吸一致。

🟢 이번 대회는 선수들 사이에 **호흡이 잘 맞아서** 큰 성과를 거둘 수 있었다.

這次比賽中，因為選手們之間都很有默契，因此才能得到好成果。

不和諧

「어긋났다」是指互不合諧之意。因此在表達不合諧的字詞中，大部分是用帶有心志不同或有相反意思的字眼。

고양이와 개　**冤家** | 彼此是宿敵。

🅳 貓與狗、互看不順眼。

🅴 저 둘은 서로 **고양이와 개**야. 같이 있으면 꼭 싸운다니까!

他們兩個是冤家。因為在一起的話一定會吵架。

聽說狗在表示喜歡時會搖尾巴，但是貓在攻擊對方時會搖尾巴。這是用來表達不能互相理解而心懷仇恨的表現。

괘장을 부치다　**變卦** | 對原先贊成的事突然反對而致無法實行。

🅳 變卦。

🅴 넌 왜 갑자기 **괘장을 부쳐서** 일을 망치는 거니?

你為什麼突然變卦而搞砸事情呢？

原本說要做，但突然改變想法不做，稱之為「괘장（變卦）」。「괘장을 부치다（變卦）」是表示原本贊成的事情，但因突然改變態度使得事情不順之意。如果真的發生這樣的事情，那情況可真糟了。

다른 목소리를 내다　**不同聲音** | 意見不同。

🅳 發出不同的聲音。

🅴 서로 **다른 목소리를 내던** 두 교수님이 드디어 같은 의견을 말씀하셨다.

原本都是相互表達不同聲音的兩位教授，終於說出了相同意見。

도둑질을 해도 손발이 맞아야 한다　**俗語**　偷東西也要手腳相配合 | 不管做什麼事情，彼此的意思要相同才能順利完成。

🅳 偷東西也要手腳一致。

例 도둑질을 해도 손발이 맞아야 한다고, 너하고 나는 일하는 방식이 너무 다르다.

俗話說偷東西也要手腳協調，你跟我做事的方法很不同。

동문서답 成語　問東答西、答非所問 | 與問題全然無關的答案。

直 東問西答。

漢 東問西答：동쪽 동，물을 문，서쪽 서，대답 답

例 **동문서답**하지 말고 성의 있게 답변해 주시기 바랍니다.

不要答非所問，希望您能夠很有誠意地回答問題。

漢字字面的意思是問東邊答西邊。因此這是答非所問之意。

동상이몽 成語　同床異夢 | 在相同情況中，有互為不同的想法。

直 同床異夢。

漢 同床異夢：한가지 동，침대 상，다를 이，꿈 몽

例 팀원들은 대상으로 받은 상금을 가지고 **동상이몽**을 꾸고 있었다.

組員們對頭獎獎金各自有盤算。

들고 일어서다　起而反抗、群起反抗 | 為了抵抗而有力站出。

直 攀著站起。

例 체육 시간을 수학 시간으로 바꾼다고 하자 학생들이 모두 **들고 일어섰다**.

一說要把體育課換成數學課，學生們全都群起反抗。

물과 기름　水火不容 | 不相容並游離的狀態。

直 水與油。

例 그 둘은 언제나 **물과 기름**처럼 서로 어울리지 못했다.

他們倆個是水火不容，彼此不合。

반기를 들다　反對、造反 | 表相反的意見。

直 舉起反旗。

例 선생님의 말씀에 늘 **반기를 드는** 학생이 있다.

有對老師的話老表示不同意見的學生。

「반기（反旗：반대할 반，깃발 기）」是指叛亂的一群人所舉的旗幟；這也用來表示持有相反意見或行動之意。

손발이 따로 놀다 不協調、沒默契｜心意或意見不符。

🈯 手腳各自玩。

📝 투수와 1루수의 **손발이 따로 놀아** 점수를 내주고 말았다.

　　投手與一壘手沒默契而輸了分數。

쌍지팡이를 짚고 나서다 堅決反對｜對某事積極反對。

🈯 拄著雙拐杖挺身而出。

▶ 쌍지팡이를 들고 나서다

📝 우리 마을에 쓰레기장은 절대 들어올 수 없다고 사람들이 **쌍지팡이를 짚고 나섰다**.

　　人們堅決反對垃圾場進到我們社區裡。

這是連腳都不能使力的人拄著兩支枴杖出來反對的事，可想而知這會是多麼讓人強烈反對的事情。

어깃장을 놓다 故意作對 | 說反對的話或做阻撓的行動。

🔘 放橫木條。

🔘 지난번 나와 싸운 이후로 현주는 내가 하는 일마다 **어깃장을 놓았다**.

  自從上次跟我吵架之後，賢珠就針對我的事情故意跟我作對。

從前廚房木門很容易傾斜、彎曲，為了不讓門傾斜而在對角線黏上木頭，稱之為
「어깃장（橫木條）」。因此「어깃장을 놓다」是詆毀阻饒之意。

척을 지다 結下樑子 | 關係惡化而背離。

🔘 結仇。

🔘 누나와 싸웠다고 평생 **척을 지고** 살 순 없지 않겠니? 서로 이해하고 화해하렴.

  你不能因為跟姐姐吵架就結樑過一輩子吧？互相理解和好吧！

朝鮮時代也有審判，案子裡被告稱為「척」。在審判時原告與被告「척」總會堅持
自己是對的并且互相詆毀，因此「척을 지다」就成了跟他人結仇或是關係惡化的意
思。

認定與接受

　　「인정하다」是指接納、認可某事之意。我們認同他人的談話會有自然出現的肢體動作描述這些動作，可表示認定與接納的意思。

고개를 끄덕이다 　同意｜贊成或認同。

🔵 點頭。

🔵 例 환경 문제가 점점 심각해지고 있다는 말에 모두 **고개를 끄덕였다**.

　　大家聽到環境問題漸漸嚴重都點頭同意。

그렇고 말고 　當然｜表示認同對方時所說的話。

🔵 可不是嗎。

🔵 例 **그렇고 말고**, 네 말이 맞아.

　　當然，你說的對。

명불허전 成語 　名不虛傳｜名聲被廣為流傳必定有其理由。

🔵 名不虛傳。

🔵 漢 名不虛傳 : 이름 명，아니 불，빌 허，전할 전

🔵 例 여기 떡볶이집이 유명하다더니, 역시 **명불허전**이구나!

　　聽說這裡的辣炒年糕店很有名，果然名不虛傳！

聽說中國的孟嘗君因為總是很親切地接待客人，他的周遭聚集了許多人才。在孟嘗君住的村子裡，增加了六萬住戶，所以司馬遷在《史記》一書中記錄到「孟嘗君好客，果然名不虛傳。」因此有了「名不虛傳」的成語，這可表示認定人事物之所以出名是有其緣由的情況。

명실상부 成語 　名實相符、名副其實｜名聲與實際互相符合。

🔵 名實相符。

🔵 漢 名實相符 : 이름 명，열매 실，서로 상，들어맞을 부

◑ 명실공히

例 우리나라는 **명실상부** IT 강국이다.

　　韓國是名實相符的IT強國。

這是認定傳聞與實際能力無差異時所使用的成語。

손뼉을 치다　拍手贊成 | 對某件事表示贊成或喜歡。

直 拍手。

例 운동장에 나가자는 선생님의 말씀에 아이들은 모두 **손뼉을 쳤다**.

　　對老師說要去運動場玩，小朋友都拍手贊成。

쌍수를 들다　舉雙手贊成、舉雙手歡迎 | 完全支持與歡迎。

直 舉雙手。

◑ 두 손을 들다

例 달리기 잘하는 영호가 우리 축구팀에 들어온다니 **쌍수를 들고** 반길 일이다.

　　很會跑步的英浩加入我們這組，這是舉雙手贊成的事。

용납하다　容許、容忍 | 接納。

直 容納。

例 과학 실험을 할 땐 작은 실수라도 **용납해서는** 안 돼. 자칫 사고가 날 수 있거든.

　　在化學課實驗的時候，無法容許任何小失誤，因為一不小心就會產生事故。

「용납하다」為用寬大的胸懷接納他人的話或行動之意。也可用「받아들이다」代替「용납하다」。

이를 데 없다　—言難盡、無可言喻、無法形容 | 毋須多言。

直 可說的地方沒有。

例 우리 선생님은 나에게 **이를 데 없이** 고마운 분이시다.

　　我們老師對我是難用語言表示的非常感謝的人。

「이르다（言）」是指「말하다（說）」的意思。「이를 데 없다」是指非常正確或極品而無須再多說的地步。

자타공인 _{成語} 公認 | 自己與他人都認定。

直 自他共認。

漢 自他共認：자기 자，다른 사람 타，함께 공，인정할 인

例 쟤는 **자타공인** 우리 반 최고의 수학 천재야.

他是我們班公認最優秀的數學天才。

這是不只本人，就連其他人也認同，即客觀的認同之意。自以為是的人大都只有自己認定，但若連其他人也認可的話，才是公認的優秀。

競爭

　　為相同目的而互相較勁稱為「경쟁（競爭）」，因此描述彼此互爭前後的表現很多。此外還有許多和戰爭有關的表現。

각축을 벌이다　角逐爭勝｜為了贏而競爭。

直 展開角逐。

例 전국 어린이 체육 대회에는 수많은 초등학생이 참가하여 **각축을 벌였다**.

　　全國兒童體育大會中，有許多國小生展開角逐。

　　「각（角）」是指動物用角相抵爭鬥，「축（逐）」是指突進追趕之意。因此，「각축을 벌이다」是描述為獲勝而互不讓步爭鬥的情形。

경합을 벌이다　展開競爭｜以相近的實力競爭。

直 展開競爭。

例 우리 학교와 이웃 학교는 줄넘기 시합에서 치열한 **경합을 벌였다**.

　　我們學校與鄰校在跳繩比賽中，展開激烈的競爭。

　　「경합（競合：겨룰 경，합할 합）」是指互相對立較勁。這是描述與對方以相近的實力比賽，也可「경쟁하다」表示。

도토리 키재기 俗語　半斤八兩｜不相上下，相似的人互相競爭。

直 量橡實身高。

例 네가 나보다 크다고? 너나 나나 **도토리 키재기**지.

　　你說你比我高？你跟我是半斤八兩吧。

　　「도토리（橡實）」幾乎長度大小都一樣，所以橡實之間比身高，是指實力相當的人互爭分不出優劣的情況。

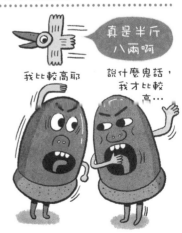

불꽃이 튀다 白熱化、熾熱激烈 | 競爭激烈。

🔵 火花四濺。

🟠 **불꽃 튀는** 접전 끝에 패배한 선수들이 너무 안타깝다.

在炙熱激烈的交戰之後，輸的選手太令人惋惜了。

燃燒柴火會有小火焰破片飛濺，此稱「불꽃（火花）」。這是指競爭或討論激烈之意。

아성을 깨뜨리다 摧毀要塞 | 贏過有實力的一方。

🔵 摧毀要塞。

🟠 우리 팀은 세계 최고의 탁구 실력을 갖춘 중국의 **아성을 깨뜨렸다**.

我們組摧毀擁有全世界桌球實力最強的中國之要塞。

「아성（要塞）」是指插有鑲象牙裝飾之旗幟的城堡。因為是國王與將軍所住的城，因此比其他城堅固。所以損毀堅固難摧毀的城則表示贏過實力堅強的對方之意。

앞서거니 뒤서거니 不分軒輊 | 時前時後的前進貌。

🔵 或前或後。

🟠 두 팀이 **앞서거니 뒤서거니** 하며 열띤 경쟁을 하고 있다.

兩組不分軒輊展開炙熱的競爭。

앞을 다투다 爭先恐後 | 互相都不想輸而相互較勁。

🔵 爭前、搶先。

🟠 선생님의 질문에 아이들은 **앞을 다투어** 손을 들었다.

對老師的問題，孩子們都爭先恐後地舉手。

용호상박 成語 龍虎相鬥 | 實力差不多的兩方互相競爭。

🔵 龍虎相搏。

🟥 龍虎相搏：용 룡，호랑이 호，서로 상，칠 박

🟠 결승전에서 맞붙은 두 선수의 경기는 **용호상박**이었다.

在決賽時，互搏的兩選手的比賽真的是龍虎相搏。

「용호상박（龍虎相鬥）」是從中國三國時代，曹操與馬超相互對抗的故事中衍生出來的。比喻曹操是龍、馬超是虎，相互爭戰之意。如同曹操與馬超，這是用來形容實力差不多的強者互相競爭時所使用之成語用法。

접전을 벌이다　展開勢均力敵的對決｜無法輕易分辨出勝負的比賽。

🔵 開始接戰。

📝 일본과 우리나라는 결승전 티켓을 두고 **접전을 벌였다**.

日本與韓國就決賽門票展開爭戰。

「접전（接戰：접할 접，싸울 전）」是指比賽或戰鬥時互不相讓之意。

출사표를 던지다　獻上出師表、立下軍令狀｜明確表明要參與的立場。

🔵 投出師表。

📝 민수는 전교 회장 선거에 **출사표를 던졌지만** 아쉽게 떨어졌어.

民秀雖然宣布參加全校會長選拔，但很可惜落選了。

「출사표（出師表）」是中國三國時代中，蜀國宰相諸葛孔明討伐魏國時獻給當時的王的奏章。今天在選舉時出馬競選常用此話。

피가 터지다　浴血戰鬥｜競爭激烈。

🔵 血濺。

📝 상대가 만만치 않으니 이번 경기는 **피 터지겠군**.

對方不是泛泛之輩，這次比賽將會是場浴血戰鬥。

阿諛、奉承

阿諛或奉承是指為迎合對方喜好所說或做之討好對方的行動。

간을 꺼내어 주다 挖心掏肝、掏心掏肺 | 為了要贏得對方的心而給重要的東西。

🔘 掏出肝來給。

🔘 승진하기 위해서라면 **간을 꺼내어 주기**라도 하겠다.

為了要升遷也要挖心掏肝。

就連把連接生命的肝也能夠給予對方，因此此用法有包含不惜重要的東西也能夠給對方之意。

간이라도 빼어 줄 듯 如同掏肝一般 | 能夠不惜一切地奉承。

🔘 如同連肝都要掏出來一般。

🔘 **간이라도 빼어 줄 듯** 굴더니 요즘은 눈도 안 마주치더라?

以前那樣連肝也要掏出來，最近卻連眼神也不交集了？

雖然現在能夠肝移植，但是在以前的年代無法把肝掏出來給別人。因此說要掏肝的話，是指不惜一切把重要的東西都給對方之意。但是，因為無法那樣做，所以要說「줄 듯（要給）」、「줄 것처럼（要給）」。這話用來表示為奉承對方，獻出生命也在所不惜。

감언이설 成語 甜言蜜語 | 說好聽的話來吸引對方。

🔘 甘言利說。

🔘 甘言利說：달 감，말씀 언，이로울 리，말씀 설

🔘 네가 아무리 **감언이설**을 늘어놓아도 엄마는 절대 안 넘어가.

不管你怎麼甜言蜜語，媽媽絕對不會被騙的。

「감언（甘言）」是指好聽的話；「이설（利說）」是指有利的話。但是只說好聽話的人是心中另有企盼之事的。總之，「감언이설」是指哄騙他人的話。

비위를 맞추다 投其所好 | 是指迎合他人的愛好。

直 符合脾胃。

例 동생이 아프니 웬만하면 **비위 좀 맞춰** 주렴.

　弟弟生病，你就順著他吧。

「비위（脾胃：비장 비，위장 위）」的衍生意義為有喜歡或討厭的事。這話表示無關自己的心意而迎合他人的心情。

비행기를 태우다 戴高帽子、吹捧 | 過度稱讚對方或高捧對方。

直 使搭飛機、使輕飄飄。

例 엄마는 출품한 내 그림이 대상은 문제없다며 **비행기를 태우셨어.**

　媽媽給我戴高帽子，說我參展的畫得第一名沒問題。

心情很好會有飛上天的感覺，就如同搭飛機一般。這是描述高捧對方，過分稱讚的情況。

사타구니를 긁다 拍馬屁 | 察言觀色，阿諛奉承。

直 搔胯下。

例 언니 옷을 몰래 입은 사실이 들킬까 봐 **사타구니를 긁었어.**

　擔心偷穿姐姐衣服的事實會被發現而使勁地拍她馬屁。

「사타구니」是兩腿之間的意思。想像一下盛夏兩腿之間肌膚互觸摩擦的話，很多時候會覺得不舒服，癢癢的。但是，就算不說，如果能幫忙搔最癢的地方，會感覺舒服許多。這句話是表示觀察對方的眼神、察其心意而奉承之。

손을 비비다 趨炎附勢、阿諛奉承 | 迎合對方喜好。

直 搓手。

例 일제 강점기 시절 앞잡이들은 일본에 **손을 비벼** 원하는 것을 얻었다.

　日治時期的走狗們，對日本阿諛奉承而滿足私慾。

아부 근성 　阿諛諂媚的劣根性 | 深植心中的諂媚態度。

🔹 阿諛根性。

🔹 형준이의 **아부 근성**은 알아줘야 한다니까.

　我就說要了解亨俊阿諛諂媚的劣根性了。

「근성（根性：뿌리 근，성질 성）」是指一出生就帶有的本性，因此這話衍伸為根深蒂固的性情。

아양을 떨다 　撒嬌 | 為了要得到寵愛而撒嬌。

🔹 撒嬌。

🔹 동생은 용돈 주는 아빠가 최고라며 **아양을 떨었다.**

　妹妹說給零用錢的爸爸最好了，對爸爸撒嬌。

「아양（撒嬌）」是從「아얌（女用防寒帽）」而來的字詞。「아얌」是冬天女子們所戴的帽子，帽子前方有流蘇裝飾、帽子後方有像緞帶的「아얌드림（長後垂巾）」。戴著這防寒帽搖晃的話會吸引人們的眼光，因此「아양을 떨다」就有了向別人展示美而故意做某些行為的意思。

입맛을 맞추다 　迎合口味 | 做到讓對方喜歡。

🔹 合口味。

🔹 모든 사람의 **입맛을 맞출** 수는 없다.

　無法迎合大家的口味。

입에 발린 소리 　好聽的話 | 場面話。

🔹 嘴唇塗了口水的話。

🔹 엄마는 매장 직원의 **입에 발린 소리**에 넘어가서 또 코트를 샀다.

　媽媽又聽信賣場職員的甜言蜜語買了外套了。

這是指嘴裡只說出好聽的話，不是發自內心真誠的話。注意勿與表直話直說的「입바른 소리（直言不諱）」混淆。

입에 침 바른 소리 　甜言蜜語、有口無心的話 | 油腔滑調的場面話。

🔹 嘴上塗口水的話。

⊙ 입술에 침 바른 소리

例 입에 침 바른 소리 그만하고 사실만 말해라.

不要光說甜言蜜語，說實話吧。

如果乾燥的嘴唇用口水潤濕，看起來會水潤發亮好看。「입에 침 바른 소리」是指
聽起來與看起來很好的話。也可以說「입술에 침 바른 소리」。

장단을 맞추다   **附和** | 為配合別人心情而說話，或動作。

直 配合長短節奏。

例 친구들이 하자는 대로 **장단 맞추는** 것도 정말 힘들어.

要附和朋友們的提議真的也很辛苦。

舞蹈或音樂速度的快慢稱為「장단（長短、節拍）」。配合音樂的節拍而拍手或呼
叫「얼쑤（哇！）」助興稱之為「장단을 맞추다」。因此，為了要附和他人喜好而
做出、說出無條件贊成的話或行動時稱為「장단을 맞추다」，這話也用來表示有想
要向對方示好的心，故是阿諛諂媚之意。

背叛

　　拋棄「믿음（信任）」與「의리（義氣）」的行為是背叛。背叛因為通常是在背地裡做小動作，所以用「뒤통수（後腦杓）」、「발꿈치（腳跟）」、「발뒤축（腳後跟）」來比喻的表現很多。

고무신을 거꾸로 신다　移情別戀｜女子放棄交往的男子。

🔒 倒穿膠鞋、倉皇逃走。

🗨 자기야, 나 군대 가도 **고무신 거꾸로 신으면** 안 돼.

親愛的，我去當兵妳也不能移情別戀喔。

這是描述被發現跟其他男人在一起而倉皇逃走，連鞋子也沒穿好的情況。這主要是用在去當兵的男子遭受女子背叛的情況。

달면 삼키고 쓰면 뱉는다　俗語　利益優於一切｜依自己的利益而判斷正

誤。

🔒 甜的就吞下去，苦的就吐出來。

▶ 감탄고토　成語

🗨 **달면 삼키고 쓰면 뱉는다**고 너는 필요할 때만 나를 부르더라.

都說利益優於一切，你只有在需要我的時候才會找我。

회사는 경영 사정이 안 좋아지니 직원을 해고시키는 **감탄고토**의 자세를 보였다.

公司因經營狀況惡化，讓我們看到了解雇職員利益優於一切的姿態。

這句俗語是照自己的口味而思考行動之意。最終，如果對自己沒有好處，便如同吃到苦的東西就吐掉一樣而背叛他人。

뒤통수를 때리다　背後捅一刀｜丟棄信任。

🔒 打後腦杓。

▶ 뒤통수를 치다

🗨 보이스 피싱은 사람들의 **뒤통수를 때려** 돈을 가로채는 악질 범죄야.

電話詐騙是在人們背後捅一刀，詐取錢財的犯罪。

어떻게 네가 내 **뒤통수를 칠** 수 있니?

你怎麼可以在我背後捅一刀呢？

「뒤통수를 때리다」的行為是在對方完全沒有想到的情況下施加打擊。其衝擊會很大。背棄他人的「배신（背叛）」也如「뒤통수를 때리다」一樣有著背地裡進行的共同之處。

뒤통수를 맞다　背後捅一刀 | 遭到意料之外的背叛。

- 🔵 後腦杓被打。
- 🔴 믿었던 삼촌한테 **뒤통수를 맞고** 우리 가족은 길거리에 나앉았어.

    我們家遭到信任的叔叔背後捅一刀而露宿街頭。

如果突然被背後捅一刀，一定會很驚嚇，因為完全不能防備之故。若遭受信任之人背叛會更疼痛，衝擊會更大。

토사구팽 成語　兔死狗烹 | 有用處的時候使用，沒有用處的時候丟棄之意。

- 🔵 兔死狗烹。
- 🟠 兔死拘烹：토끼 토，죽을 사，개 구，삶을 팽
- 🔴 평생 일한 회사에서 **토사구팽**을 당했다.

    遭到工作一輩子的公司兔死狗烹。

形容用來捕捉兔子的獵狗，在打獵之後因沒有用處而被煮來吃。這是指在需要的時候重用之，不需要的時候就冷酷無情處理掉的情況。

발뒤축을 물다　以怨報德 | 用背叛來報答別人的恩惠。

- 🔵 咬腳後跟。
- ▶ 발꿈치를 물다
- 🔴 저 사람은 **발뒤축을 물고도** 남을 사람이니 특별히 조심해.

    他是一個習慣以怨報德的人，所以要特別小心。

韓國俗語中有「내가 기른 개가 내 발뒤축을 문다（我被自己養的狗咬了我的腳後跟）」這麼一句話。指很用心餵食、照顧，卻不知感恩咬了主人，這正是所謂的背叛。「발뒤축을 물다」就是來自這俗語。

발뒤축을 물리다 　恩將仇報、被反咬一口｜遭到施恩對象的禍害。

- (直) 腳後跟被咬。
- (例) 믿었던 직원에게 **발뒤축을 물렸다**.

  被信任的職員反咬一口。

발등을 찍다 　背信棄義｜帶給別人損害。

- (直) 砍腳背。
- (例) 그 회사는 친환경 농산물이라고 속여 소비자들의 **발등을 찍었다**.

  那公司隱瞞大眾說是有機農產品，欺騙消費者。

배은망덕 (成語) 　忘恩負義｜忘記恩惠而背叛。

- (直) 背恩忘德。
- (漢) 背恩忘德：배반할 배, 은혜 은, 잊을 망, 덕 덕
- (例) 힘들 때 도와줬는데 고맙다는 말도 없이 떠났대. 정말 **배은망덕**하지?

  聽說在他困難的時候幫他，連謝謝都沒說就離開了。真的是忘恩負義對吧？

믿는 도끼에 발등 찍힌다 (俗語) 　被信任的斧頭砍傷腳背｜受到信任的人背叛，反而受害。

- (直) 被自己信任的斧頭砍傷了腳背。
- (▶) 발등을 찍히다
- (例) 우리 집 강아지에게 코를 물렸어. **믿는 도끼에 발등 찍혔지**, 뭐야.

  我被我們家的小狗咬了鼻子。真是被信任的斧頭砍傷腳背。

  믿었던 친구에게 **발등을 찍혔어**.

  被信任的朋友傷害。

從前用斧頭劈柴。但如果被慣用順手的斧頭砍到腳背的話，應該會覺得更荒唐、更痛。當遭到信任的人或在某件事情上被背叛的時候，就使用這俗語表達，可以簡短縮為「발등 찍히다」。

責任

　　若對某事負責、承擔，內心自然會有負擔之感。這負擔之感就如擔子一般，所以表達責任的字詞中，會有「등（背）」、「어깨（肩膀）」、「얹다（擱置）」、「짊어지다（擔）」或背負、肩挑模樣的描述。

뒤를 맡기다 　託付收拾殘局 | 託付後面的事。

（直）託付後面的事。

（例）너에게 **뒤를 맡긴다**. 내가 돌아올 때까지 잘 부탁해.

　　後面就交給你了。在我回來之前就麻煩你了。

어깨가 가볍다 　如釋重負、沒負擔 | 卸責而有輕鬆之感。

（直）肩膀輕。

（例）지난해 맡았던 총무를 안 하게 되니 **어깨가** 한결 **가벼워**.

　　卸下去年擔下的總務工作，我感到如釋重負。

卸下肩膀上沉重的擔子，內心自然愉悅與輕鬆。

어깨가 무겁다 　肩負重擔、肩上的擔子很重 | 內心負擔重。

（直）肩膀重。

（例）학급 반장이 되고 나니 새삼 **어깨가 무거워**.

　　當上這學期的班長後，感到肩負重擔。

어깨를 짓누르다 　重壓肩膀 | 施加重壓感。

（直）壓抑肩膀。

（例）**어깨를 짓누르는** 책임감 때문에 잠이 오질 않는다.

　　因重壓肩膀的責任感，晚上無法成眠。

어깨에 걸머지다 **身負重擔** | 對某事負責。

直 挑在肩膀上。

例 대통령은 한 나라의 운명을 두 **어깨에 걸머지고** 나가야 하는 사람이다.

　總統是要將一國命運挑在兩肩上的人。

어깨에 지다 **身負重責** | 心懷對某件事的責任、該盡的義務。

直 挑在肩膀上。

▶ 어깨에 짊어지다

例 요즘은 초등학생 때부터 공부에 대한 부담감을 **어깨에 지고** 있다.

　最近從國小開始就在學習上身負重責。

從前搬重物的時使用背架。肩扛背架來搬運稻草、木柴、物品，雙肩總是有重物。因此描述身負重任或義務的時候，就用「어깨에 지다」。

잘되면 제 탓 못되면 조상 탓 **俗語** **如意時我很行，搞砸時怪祖先** | 事情不如意時轉嫁責任的態度。

直 事情做得好是自己的功勞，事情做不好是祖先的錯

▶ 안되면 조상 탓 **俗語**

例 **잘되면 제 탓 못되면 조상 탓**이라더니, 자기가 잘못해 놓고 왜 친구 핑계를 대니?

　俗話說如意時我很行，搞砸時怪祖先，明明是自己事情做不好，為什麼要拿朋友來當藉口呢？

事情做得好是自己的功勞，事情做不好怪祖先沒有幫忙或怪祖墳風水不好，這是表示怨天尤人的態度。

총대를 메다 **出面承擔責任** | 出面承擔棘手事。

直 背槍桿子。

例 내가 이 일에 책임을 지고 **총대를 멜** 테니 너희들은 너무 걱정하지 마.

　這件事我會承擔責任背著槍桿子，你們不要太擔心。

從前槍不常見，因此帶槍的士兵負有重大的任務，戰爭時必須站在戰場最前面。所以「총대를 메다」這話就用來稱在沒有人想要出面承擔某件事的責任時出頭的情況。

要求

　　需要某東西時，我們會怎麼做呢？或許會直接伸手要，或偷偷使眼色告知。在要求的表現中就有包含這些動作的描述。

곁눈을 주다　眼神示意｜暗地用眼睛傳達訊息。

直 使眼色、閉睜一眼示意。

例 아빠 몰래 빨리 나가라고 언니에게 **곁눈을 주었다**.
　　爸爸偷偷給姐姐用眼睛示意要她快點出門。

臉不轉動，向旁滾動眼珠示意稱為「곁눈을 주다」。

귀띔하다　提醒、透口風、暗示｜暗地裡告知。

直 靠耳細語、耳語。

例 오늘 엄마 생신이라고 오빠에게 **귀띔했다**.
　　跟爸爸耳語說今天是媽媽生日。

다리아랫소리　低聲下氣｜對他人說卑微哀求的話。

直 腳下的聲音。

例 상황이 급하다 보니 **다리아랫소리**를 하지 않을 수 없었다.
　　由於情況緊急，不得不低聲下氣。

頭低到腳下說的話。這是描述卑躬屈膝的樣子。

물에 빠진 놈 건져 놓으니까 내 봇짐 내라 한다 **俗語** 救了落水

人，反而跟我要行囊｜不懂感恩，反而做了無理要求。

直 救了落水人，卻反而跟我要包袱。

▶ 물에 빠진 놈 건져 놓으니까 망건값 달라 한다 **俗語**

例 **물에 빠진 놈 건져 놓으니까 내 봇짐 내라 한다**더니 내가 왜 의심을 받아야 하는 거니?
　　俗話說救了落水人，反而跟我要行囊，我為什麼要受到質疑呢？

很辛苦地救了落水者，反而要求我交出他的行囊，這是很無語的狀況。這俗語用來描述受到別人恩惠卻不知感恩，反而無理要求的情況。

손을 내밀다　求助 | 要求某物。

(直) 伸手。

(▶) 손을 벌리다

(例) 고모는 사업이 어려워 할머니께 **손을 내밀었다**.

姑媽事業困難而向奶奶伸手。

스무 살이 지나면 부모님께 **손 벌리지** 않고 내 용돈은 내가 벌어서 쓸 생각이야.

我想過了二十歲後，就不跟父母伸手，我要自己賺零用錢花用。

손을 뻗치다　要求幫忙 | 積極地要求幫忙或要求某物。

(直) 伸手

(▶) 손길을 뻗치다

(例) 친구에게 도와달라고 **손을 뻗쳤지만**, 친구는 모른 척하고 지나가 버렸다.

向朋友要求幫忙，但朋友假裝沒看到走掉。

손길을 뻗치는 가난한 사람들을 차마 외면할 수 없었다.

對伸手的貧困人我不忍視而不見。

애걸복걸　(成語) 苦苦哀求、苦苦乞求 | 悽慘哀求別人能夠聽取自己的祈求。

(直) 哀乞伏乞。

(漢) 哀乞伏乞：불쌍히 여길 애，빌 걸，엎드릴 복，빌 걸

(例) 혹부리 영감은 제발 목숨만 살려 달라며 도깨비에게 **애걸복걸** 빌었어요.

臉上長瘤的老頭向鬼怪哀求饒他一命。

趴著祈求他人可憐的模樣稱為「애걸복걸」。這是懇切祈求能聽取自己願望的樣子。

엎드려 절 받기　(俗語) 強人所難 | 強求無心的他人來禮待自己。

(直) 趴著受禮。

(▶) 억지로 절 받기 (俗語)

🔘 생일이라고 동네방네 떠들어서 선물을 받았으니 **엎드려 절 받기**지, 뭐니?

　　吵吵鬧鬧告訴全村自己的生日而收取禮物，這不是強迫人家不然是什麼？

如果我跟對方打招呼，本來無意打招呼的對方在慌亂中也會跟我打招呼吧？這表示類似這種情況，對方沒有想要做的念頭，我卻自行要求對方以禮相待或招待。

옆구리를 찌르다　暗地提醒｜戳胳肢窩

秘傳信號。

🔘 戳胳肢窩。

🔘 동생은 내가 **옆구리를 찔러도** 눈치채지 못하고 계속 떠들어 댔다.

　　我給弟弟戳胳肢窩，弟弟仍沒察覺。

줄수록 양양 俗語　得寸進尺｜越給要得

越多。

🔘 給越多越哭哭。

▶ 줄수록 냠냠 俗語

🔘 너는 선물을 받았으면 고마워해야지, 왜 **줄수록 양양**이니?

　　你拿到了禮物應該要感謝才對。為什麼給越多越哇哇叫？

「양양（哇哇）」是幼童哭的聲音，「냠냠（嚼嚼）」是幼童吃東西的聲音。所以這俗語用來描述已經給很多卻還嗚咽糾纏要求更多的情況。

主導權

　　主導權是主導事情發展的力量或權力，這是運用自己所擁有的力量來運作，因而有許多如「고삐를 잡다（抓韁繩）」、「쥐고 흔들다（握住搖動）」等和「손（手）」的動作有關的表現。

고삐를 잡다　抓住韁繩 | 統治。

🔵 抓住韁繩。

🔵 승리의 **고삐를 잡은** 한국 팀이 마침내 최종 우승을 했다.

　　抓住勝利韁繩的韓國隊，終究贏得最後的勝利。

「고삐（韁繩）」是為了驅使馬或牛而綁在馬或牛銜、鼻環上的繩子。如果抓韁繩就能隨意控制馬牛。因此「고삐를 잡다」就有控制或主導的意思。主要以「～의 고삐를 잡다」的形態呈現。

고삐를 틀어쥐다　緊握主導權 | 緊握某事主動主導。

🔵 勒緊韁繩。

🔵 정신을 바짝 차리고 **고삐를 틀어쥐어야** 우리가 이길 수 있다.

　　打起精神緊握主導權，我們一定會贏。

깃발을 꽂다　捷足先登 | 比其他人率先佔領。

🔵 插旗幟。

🔵 우리 회사가 유럽의 전기차 부분에서 첫 **깃발을 꽂았다**.

　　我們公司在歐洲的電動汽車部分捷足先登。

在戰爭獲勝，插上旗子以表示佔有其土地，因此這表示先占領並掌握主導權之意。

꽉 잡고 있다　掌控 | 擁有主導權。

🔵 緊握。

🔵 이 동네는 내가 **꽉 잡고 있으니** 나만 믿고 따라오면 돼.

　　在這區域我有掌控權，相信我跟我來就對了。

들었다 놨다 하다 隨意操控 | 握有主導權而隨意操控。

直 提起放下。

例 멋진 노래로 심사위원의 마음을 **들었다 놨다 했다**.

以扣人心弦的歌曲隨意操控評審委員的心。

떡 주무르듯 하다 隨心所欲 | 隨心所欲處置。

直 如同揉麵團一般。

例 돈줄을 거머쥔 김 이사는 타 부서를 **떡 주무르듯 하였다**.

緊握金脈的金理事將其他部門玩弄於指掌間。

糕糊柔軟可依人所捏而做出各種形狀。因此用來描述某事如同捏糕一般能夠隨心所欲地處置的情形。

북 치고 장구 치다 包山包海 | 獨自做所有的事。

直 打鼓又打長鼓。

例 수비도 하고 공격도 하고. 너 혼자서 **북 치고 장구 치고** 다 하는구나!

你防守又攻擊。你真的是包山包海！

「북도 치고 장구도 친다」表示做了許多人做的事，這主要用來揶揄獨自掌控主導權不放之意。

손아귀에 넣다 置於勢力範圍內 | 使某事物完全成為己有或置於統治之下。

直 放到虎口上。

▶ **손안에 넣다**

例 나폴레옹은 전 유럽을 자신의 **손아귀에 넣으려고** 했다.

拿破崙把全歐洲置於手心中。

「손아귀」是指以手掌控的力量，此意衍伸為勢力、力量的範圍。這話雖表示完全掌握主導權，但主要用在負面意義上。

손안에서 주무르다 玩弄於股掌之間 | 隨心所欲行動。

直 在手中捏。

例 그 녀석은 컴퓨터를 **손안에서 주무를** 정도로 잘 다룬다.

那小子能夠隨心所欲地操控電腦。

주름잡다 　主導、稱雄 | 隨自己的心意操縱一切事情。

直 控制。

例 그 배우는 이십 년 전 안방극장을 **주름잡던** 배우였다.

那演員是二十年前在電視劇中稱雄的演員。

如同熨斗能夠隨意燙出皺褶一般，毫無阻礙地做事情時，可用「주름잡다」來表示。

쥐고 흔들다　收放自如、任意擺布 | 能夠隨心操控。

直 握住搖晃。

▶ 쥐었다 폈다 하다, 쥐락펴락하다

例 아름다운 모습을 한 왕비가 한 나라를 **쥐고 흔들었다**니 믿기지 않는다.

美麗的王妃居然任意擺布一個國家，真難以置信。

아빠는 용돈을 빌미 삼아 우리를 **쥐락펴락하며** 심부름을 시키셨다.

爸爸拿零用錢當誘餌，任意擺佈我們叫我們跑腿。

若緊握使之動彈不得，此時可以隨意搖晃之。因此「쥐고 흔들다」是指隨心操控之意。表抓緊又放開模樣的「쥐락펴락（又握又張）」具有將別人放在掌心，隨意呼喚之意，兩者意義相同。

칼자루를 잡다　掌握主導權 | 有決定權。

直 握住刀柄。

▶ 도낏자루를 쥐다

例 **칼자루를 잡은** 사람은 너니까 네 마음대로 해.

掌握主導權的人是你，隨你的便吧。

「자루」是指附在工具的握把。刀子或斧頭是危險的工具，但隨著握著把柄的人不同，可以是危險的使用，也有可能是安全的。所以「칼자루를 잡았다」是表示擁有權力或主導權。

호랑이 없는 골에 토끼가 왕 노릇 한다 俗語 山中無老虎，猴子稱大王 | 在沒有出色人才的地方，平庸的人掌勢力。

🔤 谷中無老虎，兔子稱大王。

▶ 호랑이 없는 동산에 토끼가 선생 노릇 한다 俗語

例 **호랑이 없는 골에 토기가 왕 노릇 한다**더니 선생님이 안 계시니 반장 마음대로다.

　　俗話說「山中無老虎，猴子稱大王」，老師不在，班長隨心所欲。

老虎是動物之王。在沒有力量強大的老虎之處，弱小的兔子就稱王，因此這俗語用來描述在沒有出色人才的地方，平庸之人掌握主導權的情況。

特別、傑出

　　「여간（平常）」、「여느（普通）」、「예사（慣例）」、「범상（尋常）」這些字詞都是「평범하다（平凡）」的意思。在這裡如果接表否定的「아니다」，就會是表「평범하지 않다（不平凡）」的表現。

군계일학 成語　鶴立雞群｜在許多人之中傑出的人物。

直 群雞一鶴。

漢 群鷄一鶴：무리 군，닭 계，하나 일，학 학

例 그 친구는 찾기 쉬울 거야. 사람이 많아도 키로 보나 외모로 보나 **군계일학**이거든.

　　他很容易找到的。因為儘管人很多，不管是看身高或外表，他鶴立雞群。

中國魏國有個很聰明的人叫慧昭。人們看到他就會不斷稱讚他「堂堂正正、威風凜凜的樣子就好像雞群裡站著的一隻鶴」。這就是「鶴立雞群」的由來。因此「雞群裡一隻鶴」即是指許多人之中特別突出的那位。

독보적　獨一無二、領先的、獨占鰲頭｜兀自獨立。

直 獨步的。

例 우리나라는 반도체 분야에서 **독보적**인 기술을 가졌다.

　　韓國在半導體領域中擁有領先的技術。

「독보적」是指步伐領先其他人，因此這表示不落人後、傑出之意。

두각을 나타내다　嶄露頭角｜凸顯異於他人的才能。

直 露頭角。

例 웅빈이는 노래에 남다른 **두각을 나타냈다.**

　　雄斌在唱歌領域中嶄露頭角。

「두각」是指動物頭上的角，衍伸指有過人的學識或才能。這大概是因為頭上的角越大，在群體中越特別顯眼。

발군 卓越、出類拔萃、超群 | 特別突出。

🈷 拔群。

🈶 拔群：빼어날 발，무리 군

🈸 지성이는 축구에서 **발군**의 실력을 발휘했다.

志成在足球上發揮卓越的實力。

방점을 찍다 給高評 | 非常傑出，讓人有很強烈的印象。

🈷 點傍點。

🈸 이번 영화에서 그의 화려한 발차기는 **방점을 찍었다**는 평가를 받았다.

在這電影中，他華麗地飛踢獲得佳評。

「방점（傍點：곁 방，점 점）」是在字旁邊或上面所加的點。寫文章的人在想要特別強調的字上面畫點，這即是想要特別強調之意，其意衍伸為重要、傑出之意。主要以「~에 방점을 찍다」來表示。

백미 成語 箇中翹楚、傑出代表 | 在許多人之中最為傑出的。

🈷 白眉。

🈶 白眉：흰 백，눈썹 미

🈸 이번 연주회의 **백미**는 단연 피아노 독주였어.

這週演奏會的傑出代表絕對是鋼琴獨奏。

眾人中最傑出的人或是物稱為「백미」。漢字字面的意思是指白色眉毛，此語來自中國蜀漢馬氏五兄弟中，以擁有白眉毛的馬良最為傑出的故事。

범상치 않다 非同凡響｜特別。

🔲 不平凡。

🔵 수진이 그림 솜씨가 **범상치 않아**. 학원에서 따로 배우지도 않았대!

　　秀珍畫畫的實力真的是非同凡響。聽說沒有去補習。

「범상치 않다」是「범상하지 않다」的縮寫。因為「범상하다」是指平凡、尋常的意思，所以「범상치 않다」就會是指不平凡的意思。

보통이 아니다 不尋常、不一般｜傑出的。

🔲 不是普通的。

🔵 저 꼬마 아이 말솜씨가 **보통 아니네**.

　　那小孩的口才真的是不一般。

「보통 아니다」是指不尋常或不平凡之意。這是用來稱讚某件事做得很好。

세상없다 沒有第二個｜這世界上再也沒有。

🔲 世界上再也沒有。

🔵 저렇게 사랑스런 아이는 **세상없을** 거야.

　　再也沒有像那樣可愛的孩子了。

세상천지에 天底下｜全世界任何地方。

🔲 天底下。

🔵 **세상천지에** 그 사람보다 착한 사람은 없지.

　　天底下沒有比他更善良的人了。

「세상（世上）」跟「천지（天地）」意義相似。此語用來強調天底下無可復加之意。即很特別的意思。

손가락 안에 꼽히다 屈指可數｜數量不多地特別。

🔲 在手指（數）之內可被算。

🔵 현주는 바이올린 연주에서 **손가락 안에 꼽히는** 실력자였다.

　　賢珠在小提琴演奏上是屈指可數的實力派。

압권 壓軸 | 在許多東西之中最突出的。

🔒 壓卷。

📝 그 뮤지컬의 **압권**은 모든 배우가 한자리에 모여 합창을 하는 장면이야.

　那音樂劇的壓軸是全體演員聚在一起合唱的場面。

「압권（壓卷：누를 압，책 권）」是指壓考試卷之意。從前科舉考試將合格試卷上呈給王的時候，狀元的試卷呈放在最上面。因此壓在其他試卷上面的就是最傑出的。「압권」衍伸指在許多個之中最傑出的。

여간이 아니다 非同尋常、非同一般 | 不是普通的優秀。

🔒 不是普通的。

📝 아직 꼬맹이인데 창 하는 솜씨가 **여간 아니라** 사람들이 깜짝 놀랐다.

　雖然還是小孩，但他的吟唱技藝非同尋常，令眾人都很驚訝。

「여간」表示是非常平常，可以忽略的情況。

여느 때 없이 非同尋常 | 與平常不同地。

🔒 平常時沒有。

📝 누가 오시는지 식탁은 **여느 때 없이** 산해진미로 차려졌다.

　不知是誰要來，非同尋常地桌上擺滿山珍海味。

平常沒有，即是跟平常不同的特別。

예사롭지 않다 很不一般、不同尋常 | 很特別。

🔒 不是通例。

📝 춤 솜씨가 **예사롭지 않은데?** 연습을 정말 많이 했나 봐.

　跳舞實力很不一般耶。看來應該是做了很多練習。

「예사롭다」是經常會有的意思。

유례가 없다 沒有類似案例、史無前例 | 沒有類似的例子。

🔒 無先例。

📝 이번 추위는 역사상 **유례가 없는** 강추위이므로 철저히 대비해야겠습니다.

　這次寒流史無前例的嚴寒，所以必須要好好地做好防範措施。

「유례가 없다」是沒有類似的例子之意，用在強調足以令人驚愕的新事件或是新的現象。

유일무이 成語 獨一無二 | 唯一的一個，沒有第二個。

直 唯一無二。

漢 唯一無二：오직 유，하나 일，없을 무，둘 이

例 그렇게 발명을 좋아하는 친구는 정말 **유일무이**할 거야.

那樣喜歡發明的朋友，真的是獨一無二。

전무후무 成語 空前絕後、前無古人後無來者 | 以前沒有發生，之後也不會有。

直 前無後無。

漢 前無後無：앞 전，없을 무，뒤 후，없을 무

例 이번 올림픽에서 러시아 펜싱 선수는 **전무후무**한 기록을 세웠다.

在這次奧林匹克競賽中，俄羅斯劍擊選手創下了空前絕後的紀錄。

금이야 옥이야 俗語 視如珍寶、非常珍愛｜珍之重之。

- 直 是金啊！是玉啊。
- 例 지난해 아빠가 사주신 게임기는 내가 **금이야 옥이야** 아끼는 물건이야.

  爸爸去年買給我的遊戲機，是我視如珍寶的物品。

달걀로 치면 노른자다 俗語 雞蛋裡的蛋黃｜最重要的部分。

- 直 就雞蛋來說是蛋黃。
- 例 케이크 위에 초콜릿 장식은 **달걀로 치면 노른자야**. 얼마나 맛있다고!

  蛋糕上的巧克力裝飾就如雞蛋裡的蛋黃。不知道有多麼好吃！

蛋黃是雞蛋營養最多的部分。這俗語是用來描述最重要的部分。

대수롭다 非常了得、了不得、重要｜非常重要。

- 直 了不起。
- 例 **대수롭지** 않은 일이니 너무 신경 쓰지 마세요. 제가 알아서 할게요.

  這不是非常了得的事情，請不要太在意。我會看著辦。

둘도 없다 獨一無二｜只有一個，沒有再多的。

- 直 沒有第二個。
- 例 세상에 **둘도 없는** 우리 딸!

  我們的女兒是世界上獨一無二的！

「둘도 없다」是指只有一個之意。這是沒有再多的，即非常貴重之意。

앞에 내세우다 置重於 | 比其他更重視。

(直) 提出置於前方。

(例) 이번 광고에서는 디자인보다 기술력을 **앞에 내세우기로** 합시다.

在這次廣告中，比起設計，我們來強調技術能力吧。

약방에 감초 (俗語) 不可或缺的事物 | 在某事中不可或缺的人或物。

(直) 藥方裡的甘草。

(例) 은희는 **약방에 감초**처럼 어딜 가나 사람들에게 인기가 좋다.

恩熙如同藥方裡的甘草，到哪裡都很受人歡迎。

中藥裡有一種可添甜味的甘草。想到中藥裡總是有甘草，就能理解這俗語的意思。

열 일 제치다 放下手裡的事情 | 視為首要工作。

(直) 排除諸事。

(例) 네 일이라면 **열 일 제치고** 달려갈게.

如果說是你的事情的話，我會放下手裡的事情急奔而去。

화룡점정 (成語) 畫龍點睛 | 完成某件事情最重要的部分。

(直) 畫龍點睛。

(漢) 畫龍點睛：그림 화, 용 룡, 점 점, 눈동자 정

(例) 이어달리기야말로 운동회의 **화룡점정**이지.

接力比賽是運動會最畫龍點睛之部分。

從前有個叫張僧繇的人，他畫了四條龍，聽說他很奇怪的都不畫龍的眼睛。他說因為「如果畫眼睛的話，龍就會飛上天」。人們就取笑他，並在其中一隻龍畫上眼睛，結果龍真的破牆飛上天。由此故事而來的「화룡점정（畫龍點睛）」表示完成了一件事情中最重要的部分。

血緣關係

　　家族、兄弟姊妹、親戚皆是與自己有血脈相連的人。如此相同血脈相連的因緣稱為血緣關係。所以在血緣關係的表現中，就有「핏줄（血脈）」的「피（血）」在其中。

가까운 남이 먼 일가보다 낫다 俗語　遠親不如近鄰｜遇到困難的時候，

近鄰比遠親更能提供幫助。

直 近鄰勝於遠親。

▶ 먼 사촌보다 가까운 이웃이 낫다 俗語

例 **가까운 남이 먼 일가보다 낫다**고, 매번 우리 가족을 도와주셔서 정말 감사합니다.

　　俗話說遠親不如近鄰，很感謝每次都這麼幫我們家。

從前耕田時，村裡的人都會互相幫助，今天去這家幫忙，明天去那家幫忙。因此如俗語所說的，有困難時住得近的鄰居比住得遠的親戚更能來幫忙，覺得更親近。

그 아버지에 그 아들 俗語　有其父必有其子｜子女有許多方面與父母很像。

直 因其父而有其子。

▶ 그 어머니에 그 딸

例 아침잠 많은 것도 똑같으니 정말 **그 아버지에 그 아들**이라니까.

　　連早上賴床都很像，果然有其父必有其子。

배가 다르다 同父異母｜同父但不同母。

直 肚子不同、異腹。

▶ 밭이 다르다

例 나와 언니는 **배다른** 자매지만 사이가 좋다

　　雖然我跟姐姐是同父異母的姊妹，但關係很好。

這是因為媽媽肚子孕育子女的緣故而有此語。男子精子比喻為「씨（種子）」、女子的子宮為「밭（田）」，因此母親不同的情況下是「밭이 다르다」。這種情況下的兄弟關係為「이복형제（異腹兄弟：다를 이，배 복，형 형，아우 제）」。

사돈의 팔촌　遠房親戚 | 如同外人一般的遠房親戚。

🔵 親家的八寸（遠房堂兄弟）。

🔵 집안 행사에 **사돈의 팔촌**까지 다 모여서 사람들로 북적북적하다.

　家裡辦活動，連遠房親戚也聚在一起，真的是十分熱鬧。

「사돈（親家）」是由婚姻形成的關係，所以不是親戚。「팔촌（遠房堂兄弟）」
是血緣關係中最遠的。表示因為是與自己沒有任何血緣關係之親家的遠房堂兄弟，
幾乎不可能認識，或是跟陌生人沒有什麼兩樣，是非常遠的親戚時，可以說「사
돈의 팔촌」。

열 손가락 깨물어 안 아픈 손가락 없다 🔵俗語　手心手背都是肉 | 自己
的小孩各個都很珍貴。

🔵 十根手指頭，沒有一根咬了不會痛的。

🔵 **열 손가락 깨물어 안 아픈 손가락 없다**더니 어쩜 이렇게 다 예쁠까.

　俗話說手心手背都是肉，但怎麼會這麼可愛呀。

팔이 안으로 굽지 밖으로 굽나 🔵俗語　胳膊子往裡拐，哪會往外拐 | 與自
己親近的人更有情分。

🔵 胳膊子往裡拐，哪會往外拐。

▶ 팔이 들이굽지 내굽나

🔵 **팔이 안으로 굽지 밖으로 굽겠니?** 당연히 동생한테 일이 생기면 내가 도와줘야지.

　俗話說胳膊子往裡拐，哪會往外拐？弟弟發生事情的話，我當然要幫忙。

有時候也會有人胳膊子往外拐，但是通常是胳膊子往裡拐的。這句俗語表示如果有
血緣的家人或是與自己親近的人有事時，會更加照顧的。

피는 물보다 진하다 🔵俗語　血濃於水 | 有血緣關係的人比陌生人更加親近。

🔵 血比水還濃。

🔵 **피는 물보다 진하다**더니, 그래도 어려운 일 생길 때 형제가 큰 힘이 되는구나!

　俗話說血濃於水，不管怎樣，但有困難的時候，兄弟也能成為靠山啊！

피를 나누다 骨肉至親 | 是血緣關係。

直 分享血。

例 형은 나와 **피를 나눈** 형제인데 어쩜 이렇게 성격이 다를까?

哥哥跟我是骨肉至親，但個性怎麼會這麼不同？

「나누다」意指互相給予、收受的意思。這用來表示有相同血脈或有血緣關係之父母、兄弟姊妹的關係。

핏줄이 당기다 有骨肉之情、骨肉相連、有血緣感受 | 有骨肉之情分。

直 血緣牽引。

例 어머니와 헤어져 20년 만에 만났지만, **핏줄이 당겨서 그런지** 금방 어색함이 사라졌다.

雖然跟媽媽分開二十年後才見面，但骨肉相連，所以尷尬的感覺很快就沒有了。

離散家族相逢

媽媽！

一見面就感到骨肉相連！

兒子！

한 어미 자식도 아롱이다롱이 俗語
一母之子，有愚有賢、龍生九子 | 同一母親所生的小孩個性皆不同。

直 一個母親所生的小孩各個不同色調斑點。

例 **한 어미 자식도 아롱이다롱이**라는 말처럼 오빠와 나는 식성이 정반대야.

一母之子，有愚有賢，哥哥跟我的飲食喜好完全相反。

這是指同一個母親所生的孩子們的個性都不一樣。在表示所有的事物不盡相同時也使用此俗語。

한 치 걸러 두 치 俗語 間隔一寸成兩寸 | 輩分隔越遠，關係也越疏遠。

直 間隔一寸成兩寸。

○ 한 다리가 천 리 俗語

例 **한 치 걸러 두 치**라고, 할머니의 손주 사랑보다 부모의 자식 사랑이 더 깊다.

俗話說間隔一寸成兩寸，父母對孩子的愛比奶奶對孫子的愛更深。

「한 치」、「두 치」的「치」是指長度的單位「寸」，間隔一寸就成兩寸，因而相距更遠了。這俗語是指在親戚關係之間，若輩分越遠，關係也就越疏離之意。這也能用來表示情分。

3

用來表達
心意
的適合表現

- 堂堂正正
- 不正大光明
- 壓抑、畏縮
- 希望、期待
- 野心、過分
- 關心、興趣
- 無關心
- 決心

- 努力、堅韌
- 放棄、投降
- 稱讚、尊敬

堂堂正正

　　在他人面前不畏縮、理直氣壯的狀況稱為「당당하다」。「당당하다」的「당（堂）」是指地基加高，前面敞開的房子。一個人有自信挺立的模樣稱為「당당하다」。

가슴을 펴다　積極的｜不屈挺立。

直 展胸。

例 운동은 자신 있어서 체육 시간만큼은 **가슴을 펴고** 다닌다.

我在運動上很有自信，所以像體育之類的課都積極的活動。

거리낌이 없다　毫無顧忌｜內心沒有牽掛。

直 無顧忌。

例 우리나라는 밤에 **거리낌이 없이** 돌아다녀도 될 만큼 안전한 편이다.

韓國算是在晚上能夠毫無戒心到處走也可以的地方。

「거리낌」是指阻礙、羈絆、顧慮之意。因此「거리낌이 없다」是內心中毫無顧忌、光明磊落之意。

고개를 들다　抬頭挺胸｜堂堂正正面對。

直 抬頭。

例 누명을 벗어 **고개를 들고** 다닐 수 있게 됐다.

洗刷冤屈後能夠抬頭挺胸地走路。

如果不正大光明，就連抬頭、眼神交會也感到羞愧。相反地，如果心懷坦蕩無愧事就能抬頭以對。

기탄없이 말하다　毫無顧忌地說｜沒顧忌率直說。

直 肆無忌憚地說。

例 할 말이 있으면 이 자리에서 **기탄없이 말해 봐**.

　　如果有想要說的，就在這裡毫無顧忌地說吧。

「기탄（忌憚）」是指心有難處而顧慮之意。因此「기탄없이（無忌憚）」是指毫無牽絆之意。

뒤가 깨끗하다 　無懈可擊｜沒有隱藏的弱點或沒有過錯。

直 背後乾淨。

例 저 친구는 **뒤가 깨끗한** 사람이야. 정말 믿을 수 있는 사람이지.

　　他是無懈可擊的人。真的是很值得信賴的人。

掩藏不讓人知道的時候，會背地裡藏匿。但如果乾乾淨淨，沒有可隱瞞的，則正大光明，此境可稱堂堂正正。

어깨를 펴다 　挺胸｜不屈而堂堂正正。

直 展開肩膀。

例 이제는 **어깨를 펴고** 당당하게 말할 거야.

　　現在要昂首挺胸、堂堂正正地說出來。

위풍당당 成語 　威風凜凜｜風采威嚴，儀表端正。

直 威風堂堂。

漢 威風堂堂：위엄 위, 바람 풍, 집 당, 집 당

例 군인들의 행진하는 모습이 늠름하고 **위풍당당해** 보였다.

　　軍人們行走的模樣看起來很莊嚴與威風凜凜。

「풍채（風采）」是指人表現在外的模樣。「위풍당당」則是表示一個人有威嚴，堂正之意。

의기양양 成語 　意氣風發・意氣揚揚｜心情好、很得意，自豪的樣子。

直 意氣揚揚。

漢 意氣揚揚：뜻 의, 기운 기, 오를 양, 오를 양

例 최우수상을 받고 **의기양양한** 얼굴로 돌아왔다.　得到最優秀的獎項，滿臉意氣揚揚回來。

從前中國有一名服侍有名氣宰相的車夫。有一天車夫的妻子突然說要和離。車夫問

太太和離的理由，太太道：「你服侍的宰相即使官位很高，但是很謙虛，而你是他的車夫卻滿臉意氣洋洋，太丟臉了。」車夫聽妻子所說而領悟自己的模樣，變得很謙虛。「의기양양」就是出自此故事。如果想到車夫表現出宛如自己身居高位高人一等的模樣，應該就比較容易理解了。

얼굴을 들다 抬頭 | 無所畏懼地面對他人。

直 抬臉。

▶ 낯을 들다

例 엄마가 온 동네에 달리기 1등이라고 자랑을 하셔서 **얼굴을 들** 수가 없어.

媽媽在全村炫耀說跑步第一名，因此我無法抬頭挺胸。

너 때문에 창피해서 **낯을 들고** 다닐 수가 없다.

因為你，我感覺很丟臉，無法抬頭挺胸。

「얼굴（臉）」可替換成「낯（臉）」而為「낯을 들다（抬頭）」。通常與「～하지 못하다」、「～수 없다」併用，表無法抬頭挺胸等否定意義。

122

不正大光明

「낯을 들다（抬頭）」와「낯을 못 들다（抬不起頭）」或是「어깨를 펴다（挺胸）와「어깨를 움츠리다（縮肩）」等表與堂堂正正相反的表現很多。

구차하다　畏畏縮縮｜說話或行動不光明正大。

🔲 苟且。

例 **구차하게** 굴지 말고 그냥 네가 하고 싶은 대로 해라.

別畏畏縮縮，你就做你想要做的事情。

生活困難的情況稱「구차하다（苟且）」。此話也用來表示說話、行動不光明磊落。「구차하다」與動詞「굴다」合用，表無法堂堂正正行動之意。

낯을 못 들다　抬不起頭｜感覺丟臉而不能理直氣壯。

🔲 無法抬頭。

例 남자친구와 뽀뽀하는 모습을 엄마에게 들킨 후로 **낯을 못 들고** 다니겠어.

被媽媽發現跟男朋友接吻的樣子後，不敢抬頭見人。

도둑이 제 발 저리다　俗語　做賊心虛｜做虧心事而擔心被人察覺。

🔲 小偷腿發麻。

例 **도둑이 제 발 저린다**더니, 네가 먼저 청소할 때부터 알아봤지.

俗話說做賊心虛，在你先打掃時就看出來了。

腳被壓了很長一段時間，血液循環不良而感覺腳麻的現象稱為「저리다（麻）」。小偷害怕自己做壞事被人發現而擔心的模樣，正如同腳發麻的樣子，凶此而有這俗語。可用來描述做壞事擔心被發現而忐忑不安，結果又犯錯的情況。

뒤가 구리다　心裡有鬼｜有隱匿的弱點。

🔲 背後很臭。

例 나를 볼 때마다 피하는 걸 보니 **뒤가 구린** 게 틀림없어.

看他們一見到我就避開的樣子，無疑是心裡有鬼。

發出惡臭以「구리다（臭）」表示。若有放屁卻裝作不知的人，我們會對他投射懷疑的眼神。感覺好像是有弱點或秘密，卻裝作沒有的時候，可「뒤가 구리다」表示。因此可知放屁與弱點都有不想讓人發現的共通點呢。

뒤가 켕기다　心虛 | 因有弱點或錯誤而感到不安。

直 背後不安。

例 교실 청소를 하지 않고 도망가려니 자꾸 **뒤가 켕긴다**.

不打掃教室而逃走，所以時常感到心虛。

「켕기다（心虛）」指恐生毛病、變故而感到不安之意。此外，「뒤（後）」指沒露出的部分。因此「뒤가 켕기다」用來表示因為還有沒被發現的事實或是錯誤而感到不安。

어깨가 움츠러들다　畏畏縮縮 | 不能堂堂正正而羞慚。

直 肩膀瑟縮。

例 수업 시간에 준비물을 챙겨 오지 않아 **어깨가 움츠러들었다**.

沒有準備好上課時要的東西而躲躲閃閃。

這是在感到無法安心而畏縮時的情況下使用。

어깨가 처지다　垂頭喪氣 | 情緒低落。

直 肩膀下垂。

▶ 어깨가 늘어지다

例 은서가 회장 선거에서 떨어져서 그런지 오늘따라 **어깨가 처져** 보이네.

恩書大概是在會長選拔中落選，今天看起來特別垂頭喪氣。

시험에서 떨어진 후로 **어깨가 축 늘어졌다**.

在考試落榜之後，垂頭喪氣。

유구무언 成語　有口難辨、啞口無言 | 有嘴巴卻無法辯解。

直 有口無言。

漢 有口無言：있을 유，입 구，없을 무，말씀 언

▶ 입이 열 개라도 할 말이 없다

例 범인은 증거가 나오자 **유구무언**하였다.

證據一出現，犯人馬上無話可說了。

죄송합니다. 다 제 잘못입니다. 입이 열 개라도 할 말이 없네요.

對不起，這全都是我的錯。我有口難辨。

這成語用在表示犯下很大的錯誤而無法堂堂正正地面對，歉疚而連辨解的話也說不出的情況。俗語「입이 열 개라도 할 말이 없다」有類似的意義。

의기소침 **成語** 意志消沉、垂頭喪氣、心灰意懶 | 委靡不振消沉。

直 意氣銷沉。

漢 意氣銷沈：뜻 의，기운 기，녹일 소，가라앉을 침

例 친구보다 키가 작다고 **의기소침**하지 마. 점점 더 클 거야.

不要因為個子比朋友矮而意志消沉，你會慢慢長高的。

與表氣勢高昂的「의기양양」相反，「의기소침」是用來表示消沉的模樣。 這是用來表示事情不如願，或是自信消滅的情況。

壓抑、畏縮

某種力量被壓抑或不敢出聲的情況下所使用之表現。

고양이 앞에 쥐 俗語 老鼠見到貓 | 在可怕的人面前不敢動彈的模樣。

直 貓前面的老鼠。

▶ 쥐가 고양이를 만난 격 俗語

例 경찰 아저씨 앞에선 죄도 없는데 꼭 **고양이 앞에 쥐**가 된다니까.

在警察面前即使沒有犯罪，也像老鼠見到貓一般。

對老鼠而言，牠的天敵就是貓。這表示如同老鼠見到貓唯唯諾諾一般，無法舒展、怯懦的情況。

기가 꺾이다 氣勢折損、沮喪 | 氣勢消沉。

直 氣被折。

例 **기가 꺾여서** 제대로 싸워 보지도 못했다.

氣勢折損了，不能奮勇應戰。

기가 질리다 喪失鬥志、士氣一落千丈 | 膽怯畏懼

直 氣受驚嚇。

例 우리 편이 이기는 것을 보고 **기가 질렸는지** 상대편이 기권을 하였다.

大概是看到我們這組贏了而喪失鬥志，對方棄權了。

因為受驚或擔心而臉色凝重，稱之為「질리다（害怕）」。

기를 죽이다 折損氣勢 | 折損其氣勢。

直 殺氣。

例 여보, 열심히 하는 애 **기 죽이지** 말고 칭찬 많이 해 주세요.

親愛的，不要損用功孩子的氣，多多稱讚吧。

기죽다　喪氣｜氣勢受挫而消沉。

直 洩氣。

例 그까짓 일에 **기죽지** 마라.

別因為那樣的小事情而喪氣。

꼬리를 내리다　垂頭喪氣、夾著尾巴｜

退縮或沮喪。

直 垂下尾巴。

例 상대편 씨름 선수의 허벅지를 본 순간, **꼬리를 내릴** 수밖에 없었다.

看到對方角力選手大腿的瞬間，只能夾著尾巴。

聽說狗將尾巴下垂夾在兩腿之間表示害怕或投降。就同狗看到強勢的對手時會垂下尾巴，這話用來表示在對方面前無法堂堂抬起胸膛的情況。

別夾著尾，
來比一場
吧～

꼬리를 사리다　夾著尾巴｜害怕而閃躲。

直 夾著尾巴。

例 집라인 탈 차례가 다가오자 모두 **꼬리를 사렸다.**

搭空中飛索的順序到來，每個人全都畏縮了。

「사리다（夾）」是指尾巴夾在兩腳之間。衍伸為閃避或是愛惜身體的意思。

꼼짝 못 하다　不敢造次｜受壓抑而不能舒展。

直 無法動彈。

例 아빠는 엄마 앞에서 **꼼짝 못 하신다.**

爸爸在媽媽面前不敢造次。

눈칫밥을 먹다　寄人籬下｜看別人臉色苟且渡日。

直 吃眼神飯、看人眼神過活。

例 그는 어린 시절 부모님을 일찍 여의고 **눈칫밥을 먹고** 자랐지만 굳은살 없이 바르게 자랐다.

雖然他爸媽很早過世，過著寄人籬下的日子，但他沒有作繭自縛很健全地長大。

看別人臉色吃的飯稱為「눈칫밥」。這主要用來描述看別人臉色而無法好好吃喝，很不舒適的情況。

설설 기다　唯命是從 | 氣勢消沉，唯命是從。

直 一伸一縮地爬。

例 아버지가 **설설 기는** 사람은 오직 할아버지뿐이야.

爸爸能唯命是從的人只有爺爺。

「설설」指蟲子搖搖晃晃的模樣。「설설 기다」是以如昆蟲般弱小無力的動物來比喻氣勢折損萎靡的模樣。

숨도 제대로 못 쉬다　大氣不敢喘一個 | 受到壓抑無法表達。

直 無法順利呼吸。

▶ 숨도 크게 못 쉬다

例 도망치다 잡혀 온 노예들은 **숨도 제대로 못 쉬고** 살았다.

逃走被捉回的奴隸們，他們大氣不敢喘一個地活著。

這用來描述無法隨心所欲行事、表達自己意見的情況。

숨을 죽이다　摒住呼吸 | 不能說任何的話。

直 閉氣。

例 강아지의 자는 모습을 카메라에 담으려고 가족 모두 **숨죽이고** 조용히 있었다.

為了要用相機拍小狗睡覺的模樣，全家人都摒住呼吸靜靜的。

就好像搗嘴摒住呼吸無法說話一般，不能說想說的話或做想做的事。

숨통을 조이다　壓抑 | 制壓重要部分。

直 勒緊氣管。

例 부모님의 지나친 관심은 자식의 **숨통을 조인다**.

父母的過度關心令孩子喘不過氣來。

싹을 밟다 扼殺苗頭 | 從一開始就壓制發展。

🔘 踩芽。

🔘 이제 막 시작한 민주주의의 **싹을 밟아서는** 안 된다.

　　不能踩毀剛萌發的民主主義幼苗。

오금을 못 펴다 無法動彈 | 因為害怕而無法走動。

🔘 無法伸直膝蓋窩。

▶ 오금을 못 쓰다

🔘 그는 빚쟁이들 앞에서 **오금을 못 펴고** 쩔쩔맸다.

　　他在債主面前無法動彈，手足無措。

膝蓋彎曲凹陷的部分稱之為「오금（膝蓋窩）」。「오금을 못 펴다」指如同不能在腳上使力站直一樣，畏懼且手足無措。相反地「오금을 펴다」則表示放鬆自由之意。

입 안의 소리 細語 | 喃喃細語。

🔘 嘴裡的聲音。

▶ 목 안의 소리

🔘 **입 안의 소리**로 대답하는 병사를 보고 대장이 버럭 화를 냈다.

　　看到小聲回答的士兵，隊長大發雷霆。

這用來表示為周圍氣氛所壓制，旁人無法聽清楚的嗡嗡聲。

주눅이 들다 怯懦 | 氣勢不能舒展，畏畏縮縮。

🔘 畏縮。

▶ 주눅이 잡히다

🔘 평소답지 않게 잔뜩 **주눅이 들어서** 제대로 노래도 못했다.

　　不像平常的樣子，怯場而無法好好唱歌。

쪽을 못 쓰다 噤若寒蟬、動彈不得 | 氣勢受壓抑而動彈不得。

🔘 不敢出聲。

例 역시 프로 선수와의 시합에서는 **쪽을 못 쓰겠다**.

果然在與專業選手的比賽中大家都動彈不得。

찍소리 못 하다 　不敢吭一聲 | 不能說任何話。

直 不敢出聲。

例 형은 엄마 앞에서 **찍소리도 못 하더니** 나한테만 큰 소리야.

哥哥在媽媽面前都不敢吭一聲，只會在我面前大小聲。

如同老鼠為了要保護自己而撲上來並發出「찍（吱）」的叫聲一般，即使是小小的聲音也要反對或抗議的話，稱為「찍소리（吱聲）」。但因為是不敢吭聲的情況，所以是連話都不敢說的意思。

코가 빠지다 　無精打采 | 提不起勁。

直 鼻子掉了。

例 너 왜 **코 빠진** 사람처럼 멍하게 앉아 있는 거야?

你為什麼像是無精打采的人一般坐著發呆呢？

鼻子呼吸。這話表示好像氣都消了而氣勢消沉。

풀이 죽다 　消沉 | 無精打采。

直 糨糊（黏力）退。

例 늘 자신감 넘치던 사람이었는데 요즘은 **풀이 죽어** 지내더라.

他原本是自信滿滿的人，最近卻看起來無精打采的。

「풀（糨糊）」是要來黏東西或是用來塗抹的黏物質。從前以米粉或麵粉熬成糊狀來漿衣服，因此衣服可以畢挺。這話也指有活力或活躍。「풀이 죽다」是沒力氣之意。

한풀 꺾이다 　氣勢減弱 | 活潑氣勢變弱。

直 氣勢被折損。

例 여름에 그렇게 덥더니 이제 더위도 **한풀 꺾였네**.

夏天這麼熱，現在暑氣減弱了。

허리를 못 펴다 挺不起腰、受制於人 | 惶恐貌。

🔘 挺不起腰。

🔘 그는 경찰 단속에 걸리자 **허리를 못 펴고** 굽실거리기만 했다.

他被警察取締，挺不起腰來頻頻鞠躬。

這是用來描述挺不起腰且頻頻鞠躬的情況。

활기를 잃다 失去活力 | 沒力氣，意志消沉。

🔘 失去活氣。

▶ 생기를 잃다

🔘 대형 마트 때문에 전통 시장이 **활기를 잃었다**.

因為大型商場的緣故，傳統市場失去活力。

「활기（活氣）」是活著一般活潑的氣勢。

希望、期待

　　希望是指期望某件事情能夠成真之期待、等待的心理。在期望某件事情能夠達成的時候，心會噗通噗通的跳，也會焦慮地等待。希望與期待的心緒常以描述等待、心跳的表現表示。

가슴이 뛰다　內心澎湃｜充滿期待而興奮。

🔒 心怦怦跳。

▶ 심장이 뛰다

例 지금도 입학할 때를 생각하면 **가슴이 뛰어**.

　　至今一想到入學那時，還是會內心澎湃。

가슴이 부풀다　激動｜期待充滿內心。

🔒 內心膨脹。

例 종석이는 새 장난감을 살 생각에 **가슴이 부풀었다**.

　　鍾碩想要買新玩具而顯得興奮。

꿈을 꾸다　作夢｜期望或希望。

🔒 作夢。

例 미래의 과학자를 **꿈꾸는** 아이들이 이번 대회에 참가했다.

　　希望未來能夠成為科學家的小孩子們都參加了這次的比賽。

這裡的「꿈（夢）」不是指睡覺的作夢，而是希望或期待。所以與「꿈을 꾸다」相反的是「꿈을 깨다（夢醒）」，指降低希望或放棄夢想之意。

떠오르는 별　新星、後起之秀｜新登場嶄露才華的人。

🔒 升起的星星。

例 선희는 국악계의 **떠오르는 별**로 인정받고 있어.

　　善熙被認定為國樂界的新星。

떡 줄 사람은 꿈도 안 꾸는데 김칫국부터 마신다 ^{俗語} —廂情

願 | 給的人還沒想好（做好），自己就以為都好了。

📖 給糕餅的人還沒作夢，就逕自喝起泡菜湯。

▶ 김칫국부터 마신다

🗨 떡 줄 사람은 꿈도 안 꾸는데 <u>김칫국부터 마신다</u>고 하더니 너무 기대하는 거 아니니?

俗話說主人都沒說要給，你就逕自喝起泡菜湯，你這樣不是一廂情願期待過頭了嗎？

吃糕餅的時候會卡喉嚨，因此大多會跟泡菜湯一起吃。這俗語是用來表示期待對方給糕餅，自己就先喝起泡菜湯。這是用來揶揄認為還沒好的事情已經完成了而期待的情況。

목이 빠지게 기다리다 引頸企盼、望眼欲穿 | 焦慮地長久等待。

📖 脖子要斷地等待。

▶ 눈이 빠지게 기다리다

🗨 이틀 전 주문한 택배를 <u>목이 빠지게 기다리고</u> 있다.

我望眼欲穿地等兩天前訂的包裹。

這表示長久等待時，伸長脖子睜眼觀望什麼似地等。引申為迫切焦急地等候某人或某事物的情況。

손꼽아 기다리다　屈指以待 | 殷切盼望，數日子等待。

直 屈指而待、數日子等待。

例 한 달 전부터 어린이날만 **손꼽아 기다렸다.**

從一個月前就屈指以待兒童節的到來。

실낱같은 희망　一縷希望 | 像要消失般的渺小希望。

直 一縷絲般的希望。

▶ 실오라기 같은 희망

例 이름도 없이 봉사하는 사람들이야말로 우리 사회의 **실낱같은 희망**이다.

無名奉獻的人們真是我們社會的一縷希望。

「실낱」稱為「실오라기（絲線）」，意思為一股細線。因此「실낱같은 희망」表示好像要斷掉或很像要消失一般，非常渺小的希望。

앞날이 창창하다　前途不可限量 | 前途光明很有希望。

直 前途光明。

例 **앞날이 창창한** 아이들에게 희망의 메시지를 전하는 게 좋겠어요.

建議給前途不可限量的孩子們傳達希望的訊息。

「창창하다」是指前途遙遠無限。「앞날이 창창하다」是指有希望的日子很多之意。

전도유망 成語　前途光明 | 前途很有希望。

直 前途有望。

漢 前途有望：앞 전, 길 도, 있을 유, 바랄 망

例 이 학생은 운동에 소질이 있는 **전도유망**한 어린이입니다.

這學生是在運動上有天分，前途光明的小孩。

單看漢字是指「앞길에 희망이 있다（前途有望）」之意。可用來表示對未來期盼的事或人。

쥐구멍에도 볕들 날 있다 ^{俗語} **瓦片也有翻身日、風水輪流轉** | 辛苦的生

活裡也會有好日子的一天。

· ·

直 老鼠洞也有陽光照進來的一天。

例 쥐구멍에도 볕들 날 있다더니 드디어 우리에게도 기회가 왔구나!

　俗話說風水輪流轉，機會終於向我們而來！

這句俗語用來鼓勵即使在困境中也不要拋棄希望。

학수고대 ^{成語} **翹首以待** | 如同鶴一般伸長脖子等待。

· ·

直 鶴首苦待。

漢 鶴首苦待：학 학，머리 수，쓸 고，기다릴 대

例 대회 결과가 빨리 나오기를 **학수고대**하고 있다.

　我們翹首以待大會結果快點出來。

「학수（鶴首）」是指如同鶴一般伸長脖子觀看；「고대（苦待）」為苦苦等待。
這是用來表示非常懇切地等待的情況。

心意

野心、過分

가는 토끼 잡으려다 잡은 토끼 놓친다 俗語 打了林中鳥，丟了籠裡雞 | 野心太大而丟失已經抓住的東西。

- 直 要捉住在跑的兔子，而失去已經捉到的兔子。
- 例 **가는 토끼 잡으려다 잡은 토끼 놓치겠어!** 자꾸 일 벌이지 말고 하나만이라도 잘해.

  打了林中鳥，丟了籠裡雞！別一直擴充新事業，只好好做好一件事。

野心太大，想抓經過的兔子卻讓手裡的兔子逃走，這俗語比喻太貪心而使得已經擁有的東西也失去。其他如「뛰는 토끼 잡으려다 잡은 토끼 놓친다」、「산돼지 잡으려다가 집돼지까지 잃는다」、「토끼 둘을 잡으려다가 하나도 못 잡는다」等也是相同意思。

견물생심 俗語 見財起意 | 看到東西就起貪念。

- 直 見物生心。
- 漢 見物生心：볼 견，물건 물，날 생，마음 심
- 例 **견물생심**이라고 장난감을 보면 자꾸 사고 싶어져.

  俗話說見物生心，一看到玩具就想要買。

看到好的東西，當然會有想持有的欲望。但過多的欲望會召禍害。「견물생심」是用來警告不要起過多貪欲。

과욕을 부리다 貪得無厭 | 產生過多的貪念。

- 直 耍過慾、非分貪婪。
- 例 너무 **과욕을 부리면** 도리어 일을 그르치기 쉽다.

  如果太貪得無厭的話，反而容易搞砸事情。

과유불급 俗語 過猶不及 | 事情做得過頭跟做得不夠是一樣的。

- 直 過猶不及。
- 漢 過猶不及：지날 과，오히려 유，아닐 부，미칠 급
- 例 **과유불급**이라고 아무리 좋은 음식이라도 너무 많이 먹는 것은 몸에 좋지 않다.

俗話說過猶不及，不管有多麼好吃的東西，吃太多的話對身體不好。

「과유불급」是出自《論語》的成語。有個叫子貢的人問孔子，子張與子夏比較的話，誰更仁慈。孔子說子張有超過的一面；子夏有不及的一面。即，無法說子張與子夏哪個人較仁慈，這是指兩人皆相同。因此這是用來表示每件事情應不超過或未及，適當比較好之意。

군침을 삼키다 垂涎三尺、眼饞、嚥口水 | 看到利益或財物後起貪念。

直 吞嚥多餘的口水。

例 값비싼 보석을 보고 **군침을 삼켰다**.

看到昂貴的寶石，嚥了一口水。

看到美食想吃而乾嚥了一下口水的情況，稱為「군침을 삼키다」。其意思衍伸也可用在想持有物品或財物而生貪念的情況。

군침이 돌다 嚥口水 | 因利益或財物起貪念。

直 轉口水。

例 희영이는 게임에서 이기면 예쁜 옷을 사주겠다는 아빠의 말에 **군침이 돌았다**.

熙英因如果贏得比賽就送漂亮衣服給她的爸爸的話而嚥了一口水。

「군침」是指嘴裡的口水。這是用在看到美食而不覺間產生想吃之欲望的情況。因利益或財物而起貪念時也使用「군침이 돌다」表示。

극성스럽다 狂熱的 | 過度積極。

直 積極的。

例 아이돌 그룹은 늘 **극성스러운** 팬이 따라다닌다.

偶像團體總是有狂熱粉絲追隨著。

남의 손의 떡은 커 보인다 俗語 別人的東西比自己的好 | 別人的東西看起來比較好，別人的事情看起來比較簡單。

直 別人手裡的糕餅看起來大。

○ 남의 손의 떡이 더 커 보이고 남이 잡은 일감이 더 헐어 보인다 俗語

例 남의 손의 떡은 커 보이는 법! 다른 사람하고 비교하지 말고 네 거나 먹으렴.

別人手中的東西總會比自己的好！不要跟別人比較，就吃妳自己的。

你曾有這種感受嗎？很奇怪，儘管媽媽分給大家同樣份量的食物，仍會感覺弟弟妹妹或哥哥姐姐的份量看起來比較多。這俗語是用來表示人有無止盡的慾望。

놀부 심보　歹毒心機、蛇蠍心腸｜吝嗇且耍心機的心。

- 圓 孬夫心機、孬夫心計。
- ▶ 놀부 심사
- 例 친구들에게 나눠 주지 않고 너 혼자 다 가지려고 하다니. 완전 **놀부 심보**네.

  不分給朋友而想要自己獨佔，真小器。

對別人耍心機稱為「심보（心眼）」或「심사（心術）」。與「심보가 고약하다（居心不良）」一樣是指負面的心思。

눈독을 들이다　覬覦、貪婪的目光｜因貪婪而留意、注視。

- 圓 生貪婪眼神。
- 例 너, 내 아이스크림에 **눈독 들이지**마. 알겠지?

  你別覬覦我的冰淇淋。知道嗎？

「눈독（貪婪的眼神）」是指眼神有毒的情況。可指稱心懷貪婪注視。

배를 불리다　中飽私囊、滿足私慾｜以許多的財物填滿欲望。

- 圓 填飽肚子。
- ▶ 배를 채우다, 뱃속을 채우다
- 例 놀부는 갖은 방법으로 자기 **배를 불리었다**.

  孬夫用盡各種方法中飽私囊。

  부자들이 자기 **뱃속만 채우지** 말고 다른 사람을 도와주면 좋겠어.

  希望有錢人們不要只是滿足私慾，能去幫助其他人。

「배（肚）」是身體部位中最鼓起來的部位。因為吃了某些東西而鼓起來，所以這也用來表示「욕심（欲心）」。「배를 불리다」是指以不當的方法來填滿慾望。

사리사욕　俗語　私利私慾、私慾｜個人的利益與貪念。

- 圓 私利私慾。
- 漢 私利私慾：사사로울 사，이로울 리，사사로울 사，욕심 욕

例 그분은 **사리사욕**을 채우기보다 우리 사회에 보탬이 되려고 기부를 많이 하셨어.

與其說他是要填滿私利私慾，倒不如說他是為了要資助社會而捐款很多的人。

소탐대실 ^{俗語} 因小失大 | 貪小便宜而吃大虧。

直 小貪大失。

漢 小貪大失：작을 소，탐할 탐，큰 대，잃을 실

例 길을 만들기 위해 주변의 나무를 다 자른다면 결국 **소탐대실**이 될 것이다.

為了要造路而砍了周圍的樹木，最終將因小失大。

在中國秦國與蜀國戰爭的時候，秦國因為蜀國地形險峻而很難派兵打仗。因此，秦國的臣子們散布說要送蜀國國王用玉做的牛與滿滿的寶石之謠言。結果蜀國國王就因為寶物被利益沖昏了頭，替秦國士兵們開路，讓他們能夠把寶物送到蜀國。後來秦國士兵們平安地進到蜀國，蜀國因此亡國。這就是「소탐대실（因小失大）」的由來。如同因寶物而失去國家，這是用來表達因貪小便宜而吃大虧之意。

염불에는 맘이 없고 잿밥에만 맘이 있다 ^{俗語} 醉翁之意不在酒、心有旁騖 | 不專誠於負責的工作而只在乎利益。

直 念佛無心，心在齋飯。

例 김 씨는 **염불에는 맘이 없고 잿밥에만 맘이 있어서** 늘 일을 건성으로 하는 편이지.

金先生心有旁騖，因此工作經常敷衍了事。

念佛的時候會在祭壇上放食物，這俗語表示僧侶們在念佛的時候無法集中精神，只想著接下來要吃的食物。因此這是表示意念或心思在別處之意。

오르지 못할 나무는 쳐다보지도 마라 ^{俗語} 不作無補之功，不為無益之事 | 對不可能的事，一開始就不要有絲毫意念。

直 爬不上去的樹連看也不要看。

▶ 못 오를 나무는 쳐다보지도 마라 ^{俗語}

例 우리 반 혜경이랑 사귀고 싶다고? **오르지 못할 나무는 쳐다보지도 말라**고 했어.

你想跟我們班的慧京交往？別作無補之功，不為無益之事。

자리를 넘보다   覬覦（別人的）位置｜覬覦別人的位置。

直 覬覦（別人的）位置。

例 신하가 왕의 **자리를 넘보는** 것은 반역이다.

臣子覬覦王位者為叛逆。

침을 삼키다   垂涎三尺、想擁有、有貪慾｜非常貪婪。

直 嚥口水。

例 최신 휴대폰을 유리창 너머로 보며 **침을 삼켰다**.

隔著窗子看最新手機而嚥了一口水。

看到可口的食物會自然地吞嚥口水，像這樣見物起貪念，想將之據為己有的情況以「침을 삼키다」來表示。

혈안이 되다   紅了眼｜瘋狂似地追逐某件事情。

直 變成血眼。

例 그들은 자기 욕심을 채우는 데만 **혈안이 되어** 있어.

他們只汲汲於填塞自己的欲望而紅了眼。

「혈안（血眼）」是指變紅充血的眼睛，引申為圓睜充滿貪念的眼神。「혈안이 되다」表示針對某事某物而衝撞的情況。

　　被某事物吸引的話，會有想看、想摸、想擁有的意念，因此與關心或興致相關的表現就多有「눈（眼）」、「귀（耳）」、「손（手）」的字眼。

각광을 받다　受到關注 | 受到矚目。

🔘 受到腳光照射。

例 제주도는 요즘 한 달 살기로 **각광 받는** 곳이다.

　　濟州島是最近因「生活一個月（活動）」而受到關注的地方。

「각광（腳光）」是指在舞台由下往上打的燈光。因為是光打在腳上，所以稱之為腳光燈。在舞台受燈光照射，自然會受眾人矚目。

개 눈에는 똥만 보인다 俗語　狗眼裡只有屎 | 眼裡只看得到自己喜歡的事物。

🔘 狗的眼裡只看得到屎。

例 **개 눈에는 똥만 보인다**고, 빨간색을 좋아한다고 죄다 빨간색 옷만 골라 오면 어떡하니?

　　俗話說狗眼裡只有屎，說是喜歡紅色，全部的衣服就都只挑來紅衣的話怎麼辦？

從前狗都吃剩飯菜與屎。糞屎是狗的食物之一。俗語是挪揄眼裡只看到自己喜歡的事物的情況。

구미가 당기다　產生興趣 | 生出欲望與興趣。

🔘 胃口被牽引。

▶ 구미가 돌다

例 친구가 댄스 동아리에 가입하자고 하는데 살짝 **구미가 당긴다**.

　　朋友遊說一起加入熱舞社，因而產生了一點興趣。

「구미（口味）」是指「입맛（胃口）」。「구미가 딩기다」是「입맛이 딩기다」之意。表示對某事物產生興趣。

구미를 돋우다　引起興趣、令人心動 | 使引發興趣。

🔘 助長口味、提味。

例 저 광고 정말 **구미를 돋우게** 잘 만든 것 같아! 너무 사고 싶어.

那廣告真能引發興趣，做得很好！非常想買。

귀가 번쩍 뜨이다 　耳朵張開｜聽到某些話而產生興趣。

直 耳朵突然大開。

▶ 눈이 번쩍 뜨이다

例 우리 아들은 고기라면 자다가도 **귀가 번쩍 뜨일** 정도로 좋아해.

我兒子喜歡肉到了一提到肉連睡夢中也能豎起耳朵來的地步。

耳朵雖然經常開著，但並不常常注意聽聲音。如正專心思考其他事情，上課時老師所講的就一點也沒聽進去，也想不起來。但若在某瞬間聽到有趣的話，這時候自己也會不知不覺地集中注意力。這情況就用「귀가 번쩍 뜨이다」來表示。

귀가 솔깃하다 　豎起耳朵、產生興趣｜感覺他人說的話好像有道理而被吸引。

直 耳朵豎起。

例 선생님의 수학여행 제안에 아이들의 **귀가 솔깃해졌다.**

老師提起校外教學的提案，孩子們豎起耳朵。

「솔깃하다（產生興趣）」是指看起來好像不錯而產生關心之意。

귀에 들어오다 　入耳｜談話或故事聽起來有道理。

直 入耳。

例 텔레비전에 정신이 팔려 엄마 이야기가 하나도 **귀에 들어오지** 않았다.

專注看電視，媽媽說的話一句也沒聽進去。

눈에 밟히다 　歷歷在目｜忘不掉而時常浮現在眼前。

直 被踩在眼裡。

例 잠자리에 들었는데 마트에서 본 터닝메카드가 자꾸 **눈에 밟힌다.**

上床睡覺，可是在商場上看到的魔車戰魂（Tuming MECARD）總是歷歷在目。

눈에 아른거리다 依稀可見 | 想起往事。

🔵 在眼裡晃動。

⏺ 눈앞에 어른거리다

例 여긴 지난여름에 왔던 곳이잖아! 그때 친구들과 물놀이 했던 게 **눈에 아른거리네**.

　　這是去年夏天來過的地方嘛！那時與朋友玩水的情景浮現眼前。

「아른거리다」是指某事模模糊糊地，時明時滅之意。這描述往事依稀縈繞眼前的情況。

눈을 끌다 引起注意 | 內心嚮往。

🔵 牽引眼睛。

例 인터넷을 뒤지다가 내 **눈을 끄는** 운동화를 발견했다.

　　在網頁搜尋，發現了吸引我目光的運動鞋。

눈을 돌리다 轉移關心 | 轉移關心。

🔵 轉動眼球。

例 피아노가 지겨우면 다른 악기에도 한번 **눈을 돌려** 봐.

　　如果覺得鋼琴很無趣的話，轉而嘗試其他樂器吧。

맛을 들이다 感興趣、喜歡上 | 喜歡或享受。

🔵 喜歡某味道、入味。

例 동생은 요즘 농구에 **맛 들여서** 하교하면 무조건 농구장에 가.

　　弟弟最近對籃球感興趣，所以一下課都會往籃球場跑。

「맛을 들이다」表示因常吃某食物或喜歡進而享受之意，衍伸為對某事感到喜歡而經常做之意。

맛을 붙이다 產生興趣 | 感覺有興趣。

🔵 黏上味道。

例 아빠는 이제 막 요리에 **맛을 붙이기** 시작하셨어.

　　爸爸現在開始對料理產生興趣。

손을 대다 著手、動手、涉及｜產生興趣並參與其中。

🔵 手碰手接觸。

🔵 그 감독이 **손댄** 영화는 다 흥행에 성공했어!

　　那導演拍的電影，票房全都很成功。

若有關心的物品自然會想要摸摸看。因此「손을 대다」表示動手摸或對某事有興趣而想參與其事。相反地「손을 떼다（抽手）」則表示不繼續做，不再涉及之意。

신경을 쓰다 關心｜周密注意。

🔵 使用神經。

🔵 할머니가 멀리 계시지만 자주 전화해서 **신경을 쓰자꾸나.**

　　雖然奶奶住得遠，但經常打電話表達關心。

오지랖이 넓다 愛管閒事｜過份無理干涉。

🔵 前襟寬。

🔵 엄마는 **오지랖이 넓어서** 온 동네일을 도맡아 하셔.

　　媽媽愛管閒事，承擔了整個社區的大小事。

「오지랖」是指上衣的前襟。若上衣前襟寬大，則上衣胸圍會變大且能夠遮蓋的部分會更多。如此，這描述表示不管什麼事都有意見、干涉的情況。

이목을 끌다 引人注目｜受到關注。

🔵 牽引耳目。

🔵 동생은 어려서부터 영재라는 소리를 들을만큼주변의 **이목을 끌었다.**

　　弟弟從小被譽為英才，引人注目。

「이목（耳目）」是指「귀（耳朵）」和「눈（眼睛）」。即受到聽與看的注目。

입맛을 다시다 眼饞｜垂涎、產生欲望。

🔵 舔嘴。

例 잡지에 멋진 자동차가 나오자 현수는 **입맛을 다시며** 책장을 넘기지 못했다.

從雜誌上看到很帥氣的車子，賢秀眼饞得無法翻下一頁。

「다시다」指看到美食而張口合口的樣子。其延伸指想擁有某樣物品，或想做某事而起慾念之意。

입맛이 당기다　引起興趣｜有想要做某件事情的興趣。

直 口味被拉牽。

例 자네 계획을 들어 보니 나도 **입맛이 당기는군**.

聽了你的計劃，我也有了興趣了。

주목을 받다　受到矚目｜引發關心。

直 受到注目。

例 학교 학예회에서 내가 주인공보다 더 연기를 잘해서 **주목을 받았다**.

在學校才藝表演上，我演得比主角好而受到矚目。

치마가 열두 폭인가 俗語　你住海邊嗎？（台）、干涉管的範圍太大｜對別人的事做無謂干涉與參與。

直 裙子有十二幅那麼寬嗎

例 **치마가 열두 폭인가**, 왜 이리 쓸데없이 남의 일에 참견하니?

你管真多，為什麼要那樣多管閒事呢？

韓服的裙子是由許多的布所組成的。裙子的寬度稱之為「치마폭（裙幅）」。「치마폭이 열두 폭이다（裙幅有十二幅）」是指用十二塊布相連而成，所以是很寬的裙子。這俗語如同能遮掩許多的寬鬆衣服一樣，用以表示對他人的事情干涉過多之意。

한몫 끼다　助一臂之力、參一腳｜一起參與。

直 插一份。

例 우리 학교를 알리는 중요한 행사라고 하니 나도 **한몫 끼고** 싶다.

這是宣傳學校的活動，我也想參加。

不關心

如果不關心，就不會想做某事。因此，在表示不關心的俗語、慣用語中，有很多不動身體的字詞。尤其像「뒷짐을 지다（背著手）」、「팔짱을 끼다（手抱胸、袖手）」等不用手的情況描述。

강 건너 불구경　隔岸觀火｜毫不關心盯著看。

(直) 隔岸觀火。

(例) 친구가 싸우고 있는데 말리지도 않고! **강 건너 불구경**이니?

朋友吵架也不阻止！只是隔岸觀火嗎？

這是指對岸失火了，但火勢不會擴大到這裡，也無法到對岸去救火而只能觀看的情況。這可用來描述認為某事與自己無關而不積極挺身去做的情況。

거들떠보지 않다　不理不睬｜裝作認識也不願意。

(直) 不抬頭看。

(例) 시험이 끝났다고 책은 **거들떠보지도 않는구나**!

說是考完了，就連書本也不瞧一眼了。

귀 밖으로 듣다　左耳進右耳出、當耳邊風｜要聽不聽。

(直) 用耳廓聽。

(例) 엄마 말을 **귀 밖으로 듣지** 말고 새겨들으렴.

媽媽的話不要當耳邊風，要仔細聽。

그러거나 말거나　愛怎樣就怎樣｜不管做任何事都沒關係。

(直) 那樣或不那樣。

(例) 다른 사람들은 **그러거나 말거나**, 너는 네 할 일이나 열심히 하면 돼.

別人愛怎樣就怎樣，你努力把你的事情做好就可以了。

這是「그렇게 하거나 말거나」的縮寫。如果後面連接「상관없이」的話，意思會比

較好理解。

나 몰라라 하다 事不關己、坐視不理、置身事外 | 以漠不關心的態度面對。

🔘 說我不知道。

🔘 동생 일인데 **나 몰라라 할** 수는 없잖아.

　　這是弟弟的事情，我不能置身事外。

눈길을 거두다 收回目光、不再看 | 不再看。

🔘 收拾目光。

🔘 꽃이 너무 예뻐서 한동안 **눈길을 거두지** 못했다.

　　花太漂亮了，我一度目不轉睛。

「눈길」是指人視線停留的方向。因此「눈길을 거두다」是指不再繼續看一直在看的東西或轉移視線，也就是不再關心的意思。

닭 소 보듯, 소 닭 보듯 俗語 互看不認識、宛如見到陌生人一般 | 彼此對看
也不認識。

🔘 如雞望牛，如牛望雞。

▶ 개 닭 보듯 俗語

🔘 오랜만에 만난 사촌 동생이 나를 **닭 소 보듯, 소 닭 보듯** 쳐다보니 서운한 마음이 들었다.

　　好久不見的堂弟見到我宛如見到陌生人一般，我感到悵然若失。

此俗語表示如牛與雞互從身邊經過也是視而不見的情況一樣，兩者是不理會是否存在、互不相干的關係。

담을 쌓다 斷絕關係、一刀兩斷 | 不關心，全然不理會。

🔘 築牆。

🔘 담을 지다

🔘 저 둘은 저번에 싸운 이후로 **담쌓고** 지내고 있어.

　　他們倆個自從上次吵架之後就斷絕關係了。

　　요즘 너무 바빠서 운동하고는 **담을 지고** 산다.

　　最近很忙，我跟運動斷絕關係了。

心
意

뒷짐을 지다 袖手旁觀 | 似乎毫無關係，在旁觀看。

🔲 背手。

🔵 엄마 아빠는 **뒷짐을 지고** 우리가 어떻게 청소하는지 지켜보고 계셨다.

　爸爸媽媽袖手旁觀，看我們怎麼打掃。

손가락 하나 까딱 않다 遊手好閒 | 不做任何事情，不知羞恥地閒著。

🔲 不動一根手指頭。

▶ 손끝 하나 까딱 안 하다, 손톱 하나 까딱하지 않다

🔵 아빠는 소파에 누워 **손가락 하나 까딱 않고** 뭐든 시키기만 하세요.

　爸爸躺在沙發上遊手好閒，使喚我們做每樣事情。

손을 놓다 放手不管、撒手不幹 | 不再繼續
做一直在做的事。

🔲 放手。

▶ 손을 떼다

🔵 엄마는 이제 집안일에 **손을 놓을** 거
라고 선언하셨어요.

　媽媽說她現在放手不管家事了。

「놓다」是指放下東西的意思，這也用來表示
抽掉投入的力量。

수수방관 成語 袖手旁觀 | 不參與，放手。

🔲 袖手傍觀。

🈶 袖手傍觀：소매 수，손 수，곁 방，볼 관

🔵 정부는 광장에서 시위하는 시위대
를 **수수방관**만 하고 있다.

　政府對在廣場示威的隊伍只是袖手旁觀。

「수수방관」是指手放在袖子裡而
在旁觀看之意。這可用來描述即使
遭遇某事，也不施加干涉或援助，
只在旁觀看時的情況。

아랑곳없다 　毫不在意｜不用心。

🔵 不理睬。

📝 숙소가 좁은 것은 **아랑곳없다**는 듯 모두 여행에 피로하여 잠들기 바빴다.

大家好像對住宿地方窄小毫不在意，都舟車勞頓而急著睡覺。

「아랑곳」這個詞有點陌生對吧？這是表示為某事出面干涉或表關心之意的純韓語。

입맛이 떨어지다 　索然無味、沒興趣、倒胃口｜失去興趣。

🔵 胃口掉。

📝 기대했던 로봇 대회에서 입상도 못 해서 그런지 로봇 만들기도 **입맛이 떨어졌다**.

原本期待的機器人大會大概連入圍都辦不到，因而製作機器人也索然無味。

죽이 되든 밥이 되든 　不管成敗與否｜事成或不成。

🔵 不管是成為粥或成為飯。

📝 **죽이 되든 밥이 되든**, 네가 결정한 것이니 네가 알아서 해.

不管成敗與否，因為是你決定的，所以你就看著辦吧。

這是用來表示不管事情成功或不成功，你自己看著辦，無所謂之意。也就是不介意之意。

천하태평 〔成語〕 天下太平、高枕無憂｜不擔心與漠不關心世間事。

🔵 天下泰平。

🈶 天下泰平：하늘 천，아래 하，클 태，평평할 평

📝 밖에서는 난리가 났는데 너는 **천하태평**이구나.

外面發生大事，你卻是天下太平。

雖然這有天下的世界祥和安寧之正面意義，但也用來揶揄對任何事情不關心，只在乎自己無憂無慮、舒服的態度之諷刺表達用法。

팔짱을 끼고 보다 　束手旁觀｜不出面而只是旁觀。

🔵 兩手交叉抱胸看。

📝 그렇게 **팔짱 끼고 보고만** 있지 말고, 너도 와서 어서 도와.

別只是束手旁觀，你也過來幫忙。

決心

想想當下定決心要做某事時會有的肢體動作。可能會握緊拳頭或是嘴唇用力對吧？想著身體會做的動作，來讀一下出現決心時的表現吧。

너 죽고 나 죽자 你死我活、奮爭到底 | 要奮戰到分出勝負的意志與決心。

🔹 你死我死。

🔹 너 죽고 나 죽자고 끝까지 달려들어 도저히 당해낼 수 없었다.

　　決心拼個你死我活奮戰到底，終究無法招架。

눈 딱 감고 不管三七二十一、把心一橫、豁出去 | 不想其他事情。

🔹 緊閉眼。

🔹 눈 딱 감고 이번 한 번만 저를 믿어 주세요.

　　把心一橫，就只這一次，相信我。

목에 칼이 들어와도 就算刀架在脖子上、即使枷鎖上脖子 | 不管發生什麼事情

🔹 就算刀架在脖子上、即使枷鎖上脖子。

🔹 목에 칼이 들어와도 비밀은 꼭 지킬게.

　　就算刀架在脖子上，我也會守住祕密的。

此話表示即使他人威脅或是刀子、枷鎖架在脖子上也不屈服之意。因此這用來強調已經做好犧牲的準備要堅持到最後。

성을 갈다 改姓 | 發誓不再做某件事情。

🔹 改姓。

🔹 내가 다시 네 말을 믿으면 성을 갈겠어.

　　如果我再相信你的話，我就改姓。

如同「박 씨（朴氏）」、「김 씨（金氏）」、「이 씨（李氏）」一樣，「성（姓：성씨 성）」是無法隨心所欲地改變。這強調若違背誓言將拋棄家族以表堅強意志。

용단을 내리다 當機立斷、果斷 | 有勇氣地下決斷。

🔤 下勇斷。

📝 감독님, 누구를 국가 대표 선수로 뽑을지 **용단을 내려야** 합니다.

　　教練，應該要當機立斷選一下誰要當國家代表選手。

這是當對某事猶豫，但必須儘快下判斷、決定時所使用的表現。

이를 악물다 咬緊牙關 | 為突破難關而下很大的決心。

🔤 咬牙。

▶️ 이를 깨물다

📝 IMF를 극복하기 위해 온 국민이 **이를 악물었다**.

　　為了要克服IMF，全國國民咬緊牙關。

練習！
練習！

입술을 깨물다 咬緊嘴唇 | 下堅定決心。

🔤 咬緊嘴唇。

📝 반드시 가수가 되겠다고 다짐하며 **입술을 깨물었다**.

　　我下定決心一定要成為歌手。

작심삼일 成語 三分鐘熱度 | 下的決心維持不過三天。

🔤 作心三日。

漢 作心三日：지을 작，마음 심，셋 삼，날 일

▶️ 지어먹은 마음이 사흘을 못 간다 俗語

📝 다이어트를 하겠다는 결심은 늘 **작심삼일**로 끝나고 만다.

　　要減肥的決心每次都三分鐘熱度結束。

這常用來描述下定決心要做的事情總是無法維持長久，並且很輕易放棄的情況。

주먹을 불끈 쥐다 緊握拳頭 | 握緊拳頭以表決心。

🔤 緊握拳頭。

📝 두 **주먹을 불끈 쥐며** 꼭 이기겠다고 결심했다.

　　雙手握緊拳頭，下定決心一定要贏。

죽기 아니면 까무러치기 竭盡全力｜冒險使盡全身力量。

🔴 不是死就是昏厥。

🔵 **죽기 아니면 까무러치기**지! 점프해서 두 바퀴 회전을 꼭 완성하고 말 거야.

要竭盡全力！一定要完成跳躍之後迴轉兩圈。

失去精神如同喪屍一般昏厥的狀態稱為「까무러치다（昏厥）」。這用來表示要拼死奮戰的意志。

칼을 갈다 下定決心｜為完成某事而下堅定決心。

🔴 磨刀。

🔵 나는 시험에 합격하기 위해 3년 동안 **칼을 갈았어**.

我為了要考試合格而磨了三年的刀子。

큰마음을 먹다 痛下決心｜做艱難的決定。

🔴 下很大的決心。

🔵 언니는 **큰마음 먹고** 외국으로 유학을 떠났다.

姐姐心懷大志出國留學。

하늘이 두 쪽이 나도 不管如何｜不管多麼困難的處境。

🔴 即使天分成兩半。

▶ 하늘이 무너져도

🔵 **하늘이 두 쪽 나도** 이 일은 꼭 하고 말겠어.

不管如何，這件事情一定要完成。

「하늘이 갈라져 두 쪽이 나다（天裂成兩片）」是指無可言喻的極端狀況。因此「하늘이 두 쪽이 나도」是用來強調即使再大的困境或艱難的事到來，也必定達成的意志。

호랑이 굴에 가야 호랑이 새끼를 잡는다 俗語 不入虎穴，焉得虎子｜為實現意志，必須做相應的事。

🔴 要去虎穴才能抓到小老虎。

例 <u>호랑이 굴에 가야 호랑이 새끼를 잡는다</u>고, 자꾸 망설이지 말고 신청서라도 빨리 내 봐.

俗話說「不入虎穴，焉得虎子」，別總是猶豫不決，即使是申請書也要盡快繳交。

若害怕老虎而不入虎穴就無法抓住老虎，更遑論小老虎。因此這俗語表示如要實現意志、心願，必須有勇氣挑戰。

努力、堅韌

　　「노력（努力）」是指為完成某事而盡身心的力量去執行。所以在努力與執著的用法中會出現許多關於勤快地行動之表現。

개 발에 땀 나다　須數倍努力 | 為了要達成艱難的事而勤奮行動。

- 🅳 狗腳冒汗。
- 🅴 개 발에 땀 나도록 일해야 오늘 목표한 일을 다 할 수 있다.

　　必須要到狗腳冒汗的程度，才能完成今天目標所要完成的事情。

狗與人相比比較不容易流汗。因此若要到達「개 발에 땀 나다（狗腳冒汗）」的程度，可想而知必須奮力奔跑。這是藉狗腳流汗來比喻為完成艱難的事而勤奮行動的話。

공든 탑이 무너지랴　🄯 皇天不負苦心人、慢工出細活 | 努力做的事，其結果不會不紮實。

- 🅳 用心堆疊出來的塔豈有倒塌之理。
- 🅴 열심히 노력했으니 좋은 결과가 있을 거야. 설마 공든 탑이 무너지겠어?

　　既然很努力了，就一定會有好結果的。難道皇天會負苦心人？

「무너지랴（豈會倒塌）」是「무너질 리가 없다（沒有會倒塌之理）」之意。即用心堆疊的塔是不容易倒塌的。因此這俗語表示非常努力做的事，其結果不會不紮實之意。

구르는 돌은 이끼가 안 낀다　🄯 滾石不生苔 | 持續努力的人會進步。

- 🅳 滾動的石頭不會長青苔。
- 🅴 구르는 돌은 이끼가 안 낀다잖아. 훌륭한 요리사가 되기 위해 오늘도 열심히 연습하자!

　　俗話不是說滾石不生苔嘛。為了做一名廚師，今天也要努力練習！

「구르는 돌（滾石）」比喻須持續動作才會有變化之意。因此這是含有持續努力的人不會停留在原地，而會往前發展的意思。

기를 쓰다 渾身解數 | 用盡全身力氣。

🅰 使氣。

🅔 생일 파티에 간다니 동생이 **기를 쓰고** 나를 따라왔다.

　　說要參加生日派對，弟弟死跟著我來。

땀을 흘리다 流汗 | 精誠努力。

🅰 流汗。

🅔 실수 없이 연주를 끝내고 박수 소리를 듣자 그동안 **땀 흘리며** 연습했던 것이 생각났다.

　　沒有出錯地表演完後聽到掌聲，就想起過去流汗，不斷練習的回憶。

떡심이 좋다 有堅韌的性格 | 有韌性且忍耐力很好。

🅰 韌性好。

🅔 **떡심 좋은** 것이 그 아이의 최고의 장점이야.

　　有韌性是那孩子的優點。

똥줄이 빠지게 拚死拚活 | 非常辛苦。

🅰 急便要掉出似地。

🅔 **똥줄 빠지게** 연습했는데 결과가 좋지 않아서 속상해.

　　拚死拚活地練習，結果不好很傷心。

마부작침 俗語 鐵杵磨成繡花針 | 如同磨斧作針，只要努力的話，就能夠實現所有想要實現的事情。

🅰 磨斧作針。

🈶 磨斧作針：갈 마, 도끼 부, 만들 작, 바늘 침

▶ 낙숫물이 댓돌을 뚫는다 俗語

🅔 라이트 형제는 여러 번 실패했지만, **마부작침**의 마음으로 끊임없이 도전하여 마침내

비행기를 만들었다.

萊特兄弟雖然失敗許多次，但他們抱持著鐵杵磨成繡花針的心情不斷挑戰，最後發明了飛機。

聽說李白進入山中學習，但學習半途中感覺厭煩所以就下山。途中遇到一位老奶奶，她正在用鐵斧去磨成繡花針。李白取笑她說可能嘛，但老奶奶回答：「如果不半途而廢的話，即使鐵斧也能夠磨成針」。李白從老奶奶的回答中領悟了，從此之後努力讀書，並成為中國最有名、最偉大的詩人，這成語也由此故事衍生出來。

머리를 싸고　全力投刀 | 用盡全部的心力。

直 包頭。

例 나는 도대체 왜 이 문제를 틀렸는지 **머리를 싸고** 생각해 보았다.

我努力思索到底為什麼這問題會錯。

몸부림을 치다　拚命 | 用盡全力。

直 掙扎。

例 그 사람은 병을 이기기 위해 **몸부림쳤다**.

他為了要戰勝病魔而全力掙扎。

「몸부림（掙扎）」是指用盡所有力氣抵抗之意。這是表示使出所有手段，痛苦但用心做不可行或困難之事的意思。

몸을 아끼지 않다　不惜犧牲自己 | 用盡所有力氣做事。

直 不惜身體。

例 우리 편의 승리를 위해서라면 **몸을 아끼지 않겠다**.

為了我們這組的勝利我將奮戰到底。

물고 늘어지다　咬著不放 | 緊抓著不放。

直 咬著拉長。

例 틀린 문제를 완전히 이해할 때까지 계속 **물고 늘어졌다**.

直到理解錯誤的問題，要持續咬著不放。

박차를 가하다 　快馬加鞭 | 努力讓某件事情快點完成。

🔵 施加馬刺、夾緊馬刺。

🟠 올해 안에 신제품 출시라는 목표를 두고 제품 개발에 **박차를 가했다.**

立下在今年之內上市新產品的目標，快馬加鞭地開發產品。

「박차（狛車：칠 박，수레 차）」是指騎馬所穿的馬靴，其鞋跟上的馬刺。這是可用來使馬加快速度的道具。「박차를 가하다」是指如同使馬奔跑加速一樣，更努力、更積極使事情進行速度加快。

발버둥을 치다 　掙扎 | 為了實現某事而使盡全身力氣。

🔵 掙扎、亂踩腳。

🟠 살을 빼 보려고 **발버둥을 쳤지만**, 몸무게는 꿈쩍도 안 했다.

雖然為了減肥而掙扎，但體重一點變化都沒有。

跌坐或躺的時候扭動雙腿稱為「발버둥」。此語用來表示為了要實現某件事情而傾全力苦心做的情況。

분골쇄신 成語　粉身碎骨 | 用盡力氣去努力。

🔵 粉骨碎身

🟣 粉骨碎身：가루 분，뼈 골，부술 쇄，몸 신

🟠 김구 선생은 우리나라의 독립을 위해 **분골쇄신**하였다.

金九先生為了韓國獨立而粉骨碎身。

「분골쇄신」是骨頭變成粉末，身體解垮之意。此成語用於已經決心要努力的情況。

비지땀을 흘리다 　大汗淋漓 | 為了要解決困難的事情而努力。

🔵 留豆汁汗、流稠濃汗。

🟠 우리 반은 며칠 앞으로 디가온 발표회 준비에 **비지땀을 흘렸다.**

我們班為了即將到來的發表準備而大汗淋漓。

非常使力做事時所流的汗稱為「비지땀」。

사활을 걸다 　以生命為代價 | 以非生即死的覺悟努力做事。

🔵 懸掛死活。

例 우리나라는 이번 인공위성 발사에 **사활을 걸었다.**

我國在這次人造衛星發射上投注全力。

「사활（死活）」是指死與生之意。到了要以生命為賭注的程度，非常重要的事。
「사활을 걸다」是指為了完成某事而必須獻出生命，即極盡全力之意。

삼고초려 **成語** 三顧茅廬 | 為了要得到人才而持續地努力。

直 三顧草廬。

漢 三顧草廬：셋 삼, 돌아볼 고, 풀 초, 오두막집 려

例 그 선생님을 모시고 오려면 **삼고초려**라도 해야지.

如果要請到那位老師，即便是三顧茅廬也應該要這麼做。

這是從劉備為了要挽回諸葛亮的心意而三次拜訪他茅屋之故事而來的成語。這是表示為了要得到想要的人，有耐心地努力之意。

심혈을 기울이다 投注全部心力 | 盡精誠去做。

直 傾注心血。

例 전시회에 전시할 작품 마무리에 **심혈을 기울였다.**

為展示會要展出的作品做最後整理而傾注心血。

안간힘을 쓰다 使出耐苦潛力 | 非常努力。

直 使出全部力量。

例 눈물을 참으려고 **안간힘을 썼다.**

強忍住淚水。

「안간힘」是指強忍鬱悶痛苦等而生的潛在力量。「안간힘을 쓰다」則是表示強忍不滿或痛苦之意。

애쓰다 費心力 | 用盡心力欲完成某件事情。

直 用腸子。

例 이모는 날씬한 몸매를 유지하려고 무척 **애쓴다.**

阿姨為了要維持苗條身材而做了許多努力。

열 번 찍어 아니 넘어가는 나무 없다 ^{俗語} 精誠所至，金石為開 | 不

管多麼頑固的人，如果多勸幾次的話，也是會改變心意。

- **直** 沒有砍了十次不會倒的樹。
- **例** **열 번 찍어 아니 넘어가는 나무 없다**고, 자꾸 이야기하면 같이 가지 않을까?

   俗話說精誠所至，金石為開，如果常常說的話，不會一起去嗎？

不管多麼大的樹，多砍幾次也會砍倒。看起來無法完成的事情，只要多嘗試幾次也是會成功的。因此這意思是用來表達就算多麼固執的人，如果多勸幾次的話，最後也是能夠回轉他的心意。

우공이산 ^{成語} 愚公移山 | 不斷努力一定會成功。

- **直** 愚公移山。
- **漢** 愚公移山 : 어리석을 우, 어른 공, 옮길 이, 산 산
- **例** 만리장성은 **우공이산**의 정신으로 이루어낸 인류 최대의 건축물이다.

   萬里長城是以愚公移山的精神完成之人類最偉大的建築物。

「우공이산」是愚公移了山之意。聽說從前有個叫愚公的老人，為了要在擋在家門前的山上開一條路，就與家人一起挖山的土。雖然大家都嘲笑他很愚笨，但是愚公說：「如果兒子、孫子也不間斷地挖的話，終究不是會出現道路的嗎？」並始終沒有放棄。最後愚公的努力與精誠感動上天，上天就幫他把山移了。這是由此故事衍伸而來的成語，表示努力不斷做某事，終究是會成功之意。

죽기 살기로 竭盡全力 | 非常努力。

- **直** （決心）非死即生。
- **例** 김연아는 피겨 여왕이 되기 위해 **죽기 살기로** 연습하여 올림픽 금메달을 거머쥐었다.

   金妍兒為了要成為滑冰女王，竭盡全力地練習並得到奧林匹克金牌。

在非常緊迫的情況或做了必死決心而奮力時，以「죽음（死）」來表示。「죽기 살기로」是指竭盡全力之意。

죽기를 기 쓰다 不顧死活 | 雖然艱難仍盡全身力氣。

- **直** 使用到死的力氣。
- **例** 이왕 결심한 일이니 **죽기를 기 쓰고** 한번 해 봐라.

既然是下定決心要做的事情，那就盡全力嘗試一下吧。

因為是拼了命的力氣，這話表示用盡到達死亡程度的力氣。

죽어라 하고　奮力一搏｜用盡全身力氣。

🔵 拼命。

📝 **죽어라 하고** 공부해도 1등은 어렵더라.

就算奮力一搏地讀書，也很難拿到第一名。

「죽다（死）」及其活用詞「죽도록（死的程度）」、「죽어라 하고（下令必死）」、「죽자고（要死）」，都表示用盡全身力氣之意。

지성이면 감천 俗語　至誠感天｜用盡心力的話，困難的事情也能夠很順利地解決並得到好結果。

🔵 至誠感天。

📝 **지성이면 감천**이라더니, 어머니의 정성으로 아들의 병이 씻은 듯이 나았다.

俗話說至誠感天，媽媽的誠摯使兒子的病完完全全地好了起來。

「지성（至誠）」是指極致的精神；「감천（感天）」是感動天。這是指精誠感動上天之意。

첫술에 배부르랴 俗語　一口就能吃飽嗎｜任何事情皆無法一次滿足。

🔵 第一匙就能吃飽嗎。

▶ 한술 밥에 배부르랴 俗語

📝 **첫술에 배부르겠니**, 운동이든 공부든 꾸준히 해야 하는 거야.

俗話說第一匙就能吃飽嗎，不管是運動或是讀書，必須要持之以恆。

「첫술」是指吃飯的第一匙飯。「배부르랴」是指「배부르겠니？（能吃飽嗎？）」。吃飯只吃一匙當然是不會飽，故意問「첫술에 배부르겠니？」是為了要強調不可能。因此這指任何事情只做一次是難以獲得滿意結果的。

칠전팔기 成語　百折不撓｜即使失敗多次也不放棄而努力。

🔵 七顛八起。

🈵 七顛八起：일곱 칠，넘어질 전，여덟 팔，일어날 기

📝 할머니는 **칠전팔기** 끝에 드디어 운전면허 시험에 합격하셨다.

奶奶百折不撓，最後終於拿到駕照了。

這是指跌倒了七次，第八次也要爬起來之意。用來表示不管失敗多少次也絕不放棄，並努力到最後。

피땀을 흘리다　嘔心瀝血 | 投入心力而努力。

📖 流血汗。

💬 **피땀 흘려** 그린 그림인데 그냥 버릴 수는 없지. 어디 잘 보이는 곳에 둬야겠다!
　　這是嘔心瀝血之畫作，不可以這樣丟掉。把它放在某個顯眼的地方！

「피땀」是指血與汗。努力做某事時當然會流汗，可是不會流血，此話是為了強調使出全身力氣，因而血與汗併用的表現。

피땀이 어리다　心血蘊含 | 含有全身的心與力。

📖 包含著血汗。

💬 이 스웨터는 엄마의 **피땀 어린** 정성이 들어가 있어.
　　這件毛衣有著媽媽的心血誠意。

하늘은 스스로 돕는 자를 돕는다 ⓒ俗語 天助自助者 | 要完成一件事，自己的努力非常重要。

🔵 上天幫助自己努力的人。

🔵 **하늘은 스스로 돕는 자를 돕는대!** 오디션 보는 게 힘들지만 조금만 더 힘내자!

　　天助自助者！雖然參加試鏡很辛苦，但再努力一點吧！

這是表示上天會讓自己努力的人成功之意。這俗語也用來警惕不要自己不努力，只期待別人的幫助。

혀가 빠지게 很吃力 | 非常使力。

🔵 到舌頭掉的程度。

▶ 혀가 빠지도록

🔵 **혀가 빠지게** 이삿짐을 날랐다.

　　很用力地搬動搬家行李。

完成苦差事後，會（模仿狗）吐舌喘氣休息。這話是藉描述動作來表示吃力工作之意。

형설지공 ⓒ成語 囊螢映雪 | 即使很困難也不放棄，繼續學習，最後會成功。

🔵 螢雪之功。

🈶 螢雪之功：반딧불이 형，눈 설，어조사 지，공 공

🔵 헬렌 켈러는 **형설지공**의 노력으로 대학까지 갈 수 있었어.

　　海倫凱勒因囊螢映雪的努力，最後得以上大學。

這是用來描述即使在困境中，也能持續努力學習的情形。此成語來自晉朝有個叫車胤的人，他收集螢火蟲並藉螢火讀書；以及孫康在冬天夜晚藉雪光讀書的故事。

放棄、投降

　　在比賽中表示放棄的意思時，會丟白手帕或是舉白旗。除了以此表示放棄與投降之外，也有許多描述中途放棄之行動或模樣的表現。

고개를 숙이다　降伏｜投降。

直 低頭。

例 조선의 수군은 왜구의 침입에 대적했지만 결국 **고개를 숙이고** 말았다.

雖然朝鮮的水軍對抗倭寇的入侵，但最後還是輸了。

「고개를 숙이다（垂頭）」表示向對方承認自己的錯誤或是承認輸給對方的動作。

고패를 빼다　認錯｜屈服。

直 拿掉滑輪。

例 내가 잘못했다고 **고패를 빼도** 그 친구는 계속 화를 냈다.

就算我承認錯誤，但他還是很生氣。

「고패（動滑輪）」是指為升降物品而掛在繩子上的小滑輪或是環。如果把定滑輪拿掉則不能使力，所以終究只有屈服了。

꿈을 깨다　夢醒｜拋棄希望。

直 打碎夢。

例 걔가 너랑 사귈 생각은 없는 것 같으니 일찌감치 **꿈 깨**!

他好像沒有想要跟妳交往的意思，所以還是早一點夢醒吧！

돌을 던지다　棄子認輸｜在下棋中承認輸而放棄。

直 丟石頭。

例 이세돌 9단은 알파고와의 바둑 경기에서 접전 끝에 **돌을 던졌다**.

李世乭九段與阿爾法圍棋的比賽中，在最後直接棄子認輸。

如果下棋覺得無法贏對方時，表棄權的方法是把旗子下在棋盤上任一地方，這行動稱為「돌을 던지다」。即表示承認輸了的意思。

동곳을 빼다 屈服 ｜ 力氣不夠而屈服。

（直）拿掉髮髻。

（例）말로는 여동생을 이길 수가 없어 결국 **동곳을 빼고** 원하는 것을 들어주었다.

簡單說明就是因為無法贏過妹妹，最後投降聽她的話。

「동곳（髮髻）」是指男生結髮髻時，為不讓頭髮散落而插著像髮簪的東西。如果拿掉髮簪頭髮就會散開。「동곳을 빼다」指散髮以表示投降之意，引申為表示收回自己的意志或主張而屈服於對方。

두 손 두 발 다 들다 舉雙手雙腳投降 ｜ 超出自己的能力而放棄。

（直）雙手雙腳都舉起。

（▶）두 손을 들다

（例）이번 여름 너무 더워서 정말 **두 손 두 발 다 들었어**.

今年夏天真的非常熱，我舉雙手雙腳投降。

這是作為「두 손을 들다」之強調用法。可表歡迎或贊成之意，也可表不做或放棄之意。

뒤꽁무니를 빼다 溜之大吉 ｜ 逃跑或逃亡。

（直）拿掉尾巴。

（▶）꽁무니를 빼다

（例）일이 점점 커지자 함께 하겠다던 사람들이 하나둘 **뒤꽁무니를 뺐다**.

事情漸漸擴大，原本說要一起的人，一個一個地逃跑了。

머리를 굽히다 屈服、甘拜下風 ｜ 投降。

（直）垂頭。

（▶）머리를 숙이다

（例）유관순은 일본 순사에게 갖은 고문을 당했어도 절대 **머리를 굽히지** 않았다.

柳寬順即使遭受日本巡警各種拷問，也絕對不屈服。

무릎을 꿇다 　認輸 ｜ 降伏或投降。

直 跪。

例 토끼는 잔꾀를 부리지 않고 계속 나아가는 거북이에게 결국 **무릎을 꿇었다**.

兔子最後向不耍小伎倆並持續往前的烏龜投降了。

백기를 들다 　舉白旗 ｜ 投降或降伏。

直 舉白旗。

例 적군은 **백기를 들고** 항복할 수밖에 없었다.

敵軍就只能舉白旗認輸。

戰爭中舉白旗或丟白旗有投降之意。因此「백기를 들다」用來表示認輸或降伏之意。

손들다 　投降 ｜ 超過自己能力而放棄。

直 舉手。

例 내 친구 민수는 어찌나 고집이 센지 나도 이제 그 아이에게 **손들었다**.

我朋友民秀非常固執，我現在也要跟他投降了。

손을 떼다 　撒手不管 ｜ 停下在做的事。

直 抽手。

例 나는 학교 임원 활동에서 **손을 뗐다**.

我撒手不管學校職員的活動了。

「손을 떼다」表示停止正在做的事不再參與，脫離關係。

수건을 던지다 　扔手帕 ｜ 放棄或投降。

直 丟手帕。

▶ 타월을 넌시나

例 코치는 선수가 바닥에 쓰러지자 흰 **수건을 던져서** 항복의 뜻을 전했다.

教練在選手暈倒在地就丟手帕表投降之意。

這主要用在拳擊賽中，若很難再繼續比賽時，丟毛巾以表投降之意。

앓느니 죽지 俗語 與其叫別人做自己又不滿意，還不如自己去做。│ 即使當下辛苦，還是親自去做比較好。

- -

直 與其病痛不如死。

例 어휴, **앓으니 죽지**. 설거지 좀 하라고 아까 말했는데 아직도 안 했어?

　天呀，還是自己完成吧。剛剛就叫你去洗碗，到現在也還沒做？

這是與其受病痛折磨倒不如死一死，這兩件事皆為很辛苦的事。這用來表達為了要讓自己不那麼辛勞而叫人做某件事，然後又不滿意或放心不下，倒不如自己做還比較快。也常用「앓느니 죽겠다」來表達。

자포자기 成語 自暴自棄 │ 自己傷害自己且不照顧自己。

- -

直 自暴自棄。

漢 自暴自棄：스스로 자，해칠 포，스스로 자，버릴 기

例 시작도 하기 전에 **자포자기**하는 거야? 한번 해 보기라도 하자.

　在開始之前就自暴自棄？試一次看看吧。

此成語是來自孟子所說「自暴的人，不能和他談論善道。自棄的人，不能和他實踐善事。」。原意與人世間仁與義的道理相關，但現今是指陷入絕望而放棄自己之意。

　　稱讚或尊敬不是我自己做的，而是他人對我所做的，因此有很多慣用語是描述誇讚對方的行動。

거울로 삼다　借鑒、借鏡、當作模範｜當作榜樣。

直 當作鏡子。

例 난 에디슨을 **거울로 삼아** 위대한 발명가가 될 거야.

　　我以愛迪生為榜樣要成為偉大的發明家。

如同照鏡子一般想模仿對方並照著做之意。

고개가 수그러지다　肅然起敬｜尊敬的心情油然而生。

直 頭垂下。

例 아이를 구하고 숨진 소방대원의 이야기를 들으니 저절로 **고개가 수그러졌다**.

　　聽到救了孩子而殉職的消防隊員故事，不自覺地肅然起敬。

聽到人們在困難情況下也盡最大努力，我們會感動得不自覺地低頭表示敬意。像這樣，「고개가 수그러지다」是指自然有了尊敬之心的行動。

귀감이 되다　成為榜樣｜做為模範。

直 成為龜鑑。

例 어려운 이웃을 도운 학생의 이야기가 모두의 **귀감이 되었다**.

　　學生幫助有困難的鄰居的故事成為大家的榜樣。

「귀감（龜鑑；거북 귀，거울 감）」是指龜殼與鏡子。從前用龜殼火烤來占卜吉凶，鏡子是照映事物美醜的工具。因此藉龜殼與鏡子來照映並矯正。現今以「귀감」表示效法的模範、榜樣。

높이 사다 重視 | 承認功勞。

直 評價高度。

例 창의적인 측면에서 이 학생의 미술 작품을 **높이 사고** 싶습니다.

在創意面，我想給這學生的美術作品高的評價。

머리를 숙이다 垂頭、肅然起敬 | 從心生出尊敬之意。

直 低頭。

例 스승의 은혜에 **머리를 숙여** 감사드립니다.

對老師的諄諄教導垂頭表達謝意。

雖然「머리를 숙이다」有認輸之意，但這也用來表示有尊敬之心。

어깨가 올라가다 得意 | 受到稱讚心情好。

直 肩膀上升。

例 춤 실력이 많이 늘었다는 칭찬에 온종일 **어깨가 올라갔다**.

聽到跳舞實力大有進步的稱讚，整天開心得意。

엄지손가락을 치켜세우다 豎起大拇指、認為頂尖 | 認定最佳並稱讚。

直 豎起大拇指。

例 엄마가 차려 주신 맛있는 음식을 먹으며 연신 **엄지손가락을 치켜세웠다**.

吃著媽媽準備的美食，接連豎起大拇指。

입에 침이 마르다 讚不絕口 | 連聲稱讚或誇讚。

直 嘴裡口水都乾了。

▶ 입이 닳다, 입이 마르다

例 우리 엄마는 옆집 아줌마에게 **입에 침이 마르도록** 내 칭찬을 하셨다.

媽媽跟隔壁大媽對我稱讚到口乾。

如果說許多話嘴巴會乾。這話表示不斷地稱讚他人或東西到嘴乾。「입이 닳다」、「입이 마르다」、「혀가 닳다」等也有類似意義。

자화자찬 _{成語} 自我誇耀、自吹自擂｜自己對自己畫的圖畫表示稱讚。

（直） 自畫自讚。

（漢） 自畫自讚：스스로 자，그림 화，스스로 자，칭찬할 찬

（例） 현수는 자기가 만든 음식이 제일 맛있다며 **자화자찬**했다.

　　賢秀說自己做的食物最好吃，並不停地自吹自擂。

這話表示對自己做的事情表稱讚之意。

칭송이 자자하다 有口皆碑｜許多人表示稱讚。

（直） 稱頌紛紛。

（例） 황희 정승은 청렴결백하여 나라 안에 **칭송이 자자하였다**.

　　黃喜丞相清廉潔白，在國家裡是有口皆碑的。

「칭송（稱頌）」是指稱讚的話。「자자하다（紛紛、廣為流傳）」是眾人都談論的意思。因此這表示到處都能聽到稱讚的話。

用一句話來表達這情況的話？

4

用來表達
狀態、情況
的適合表現

- 成功
- 失敗、失望
- 出現、顯露
- 隱藏、消失
- 逃亡
- 窮困、難堪
- 佯裝不知
- 集中、散漫
- 不可能
- 辛苦、困難
- 責難、指責

- 不理睬、拒絕
- 誘惑、計謀
- 許多
- 少量
- 經常、偶爾、時常
- 外貌

碰！

啊！不痛嗎？

看書看得真
投入呢！

成功

名聲遠播並流芳後世的話，真的是很成功。在表示出人頭地或成功時，經常使用「유명（有名）」、「이름（名字）」的字眼。

개가를 올리다 **很有成果** | 獲得極大的成果。

直 奏凱旋歌。

例 우리나라는 반도체 분야 연구에 큰 **개가를 올렸다**.

韓國在半導體領域研究中有極大的成果。

「개가（凱歌：승리의 함성 개，노래 가）」是指在戰爭中獲勝，回來所唱的歌曲。「개가를 올리다」表示在競爭或戰爭中獲得極大成果之意。

금의환향 成語 **衣錦還鄉** | 獲得成功返回故鄉。

直 錦衣還鄉。

漢 錦衣還鄉：비단 금，옷 의，돌아올 환，고향 향

例 지금은 돈도 없고 힘들지만, 꼭 성공해서 **금의환향**할 거야.

現在既沒錢又辛苦，但我一定會成功衣錦還鄉。

「금의（錦衣）」是指綢緞衣，象徵富貴榮華。因此穿著昂貴又好看的衣服回到故鄉即是成功之意。

대박이 나다 **獲利成功** | 大為成功。

直 發財、瓢瓜出來。

▶ 대박이 터지다, 대박을 터트리다

例 이번 영화 꼭 **대박 나기**를 바랍니다!

期望這次電影一定能打響名聲！

《興夫傳》裡有興夫鋸「박（匏蘆）」的故事，這葫蘆裡裝滿珠寶，興夫因而變成富翁。「대박이 터지다」即為成功或發橫財之意。事實上，「대박」主要用在賭博上，現在則用來表示投資獲利或影劇極佳的意思。

등용문 _{成語} 登龍門 | 通過困難的考驗後出人頭地。

直 登龍門。

漢 登龍門：오를 등, 용 룡, 문 문

例 웹툰이 인기를 얻으면서 만화가들의 **등용문** 역할을 하고 있다.

網路漫畫在受到歡迎的同時也成為漫畫家們邁向成功的跳板。

中國黃河上游有個叫龍門的地方，這地方的瀑布水流又快又高，魚無法游上去。因此有游上龍門瀑布的鯉魚變成龍的傳說。「魚躍龍門」一詞即由此而來。登上龍門即象徵為成功而通過困難關卡。

샴페인을 터뜨리다 開香檳慶祝 | 慶祝成功。

直 開香檳。

例 여자 컬링팀은 2연패를 성공하고 **샴페인을 터뜨렸다.**

女子冰壺隊兩連勝，開香檳慶祝。

大家應該有看過比賽中獲勝者在頒獎台上開香檳慶祝的模樣，或是在結婚典禮、慶祝的場合中常喝的香檳酒。因此「샴페인을 터뜨리다」即為慶祝優勝或成功的意思。

승승장구 成語 乘勝長驅 | 乘著勝利的氣勢前進。

直 乘勝長驅。

漢 乘勝長驅：탈 승, 이길 승, 길 장, 몰 구

例 그 사람은 오디션 프로그램에서 **승승장구**하며 결승까지 올라갔다.

那個人在試鏡節目中乘勝長驅地到了決賽。

此成語表示乘勝利的氣勢接連贏了的情況。

열매를 맺다 開花結果 | 努力的事情有好的成果。

直 結果。

例 이왕 시작한 일인데 **열매를 맺을** 때까지 포기하지 않기를 바란다.

既然已經開始做了，希望直到開花結果都不要放棄。

우물을 파도 한 우물을 파라 俗語 專心一志，堅持到底 | 做一件事情要堅持到底才能成功。

直 挖井就要挖一口井。

例 **우물을 파도 한 우물을 파야지**, 하다가 안 된다고 자꾸 바꾸면 되겠니?

俗話說專心一志，堅持到底，做到一半說行不通一直改變行嗎？

월계관을 쓰다 戴上桂冠 | 優勝。

直 戴上月桂冠。

例 누가 영광의 **월계관을 쓰게** 될까요?

誰會戴上光榮的桂冠呢？

「월계관」是指月桂樹樹葉所做成的頭冠。戴上桂冠象徵成功、光榮與名譽，這是出自古希臘給在競賽中獲勝者戴上桂冠的故事。

이름을 남기다 留名 | 名字留傳到後代。

直 留名字。

例 무슨 일을 하든지 장차 **이름을 남길만한** 인물이 되어라.

不管做什麼事情，都要成為留名青史的人物。

「이름을 남기다」是指名字不被人忘記而被持續記憶。意指完成優秀功績，到後世依然被後人記著。

이름이 있다 有名、知名、聞名 | 有名聲。

直 有名字。

例 오늘 볼 뮤지컬 공연에는 **이름 있는** 배우들이 많이 출연해.

今天要看的音樂會有許多知名演員參與其中。

입신양명 成語 立身揚名 | 成名而名字為眾人所知。

直 立身揚名。

漢 立身揚名：설 립，몸 신，날릴 양，이름 명

例 하루빨리 **입신양명**하여 부모님을 기쁘게 해드리는 것이 효도라고 생각합니다.

我覺得早日立身揚名使父母歡心就是盡孝之道。

「입신（立身）」是指當之無愧地去實現夢想；「양명（揚名）」是指使名字為世人所知。「입신양명」除成名而名字被眾人所知之外，還包含令他人對父母尊敬的孝心在內。

출세 가도를 달리다 奔馳在康莊大道上 | 成功而出名。

直 奔跑在出世道路上。

例 무명 배우였던 그는 영화가 흥행하여 **출세 가도를 달리고** 있다.

原本是默默無名的演員，他因為電影而奔馳在康莊大道上。

「출세（成名）」是指在社會上登上高的地位或變得有名之意。「가도（街道）」是指無阻礙開敞的道路。因此「출세 가도를 달리다」是在康莊大道上奔馳之意。

한 건 하다 辦了一件大事、完成心願 | 做出成果。

直 做了一件事。

◑ 한 건을 올리다

例 내가 이번에 **한 건 하면**, 이 은혜 꼭 잊지 않고 맛있는 밥 사줄게. 고마워!

如果這次我完成心願，絕對不會忘記你的恩惠，會請你吃飯。謝謝！

失敗、失望

　　失敗是指事情沒有依照所願達成，攪亂或破碎。如同煮粥或是糕餅一樣糊掉。在表示失敗的時候經常以苦味來比喻不甘心的感覺。

고개를 떨구다　垂頭喪氣、失敗 | 死心或失望。

🔵 低頭。

▶ 고개를 떨어뜨리다

🔵 국가대표 축구팀은 열심히 경기에 임했지만 골 결정력 부족으로 **고개를 떨구고** 말았다.

　　國家足球隊代表雖然在比賽時奮力應戰，但因得分球力不足而敗北。

「고개를 떨구다」是描述失敗或失望而死心、放棄的模樣。

고배를 들다　吃苦頭、失敗 | 經歷失敗。

🔵 嚐苦杯。

▶ 고배를 마시다, 고배를 맛보다

🔵 나는 다른 뛰어난 지원자들 때문에 **고배를 들고** 말았다.

　　我因為其他優秀的申請人而嘗盡苦果。

　반장 선거에서는 고배를 마셨지만, 덕분에 새로운 친구를 많이 만날 수 있었다.

　　雖然在班長選舉中失敗了，但幸運的能夠交到許多新朋友。

「고배（苦杯）」是指苦酒，即嚐起來有苦味的酒。味道中的「쓴맛（苦味）」用來比喻失敗、痛苦、難受，因此「쓴잔을 들고 마셨다（嚐苦酒）」用來表示體驗過失敗之意。

김이 빠지다　掃興 | 掃興失望。

🔵 氣跑掉了。

▶ 김새다

🔵 수학여행 가는 날 하필 비가 오고 난리야? **김빠지게.**

　　去校外教學那天為何偏偏下雨？真掃興。

在煮飯的過程中如果突然掀開蓋子，會讓蒸汽跑出來而無法好好燜飯。那樣的話，味道會變不好。像這樣，期待的事情因為中間出差錯或失敗而造成失望時，使用「김이 빠지다」。

날이 새다 錯過時機｜沒有希望。

直 破曉。

例 이번 일은 **날 샜으니** 다음 기회에 도전해 보자!

　　這次事情錯過好時機了，下次有機會的話再挑戰吧！

「날이 새다」是「날이 밝았다」的意思。因為一天過去而新的一天來臨，所以以前的事情已經過去。這用來表示事情達成的時機已經過去，而沒有希望之意。

낭패를 보다 狼狽不堪、出醜了｜計畫的事情失敗。

直 遭遇狼狽。

例 멋지게 학생 대표 선서를 해야 했는데 너무 떨어서 **낭패를 보았다.**

　　應該要帥氣地做學生代表宣誓，但因為很緊張，所以顯得狼狽不勘。

「낭패（狼狽）」是「낭（狼）」與「패（狽）」想像出來的動物，外型與豺狼看起來很相似。前腳長後腳短的「낭」很兇猛，但不夠聰明；相反地前腳短後腳長的「패」很膽小，但很聰明。因此，如果「낭」與「패」分開的話，事情會無法好好地進行，只能嚐到失敗的味道。因為這理由，所以事情失敗或進展困難時，就以「낭패를 보다」表示。

닭 쫓던 개 지붕 쳐다보듯 俗語 追雞之犬仰望屋頂、無可奈何｜用心做的事情失敗而喪氣。

直 好像追雞的狗仰看著屋頂一般。

▶ 닭 쫓던 개 먼 산 쳐다보듯

例 영화가 예산 부족으로 무산되어 배우들은 **닭 쫓던 개 지붕 쳐다보게** 되었다.

　　電影因為預算不足無疾而終，演員們無可奈何。

被狗追的雞跑到屋頂上的話，狗會因為無法飛上去而只能仰著看。這用來表示很積極地開始某件事情，但最後失敗或別人先做好而失望的樣子。

떡을 치다 搞砸 | 搞砸事情。

🔵 搗米糕。

⑩ 이번 시험은 완전히 **떡을 쳤어**.

　　這次考試已經完全搞砸了。

從前會用糕杵將蒸飯打成年糕。即飯粒搗碎會成米糕。如果事情變成糕一般碎爛的話，就是完全搞砸之意。

말짱 도루묵 徒勞無益 | 沒任何收穫的白忙一場。

🔵 全部白費工。

⑩ 지금까지 고생한 것이 **말짱 도루묵**이 되었네.

　　到現在的辛苦全都變成徒勞無功。

壬辰倭亂時，避難中的朝鮮國王宣祖第一次吃到叫「묵」的魚。宣祖覺得名字和味道不相稱，所以將之改稱「은어」。戰事結束回到宮中再次吃的時候，宣祖覺得不像戰爭期間非常飢餓時所吃的那個味道，失望的宣祖就命令「도로，묵이라고 하여라！（重新再叫묵吧！）」所以曾稱為「은어」的「묵」就有了「도루묵」的名字。而「말짱 도루묵」就是再回到原點，即曾經辛苦做的事變成徒勞的意思。

물 건너가다 機會已逝 | 所有狀況結束。

🔵 涉渡過水。

⑩ 이번 경기는 이미 **물 건너갔으니** 다음 경기에 더 신경 쓰는 것이 좋겠어.

　　這次比賽已經全部結束，所以下次比賽好好努力就好。

미역국을 먹다 落榜 | 考試不及格。

🔵 喝昆布湯。

⑩ 어떻게 됐어? 합격했어? **미역국 먹었어**? 어서 말해 봐.

　　怎麼樣？有合格嗎？落榜？快點說呀。

考試中落榜或升遷失敗以「미끄러졌다」表現之。韓國習俗中，婦女分娩後以「미역（昆布）」補身。產婦因「分娩（해산）」而「미

178

역국을 먹다（食用昆布湯）」。韓語的「分娩（해산）」與「解散（해산）」同音，因此當某一團體被解散，該團體的成員也就失業了，生活失去依靠。在「分娩（해산）」與「解散（해산）」同音的狀況之下，聽到「미역국（昆布湯）」有可能會聯想到「分娩（해산）」，因此「미역국을 먹다（食用昆布湯）」就被轉喻為「失業」、「失意」、「失敗」，而考場「失意」自然就是「落榜」的意思了。

산통이 깨지다　事情搞砸 | 順利發展中的事受到阻礙。

直 籤筒破了。

例 누나의 실수로 엄마의 깜짝 생일 파티가 **산통이 깨져 버렸다**.

因為姐姐的失誤，媽媽的驚喜生日派對被搞砸了。

「산통（籤筒）」是卜卦時放籤的筒子。如果籤筒破的話，就無法算命了。因為對算命師來說，重要的籤筒破了，就如同所有的事情都搞砸一般。

싹이 노랗다　沒前途 | 根本沒有一點成功的機率。

直 芽枯黃。

▶ **싹수가 노랗다**

例 어린 것이 벌써 거짓말이나 살살 하다니, **싹이 노랗네**.

小小年紀就滿口謊言，真沒指望。

「싹이 노랗다」是因種子或樹生病而沒能成長。

쓴맛을 보다　嚐苦頭 | 經歷失敗。

直 嚐苦味。

例 삼촌은 첫 사업의 실패로 인생의 **쓴맛을 봐야** 했어.

叔叔因第一次事業失敗而嚐到人生的苦頭。

엎지른 물　覆水難收 | 無法挽回的事情。

直 打翻的水。

▶ **쏘아 놓은 살이요 엎지른 물이다**

例 도끼를 연못에 빠뜨리고 말았으니 이젠 **엎지른 물**이다.

斧頭最後掉入蓮花池，現在已覆水難收。

已經打翻的水就無法收回了對吧？就算後悔也無法回頭的事情，用來表達事情已成定局，無法挽回，稱之為「엎지른 물（覆水難收）」。

원숭이도 나무에서 떨어진다 俗語 人有失足，馬有亂蹄 ｜ 不管多麼伶俐的人，也會有失誤。

🚹 猴子也會從樹木上掉下來。

▶ 닭도 홰에서 떨어지는 날이 있다 俗語

例 원숭이도 나무에서 떨어진다더니, 토끼가 거북이에게 질 줄 누가 알았겠니?

俗話說人有失足，馬有亂蹄，誰能預料到兔子也會有輸烏龜的一天？

죽도 밥도 안 되다 什麼都不是 ｜ 位在中間，哪一樣都不成。

🚹 煮不成粥也煮不成飯。

例 지금 그만두면 죽도 밥도 안 된단다. 조금만 더 노력해 보는 게 어때?

如果現在放棄的話，就會什麼也不是。我們再努力一下吧？

죽을 쑤다 搞砸 ｜ 不能順利完成，搞砸。

🚹 熬粥。

例 이번 시험은 아무래도 죽을 쑨 것 같아.

這次考試感覺不管怎樣都搞砸了。

「죽（粥）」是米粒膨脹而無法清楚分辨形體的模樣。因此某事不順時以「죽（粥）」比喻。

쪽박을 깨다 壞事 ｜ 壞事。

🚹 打破瓢瓜片。

例 너는 왜 내가 하는 일마다 쪽박을 깨고 나서니?

你為什麼每次都要搞壞我的事情呢？

「쪽박」是指葫蘆切半做成的瓢子。乞丐腰際佩瓢瓜，以之乞食。若瓢瓜碎則無法乞食。轉指事情搞砸之意。

차질이 생기다 出差錯 | 事情出現狀況。

直 產生差錯。

例 태풍 때문에 비행기가 결항하여 여행에 큰 **차질이 생겼다.**

飛機因颱風停飛，旅行亂了套。

「차질」是指虛踩跌倒之意。因為事情無法照原計畫，出了狀況，故以之比喻事情脫離原本意圖的情況。

코가 납작해지다 顏面掃地 | 被看不起而沮喪。

直 鼻子扁掉。

例 이장은 그렇게 큰소리치더니 이번 일 때문에 아주 **코가 납작해졌어.**

里長那樣說大話，結果因為這次事情而顏面掃地。

「코」在臉的中心，所以用來表示自尊心或傲慢之意。這話用來表示自信滿滿或傲慢的人，因事情不順利而沮喪之意。

한 번 실수는 병가의 상사 **俗語** 勝敗乃兵家常事 | 一次的失敗為很常發生的事情。

直 一次失誤為兵家常事。

例 **한 번 실수는 병가의 상사**라고 했어. 다음에 더 잘하면 되니 실망하지 마.

俗話說勝敗乃兵家常事。下次再努力就好，別太失望。

「병가（兵家）」是指從事有關戰爭的人；「상사（常事）」是經常發生的事。這俗語表示打仗的話，失敗是常有的事。每個人都會犯錯、失敗，沒有必要因為失敗而感到灰心。

出現、顯露

　　「나타나다（出現）」與「드러나다（顯露）」是指遮蔽或未現的事物被看見。因此就有脫下遮臉的面具、未見的底部呈現或沉澱的東西浮起等表現。

가면을 벗다　脫下面具｜露出本來的面貌。

🔘 脫下假面。

🔘 이제 **가면을 벗고** 좀 솔직해지는 게 어때?

　　現在脫下面具坦白一點如何？

若以「얼굴（臉）」比喻被遮的原貌、真實，則「가면（假面）」是指呈現在外的虛假、偽飾。因此「가면을 벗다」是指被虛飾的本體暴露之意。

고개를 내밀다　顯露出來｜勢力或感情顯露出來。

🔘 探頭。

🔘 한밤중에 집에 혼자 있으니 불안감이 **고개를 내밀었다.**

　　半夜獨自一人在家，不安的感覺顯露出來。

꼬리가 밟히다　痕跡暴露｜行跡暴露。

🔘 尾巴被踩。

🔘 범인은 친구 집에 숨어 있다가 형사에게 **꼬리를 밟히고** 말았다.

　　犯人躲在朋友家裡被警察抓住了。

「꼬리（尾巴）」是附在身體後的部位，因此在尋找或追趕的情況下表示痕跡，用來表達出現之意。因此「꼬리가 밟혔다」表示痕跡暴露。另有一俗語說「꼬리가 길면 밟힌다（尾巴長的話會被踩）」，但這是用來表示不管暗地裡做什麼壞事，久了終究是紙包不住火的。

꿈에 밟히다　魂夢牽縈｜無法忘懷，縈繞夢中。

🔘 在夢裡被踩。

例 군대 간 형의 모습이 밤마다 **꿈에 밟힌다**.

哥哥去當兵的身影，每晚都會出現在夢裡。

낭중지추 成語 囊中之錐 | 很有才能的人，即使緘默也能展現才能。

直 囊中之錐。

漢 囊中之錐 : 주머니 낭, 가운데 중, 어조사 지, 송곳 추

▶ **주머니에 들어간 송곳이라** 俗語

例 역시 나는 어디를 가도 **낭중지추**의 존재감이 있단 말이지.

果然我走到哪裡都有囊中之錐之感。

「낭중지추」是指口袋裡放著的錐子。因此這表示很難隱藏，會不由自主地顯露出來。類似的俗語有「주머니에 들어간 송곳이라（錐處囊中）」。這是指會不分善惡隱藏不住，很自然地流露出來。

눈에 띄다 明顯 | 顯眼。

直 顯眼、現於眼。

例 요즘 이모가 **눈에 띄게** 예뻐졌는데 혹시 연애하는 걸까?

最近阿姨顯眼地變漂亮了，是不是在談戀愛？

들통이 나다 露出馬腳、露陷 | 做錯事暴露。

直 被揭出、錯誤謠言露出。

例 수아는 거짓말이 **들통나자** 얼굴이 빨개졌다.

秀雅謊話一露餡，臉就變得通紅。

「들통」是指能夠煮許多食物，有把手的大燜鍋。若打開悶鍋，其中隱而不見的東西都會暴露出來。

땅에서 솟았나 하늘에서 떨어졌나 俗語 從地上冒出來的，還是從天上掉下來的 | 不期待的事情突然出現。

直 從地上冒出來的，還是從天上掉下來的。

例 **땅에서 솟았나 하늘에서 떨어졌나.** 그렇게 찾아도 안 보이던 안경이 어디서 나타났지?

是從地上冒出來的？還是從天上掉下來的？遍尋不著的眼鏡，到底是從哪裡冒出來的？

바닥이 드러나다 醜態畢露、原形畢露 | 負面事物呈現。

直 底部露出。

例 그 사람도 이제 슬슬 **바닥이 드러나는군**.

　　那個人現在漸漸地原形畢露。

「바닥」因在底部而被認為是髒的或微賤的地方。因此受藐視輕蔑而生活的人被譏為「밑바닥 인생（底層人生）」。「바닥이 드러나다」是指人或事的負面樣貌在隱藏了一段時間後被發現之意。

빛을 발하다 發光、展現能力 | 展現實力。

直 發光。

例 너의 그림 실력이 여기서 **빛을 발하는구나**.

　　你的畫畫實力在此展現出來了。

「빛（光）」是會讓在黑暗中的東西得以看得清楚。「빛을 발하다」是指隱藏的或未顯現於外的能力展現之意。

빛을 보다 成果展現 | 業績或工作成效顯現。

直 見光。

例 할아버지의 골동품들이 전시회에서 **빛을 보게** 되었다.

　　爺爺的古董在展覽會重現天日。

수면 위로 떠오르다 浮出水面 | 顯現於外。

直 浮上水面。

例 대학 등록금 문제가 다시 **수면 위로 떠올랐다**.

　　大學學費問題再次浮出水面。

「수면 위로 떠오르다」是指沉潛未現的事物暴露於外的意思。

얼굴에 씌어 있다 寫在臉上 | 感情或心情表露在臉上。

直 被寫在臉上。

例 너 지금 화났다고 **얼굴에 씌어 있네**.

　　你臉上寫著「你在生氣」。

얼굴을 내밀다 露面、出席、出面 | 露臉。

🈴 伸出臉。

▶ 얼굴을 내놓다, 얼굴을 비치다

🈺 몸이 안 좋아서 모임엔 잠깐 **얼굴만 내밀고** 바로 갈게요.

因為身體不適，所以只是短暫露臉就會走。

「얼굴 내밀다」是指在人們聚會的場合中，禮貌性短暫出席。

隱藏、消失

　　玩躲貓貓會因為尾巴或影子而被發現。尾巴或影子衍伸指蹤影、痕跡。因此表隱藏、消失的表現有許多與抹除、隱藏尾巴、影子相關的表現。

가면을 쓰다　戴面具 | 隱藏本心以虛假矯飾。

🔵 戴假面。

🔵 누나는 사람들 앞에만 가면 요조숙녀인 척 **가면을 쓴다.**

　　姊姊只要到人面前就戴上窈窕淑女的面具。

개미 새끼 하나 볼 수 없다　連螞蟻一隻都看不到 | 什麼都沒有。

🔵 連螞蟻一隻都看不到。

🔵 경찰이 사건 현장에 도착했을 때는 **개미 새끼 하나 볼 수 없었다.**

　　警察在抵達案發現場時，連螞蟻一隻都看不到。

這是可用於一切都消失或一點都不剩的情況。

겉 다르고 속 다르다 俗語　表裡不一 | 外表與內心不同，人品不好。

🔵 外表不同，內心不同。

▶ 겉과 속이 다르다 俗語

🔵 계속 **겉 다르고 속 다르게** 행동한다면 사람들은 네 말을 믿지 않게 될 거야.

　　如果你繼續表裡不一的行動，人們會不相信你所說的。

這主要用於表示內心有不好的想法，但外表卻裝作好人的俗語。

구경도 못 하다　見都沒見過 | 沒見過。

🔵 看一下都不能。

🔵 태어나서 그렇게 큰돈은 **구경도 못 했다.**

　　出生到現在都沒見過那麼大一筆錢。

這是用來強調消失或隱藏起來而無法用眼睛看見的話。

귀신도 모르다 　神不知鬼不覺｜沒有任何人知道。

直 連鬼都不知道。

例 여기 두었던 가방이 **귀신도 모르게** 사라졌어.

放在這裡的包包神不知鬼不覺地消失了。

連有超人的、超自然能力的鬼也不知道的事情，所以人更不會知道了。這是指沒有任何跡象，沒有任何人知道或無法察覺之意。

그림자 하나 얼씬하지 않다 　一個人影也沒有｜一個人也沒出現。

直 沒見過一個影子。

例 오래된 빈집에 흉흉한 소문이 돌자 **그림자 하나 얼씬하지 않았다.**

很久沒人住的空房子一傳出嚇人的謠言，連一個人影也見不到。

「얼씬하다」是指暫時在眼前一晃出現後消失之意。

그림자도 없다 　連影子也沒有｜沒有痕跡或蹤影。

直 連影子也沒有。

例 길고양이는 놓아둔 사료만 먹고 벌써 **그림자도 없이** 사라졌다.

路邊的小貓只吃完放著的飼料，早就消失得無影無蹤。

影子是必須要有形體才能形成的，所以影子也比喻為痕跡或蹤影。「그림자도 없다」表示沒有痕跡或蹤影之意。

그림자를 감추다 　匿蹤｜隱藏蹤跡而不顯露模樣。

直 隱藏影子。

例 물이 오염되면서 그 많던 물고기들이 점점 **그림자를 감추고** 있다.

水被汙染了，許多魚漸漸隱藏蹤影。

그림자조차 찾을 수 없다 　根本看不到身影｜根本無法找到。

直 連影子也找不到。

例 푸른빛의 털을 가진 도도새는 멸종되어 **그림자조차 찾을 수 없게** 되었다.

毛髮藍光的渡渡鳥瀕臨滅種，根本看不到她的身影。

기억에서 사라지다 自記憶中消失 | 忘記。

🔵 由記憶中消失。

🔵 그때 일은 **기억에서 사라진** 지 오래야. 우리 서로 화해하자.

那時候的事情，已經從記憶中消失很久了。我們來和好吧。

꼬리를 감추다 夾尾巴逃跑、完全隱藏 | 隱藏蹤跡。

🔵 藏起尾巴。

▶️ 꼬리를 숨기다

🔵 "선생님 오신다!"라는 소리에 친구들
은 재빨리 **꼬리를 감추고** 도망가 버렸
어요.

聽到「老師來了！」，朋友們就夾尾巴快
速地逃跑了。

即使藏得好好的，如果露出尾巴，當然
會被抓到；所以說連尾巴也要藏起來才
能說是完全藏得好好的。「꼬리를 감추
다」是指人或動物，不管藏在哪裡都要完全不讓人知或是逃走。

눈을 피하다 躲避目光 | 避免別人看見。

🔵 避開眼睛。

🔵 독립 운동가들은 일본 순사들의 **눈을 피해** 만주로 건너갔다.

獨立運動家們躲避日本巡警們的目光而越界到滿州。

바닥이 나다 見底 | 耗盡。

🔵 底部現出來。

🔵 목욕하러 갔더니 샴푸가 **바닥이 나** 있었다.

要去洗澡，但洗髮精用完了。

見底是指東西、金錢，全部用完沒有剩下之意。

발톱을 숨기다 掩飾禍心 | 掩藏本來的面貌。

直 藏爪子。

例 그 사람은 왠지 **발톱을 숨기고** 있는 것 같아요. 조금 더 지켜보는 것이 좋겠어요.

他好像藏起爪子一般,再多觀察一陣子會好一點。

소리 소문도 없이 無聲無息、悄悄 | 不暴露,偷偷地。

直 沒消沒息。

例 학교 앞 분식집이 **소리 소문도 없이** 이사했다.

學校前面的麵店無聲無息地搬家了。

속이 시커멓다 心腸壞、陰險、惡毒 | 陰險。

直 心黑。

例 걔는 **속이 시커먼** 녀석이라 하는 말을 곧이곧대로 믿으면 안 돼!

他是很壞心腸的傢伙,不能百分之百相信他的話!

신출귀몰 **成語** 神出鬼沒 | 自由自在地出現又消失。

直 神出鬼沒。

漢 神出鬼沒:귀신 신, 날 출, 귀신 귀, 없어질 몰

例 홍길동은 **신출귀몰**하며 탐관오리들을 혼냈다.

洪吉童神出鬼沒,教訓了貪官汙吏。

像鬼神一般一下在東,一下在西,自由自在地出現又消失,無法知道在何處。

씨가 마르다 絕種 | 全部消失。

直 種子乾掉。

例 요즘 국내산 대구는 **씨가 말라서** 찾아보기두 어렵다

最近國產的鱈魚絕種,很難找到。

「씨(種)」是指動物或植物產生的根本。這表現可用在表示不管是什麼種類,連根本都消失,很難找到的情況。

씨를 말리다　趕盡殺絕｜一點不剩全都抹滅。

🔵 弄乾種子。

🟢 황소개구리가 토종 개구리의 **씨를 말리고** 있다.

美國牛蛙正在把土種牛蛙的種趕盡殺絕當中。

연막을 치다　掩蔽、掩人耳目、掩蓋真相、放煙霧彈｜巧妙地隱藏真心。

🔵 施放煙幕。

🟢 나를 안심시키려고 **연막 친** 거지?

你為了要讓我安心而做掩飾對吧？

不讓敵軍知道我方動向而點燃的煙稱為「연막（煙幕）」。「연막을 치다」表使用任何手段巧妙隱藏之意。

온다 간다 말없이　不打聲招呼｜不跟任何人說一聲就離開。

🔵 來去沒說一句話。

🟢 내가 화장실에 다녀온 사이 걔는 **온다 간다 말없이** 집에 가버렸다.

在我去廁所的期間，他不吭一聲就回家了。

자취를 감추다　銷聲匿跡｜不讓人知道去向或躲藏。

🔵 隱藏蹤跡。

🟢 동네를 떠돌던 길고양이가 **자취를 감추고** 사라져 버렸다.

在村裡流浪的貓咪，銷聲匿跡不知道去哪裡了。

종적을 감추다　隱藏蹤跡｜到了別人不知道的地方躲藏起來或消失。

🔵 隱藏蹤跡。

🟢 삼촌이 **종적을 감춘 지** 한 달이 되었다.

叔叔已經隱藏蹤跡一個月了。

「종적」是指蹤跡、痕跡之意。

쥐도 새도 모르게 無聲無息 | 行動不露聲色地，完全沒人知道行蹤。

ⓘ 連老鼠跟鳥都不知道。

例 이번 재판의 결정적인 증거가 **쥐도 새도 모르게** 사라졌다.

   這次審判的關鍵證據無聲無息地消失了。

코끝도 볼 수 없다 不見蹤影 | 完全無法看到。

ⓘ 連鼻尖都看不見。

▶ 코빼기도 못 보다

例 요즘 무슨 일인지 형님 **코끝도 볼 수가 없네요.**

   不知道最近發生什麼事情，不見哥哥的蹤影。

탈을 쓰다 戴面具 | 不露本性、假裝。

ⓘ 戴面具。

例 아무리 천사의 **탈을 쓰고** 행동해도 너의 본심은 다 드러나게 되어 있단다.

   即使你戴著天使的面具行動，你的本意都已經顯現出來了。

「탈」即「가면 (假面)」的意思，指遮掩以不露本來面貌。用以表示為掩藏壞心眼，以虛偽的行為或說謊掩飾的意思。

행방불명 成語 行蹤不明 | 不知道所去方向或目的。

ⓘ 行方不明。

漢 行方不明：다닐 행，방향 방，아니 불，밝을 명

例 **행방불명**되고 이틀이 지났지만, 아직도 동생을 찾지 못했다.

   行蹤不明已經過了兩天，但還找不到弟弟。

행방이 묘연하다 行蹤杳然 | 不知道去哪而消失。

ⓘ 行方杳然。

例 수사가 진행되자 유일한 목격자의 **행방이 묘연해졌다.**

   一展開調查，唯一的目擊者就行蹤杳然。

「행방 (行蹤)」是指去的地方或目的地；「묘연하다 (杳然)」是無法知曉之意。因此這是指無法找到在哪裡。

逃亡

　　表示「逃亡」的表現有很多「꼬리（尾巴）」或是「등（背）」的字眼。這是因為在避開某人的時候會以背示人之故。

걸음아 날 살려라　撒腿逃跑、快跑｜用盡全力匆忙逃走。

（直）腳步啊！救救我。

（▶）다리야 날 살려라

（例）혹부리 영감은 도깨비를 보자마자 "**걸음아 날 살려라.**" 하고 정신없이 도망갔어요.

脖子長瘤的老頭一看到鬼就喊著「救命！」，手忙腳亂地跑走了。

기러기 불렀다　逃散、跑得跟飛的一樣（台）｜逃得遠遠的。

（直）呼喚鴻雁。

（例）청소하겠다던 친구들이 모두 **기러기 부르고** 가 버렸어.

說會幫忙打掃的朋友們全部都跑得跟飛的一樣。

這是來自「기러기가 펄펄 날아갔다（鴻雁展翅飛去）」的歌詞。意指候鳥鴻雁，有一天總會飛走之意。

꼬리가 빠지게　斷尾逃走、斷尾求生｜急速逃走。

（直）斷尾地。

（▶）꽁무니가 빠지게

（例）호랑이 선생님이 나타났다는 소리에 우리는 모두 **꼬리가 빠지게** 도망갔다.

聽到老虎老師來了的消息，我們全都飛也似地逃走了。

漫畫中有咻～地逃跑而尾巴或眉毛等某身體部位掉落現場逃跑的場面，這是用來表示急速逃走的有趣畫面。若由此場面聯想即能輕易理解「꼬리가 빠지게」的意思。

꼬리를 빼다　逃走、抽身而出｜偷偷地逃走。

（直）抽掉尾巴。

◐ 꽁무니를 빼다

例 스파이더맨이 나타나자 악당들이 **꼬리를 빼고** 달아났다.

蜘蛛人一出現，壞蛋們全都棄尾逃跑。

오빠는 자신의 잘못에 대한 말만 나오면 슬그머니 **꽁무니를 뺐다.**

一有人說自己的不是，哥哥就偷偷逃走。

這是用來表達針對某件事情不負責任而想要消失或逃走之意。

꽁무니를 사리다 計畫躲避、躲藏｜想暗地逃走。

直 夾起尾巴。

例 **꽁무니 사리지** 말고 네가 먼저 발표한다고 해 봐.

你別躲，就說你要先發表。

「사리다」為不積極面對某事。「꽁무니를 사리다」表要迴避責任而盤算著何時離開現場之意。

등을 보이다 不理會、轉身而去｜不理會。

狀態、情況

直 給看背部。

例 어려움을 당한 친구에게 **등을 보이는** 것은 두 번 상처를 주는 것이다.

對遭遇困難的朋友轉身而去是給他二次的傷害。

對話的時候應面對面。因此以背示人則表示不想聽對方的話。

뛰어야 벼룩 俗語 跑不了多遠、逃不出如來佛的手掌心｜即使逃跑也無法逃多遠。

直 跳蚤再能跳，也跳不了多遠。／再怎麼跳還是跳蚤。

◐ 뛰어 보았자 부처님 손바닥 俗語

例 네가 **뛰어야 벼룩**이지. 니는 네기 이디 숨을지 다 알고 있다고.

你跑不了多遠的。我知道你躲在哪裡。

跳蚤身長約2mm～4mm，是非常微小的昆蟲。因此這微小的跳蚤，不管跳到哪裡或逃到哪裡，都逃不出人們的視線。故容易捉住的逃跑的人以「뛰어야 벼룩이다」表示。

跳蚤

삼십육계를 놓다 三十六計走為上策 | 急逃。

直 使出三十六計。

▶ 삼십육계 줄행랑

例 범인은 경찰을 보자마자 **삼십육계를 놓았다**.

犯人一見到警察就逃之夭夭。

「삼십육계（三十六計）」是中國兵書中記載的36種計策之一，「逃走也是策略之一」。「삼십육계를 놓다」意為急速逃走。

야반도주 成語 半夜逃走 | 半夜偷偷逃走。

直 夜半逃走。

漢 夜半逃走:：밤 야，한창 반，달아날 도，달릴 주

例 뺑덕어멈은 심청이 아버지를 두고 **야반도주**를 했다.

沈清的繼母丟下沈清爸爸半夜逃走。

這是避開他人視線在半夜逃走之意。

줄행랑을 놓다 落荒而逃、逃之夭夭、逃亡 | 逃走。

直 逃走。

▶ 줄행랑을 치다, 줄행랑을 부르다

例 오빠는 무섭게 짖는 개를 보자마자 **줄행랑을 놓았다**.

哥哥一看到叫得厲害的狗就馬上落荒而逃。

걱정하지 마. 나 혼자 살자고 **줄행랑을 치지는** 않을 거야.

別擔心。我自己一個人住也不會落荒而逃的。

韓屋大門左右兩側的房間稱為「행랑（行廊）」，主要是給僕人住的房間。由許多間緊緊連著的行廊稱為「줄행랑（長廊）」，因為與逃走意思的「주행（走行）」發音類似，所以「줄행랑」暗喻為逃走。這話和「삼십육계」併用而為「삼십육계 줄행랑을 놓다（三十六計，走為上策）」。

窘困、難堪

　　在死胡同裡玩捉迷藏，捉鬼的人來了，這時候向左也不是向右也不是，被困在角落裡，一下子就會被捉住，那樣就會變成很難堪的情況。一起來看看在這種窘迫與難堪的情況中使用的表現吧？

가도 오도 못하다　進退兩難、進退維谷｜處於侷限在某一處無法動彈的狀態。

🔲 無法去也無法來。

▶ 오도 가도 못하다

🔴 앞뒤로 차가 꽉 막혀서 **가도 오도 못하고** 있어요. 조금 늦을 거 같아요.

　　我前後都塞車，進退兩難中。會晚一點到。

這是表示無法動彈，窘困的困難狀況。與此相同，有進退維谷意義的俗語有「가자니 태산이요, 돌아서자니 숭산이라（想往前去是泰山，想往後退是嵩山）」。

곤욕을 치르다　受辱｜遭受嚴重的侮辱。

🔲 受侮辱。

🔴 만세 삼창 운동에 참여한 사람들은 일본 순사에게 잡혀 **곤욕을 치렀다.**

　　參加大喊萬歲運動的人們被日本巡警捉住而受到侮辱。

「곤욕（困辱：괴로울 곤，욕보일 욕）」是指無法忍受之奇恥大辱。「곤욕을 치르다」是指遭逢無法忍受之羞辱。

곤혹스럽다　令人苦惱的｜感覺難堪。

🔲 感覺到困惑的。

🔴 명절 때마다 '반에서 몇 등 하니?'라는 질문이 가장 **곤혹스럽다.**

　　每到節日，「你是班上第幾名？」的問話是最令人苦惱的。

「곤혹（困惑）」是指難堪不知所措的情況。

골치를 앓다　傷腦筋｜不知所措而頭痛。

🔲 傷腦筋。

⚪ 골머리를 앓다

📝 점점 쌓여 가는 쓰레기 때문에 동네마다 **골치를 앓고** 있다.

　因日積月累增加的垃圾之故，每個村子都在傷腦筋。

「골」即「골치」，是韓語頭腦之意，俗稱「골머리」。這是描述不知所措而為此頭痛煩惱的情況。

구석에 몰리다　被逼到角落 ｜ 處於為難的狀況。

🔵 被逼到角落。

📝 범인은 결정적인 증거가 나와 **구석에 몰리자** 어쩔 수 없이 자수했다고 한다.

　犯人因決定性的證據出現而被逼到角落，因此不得己說要自首。

궁지에 몰리다　陷入困境 ｜ 非常為難與困窘的處境。

🔵 被逼到絕境、困境。

📝 조심해! 쥐도 **궁지에 몰리면** 고양이를 문다고 했어.

　小心！老鼠被逼到絕境的話，會咬貓的。

「궁지 困境」是指非常為難與窘迫的處境。

내 코가 석 자 俗語　自身難保、自顧不暇 ｜ 自己陷入困難處境，沒有多餘時間去幫助別人。

🔵 我的鼻涕三尺長。

⚪ 제 코가 석 자

📝 지금 **내 코가 석 자**야! 내가 더 급한데 어떻게 널 도와주겠니?

　現在我自身難保！我更急，要怎麼幫你？

這裡的「코」是指「콧물（鼻涕）」的意思。「자（尺）」是長度的單位，「석 자」大約是100cm。此俗語表示自己的鼻涕三尺長都沒辦法擦拭，哪能擔心別人的事。

陷入愛情的泥沼！

늪에 빠지다　陷入泥沼 ｜ 陷入難以脫身的狀況。

🔵 陷入泥沼中。

📝 도박의 **늪에 빠지면** 정신을 못 차린다.

196

一旦陷入賭博的泥沼，會很難清醒脫身。

「늪」是指水與泥土淤積的地方，一旦陷入，越想脫身就陷得越深。

독 안에 든 쥐　**甕中之鱉** | 無法脫身的處境。

直 入甕之鼠。

例 넌 **독 안에 든 쥐**다! 우리가 포위했으니 더는 도망갈 생각하지 마라!

　你是甕中之鱉！我們已經全部包圍了，別想再逃了！

進入甕裡的老鼠，不管如何掙扎也無法逃脫。「독 안에 든 쥐」即指不管如何掙扎也無法逃離的處境。

된서방을 맞다　**遇到棘手的事情** | 經歷非常困難的事。

直 遇到壞丈夫。

▶ 된서방을 만나다, 된서방에 걸리다

例 엄마에게 혼이 나니 **된서방을 맞은** 것처럼 마음이 힘들었다.

　被媽媽責罵就好像遇到壞老公一樣，內心很難受。

「된서방」是指非常挑剔、難相處的丈夫。遇到這種丈夫則難以共同生活。

떡이 되다　**被揍得軟趴趴** | 遭受極大侮辱或挨揍。

直 變成糕。

例 주인공 형사는 악당들의 소굴에 잠입하다 붙잡혀 **떡이 되도록** 맞았다.

　主角刑警潛入壞蛋的巢穴被抓，被揍得很慘。

빼도 박도 못하다　**騎虎難下** | 事情棘手而進退兩難。

直 拔掉釘上都不行。

例 이미 다른 영화로 바꿀 수 있는 시간도 지나서 **빼도 박도 못해**. 그냥 이 영화 보자.

　可換其他電影的時間已經超過了，因此要退也不是要進也不是。就看這電影吧。

這是指拔不了也釘不進去，無法隨心所欲的難堪情況。

사면초가 成語 四面楚歌 | 處於無援的狀況。

- 直 四面楚歌。
- 漢 四面楚歌：넷 사，얼굴 면，초나라 초，노래 가
- 例 내가 안 도와주면 그 친구는 정말 **사면초가**에 빠질 것 같아.

  如果我不幫他的話，他好像會陷入四面楚歌的地步。

這是指四面傳來的都是楚國歌謠。楚項羽包圍漢劉邦的軍隊時，劉邦要自己的軍人唱楚國歌謠。當四方傳來楚國歌謠，項羽以為楚國百姓已全被俘虜而感到絕望，最後楚軍全軍覆沒。「사면초가」即指處在孤立無援、四面受敵的困境中。

속수무책 成語 束手無策 | 如同雙手被綑綁，沒有解決的辦法而不得動彈。

- 直 束手無策。
- 漢 束手無策：묶을 속，손 수，없을 무，꾀 책
- 例 이렇게 **속수무책**으로 있을 거예요? 뭐라도 해 봐야지요!

  要這樣束手無策嗎？該試著做點什麼吧！

雙手被緊緊綑綁的話，就不能做任何事情。這是指眼前問題到來，卻沒有解決辦法而無法處理的窘困情況。

엿물을 흘렸다 疲憊窘困 | 全身疲軟身處窘境。

- 直 流糖漿。
- 例 독립 운동가들은 **엿물을 흘리며** 일제의 탄압에 맞서 싸웠다.

  獨立運動家們疲憊窘困，對日帝的鎮壓正面應戰。

長時間熬煮糖漿，冷卻後會成麥芽糖。但是一直煮糖漿煮到乳白色，不冷卻凝結為麥芽糖，煮的人就會很辛苦。此慣用語便是由此而來。意指身體疲倦而不能使力，如同麥芽糖在液體狀態一樣，處於窘境。

이러지도 저러지도 못하다 不管怎麼做都沒辦法 | 非常難堪不知所措。

- 直 無法這樣也無法那樣。
- 例 싸우는 두 사람 사이에서 나는 **이러지도 저러지도 못하는** 상황이다.

  在吵架的兩個人中間，我這樣也不是，那樣也不是。

자승자박 成語 　自作自受 | 自己做的事情讓自己陷入為難窘境。

- 直 自繩自縛。
- 漢 自繩自縛：스스로 자，줄 승，스스로 자，묶을 박
- ▶ 자업자득
- 例 혼자만 먹으려다 체한 것이니 **자승자박**이네. 쌤통이다!

  想要獨吃卻吃到脹氣，真的是自找苦吃。活該！

這是被自己做的繩子綑綁之意。可以用在表示自己的話或行動讓自己陷入難為的窘境。

진땀을 빼다 　煞費苦心 | 因難事而費心思。

- 直 流黏汗、冒冷汗。
- ▶ 진땀을 흘리다
- 例 형석이는 잼 뚜껑이 열리지 않아 **진땀을 뺐다**.

  亨碩因果醬蓋子打不開而滿頭大汗。

「진땀」是指使大力氣或非常難為而流的黏稠的汗。這表示非常使力或碰到難堪的事而煞費苦心流出黏汗。

진퇴양난 成語 　進退兩難 | 怎麼做都沒辦法的難堪處境。

- 直 進退兩難。
- 漢 進退兩難：나아갈 진，물러날 퇴，둘 량，어려울 난
- 例 골프 선수는 공이 호수에 빠져 **진퇴양난**의 상황에 부닥쳤다.

  高爾夫選手因球掉入湖水中而遇上進退兩難的狀況。

這是指在戰鬥中既無法前進又無法後退的難堪處境。

피치 못할 　無可避免的 | 沒辦法的。

- 直 無法避開的。
- 例 **피치 못할** 사정이 있겠지. 너무 뭐라고 하지 마.

  應該是有無法避開的困難吧。你別太唸他什麼了。

佯裝不知

눈감아 주다 　包庇、睜一隻眼閉一隻眼 | 裝作不知道。

🇩 為別人閉眼。

🇪 이번 일을 한 번만 **눈감아 주시면** 다시는 이런 일이 없도록 하겠습니다.

　　如果這次的事情睜一隻眼閉一隻眼的話，我以後不會再讓這種事情發生的。

　「눈감다（閉一隻眼）」是指知道別人犯錯，但是裝作不知道之意。

딴전을 부리다 　做不相干的事、轉移目標、答非所問 | 佯裝無關。

🇩 做不相干的事。

▶ 딴전을 피우다, 딴청을 부리다, 딴청을 피우다

🇪 분명히 봤으면서 못 본 척 **딴전을 부리다니**!

　　明明有看到卻裝作沒看到呢！

從前陳列物品販售的商店稱為「전（廛）」。「딴전을 부린다」是指有自己的店卻
去看顧別人的店；這用來表示擺著自己該做的事卻都做其他事的情況。

모르면 약이요 아는 게 병 俗語 　無知便是福 | 若不知道內心舒坦，知道則
擔心，反而有害。

🇩 不知道者藥，知者病也。

▶ 아는 것이 병 俗語

🇪 **모르면 약이요 아는 게 병**이라고 했어. 너무 자세히 알려고 하지 마.

　　俗話說無知便是福。別想要知道太詳細。

시치미를 떼다 　裝蒜 | 自己做的事情裝作若無其事。

🇩 摘卜鳥名牌。

🇪 내 것 가져가는 거 봤으니 **시치미 떼지** 않는 게 좋을 거야!

　　我看到你拿走我的東西，你最好不要裝作不知道！

在被馴服的獵鷹尾巴上掛上名字標籤標示所有權，該名字標籤稱為「시치미」。
「시치미를 떼다」是把別人的獵鷹名牌拔掉，裝作是自己所有。這用來表示知道是

別人的鷹卻拔掉名牌，佯裝不知是別人的獵鷹；或指即便是自己所為，卻佯裝不是自己所做的。

안면을 바꾸다 翻臉不認人 | 突然佯裝不認識。

🔵 變換顏面。
▶️ 안면몰수
例 집안 사정이 어려워지자 친척들이 **안면을 바꿨다**.
　　家裡情況變糟，親戚都翻臉不認人。

「안면（顏面）」是指臉或認識的情分。「안만을 바꾸다」指原本有親近的情分卻突然改變態度裝作不認識。

오리발을 내밀다 不認帳 | 假裝無關或假裝不知道。

🔵 伸出鴨腳。
▶️ 닭 잡아먹고 오리발 내놓기 俗語
例 완벽한 증거가 있는데도 계속 **오리발 내밀** 거야?
　　有完整的證據你還要繼續裝蒜嗎？

這是出自俗語「닭 잡아먹고 오리발 내놓기（抓雞吃了卻交出鴨腳）」的慣用語。這用來表示做了卻假裝沒做，反而拿出不相干的事物掩飾的情況。

입을 씻다 裝蒜 | 搶得利益卻裝不知道。

🔵 洗嘴。
▶️ 입을 닦다
例 좋은 일 있으면 한턱내야지. **입 씻을** 거야?
　　如果有好事的話，該請客啊。想裝蒜？

　　현수는 심부름하고 남은 돈을 챙기고 **입을 싹 닦았다**.
　　賢秀獨吞跑腿而剩下的錢，吃了還抹嘴巴。

호박씨를 까다 虛情假意 | 虛假做作。

🔵 剝南瓜子。
例 누나 원래 족발이라면 자다가도 벌떡 일어나잖아! 어디 **호박씨를 까**!
　　姊姊本來就是一聽到豬腳，連睡夢中也會醒過來的！還在虛情假意！

集中、散漫

　　如果精神集中在某件事情，視線或聽力會傾注於某一方向。「눈（眼）」與「귀（耳）」是注意某事，看或聽時使用的身體部位，所以表示集中與散漫時常使用它們。

곁눈을 팔다　心不在焉、分心、東張西望｜關心置於他處。

直 睜斜眼。

▶ 곁눈을 뜨다

例 **곁눈 팔지** 말고 해야 오늘 안에 다 할 수 있어.

　　唯有不分心才能在今天全部做完。

귀담다　留意、放在心上、聽進去｜不漏聽，好好記住。

直 裝在耳裡。

例 선배의 충고는 **귀담아** 둘 필요가 있다.

　　對於前輩的忠告有用心聽的必要。

這是「귀（耳）」與「담다（裝入）」所合成的字詞，是指認真聽並好好記在心上。

귀를 세우다　豎耳傾聽｜為了要仔細聽而繃緊神經。

直 豎耳。

例 옆에서 소근 대는 소리는 아무리 **귀를 세우고** 들어도 못 알아듣겠어.

　　在旁邊輕聲細語，不管多麼豎耳傾聽也沒聽見。

「귀를 곤두세우다」是指為集中精神而努力之意。

귀를 팔다 分神、分心 | 耳朵轉向另一方、不留意聽。

🔵 賣了耳朵。

🔵 어디에 **귀를 팔아서** 엄마가 그렇게 불렀는데도 못 듣니?

到底是賣了一邊耳朵，媽媽那樣叫都沒聽到嗎？

這裡「팔다（賣）」不是指金錢上的來往，而是指
注意力不在該注意的事情上，反而投射在別的事情
上。「정신을 팔다（賣了精神）」、「한눈팔다
（賣了一隻眼睛）」與之同義。

귓등으로 듣다 當耳邊風 | 注意力不集中，大略聽。

🔵 用耳背聽。

🔵 아이스크림 많이 먹지 말라는 말을 **귓등으로 듣더니** 결국 배탈이 났구나.

把不要吃太多冰淇淋當耳邊風，結果拉肚子了。

「귓등（耳背）」是指耳廓背面的部分。聲音必須進入耳朵裡震動耳膜才能聽見，
如果只用耳背聽，終究跟沒聽見沒兩樣。

귓등으로 흘리다 話當耳邊風 | 不認真聽，當耳邊風在聽。

🔵 使向耳背流。

▶ 귓전으로 흘리다

🔵 지금부터 내가 하는 말을 **귓등으로 흘리지** 말고 잘 기억해 둬.

從現在開始我說的話，不要當耳邊風，要記下來。

귓전으로 흘린 이야기라서 잘 기억나지 않는다.

我把它當成耳邊風了，記不太得了。

귓등으로도 안 듣다 根本就不聽 | 不集中精神，不聽。

🔵 連用耳背也不聽。

🔵 오빠는 내 말을 **귓등으로도 안 듣는다.**

哥哥對於我的話聽也不聽。

「귓등으로 듣는다」表示聽個大概；若是「귓등으로도 안 듣는다」則是不想聽。

귓전으로 듣다 左耳進右耳出、當耳邊風 | 沒有興趣，心不在焉地聽。

🔵 用耳廓聽。

🟡 어머니의 충고를 **귓전으로 들었던** 것이 큰 실수였어.

把媽媽的忠告當耳邊風是一件大失誤。

「귓전（耳邊）」是指耳朵邊緣。「귓전」與「귓등」都是耳朵之外，因此「귓전으로 듣다」、「귓등으로 듣다」都是沒仔細聽、敷衍聽之意。

눈과 귀가 쏠리다 聚精會神、全神貫注 | 心思被吸引而集中注意力聽。

🔵 眼與耳投射。

🟡 새로운 입시 제도 발표에 학생들의 **눈과 귀가 쏠리고** 있다.

對新的入學考試制度，學生都集中注意力聽著。

눈길을 모으다 吸引目光、吸引視線 | 集中視線。

🔵 聚集視線。

🟡 광장 한가운데 커다란 크리스마스트리가 세워져 지나가는 사람들의 **눈길을 모았다**.

廣場中間擺放巨大的聖誕樹，吸引經過路人們的目光。

눈을 똑바로 뜨다 張大眼睛、睜大雙眼 | 集中精神注意。

🔵 睜眼。

▶ **눈을 크게 뜨다**

🟡 거기 가면 소매치기가 많으니 **눈 똑바로 뜨고** 다녀야 해.

去到那邊的話會有很多扒手，行走要張大眼睛。

똑같은 실수를 하지 않도록 **눈을 크게 뜨고** 있어라.

別再犯相同錯誤，要睜大雙眼。

睡覺或暈倒的人醒來時最先做的行動是「눈을 번쩍 뜨다（睜開眼睛）」。因此「눈을 똑바로 뜨다（睜大雙眼）」就是集中精神注意之意。

눈을 밝히다 睜亮雙眼 | 欲尋物品而注意看。

(直) 照亮眼睛。

(例) **눈을 밝히고** 집 나간 고양이를 찾아다녔지만 결국 찾지 못했다.

我睜亮雙眼找離家的貓咪，但終究沒找到。

눈을 씻고 보다 擦亮雙眼 | 集中精神看。

(直) 洗眼再看。

(例) **눈을 씻고 보아도** 이렇게 좋은 물건을 이 가격에 찾기는 어려울 거예요.

即使擦亮雙眼看，也難以用這價格找到這麼好的東西。

若對某事有興趣想看仔細，會不自覺地揉揉眼，這行動以「눈을 씻는다」表示之。

눈이 벌겋다 眼紅 | 熱衷於收拾自己的利益。

(直) 眼紅。

(例) 엄마는 윷놀이 대회에서 1등 상품을 차지하려고 **눈이 벌겋다.**

媽媽為了得到擲柶遊戲中第一名的獎品而紅了眼。

如果感覺興奮或熱衷於某件事時，氣會由下往上升，致臉或眼睛變紅。「눈이 벌겋다」因而表示熱衷於某事之意，這主要用來描述追求金錢、利益時的樣貌。

마음을 붙이다 專注 | 心思專注於某事。

(直) 貼上心。

(例) 철수는 전학간 학교에 **마음을 붙이기** 위해 노력했다.

哲秀為了把心思放在要轉學去的學校而努力。

목을 매다 拼命 | 拼命投入。

(直) 綁脖子。

(例) 우리 누나는 검사가 되기 위해 고시 공부에 **목을 매고 있다.**

姊姊為了要當檢察官，全心全力的準備考試。

若為某事而栓住脖子，則會被牽著向一定方向走，甚至動輒危殆性命。這話以「～에 목을 매다」的形態使用。

몸을 던지다 獻身 | 用盡全身熱誠。

🔵 丟身、投身。

🔵 김구 선생은 하나 된 조국의 독립을 위해 **몸을 던지셨다**.

金九先生為了一統祖國的獨立而獻身。

삼매경에 빠지다 陷入三昧境、沉浸在某某世界裡 | 集中。

🔵 進入三昧境。

🔵 독서 **삼매경에 빠져서** 누가 부르는지도 몰랐다.

進入閱讀的三昧境，有人叫我也不知道。

「삼매경（三昧境 : 셋 삼，새벽 매，경지 경）」原為佛教用語，原指脫離雜念把精神集中於一事的境地。最近有「독서 삼매경（讀書三昧境）」、「게임 삼매경（遊戲三昧境）」等表現，表示非常集中在做那件事情之意。

신경을 곤두세우다 繃緊神經 | 緊張注意。

🔵 豎立神經。

🔵 고3인 누나는 집안에 작은 소리가 날 때마다 **신경을 곤두세우며** 짜증을 냈다.

高三的姐姐只要家裡發出小小聲音就會繃緊神經不耐煩。

앞만 보고 달리다 奔向前方 | 不分心，完全集中精神。

🔵 只看前方跑。

🟠 형은 누가 뭐라고 하든지 간에 꿈을 향해 **앞만 보고 달렸다**.

　哥哥不管誰說什麼，為夢想勇往直前。

여념이 없다 心無旁鶩 | 沒有多餘時間想別的事。

🔵 沒有餘念。

🟠 작가는 마감이 코앞으로 다가와 집필에 **여념이 없었다**.

　作家因為截稿日期直逼眼前而心無旁鶩地寫作。

「여념（雜念）」是指其他想法與多餘思緒。「여념이 없다」是指專注於某事而沒有多餘的心力去想其他事情。

유심히 살피다 留心觀察 | 注意看。

🔵 留心觀察。

🟠 나는 물건을 살 때 어떤 기능이 있는지 하나하나 **유심히 살펴서** 사는 편이다.

　我在買東西的時候，都一個個地留心查看有什麼功能才會購買。

「유심히（留心）」是指「留心思在此，專注地」之意。因此「유심히 살피다」是指周全觀察之意。

정신일도하사불성 🏷成語 精神一到何事不成 | 若精神集中一處，則能夠成就任何事情。

🔵 精神一到何事不成。

🟨 精神一到何事不成：정신 정，정신 신，하나 일，이를 도，어찌 하，일 사，아니 불，이룰 성

🟠 **정신일도하사불성**이라고! 불가능한 일은 없어!

　俗話說精神一到何事不成！沒有不可能的事情！

這句是指如果集中精神做某件事情的話，沒有不可能的事情。這也用於表示努力做就沒有不可能的事或難事。

촉각을 곤두세우다 集中注意力、聚精會神 | 集中精神，採取即時應對態勢。

🔵 聳立觸角。

例 병사들은 **촉각을 곤두세우고** 장군의 행동을 살폈다.

士兵們提高警覺注視將軍的行動。

用皮膚感覺稱「촉각（觸覺：닿을 촉，깨달을 각）」。這裡說的「촉각（觸角：닿을 촉，뿔 각）」是指「더듬이（觸角）」。昆蟲使用觸角來探知周圍的物體，並知道敵人是否來臨。因此，「더듬이를 곤두세우다（豎起觸角）」是指集中精神、密切關注以便採取即時應對措施之意。

코를 박다 埋頭 | 集中在某一件事情做到底。

直 釘住鼻子。

例 동생은 레고 조립이라면 세 시간이고 네 시간이고 **코를 박고** 있다.

弟弟只要是玩樂高組合，就會聚精會神四小時。

한 우물을 파다 —心—意地做 | 只全心做某一件事情做到底。

直 挖一口井。

例 뭘 하려면 **한 우물을 파야지**. 이것저것 하다가는 죽도 밥도 안 돼.

想做什麼就要專心地做。做這個做那個的話，會一事無成。

한눈을 팔다 分心 | 不用心在應做之事而分心。

直 賣掉一隻眼睛、不留神。

例 핸드폰에 **한눈을 팔고** 걷다가 자동차나 장애물에 부딪히는 사고가 자주 일어난다.

走路分心在手機上，碰上車子或撞到障礙物的事故經常發生。

「한눈」是指心思不放在應做之事上，反而轉念在其他事情上的眼睛。

不可能

　　有許多類似以卵擊石、驅趕大象過針孔、摘星等有趣且誇張表不可能的表現。

계란으로 바위 치기 （俗語） 以卵擊石｜無論如何都沒辦法成功的情況。

（直）以卵擊石。

（▶）달걀로 바위 치기 （俗語）

（例）**계란으로 바위 치기**지만 이대로 그냥 당할 수만은 없어.

　　雖然這是以卵擊石，但不能就這樣只有挨打的份。

易碎的雞蛋撞擊堅硬的石頭，這是描述即使迎戰也沒勝算的情況。

고양이 목에 방울 달기 （俗語） 在貓脖子上掛鈴鐺｜對無法實踐的事討論。

（直）在貓脖子上掛鈴鐺。

（例）우리끼리 이야기해봤자 **고양이 목에 방울 달기**니까 시간 낭비하지 말고 숙제나 하자.

　　不管我們怎麼說，這樣子就像是在貓脖子上掛鈴鐺一樣，別浪費時間，做作業吧。

這是來自建議在貓脖子上掛鈴鐺，卻沒有一隻老鼠敢出面把鈴鐺掛到貓脖子上的童話故事。這俗語用來表示不管多麼熱切地討論與計畫，都沒有實踐的可能性。

되지도 않는 소리 胡說八道｜完全沒有實踐之可能。

（直）不合常理的話、不成的話、不像話的話。

（例）일주일 안에 5kg을 빼겠다고? **되지도 않는 소리**는 하지를 마.

　　你說要在一週內減掉5公斤？別胡說八道了。

此即「말이 되지도 않는 소리（不像話的話）」之意。所謂的「不像話」即是不符合道理或完全沒有實踐可能性的無稽之談。

바늘구멍으로 코끼리를 몰라 한다 （俗語） 驅趕大象過針孔｜強求做沒
有實踐可能的事。

（直）叫人趕大象穿過針孔。

例 바늘구멍으로 코끼리를 몰라 하지 말고 되는 것부터 차근차근히 해 봅시다.

別叫我們趕大象穿過針孔，我們從可行的事開始沉著地做吧！

驅趕大象穿越小針孔，大象龐大的身軀不可能穿過針孔般大小的洞孔，因此這是表示強求做完全沒有可能性之事的俗語。

어느 세월에　何年何月 | 須經過非常長的時間才能⋯。

直 在那個歲月。

◐ 어느 천년에

例 그렇게 천천히 밥을 먹으면 **어느 세월에** 다 먹니?

那樣子慢慢吃的話，幾時吃完飯？

「어느 세월에」是表感嘆或憂慮花了很長的時間。這俗語蘊含不管花多久時間也不可能實踐之意。

어림 반 푼어치도 없다　門兒都沒有、無稽之談、根本不可能 | 沒根據的話。

直 估計連半分價值都沒有。

◐ 어림도 없다

例 벼락부자가 되면 어떻게 할 거냐고? **어림 반 푼어치도 없는** 소리 좀 하지 마라.

要怎麼樣才能成為有錢人？不要說那種無稽之談。

네가 나를 이기겠다니, **어림도 없지**.

你要贏我，門兒都沒有。

「어림」是指大略估計之意。「반 푼（半分錢）」是舊錢幣中一分錢的一半。這是指不管如何估算，連半分價值也沒有，即可能性非常小之意。可簡縮為「어림도 없다」，這與形容詞「어림없다」是相同意思。

죽었다 깨어도　拚死拚活、死也⋯、怎麼也⋯ | 無論如何、怎麼也。

直 即使死了又甦醒。

◐ 죽었다 깨더라도, 죽었다 깨도

例 그 문제는 **죽었다 깨어도** 못 풀겠어.

那問題拚死拚活也無法解開。

死而復甦是不可能的事。此話主要與「없다」、「아니다」、「못하다」等否定詞一起使用，以強調不可能之意。

턱이 없다 **不合理** | 不符水準或實力、不可能。

🔲 沒有理由。

📝 그는 올림픽에 나가기엔 **턱없는** 실력을 갖추고 있다.

他擁有參加奧林匹克比賽不可限量的實力。

턱이 있다 **怎麼可能會** | 不可能那樣。

🔲 有理。

📝 그렇게 매몰차게 찼는데 걔가 너한테 연락할 **턱이 있겠어**?

那樣嚴苛待他，他怎麼可能會跟你聯絡？

雖然這是與「턱이 없다」相反的話，意思應該也是相反的，但這反而是強調不可能的表現。主要以「무엇을 할 턱이 있겠어？」之類疑問形態呈現，強調「그럴 리가 없다（無其道理）」之意。

하늘의 별 따기 俗語 **比登天還難** | 難或不可能獲得。

🔲 摘天上的星星。

📝 그 공연은 인기라서 티켓 구하기가 **하늘의 별 따기**만큼 어려워.

那表演很受歡迎，所以買票跟摘星一樣難。

摘星這事情本身就是不可能的事。這俗語表示非常困難或幾乎不可能做到。相反地，非常容易以「누워서 떡먹기（躺著吃糕餅）」表示。

辛苦、困難

　　表示辛苦與困難時之所以會使用「가시밭（荊棘）」、「산（山）」、「세찬 바람（風波）」、「거친 파도（怒濤）」等字眼，乃是因為面臨這些並予以突破本身就是一件很難的事。

가시밭길을 가다　走荊棘路、崎嶇險惡 | 生活在艱辛與危難中。

🈶 走荊棘路。

㉄ 그동안 **가시밭길을 가는** 인생이었다면, 앞으로는 꽃길만 걷게 되길.

　　如果說過去是走在荊棘道路上的人生，那麼希望未來只是走在百花盛開的路上。

在越過長滿荊棘的田間小路時，全身會到處被刮傷。因此「가시 밭길」用來比喻辛苦與困難的環境。如果要表示好的事情、順利的人生，最常使用的是與其相反的「꽃길（花路）」。

갈수록 태산 🈵　每況愈下、一山還有一山高 | 處境越來越困難。

🈶 越走越是泰山。

▶ **산 넘어 산이다** 🈵

㉄ **갈수록 태산**이라더니, 어떻게 해결되는 일이 하나도 없을 수가 있을까?

　　俗話說每況愈下，怎麼沒有一件事情是可以解決的？

　　겨우 회원 가입 했는데 또 승급을 해야 한다고? **산 넘어 산**이구나.

　　好不容易加入會員，還要會員升級？真是一山還有一山高。

泰山是在中國的山，象徵最高的山。這話是越往前走山勢越是高峻的意思，用以比喻處境越來越困難。

고생문이 훤하다　顯然會勞累辛苦 | 未來明顯會很辛苦。

🈶 苦生門明亮。

㉄ 일주일 동안 배낭여행을 가자고? **고생문이 훤하다**, 훤해!

　　你說要自助旅行一星期？很明顯就是會勞累辛苦！辛苦啊！

고생을 밥 먹듯 하다 俗語　經常吃苦、吃苦是家常便飯 | 經歷過數次辛苦。

(直) 吃苦如同吃飯一般。

(例) 내가 그 회사에 취직하면서부터 **고생을 밥 먹듯 했다니까.**

從我在那間公司工作開始，吃苦已是家常便飯。

如同一天吃三餐一般，辛苦不斷之意。

고생을 사서 한다 俗語　自討苦吃 | 自己找苦吃。

(直) 用錢買辛苦。

(▶) **고생을 벌어서 한다**

(例) 그러게 돈 주고 사면 되는데 굳이 목도리를 뜬다고 해서는. **고생을 사서 하는구나!**

那個給錢買就可以，為什麼還要親自織圍巾呢。真的是自討苦吃！

「돈을 주고 산다（用錢購買）」是我自己的選擇，因此「고생을 사서 한다」是指已誤入艱難環境，自找即便不做也行的苦差事。也可以說「사서 고생한다」。

고진감래 成語　苦盡甘來、否極泰來 | 辛苦的事情已經過去，美好的事情到來。

(直) 苦盡甘來。

(漢) 苦盡甘來：쓸 고，다할 진，달 감，올 래

(▶) **고생 끝에 낙이 온다** 成語

(例) **고진감래**라더니, 살다 보니 이렇게 좋은 날도 오는구나!

俗話說苦盡甘來，活著活著也有這麼好的日子到來呀！

辛苦過後美好的事情就會到來之意，用此成語表示困難的事情過去後，美好的事情總會到來。

곤경에 처하다　進退兩難、進退維谷、處於困境 | 被置於困難的處境。

(直) 處於困境。

(▶) **곤경에 빠지다**

(例) 친구가 **곤경에 처했는데** 내가 모른 척할 수 없지.

朋友現在進退兩難，我沒辦法視而不見。

「곤경（困境）」是指難受與困難的處境。

난관에 봉착하다 遇到難關 | 遇到難堪處境。

🔘 碰上難關。

▶ 난관에 부딪히다

📝 여행 중에 비행기를 놓쳐 버리는 **난관에 봉착했다**.

旅行中遇到錯過飛機的難關。

「난관（難關）」是指有門門鎖住，很難通過的門；「봉착（碰上）」是指遇上、遭遇之意。碰到無法預期的困難或是突然處於困境的情況以「난관에 봉착하다」表現之。

눈물을 머금다 噙著淚水、含著淚水 | 勉強忍耐。

🔘 含著淚水。

📝 우리는 **눈물을 머금고** 떠날 수밖에 없었다.

我們只能強忍淚水離開。

淚水沒有留下來，而是在眼眶中打轉稱為「머금다（含）」。這話描述強忍傷心或痛苦而想流淚的模樣。

등골이 빠지다 精疲力盡 | 非常難忍耐且非常辛苦。

🔘 脊髓脫離。

📝 식구들을 먹여 살리기 위해서 아버지는 늘 **등골이 빠지도록** 일하셨다.

為了讓家人好好生活，爸爸總是工作到精疲力盡。

「등골（脊髓）」的「골（髓）」是指充滿骨頭中的柔軟神經組織。如果脊髓彎曲或錯位而導致中樞神經脫離稱之為椎間盤突出。椎間盤突出是無法好好坐也無法好好站，非常痛苦的病。難忍受且非常辛苦的情況以「등골이 빠지다」表示。

등골이 휘다 累彎了腰 | 非常辛苦與痛苦。

🔘 脊髓彎曲。

📝 아이들의 비싼 겨울 외투를 사느라 부모들의 **등골이 휠** 지경이다.

為了要買孩子們昂貴的冬天外套，工作到累彎了腰。

214

뜨거운 맛을 보다 吃苦頭 | 經歷嚴酷的困境。

直 嚐到熱燙的味道。

例 너는 한번 **뜨거운 맛을 봐야** 정신을 차리겠구나!

你要吃點苦頭才會打起精神！

멍이 지다 留下創傷、留下陰影 | 內心留下痛苦的痕跡。

直 瘀青生出。

▶ **멍이 들다**

例 그때 그 일로 마음에 **멍이 져서** 병원에 다니고 있어.

那時候因為那件事情內心留下創傷，現在正在看醫生。

예상치 못한 어려움을 겪으면서 마음에 크게 **멍이 들었다**.

經歷過無法預期的困難事情而在內心留下很大的陰影。

如同強烈碰撞而瘀血一般，這話用來表示經歷過艱辛困難的事，痛苦留在內心深處，不可抹滅之意。

뼈가 녹다 辛勤 | 因艱難之事受苦。

直 骨頭融化。

▶ **뼈가 녹아나다**

例 우리 남매를 먹여 살리시느라 어머니는 **뼈가 녹도록** 일하셨다.

為了要養活我們兄妹，父母辛勤工作。

뼈가 휘도록 拚死拚活 | 長久時間辛勞。

直 骨頭彎曲。

▶ **뼈가 빠지게**

例 아버지는 다섯 식구를 먹여 살리기 위해 **뼈가 휘도록** 일을 했다.

爸爸為了餵飽我們一家五口，拚死拚活地工作。

從前婦女們常因長期種田而造成脊髓彎曲。因而有「꼬부랑 할머니（駝背老奶奶）」的字眼產生。如果身體太操勞，骨頭會好像枯萎脫節一般疼痛，此情況以「뼈가 휘도록」來表示。

뼈를 긁어내다 心痛、痛徹心扉｜內心痛苦非常。

🔵 剮骨頭。

🔵 자식이 아파하는 모습을 보는 것은 **뼈를 긁어내는** 고통이었다.

看到小孩生病的樣子是痛徹心扉的痛苦。

뼈를 깎다 刻苦、經歷千辛萬苦｜難以忍受。

🔵 削骨。

▶ **뼈를 갈다**

🔵 자신의 분야에서 **뼈를 깎는** 노력을 하는 사람만이 성공할 수 있다.

只有在自己領域上刻苦努力的人才能成功。

뼈에 사무치다 刻骨、刻骨銘心｜不好的記憶存留內心深處。

🔵 滲入骨內。

▶ **뼛속에 사무치다**

🔵 그때의 그 치욕은 **뼈에 사무쳐** 한순간도 잊을 수가 없소.

那時候的恥辱很刻骨銘心，一刻都無法忘懷。

「사무치다」是深深滲入之意。這是指不好的記憶或痛苦似是深深滲入骨中而無法忘懷。

산전수전 成語 千難萬險、百般磨難｜經歷各種困難。

🔵 山戰水戰。

🔵 山戰水戰：산 산，싸울 전，물 수，싸울 전

🔵 그는 30년간 시장 귀퉁이에서 **산전수전** 다 겪으며 장사를 했다.

他三十年間在市場一個角落經歷過千難萬險做生意。

此為在山裡也打過仗、在水裡也打過仗之意，因此這表示經歷過世間的艱辛與困難。

살을 깎고 뼈를 갈다 拼命努力｜非常盡力。

🔵 削肉磨骨。

例 **살을 깎고 뼈를 가는** 노력 없이는 큰일을 이룰 수 없다.

沒有拼命努力是無法完成大事的。

악전고투 成語 惡戰、苦戰 | 冒著困難奮戰。

直 惡戰苦鬪。

漢 惡戰苦鬪：악할 악，싸울 전，쓸 고，싸움 투

例 국가 대표 축구팀은 부상으로 한 명이 빠졌지만, **악전고투** 끝에 우승을 차지했다.

國家代表足球隊雖然有一人因為受傷退場，但經過惡戰，最後終於贏得勝利。

此為混戰中惡鬥奮戰之意，即面臨困難的情況，盡力辛苦地奮鬥。而孤立無援的軍
人勇敢對抗眾多敵軍的情況稱為「고군분투 (孤軍奮鬪：외로울 고，군사 군，떨칠
분，싸울 투)」。

젊어 고생은 사서도 한다 年輕時花錢買苦吃 | 年輕的辛苦是為將來的基礎。

直 年輕時勞苦也要花錢買。

例 젊어서 고생은 사서도 한다잖아. 앞으로 더 좋아질 거니까 힘내!

俗話不是說年輕時花錢買苦吃嗎。將來會越來越好的，加油！

這是面臨困難給予的鼓勵。年輕時的努力，是在未來面臨更大的事時能予以應付處
理的重要基礎。這表現也包含別擔心失敗與挑戰，去面對挑戰之深層意思。

죽을 고생을 하다 歷經千辛萬苦 | 經歷非常辛苦的過程。

直 經歷瀕臨死亡的辛苦。

例 말도 하지 마. 그때 산에서 길을 잃어서 **죽을 고생을** 했잖아.

別提了。當時在山裡迷路，歷經了千辛萬苦。

집 떠나면 고생이다 俗語 離開家就會吃苦 | 離家就會感到不舒服或辛苦。

直 離開家就會吃苦。

例 '**집 떠나면 고생이다.**'라는 말처럼 여행 내내 음식이 입에 맞지 않아 힘들었어.

就像俗話說「離開家就會吃苦」，旅行時一直因飲食不合胃口而很累。

離家在外不管受到怎樣的招待，通常會感到有一點辛苦與不習慣。這是表示不管如

何，自己的家是最舒適的。

천신만고 成語　千辛萬苦 | 經歷各種苦頭。

🟡 千辛萬苦。

🔵 千辛萬苦：일천 천, 매울 신, 일만 만, 괴로울 고

🟢 에디슨은 **천신만고** 끝에 전구의 문제를 해결하는 실험에 성공했다.

愛迪生費盡千辛萬苦，最後終於在電燈泡問題的實驗上獲得成功。

這意思為千件辛苦的事情與萬件難過的事情。用來表示經歷過各種難關及辛苦的成語。如果加上「끝에」，則其意為雖經歷過辛苦，但最後成功了。

풍파를 겪다　歷經風霜 | 經歷過各種危難經驗。

🟡 歷經風波。

🟢 외할머니는 무당의 자식이라는 이유로 숱한 **풍파를 겪으셨다**.

奶奶因為是女巫孩子這理由而經歷許多風霜。

「풍파」是指強風與危險的波浪，這比喻在人生中經歷過許多苦難與痛苦。

학질을 떼다　吃盡苦頭、疲於應付 | 受驚嚇、厭煩。

🟡 拿掉瘧疾。

▶ 학을 떼다

🟢 연예인들은 파파라치라면 아주 **학질을 뗀다**.

演藝人員一提到狗仔就疲於應付。

누나가 얼마나 꼬치꼬치 캐묻는지 정말 **학을 뗐다니까**.

姊姊一直追根究底的問，真讓人吃盡苦頭。

被蚊子叮咬而感染的冷熱病稱為「학질（瘧疾）」。「학질을 뗀다」指脫離幾乎喪命的險境之意。因為生此病非常痛苦，不會想再經歷一次，其意衍伸為厭煩、受驚恐。

허리가 부러지다

累彎了腰、累癱、累趴、累得像條狗 | 負擔很重，到了難以承受的地步。

🟡 腰斷。

例 집을 무리하게 장만해서 **허리가 부러질** 지경이다.

勉強地買了房，因此到了累彎了腰的地步。

허리가 휘다 累彎了腰、累癱、累趴、累得像條狗 | 為做艱難的事而力盡。

直 腰彎。

○ 허리가 휘어지다

例 난치병을 가진 딸의 병원비 때문에 **허리가 휠** 것 같다.

為患頑疾女兒的醫藥費而累彎了腰。

허리가 휘청거리다 累彎了腰、累癱、累趴、累得像條狗 | 因經濟而累癱。

直 腰搖搖晃晃。

○ 허리가 휘청하다

例 이번 달 카드값에 **허리가 휘청거린다**.

這個月因為信用卡卡費而累癱。

혀를 깨물다 咬牙忍耐 | 勉強忍住。

直 咬舌。

例 어머니는 병중에도 **혀를 깨물며** 가게를 운영해 오셨다.

媽媽即使在病中也咬牙硬撐做生意。

홍역을 치르다 吃盡苦頭 | 遭逢艱難。

直 歷經紅疫。

例 그 가수는 말도 안 되는 스캔들 때문에 한바탕 **홍역을 치러야** 했다.

那個歌手因為誇張的緋聞而必須吃一陣苦。

「홍역（麻疹）」主要是小孩子們會感染的傳染病。從前得麻疹而死的人很多，因此「홍역을 치르다（得麻疹）」是指如同麻疹病癒般越過生死關頭，歷經困境之情況。

責難、指責

개구리 올챙이 적 생각 못 한다 俗語 青蛙忘記自己曾經是蝌蚪、數典忘祖 | 不記得以前的事情，以為天生優秀，自以為了不起。

🔵 青蛙想不起蝌蚪的時候。

🔵 **개구리 올챙이 적 생각 못 한다**더니, 반장 됐다고 너무 으스대는 거 아니니?

　俗話說青蛙忘記自己曾經是蝌蚪，當了班長就那麼得意？

蝌蚪長大會變成青蛙，這俗語是諷刺忘了從前是蝌蚪而傲慢的青蛙。此話是用以諷刺成功的人忘記從前艱難時期而自誇的俗語。

꼬투리를 잡다 故意找碴 | 抓住對方缺點而以之為問題。

🔵 抓豆莢。

🔵 너는 왜 말끝마다 **꼬투리를 잡니**?

　你為什麼說話到最後都故意找碴呢？

「꼬투리（莢）」是豆科植物果實的外殼，其意衍伸為某談話或事件中的頭緒。因此抓到某談話或事件中之端緒來指責時，以「꼬투리를 잡다」來表示。

냉수 먹고 속 차려라 俗語 喝點冷水清醒吧 | 勸空想的人打起精神。

🔵 喝點冷水清醒吧。

🔵 헛된 생각하지 말고 제발 **냉수 먹고 속 차려라**!

　別只是幻想，喝點冷水清醒一下吧！

눈이 삐다 看走眼 | 錯看。

🔵 眼扭傷。

🔵 이걸 만 원씩이나 수고 샀나고? **눈이 삔** 거 아니야?

　這個說是用一萬塊買的？有沒有看走眼？

身體某個部位扭曲或錯位稱之為「삐다（扭）」。「눈이 삐었다」則是視物歪斜或錯看。這是責備眾人皆知的事，唯獨你看錯的情況。

狀態、情況

달밤에 체조하다 **不合宜的行動** | 做不合宜的行動。

🔵 月夜做體操。

🔵 동생아! **달밤에 체조하는** 것도 아니고, 이 밤에 책상을 옮기는 이유가 뭐니?

老弟！這不是月夜的體操，大半夜的移動書桌的理由是什麼啊？

這是指責在該做的時候不做；在不該做的時候卻做無任何用處之行動的情況。

돌을 던지다² **譴責** | 指責錯誤。

🔵 丟石頭。

🔵 열심히 한 사람에게 **돌을 던질** 사람은 아무도 없어.

對努力用功的人，沒有想要譴責他們的人。

下棋時，如果「돌을 던지다（投子）」表示認輸。對人使用時，則表示向之投擲石頭表譴責之意。如果想到電影或戲劇中對罪人投擲石頭的場面，應該就比較容易理解這句話的意思。

말꼬리를 잡다 **抓語病** | 抓住別人話中的錯誤追究。

🔵 抓話尾。

▶ 말끝을 잡다

🔵 **말꼬리를 잡지** 말고 일단 내 이야기를 들어 봐.

別只抓語病，且先聽我說。

「말꼬리」是指談話中結尾的部分。通常尾巴是事物最後而且脆弱的部分。「말꼬리를 잡는다」是指找出對方話中弱點並緊抓不放。

뭇매를 맞다 **被眾人圍剿** | 遭受到許多人的責難。

🔵 遭眾人鞭打。

🔵 나랏돈으로 해외여행을 즐긴 국회 의원이 여론의 **뭇매를 맞았다**.

用國家經費享受國外旅行的國會議員，受到輿論的圍剿。

「뭇매」也稱「몰매」，是指眾人齊而鞭打之意。「뭇매를 맞다」在此不是指挨直接的毆打，而是指遭眾語言指責之意。

벼락을 맞다　嚴厲指責 | 被狠狠地訓斥。

直 遭雷劈。

例 영훈이는 이번 일로 선생님께 제대로 **벼락을 맞았다**.

英勳因這次的事件被老師嚴厲指責。

這意思是指如同被雷擊一般，意外地被嚴厲訓斥。

본때를 보이다　訓斥 | 狠狠地斥責，使之成為榜樣。

直 給榜樣看、給範本看。

例 친구를 괴롭히는 아이에게는 **본때를 보여** 줄 필요가 있다.

有必要給欺負朋友的小孩一點教訓。

「본때」是指成為範本或可提出示人之意。因此「본때를 보인다」是指給看範本之意。對錯誤嚴厲斥責是要讓他覺悟，「앞으로 잘못을 저지르면 안 되겠구나. (以後不能再犯錯啊)」的意思。

사람 나고 돈 났지 돈 나고 사람 났나 俗語　先有人後有財，不是先有財後有人 | 比起錢，人更加珍貴。

直 是人生後有財生，怎麼會是財生後人生？

例 **사람 나고 돈 났지 돈 나고 사람 났니**? 병원비 걱정보다 사람이 괜찮은지 먼저 물어봐야지!

俗話說是先有人後有財，哪是先有財後有人？比起擔心醫藥費，你應該要先問人是否沒事才對吧！

不管金錢多麼重要，也無法比人更加珍貴。這是指責只知道金錢的人所使用的俗語。

속이 뻔하다　內心了然 | 大概知道在想什麼。

直 內心明顯。

例 걔가 너한테 뭐라고 할지 안 봐도 **속이 뻔하다**.

他會對你說什麼我不看也明白。

「뻔하다」是內心被透視一般，非常明顯之意，是「번하다」的強勢詞。這是指內心的想法很明顯地展現出來之意。

속이 좁다 　心胸狹小 ｜ 內心無法寬宏大量。

🔵 心狹窄。

🟠 네가 그렇게 **속이 좁으니** 주변에 사람이 없는 거야.

　　你心胸那麼狹小，故而身邊沒有朋友。

손가락질을 받다 　受到指責、被指指點點 ｜ 受到譴責。

🔵 受到手指點。

🟠 친구들에게 겁쟁이라고 **손가락질을 받을까** 봐 안 무서운 척했다.

　　害怕會被朋友說是膽小鬼，我假裝不怕。

接有「질」的字詞通常指人們不喜歡的行動。「손가락질」也是。用手指做的行動是指責對方錯誤，有看輕對方或取笑的行動。因此「손가락질을 받는다」是受他人責備或取笑之意。

손가락질을 하다 　指責別人 ｜ 訓斥別人。

🔵 指指點點。

🟠 사람들은 욕심쟁이 스크루지 영감을 **손가락질했어요**.

　　人們對貪心的史古基老頭指指點點。

앉은 자리에 풀도 안 나겠다 　俗語

坐得位置連草也長不出來 ｜ 某個人過份地冷漠與
冷靜。

🔵 坐得位子連草也長不出來。

🟠 **앉은 자리에 풀도 안 나겠어**, 그 사람 고집도
참 대단하네.

　　坐得位子連草也長不出來了，他的固執也是很可觀的。

這是指不管發生什麼事情，過分冷靜與冷漠以致所坐的位置連草都長不出來的情況。這是指人非常冷漠與冷靜。

일벌백계 　成語 　殺雞儆猴、以儆效尤、殺一儆百 ｜ 懲罰個人以警惕百人。

🔵 一罰百戒。

漢 一罰百戒：하나 일，죄 벌，일백 백，경계할 계

例 **일벌백계** 차원에서 이번 일은 그냥 넘어가지 않겠어.

為了要殺雞儆猴，這次的事件我不會這樣放過。

책을 잡다　責難 | 指責他人的過錯。

直 捉住責。

例 잘못도 없는데 공연히 **책잡지** 마라.

也沒有錯誤，別胡亂責罵。

「책（責：꾸짖을 책）」是「책망（責備）」的縮寫。「책망」是指責備錯誤或數落之意。「책을 잡았다」是指握住足以訓斥的事情責備之意。

트집을 잡다　挑毛病 | 做無謂的爭執。

直 挑剔。

例 너는 왜 내가 하는 일마다 사사건건 **트집을 잡니**?

你為什麼只要是我做的事情每件都要挑毛病呢？

「트집」指物品的裂縫。從前有修補烏紗帽的職業，如果烏紗帽有許多破洞，就會收取許多的修補費。因此即使烏紗帽沒有破也故意弄壞，此行為稱「트집을 잡다」。即指無端做出瑕疵或是找碴的情況。

화살을 돌리다　轉移攻擊目標 | 轉換責難的對象。

直 轉移箭頭。

例 수현이는 계획이 어그러지자 의견을 제시했던 나에게 **화살을 돌려** 쏘아 대기 시작했다.

秀賢在計畫出差錯就把箭頭指向提出意見的我。

「화살을 돌린다」是指轉移目標
或方向之意。「화살」比喻為責
難或攻擊。

狀態、情況

不理睬、拒絕

　　「외면（不理睬）」是指忌憚、避開碰面或「얼굴을 돌리다（轉臉）」之意。如果把臉轉過去，自然頭、身體也會跟著轉。因此不理睬與拒絕的表現，多有「고개를 돌리다（轉頭）」、「등을 돌리다（轉背）」或是乾脆「돌아앉다（轉身）」等表現。

개가 똥을 마다할까 俗語　狗怎麼會嫌棄屎呢｜挖苦故意拒絕喜歡的東西。

直 狗怎麼會辭謝屎呢。

▶ 고양이가 쥐를 마다할까 俗語

例 개가 똥을 마다할까. 새 핸드폰 사 준다고 하면 춤이라도 출 거다.

狗怎麼會嫌棄屎呢。如果說要買新手機給他的話，他會跳起舞來的。

노래방 가자고 하면 금방 뛰어나올걸? 고양이가 쥐를 마다하겠어?

說要去唱歌的話，應該會馬上起來吧？貓怎麼會嫌棄老鼠呢？

고개를 돌리다 把臉轉過去｜不理睬。

直 把臉轉過去。

例 사람들은 성냥팔이 소녀를 보고도 고개를 돌리고 지나갔다.

人們看到賣火柴的小女孩都把臉轉過去走掉了。

고개를 젓다 搖頭｜拒絕。

直 搖頭。

例 엄마는 장난감을 사달라는 나에게 단호히 고개를 저었다.

媽媽對著要求買玩具的我堅決地搖頭。

고개를 흔들다 搖頭｜否定某件事或拒絕。

直 搖頭。

例 선생님은 어쩔 수 없다는 표정으로 고개를 흔들었다.

老師用很無奈的表情搖著頭。

돌아앉다 轉身 | 反對或不理睬。

🔟 轉身坐。

📗 그렇게 못된 짓만 계속하면 부처님도 **돌아앉을** 거야.

　　如果繼續那麼不遜，連佛陀也會轉身的。

등을 돌리다 背棄 | 斷絕關係或不搭理。

🔟 轉背。

📗 유명 연예인이 음주 운전을 했다는 소식에 팬들도 **등을 돌렸다**.

　　對知名演藝人員酒駕的消息，粉絲們紛紛棄之而去。

互相不看彼此的臉，轉身見背，這是拒絕或推開之意。即彼此利害關係相違，或心生怨恨而斷絕關係的意思。

등을 지다 鬧翻 | 斷絕關係或疏遠。

🔟 背向。

📗 제일 친했던 친구와 **등을 지게** 되니까 마음이 너무 착잡하고 힘들어.

　　跟最要好的朋友鬧翻了，內心感到非常複雜難受。

머리를 젓다 搖頭 | 無法接受意見。

🔟 搖頭。

▶ 머리를 흔들다

📗 희성이는 같이 모둠 활동을 하자는 내 제안에 **머리를 저었다**.

　　熙城對我一起讀書的提議搖了搖頭。

발을 끊다 斷絕往來、不再來往 | 不互相往來或斷絕關係。

🔟 斷絕步伐。

▶ 발그림자도 끊다

📗 나는 거의 매일 들르던 문구점에 **발을 끊기로** 했다.

　　我決心不再踏入幾乎每天都會去的文具店了。

完全不再去某地或切斷關係。

설 땅을 잃다 失去立足之地 | 位子沒有了。

直 失去站的土地。

▶ 설 자리를 잃다

例 대형 마트 때문에 작은 가게들은 **설 땅을 잃고** 있다.

因為大型賣場之故，小的店家們都失去立足之地。

失去站的土地是指基地或我的位子消失之意。是遭到拒絕或遭到不理睬的處境。

얼굴을 돌리다 把臉轉過去 | 冷漠待人，或不予理睬。

直 轉臉。

例 사과하러 갔지만 민희는 나를 보자마자 **얼굴을 돌리고** 지나가 버렸다.

我要去道歉，但是敏熙一看到我就把臉轉過去走掉了。

왼고개를 틀다 不理睬 | 不滿而不理睬。

直 把臉向左轉。

例 사람들이 그 행사에 **왼고개를 트는** 이유가 뭔지 아니? 너무 준비가 안 됐기 때문이야.

你知道為什麼人們都對這活動不理不睬的嗎？因為你準備太不充分了啊。

不滿意某事而別過臉去。

퇴짜를 놓다 回絕 | 不喜歡而拒絕。

直 放了退字。

例 여자는 선본 남자가 마음에 들지 않는다며 **퇴짜를 놓았다.**

女子說不喜歡相親的對象而馬上回絕。

從前每個地方都必須將當地的特產進貢給國家，在這過程中，棉麻布料必須經過檢驗認可，如果品質不好就會被蓋上「퇴（退：물러날 퇴）」字的印章再退還。這就是「퇴짜를 놓다」的由來。意指進貢物品或者提案因不滿意而被退回。

퇴짜를 맞다 被回絕 | 某物品或意見被拒絕。

直 遭到退字。

例 오빠는 원서를 넣는 대학마다 번번이 **퇴짜를 맞았다.**

哥哥屢次被提交申請的大學回絕。

誘惑、計謀

간장을 녹이다 討好 | 博取歡心。

🈩 溶化肝腸。

🔘 간을 녹이다

例 황진이의 미소는 사내들의 **간장을 녹였다**.

　　黃真伊的微笑溶化了男士們的心。

「간장（肝腸：간 간，창자 장）」亦用以比喻心。因此「간장을 녹이다」即指「마음을 녹이다（溶化心）」。即是以甜蜜的話或阿諛奉承的話去溶化堅定的心以博得歡心之意。

구슬려 삶다 連哄帶騙 | 以煞有其事的言語拐騙。

🈩 哄騙。

例 수영장 같이 다니게 희진이를 잘 **구슬려 삶아** 보자.

　　我們來哄熙珍一起去游泳吧。

「구슬리다」是用煞有其事般的話動搖別人的心。「삶다」也是指用安撫或者是哄騙的方式說服人。這是兩個意思相同的字重疊的話。

구워삶다 說服 | 用哄的方式讓對方聽自己的話。

🈩 引誘。

例 어떻게 **구워삶았기에** 짠돌이 희수가 아이스크림을 사 줘?

　　你是怎麼說服的，讓小氣鬼熙珠買冰淇淋給你？

꼬리를 흔들다 搖尾乞憐 | 用撒嬌的姿態讓自己看起來更好。

🈩 搖尾巴。

🔘 꼬리를 치다

例 그렇게 우혁이한테 **꼬리를 흔들어** 봤자 아무 소용없어. 걘 쟤를 좋아한다고.

　　那樣地跟祐赫搖尾乞憐是沒用的。他喜歡她。

如果想到小狗對主人搖尾巴撒嬌的模樣，就能夠馬上理解這意思。

낚시를 던지다 **丟誘餌** | 為了要引誘其他人而使用手段。

直 下魚餌。

◐ 미끼를 던지다

例 자극적인 제목으로 **낚시를 던지는** 기자들이 점점 늘고 있어.

丟出刺激題目吸引注意的記者漸漸多了起來。

在魚掛鉤上掛蚯蚓或蒸飯之類的魚餌以引誘魚上鉤。「낚시를 던지다」是指誘惑或騙人之行動。

낚시에 걸리다 **掉入陷阱** | 被騙。

直 上鉤。

例 얼마 전, 사기꾼의 **낚시에 걸려** 크게 손해를 보았어.

幾天前掉入騙子的陷阱裡而造成巨大損失。

연밥을 먹이다 **哄騙** | 哄騙與誘惑。

直 餵蓮子。

例 네가 먼저 **연밥을 먹였잖아**. 왜 이제 와서 모른 척하는 거니?

不是你先哄騙的嗎?為什麼現在裝作不知道?

蓮花的果實稱為「연밥（蓮子）」。聽說從前中國江南地區，女子採摘蓮子後向心愛的男子丟蓮子表示愛意。雖然推測這句話是從這習俗而來，但現今不帶有求愛的意思，而是小心翼翼哄騙誘惑之意。

올가미를 쓰다 　受騙 ｜ 掉入其他人的陷阱之中。

直 戴圈套。

例 자신은 **올가미를 쓴** 것이라며 억울해했다.

他說自己被騙，很冤枉的樣子。

「올가미（圈套）」是指用鐵絲結環狀做成，用來捕捉動物的捕獸器。這也指設計騙人的計謀。

올가미를 씌우다 　騙人、設圈套 ｜ 有計畫性地去欺騙人。

直 套圈套。

例 멀쩡한 사람을 범인으로 **올가미를 씌우니** 속이 시원하오?

把一個好好的人當犯人下圈套，你良心過得去嗎？

추파를 던지다 　眉目傳情、遞秋波 ｜ 誘惑他人。

直 遞送秋波。

例 이 사람아, 그렇게 아무에게나 **추파를 던지면** 바람둥이라고 소문난다오.

你啊，那樣子隨意跟人眉目傳情的話，人家會說你是花心大蘿蔔。

「추파（秋波）」是指秋天平靜美麗的浪波，這話衍伸指為了吸引異性的注意而不動聲色地傳遞目光、視線。因此如果說「추파를 던지다」，是指為了要引誘異性而暗地裡遞送的眼波。最近為了討對方歡心而阿諛諂媚的情況也以「추파를 던진다」表示。

許多

表示「많음（許多）」的表現中有很多是描述填滿的模樣。

구름같이 모여들다 雲集｜一下子聚集。

直 雲集。

例 유명한 배우가 나타나자 사람들이 **구름같이 모여들었다.**

有名的演員一出現，人們蜂擁雲集。

다다익선 成語 多多益善｜越多越好。

直 多多益善。

漢 多多益善：많을 다，많을 다，더할 익，좋을 선

例 **다다익선**이라고, 나는 형제도 많으면 많을수록 좋다고 생각해.

俗話說多多益善，我覺得手足越多越好。

此成語來自中國漢朝的將軍韓信與高祖論將帥力量時，他表示高祖能指揮大約十萬名的兵力，但他是兵力越多越能指揮得好。現在此成語是指不管是什麼事物，數量越多越好之意。

다사다난 成語 多災多難｜事情多，困難也多。

直 多事多難。

漢 多事多難：많을 다，일 사，많을 다，어려운 난

例 **다사다난**했던 한 해가 지나고 새해가 밝았네요.

多災多難的一年過去了，新的一年來到。

這是事情多，困難也多之意。

떡을 치다 綽綽有餘｜數量、程度很足夠。

直 打黏糕。

例 이 정도의 양이면 동네 사람들이 다 먹고도 **떡을 치겠네.**

這個量，村子裡的人吃了還可做糕餅。

「떡을 치다」有比喻事情搞砸的意思，但也有糧食多得有剩，可做糕餅之意，即數量、程度充分足夠之意。

발에 채다　到處都是、一抓一大把 | 遍布四處。

🈳 被腳踢到。

▶ 발길에 채다

🈡 학교 앞에는 **발에 채는** 게 분식집이야.

　　學校前面到處充斥的都是麵店。

「채다」是「차이다」的縮寫。不是我想踢的，而是到處都是，不知不覺踢到。換言之就是非常多之意。

발을 들여놓을 자리 하나 없다　沒有立足之地 | 人或物品很多而感狹窄。

狀態、情況

🈳 放腳的地方一點也沒有。

🈡 방도 치우고 청소도 좀 하렴. 엄마가 **발 들여놓을 자리 하나** 없구나.

　　清理、打掃一下房間吧，媽媽都沒有可站的地方了。

因為擠滿了人而顯得混雜，或是物品到處擺放而髒亂時所使用的表現。

발을 디딜 틈이 없다　擠滿了人 | 擠滿人而混雜。

🈳 沒有腳踩的空隙。

🈡 퇴근길 지하철 안은 **발 디딜 틈이 없었다**.

　　下班時間的地鐵裡真無立錐之地。

부지기수 🈂️成語　不知其數 | 無法計算地多。

🈳 不知其數。

🈬 不知其數：이닐부，일지，그기，셀수

🈡 이번 수학 시험은 너무 어려워서 50점도 못 받은 친구가 **부지기수**였대.

　　這次的數學考試太難了，得到五十分的人不知其數。

此成語為無法知道實際數量之意。即多到無法一一計算，或無法統計數量。

비일비재 ^{成語} 一而再，再而三 ｜ 不是一個兩個，而是有很多。

直 非一非再。

漢 非一非再：아닐 비，하나 일，아닐 비，둘 재

例 요즘 들어 우리나라에서도 지진이 **비일비재**하게 일어난다.

　　最近韓國地震也一再發生。

這是指不是一個兩個，而是非常多之意。

셀 수 없다 數不盡、數不勝數 ｜ 非常多。

直 不計可數。

例 식물원에는 꽃과 나무의 종류가 **셀 수 없을** 정도로 다양했다.

　　植物園裡花與樹木的種類數不盡。

쇠털같이 많다 ^{俗語} 多如牛毛 ｜ 無法計算之多。

直 多如牛毛。

例 시합에서 졌다고 너무 실망하지 마. 아직 남은 시합이 **쇠털같이 많잖아**.

　　在比賽中輸了也別太失望。剩下的比賽多得很。

雖然經常使用「새털같이 많고 많은 날（多如鳥羽的日子）」，但這不是正確的用法。「새털（鳥羽）」象徵輕盈的代表；用來表達數量多的情況時，使用「쇠털（牛毛）」是正確的。「쇠털」是指牛的毛。如何？清楚理解意思的話，就會知道比起鳥羽，牛毛數量更多。

쇠털같이 하고많은 날 ^{俗語} 無數個日子、多如牛毛的日子 ｜ 無法計算的許多日子。

直 如牛毛多的日子。

▶ 쇠털 같은 날 ^{俗語}

例 **쇠털같이 하고많은 날** 중 하필 오늘이 마트 휴무일이라니.

　　在無數個日子中，為什麼偏偏是今天超市公休。

숲을 이루다 群聚 ｜ 密密麻麻地佇立著。

直 成林。

例 재개발이 한창이라 몇 년 후엔 이 동네가 아파트로 **숲을 이루겠어**.

重建工作正大力進行中，幾年過後這地區將會形成公寓叢林。

쌔고 버리다 許多 | 非常多。

直 堆積到滿溢丟棄。

例 비수기라 **쌔고 버리는** 게 빈방이니 걱정하지 마.

現在是淡季，空房間多得很，別擔心。

「쌔고」是「쌓이다（堆積）」的縮語。這是指堆積到要丟棄的程度，即非常多之意。

우후죽순 成語 雨後春筍 | 某些事情一齊發生。

直 雨後竹筍。

漢 雨後竹筍：비 우，뒤 후，대나무 죽，죽순 순

例 학교가 새로 생기더니 그 앞에 학원이 **우후죽순**처럼 생겨났다.

學校新成立，學校前補習班如雨後春筍般地出現。

「죽순（竹筍）」是竹子的幼苗。「우후죽순」指下雨後土裡的竹筍會一起同時冒出的情況。

인산인해 成語 人山人海 | 人群聚。

直 人山人海。

漢 人山人海：사람 인，산 산，사람 인，바다 해

例 인천 공항은 해외여행을 떠나는 사람들로 **인산인해**를 이루었다.

仁川機場因要搭飛機出國旅行的人而人山人海的。

입이 많다 很多張嘴、人口多 | 有許多人要吃食物。

直 嘴很多。

例 우리 집은 **입이 많아서** 늘 음식을 넉넉히 해.

我們家有許多張嘴，所以總是會準備很多食物。

입추의 여지가 없다 (俗語) **擠得水泄不通** | 許多人擠滿一處。

● 無立錐餘地。

● 오늘 축구장에는 결승전을 관람하려는 사람들로 **입추의 여지가 없습니다.**

今天足球場被來看決賽的人們擠得水泄不通。

「입추（立錐）」是指立起的錐子；「여지（餘地）」是指剩餘的地方。意思是即使想立個錐子，卻連塊空地都沒。這俗語是表示人擠人到了連到要擺放腳的位置都沒有。

少量

간에 기별도 안 가다 　不夠塞牙縫、

沒飽足感｜食物的量少，吃了又好像沒吃。

- 直 消息還沒到肝。
- ▶ 간에 차지 않다
- 例 치킨은 하나씩이라고? 이래서야, **간에 기별도 안 가겠다**.

  炸雞各一塊？這樣吃不飽吧。

누구 코에 바르겠는가 　僧多粥少｜

數量少不夠分。

- 直 要塗在誰的鼻子上呢？
- ▶ 누구 입에 붙이겠는가
- 例 선물이 하나밖에 안 남았는데 이걸 **누구 코에 바르겠니**?

  禮物只剩下一個，這個給誰？

  사람이 이렇게 많은데 떡 다섯 개를 **누구 입에 붙이겠니**?

  人這麼多，糕餅五個給誰吃？

병아리 눈물만큼 　小雞的眼淚、一丁點｜量少。

- 直 如同小雞眼淚般。
- 例 약수가 **병아리 눈물만큼** 찔끔찔끔 나온다.

  泉水就跟小雞的眼淚一般，一點一滴地流出來。

빙산의 일각 　冰山一角｜露出的只是　部分而已。

- 直 冰山的一角。
- 例 방송을 통해 드러난 그 회사의 비리는 **빙산의 일각**에 불과합니다.

  廣播暴露的那家公司的不當勾當，只是冰山一角而已。

「빙산（冰山）」是冰塊凝結形成的。冰比水輕故浮在水面上。冰山百分之九十沉在水底下，我們只能看到冰山的一小角。所以「빙산의 일각」是指大部分都隱藏著，只能看到一小部分之意。

새 발의 피 俗語 微不足道、極少量 | 非常少的分量。

🔵 鳥足之血。
▶ 조족지혈 成語
🔵 내가 한 고생에 비하면 그건 **새 발의 피**다.
　　跟我的辛苦相比，那個真的是微不足道。

鳥的腳因為肉沒有很多，所以受傷也不會流很多血。因此「새 발의 피」是比喻無法比較的微小或幾乎沒有。

손가락으로 헤아릴 정도 屈指可數 | 數量非常少。

🔵 可以用手指計算的程度。
🔵 아빠 머리카락이 다 빠지고 얼마 남지 않아 **손가락으로 헤아릴 정도**다.
　　爸爸的頭髮都掉光，剩下屈指可數的幾根。

코끼리 비스킷 大象吃餅乾 | 吃不吃都一樣。

🔵 大象餅乾。
🔵 그녀에게 피자 한 조각은 **코끼리 비스킷**이다.
　　對她來說一塊比薩就像是大象的餅乾。

한 줌도 못 되다 一小把 | 非常少量。

🔵 一撮都不到。
🔵 흥부 아내는 남은 쌀이 **한 줌도 못 된**다며 한숨을 쉬었어요.
　　興夫的老婆說米剩下一小把了，說著便嘆了一口氣。

「줌」是用手抓一「움큼（撮）」的分量，如果連一撮都不到，是數量非常少之意。但是，如果這句話拿來形容象徵物理性力量或暴力的「주먹（拳頭）」，意指對方能力不足，微不足道。

한 줌밖에 안 되다 不到一把 | 量很少。

直 不到一撮。

例 온종일 조개를 캤는데 바구니를 보니 **한 줌밖에 안 되었다.**

挖了一整天蛤蠣，看籃子卻不到一把的分量。

經常、偶爾、時常

가난한 집 제사 돌아오듯 俗語 窮人遇上閏月年｜辛苦的事情經常發生。

直 如同窮人家遇到祭祖的日子。

例 내가 다음 주에 또 청소 당번이라고? 아휴, 왜 청소는 **가난한 집 제사 돌아오듯** 하나 몰라.

下週又是輪到我打掃嗎？天啊，為什麼打掃總是窮人遇上閏月年。

要準備祭祖食物並不是一件容易的事。但從前通常要祭拜四代祖先，平時吃飯生活已經很困難了，再加上祭祖的話，是件非常困難且有壓力的事。這俗語表示困難且辛苦的事，如同時時祭祖一般會經常發生。

가물에 콩씨 나듯 俗語 三天捕魚兩天曬網、做事有一搭沒一搭｜斷斷續續地做事。

直 如同旱天生豆一般。

例 매일 써야 하는 일기를 **가물에 콩 나듯** 쓰니, 너를 어쩌면 좋니?

每天都要寫的日記卻寫得有一搭沒一搭的，該拿你怎麼辦才好？

「가물」即「가뭄（乾旱）」，旱天裡豆子或種子難以發芽，只會疏疏落落偶而見到芽。以此比喻偶爾做一做的情況。

눈만 뜨면 一睜開眼睛｜醒著的時候經常。

直 只要一睜開眼睛。

例 너는 **눈만 뜨면** 핸드폰이니?

你一睜開眼就看手機嗎？

다반사 成語 家常便飯｜如同喝茶吃飯一般常常會發生的事情。

直 茶飯事。

漢 茶飯事：차 다, 밥 반, 일 사

例 우리 누나는 늦잠을 자다가 학교에 지각하는 일이 **다반사야**.

姊姊晚起上學遲到是家常便飯。

這是「항다반사（恒茶飯事：항상 항，차 다，밥 반，일 사）」之縮寫，但較常使用「다반사」。這成語是指像喝茶吃飯一般「흔한 일（經常發生的事情）」。

떡 먹듯 **如同平常事一般** | 例行之事般容易。

🈩 如同吃糕一般。

📝 너는 거짓말을 **떡 먹듯** 하는구나?

　你說謊就如同吃糕一般呀？

밤낮없이 **不分晝夜** | 任何時候經常。

🈩 不分日夜。

▶ 불철주야

📝 우리 아들은 **밤낮없이** 게임만 해서 큰일이야.

　兒子不分晝夜地打遊戲，真的出大事了。

這是指「밤과 낮을 가리지 않고 언제나（不論何時都不分晝夜）」的意思。也可以漢字「불철주야（不撤晝夜：아니 불，거둘 철，낮 주，밤 야）」表示。

밤낮을 가리지 않다 **不分晝夜** | 不休息，繼續。

🈩 不分早晚。

📝 **밤낮을 가리지 않고** 운동했더니 드디어 10kg이 빠졌어!

　不分晝夜地運動，終於減了十公斤。

「밤낮을 가리지 않다」是指不管白天晚上，任何時候總是繼續做之意。

밥 먹듯 하다 **如例行公事一般** | 例行公事般經常做。

🈩 如同吃飯一般。

📝 누나는 굶기를 **밥 먹듯 하더니** 결국 몸이 아파 병원에 입원했다.

　姊姊如同例行公事般經常餓肚子，終於因為身體不舒服而住院了。

비가 오나 눈이 오나 風雨無阻｜即使有困
難也如往常一般。

- 直 不管是下雨還是下雪。
- 例 그 음악가는 **비가 오나 눈이 오나** 매일 같은 시간
  에 길거리 연주를 했다。
  那音樂家每天風雨無阻同時間在路邊演奏。

사흘이 멀다 하고 隔三差五、三不五時｜經常。

- 直 嫌三天很長。
- 例 아버지는 **사흘이 멀다 하고** 출장을 가셨다。
  爸爸隔三差五地上班。

「사흘」是指三天。「사흘이 멀다 하고」是指感覺三天很久。在第三天之前，即
幾乎只隔了一天那樣，表經常發生之意。

시도 때도 없이 無時無刻｜任何時候經常。

- 直 無時無刻。
- 例 **시도 때도 없이** 날아드는 모기 때문에 잠을 잘 수가 없었다。
  因為無時無刻飛來飛去的蚊子而不能睡覺。

沒有定好的時間或適當的時間，意即任何時候。這是指不管何時，沒有事先說好，
經常突然發生之意。

앉으나 서나 時時刻刻｜任何時刻總是。

- 直 坐或站。
- 例 할머니는 **앉으나 서나** 멀리 해외로 일하러 간 삼촌 생각뿐이셔。
  奶奶時時刻刻都在想念在海外工作的叔叔。

자나 깨나 時時刻刻、日日夜夜｜經常。

- 直 睡或醒。
- 例 부모님은 **자나 깨나** 자식 걱정이다。
  父母沒日沒夜地擔心自己的小孩。

주야장천 成語　日以繼夜 | 日夜不休息，不斷地。

- 直 晝夜長川。
- 演 晝夜長川：낮 주，밤 야，길 장，내 천
- 例 **주야장천** 스마트폰만 들여다보고 있으니 눈이 나빠질 수밖에.

  晝夜長川地拿著手機看，視力會變糟。

經常使用「주야장창」或「주구장창」，但是正確的用法為「주야장천」。這是表達白天夜晚都不休息，連續不斷地如同溪流一般，即「總是」、「經常」之意。

하루가 멀다고　迫不及待 | 幾乎每天經常發生。

- 直 嫌一天很久。
- ▶ 하루가 멀다 하고
- 例 **하루가 멀다고** 피시방에 드나드는 건 좀 너무하지 않니?

  迫不及待地往網咖跑，不會有點過分嗎？

하루에도 열두 번　一天十二次 | 頻繁發生。

- 直 一天十二次。
- 例 **하루에도 열두 번**씩 생각이 바뀌어서 어떻게 결정해야 할지 모르겠어.

  一天十二次改變想法，不知道應該要怎麼決定。

外貌

가죽만 남다 骨瘦如柴 | 極度消瘦。

直 只剩下皮。

例 난민 어린이들은 그동안 얼마나 고생했는지 **가죽만 남아** 있었다.

難民小孩子們那段期間不知道受了多少苦而骨瘦如柴。

경국지색 成語 傾國傾城 | 足夠危害國家之美女。

直 傾國之色。

漢 傾國之色：기울 경，나라 국，어조사 지，빛 색

例 그녀는 가히 **경국지색**이라는 말을 들을만한 미인이었다.

那女子真的是能夠稱之為傾國傾城的美人。

傾垮國家稱為「경국（傾國）」，李延年自誇妹妹為「一顧傾人城、再顧傾人國」。歷史上也有許多沉溺美色而亡國亡己的君主。能讓國家危殆的美人是為「경국지색」。

때 빼고 광내다 打扮 | 裝扮。

直 去垢拋光。

例 오! 멋진데? **때 빼고 광내고** 어디 가는 거야?

喔！帥耶！打扮光鮮亮麗是要去哪？

메기를 잡다 淋濕 | 身體濕透。

直 抓鯰魚。

例 어디서 **메기 잡았니**? 옷이 왜 이렇게 다 젖었어?

去抓魚了？衣服怎麼全濕了？

抓鯰魚會弄濕全身、沾滿泥巴，因此「메기를 잡다」是描述掉到水裡或全身被雨淋濕透的情況。

모양을 차리다 裝扮外表 | 打扮整理顯現品位。

🈷️ 整頓模樣。

例 결혼식에 갈 때는 **모양을 차려서** 가는 게 예의야.

去參加婚禮的時候，裝扮外表後再去是禮儀。

這裡說的「모양」是指外表、長相、外貌所散發之品味。

모양이 사납다 形貌醜陋 | 看起來不是很好。

🈷️ 模樣凶狀、醜陋。

例 방금 자고 일어나서 **모양이 사나우니** 이해해 주세요.

剛剛才起床，形態不佳請理解。

모양이 아니다 樣子不好看 | 不成人樣，不忍直視。

🈷️ 不成模樣。

例 난생처음 만든 케이크는 **모양이 아니라** 선물하지 못하고 혼자 먹어 버렸다.

人生第一次做的蛋糕樣子不好看，無法當作禮物，就自己吃掉了。

모양이 있다 有模有樣 | 好看。

🈷️ 有模樣。

例 딸기를 깨끗이 씻어서 접시에 **모양 있게** 담아 보았다.

洗好草莓有模有樣地裝在盤子裡。

몸이 나다 發福 | 變胖。

🈷️ 身體生出。

例 삼손은 결혼 전에는 삐쩍 말랐더니 결혼하고 나서 **몸이 나는** 것 같다.

叔叔結婚之前骨瘦如柴，結婚好像就發福了。

물에 빠진 생쥐 落湯雞 | 濕透。

🈷️ 掉入水裡的小老鼠。

例 갑자기 소나기가 내려 **물에 빠진 생쥐** 꼴로 집에 돌아왔다.

突然下起一陣雨，變成落湯雞回到家裡。

물 찬 제비　體態輕盈 | 體態曼妙。

直 點水飛的燕子。

例 저 사람 **물 찬 제비** 같지 않니? 어떻게 군살이 하나도 없을까?

不覺得他體態輕盈嗎？要怎麼做才能一點肥肉都沒有呢？

燕子如同穿燕尾服一般，看起來光彩奪目且苗條。如同燕子掠水飛過的模樣，「물 찬 제비」比喻體態姣好的人。

보기 좋은 떡이 먹기도 좋다　俗語　外表美內裡也實在 | 外表也必須裝扮。

直 外表看起來好的糕餅，吃起來也好吃。

例 **보기 좋은 떡이 먹기도 좋다**고, 이왕이면 예쁘게 차려서 먹으면 좋잖아.

俗話說外表看起來好的東西，吃起來味道也好，既然這樣，美美地裝扮一下，吃起來也比較好不是嘛。

從前做糕餅時，會在外表印上傳統紋樣。外表美觀的糕點是更花心思做的。所以這是用來表示內容物固然重要，但外表也須裝飾之意。

볼꼴이 사납다　令人討厭 | 看起來不太好。

直 形態醜令人討厭。

▶ 꼴이 사납다

例 뷔페를 먹으러 가서 음식을 싸 오는 행동은 **볼꼴이 사납다**.

去吃buffet卻打包回來的行為令人討厭。

映在別人眼中的模樣稱為「볼꼴」。「사납다」是外表看起來兇險、可怕。「볼꼴이 사납다」是外表看起來很可怕或不喜歡之意。

볼품이 없다　寒碜、不體面 | 外表襤褸。

直 沒看頭。

例 살집이 좀 있어야지. 너무 말라도 **볼품없어**.

應該要有一點肉才好。太瘦的話不好看。

「볼품」是顯現在外的形貌。「볼품이 없다」是外表襤褸寒酸。如果看起來又兇險，則是「볼품이 사납다」。

246

뼈만 남다　瘦得剩下皮包骨｜過份瘦。

🔴 只剩下骨頭。

▶ **뼈만 앙상하다**

🔵 며칠 동안 장염으로 고생을 하더니 정말 **뼈만 남았구나.**

腸胃炎不舒服了幾天，真的瘦得剩下皮包骨。

뼈만 앙상하잖아. 뭐라도 먹고 살 좀 찌워야겠는걸?

不是已經瘦得剩下皮包骨了。應該要吃點什麼增胖吧？

這是沒得吃或病得厲害、過分瘦的樣子。

사지가 멀쩡하다　四肢健全、好手好腳（台）｜手腳健康。

🔴 四肢健全。

🔵 **사지가 멀쩡한** 사람이 왜 일을 안 하는지 모르겠네.

我不知道為什麼四肢健全的人不工作。

「사지（四肢）」是指兩隻手與兩隻腳，手、腳都很健全，是健康之意。但「사지가 멀쩡하다」主要使用於負面表現上，即身體很健康卻不做任何事。

선남선녀　成語　善男善女｜端莊的男子與女子。

🔴 善男善女。

🔵 善男善女：착할 선，남자 남，착할 선，여자 녀

🔵 오늘 결혼하는 신랑과 신부는 그야말로 **선남선녀**구나.

今天結婚的新郎新娘才是善男善女。

此成語字面意義是品行好的男女。原本是指善良的人，但也用於表示外表帥氣的男子與美麗的女子。

선이 가늘다　體型纖細｜外表纖細柔軟。

🔴 線條細。

🔵 김연아는 **선이 가는** 체형이라 동작이 더 우아해 보인다.

金妍兒因為體型纖細，所以動作看起來更優雅。

「선이 가늘다」是線條幅度窄而細之意。形容一個人的外表時，「선이 가늘다」指體型纖細柔軟。

옷걸이가 좋다 身材好 | 體型很好而適合任何衣服。

🔵 衣架好。

🔵 너는 **옷걸이가 좋아서** 아무거나 입어도 잘 어울려.

你身材好，隨便穿都很合身。

작은 고추가 더 맵다 俗語 小的辣椒更辣 | 小的人比大的人更有能力、更能幹。

🔵 小的辣椒更辣。

▶ 고추는 작아도 맵다 俗語

🔵 **작은 고추가 맵다**더니, 키는 작은데 달리기가 엄청 빠르구나!

俗話說小的辣椒更辣，個子雖然小，跑得可真快呢！

身高矮而看起來不太會做事的人，卻能善盡自己職責的情況，以俗語「작은 고추가 더 맵다」表示。

태깔이 나다 姿態優美、風度翩翩 | 看起來很好。

🔵 體態性。

🔵 우리 오빠는 무슨 옷을 입어도 **태깔이 난다니까**!

我哥哥不管穿什麼衣服看起來都很帥！

「태깔」是模樣與光彩之意。「태깔이 나다」是指衣服穿起來光鮮亮麗或態度優雅。「맵시가 나다」也有類似的意思。

피골이 상접하다 形銷骨立、骨瘦如柴 | 非常瘦弱。

🔵 皮骨相接。

🔵 고향을 떠나온 피난민들은 **피골이 상접해** 있었다.

　　離開故鄉的難民們有的是形銷骨立。

「피골（皮骨）」是皮膚與骨頭的合稱。「상접하다」是互相連接之意。這是皮膚與骨頭相連、非常瘦弱的狀態。

핼쑥하다 無血色、蒼白消瘦 | 臉無血色且瘦。

🔵 無血色。

🔵 독감을 앓고 나더니 얼굴이 **핼쑥해졌네**.

　　得了重感冒而臉無血色。

「핼쑥하다」是臉無血色且消瘦之意。主要與「얼굴」一起使用。「수척하다（消瘦）」、「창백하다（蒼白）」與之同義。

행색이 초라하다 衣衫襤褸 | 衣服看起來破破爛爛。

🔵 形色憔悴。

🔵 콩쥐는 자신의 **행색이 초라해** 보여서 원님의 생일잔치에 갈 수 없었어요.

　　黃豆女自覺形穢而不能去守令的生日宴會。

「행색（形色）」是指外表的模樣或是態度。「행색이 초라하다」是指外表憔悴、窮酸。此字也與「남루하다（破舊）」一起使用而為「행색이 남루하다（形色襤褸）」。

허우대가 멀쩡하다 身體健全 | 體格好。

🔵 身材健全。

🔵 걔는 **허우대만 멀쩡했지** 잘하는 운동이 하나도 없어.

　　他雖然看起來身體健全，但是擅長的運動一個都沒有。

「허우대」是指高大、壯碩的體格。「허우대가 멀쩡하다」指體格很好之意。此話雖為稱讚之意，但大多用來挖苦只有外表健全而已的情況。

用來表達

想法

的適合表現

- 記憶、熟稔
- 藐視
- 偏見、不辨事理
- 解決問題
- 想法、深思
- 理解、掌握、預料
- 意外、無法預料
- 錯愕
- 意見、主張
- 虛假、詐術
- 確實

動腦筋後感覺很暈～

記憶、熟稔

　　「기억（記憶）」是指看過或聽過的事情暫時儲存在腦裡，以後再想起來。「익숙함（熟稔）」是指聽到或看到很多次而有熟悉感。因此，會有許多與「귀（耳）」、「눈（眼）」、「머리（頭）」相關聯的表現。

가슴에 간직하다 **存留心中** | 記在心中。

🔵 保存在內心。

🔵 너와의 추억을 평생 **가슴에 간직할게**.

　　你跟我的回憶會放在心裡一輩子。

가슴에 새기다 **永誌不忘** | 不忘而記住。

🔵 銘記在心裡、銘心刻骨。

▶ 심장에 새기다, 뼈에 새기다

🔵 다른 사람의 물건을 탐내지 말라는 할아버지의 말씀을 **가슴에 새겼다**.

　　不要貪圖別人的物品，爺爺的這句話我烙印在心裡。

　　부모님이 돌아가신 후 유언을 항상 **심장에 새기고** 살고 있다.

　　父母遺言我銘記在心。

　　「새기다（刻）」是指無法忘記，深深地記在內心深處。

골수에 맺히다 **鬱結在** | 不忘而銘記在內心深處。

🔵 鬱結骨髓。

🔵 깊은 원한이 **골수에 맺혔다**.

　　深深的怨恨鬱結在心。

　　「골수（脊髓）」是指充滿骨頭中心部位的物質。是在骨頭最裡面，所以是指內心深處。總而言之，當有不公平或怨恨累積在內心深處時這樣表達。

골수에 박히다 鏤骨銘心 | 意念或是感情深據心中。

🔘 釘在脊髓上。

▶ 골수에 뿌리박히다

🔘 세종 대왕은 꼭 백성들을 잘 보살피겠다는 생각이 **골수에 박혀** 있는 듯했다.

世宗大王要好好照顧百姓的想法似鏤骨銘心。

귀에 익다 耳熟 | 聽多次而很熟悉。

🔘 熟於耳。

🔘 아빠는 기계 돌아가는 소리가 **귀에 익어서** 시끄러운 줄도 모르시겠대.

爸爸說聽習慣了機器運轉的聲音，都不會覺得很吵。

「익다（熟）」是指經歷過幾次後熟悉之意。這表現是指耳熟而衍伸為習慣之意。

귀에 쟁쟁하다 猶言在耳 | 聲音或談話存留心中。

🔘 在耳際錚錚作響。

🔘 돌아가신 할머니 목소리가 아직도 **귀에 쟁쟁해**.

過世奶奶的聲音依然猶言在耳。

這表示聽過的話好像還存在一般。仍響在耳際用「쟁쟁하다」表達。

想法

귓전에 맴돌다 在耳際迴響 | 持續想起。

🔘 在耳邊回旋。

▶ 귓가에 맴돌다

🔘 조심해서 가라는 할아버지의 목소리가 **귓전에 맴돈다**.

爺爺叮嚀小心出門的聲音在耳際迴響。

離得不遠，在相同位置打轉稱為「맴돌다」。這表現是指聽過的話持續想起之意。

길들다 熟稔 | 熟悉。

🔘 馴服。

🔘 핸드폰에 **길들어지다** 보니 하루라도 없으면 불안하고 불편해.

習慣用手機後，如果一天沒有手機的話，會感覺到不安、不方便。

낯익다 眼熟、面善 | 熟悉。

直 面熟。

例 처음 와 보는 곳인데도 왠지 **낯익다**.

雖然是第一次來的地方，但不知道為什麼感覺似曾相識。

「낯」是指臉；「익다」是熟悉之意。因此，這表現是用在人或是東西好像有在哪裡看過，很熟悉的意思。相反地，如果感覺不熟悉的話，是與「설다」一起使用，形成「낯설다」，這是指之前沒有看過或是不熟悉之意。

뇌리에 박히다 印在腦海裡 | 深刻記憶。

直 被印在腦海裡、被刻在腦海裡。

例 오늘 본 영화 속 주인공의 눈빛이 **뇌리에 박혔다**.

今天看的電影主角的眼神印在腦海裡。

腦中存著記憶、意念的部分稱為「뇌리（腦裡）」。「뇌리에 박히다」是指深深植入記憶深處而無法忘懷之意。

눈에 익다 眼熟 | 看過幾次而熟悉。

直 熟於眼。

例 어디서 많이 본 듯 **눈에 익은** 얼굴이다.

好像在哪裡見過多次，是很眼熟的臉。

마음에 두다 耿耿於懷、念念不忘 | 不忘而保存記住。

直 放在心上。

例 서운한 일이 있거든 **마음에 두지** 말고 바로 말해 주면 좋겠어.

有任何惆悵的事情不要放在心上，要馬上說出來比較好。

몸에 배다 習慣 | 熟悉。

直 滲入身體裡、習於。

▶ 몸에 붙다

例 처음에는 서툴었는데, 자꾸 하다 보니 **몸에 뱄어**.

剛開始感到手拙，經常做的話就習慣了。

「배다」是指變成習慣一般熟稔之意。

손때가 묻다 沾有手汗 | 久用而生感情。

(直) 沾有手垢。

(例) 엄마는 **손때가 묻은** 일기장을 소중히 간직하셨어.

媽媽珍藏著沾有手汗的日記本。

久用久摸而有使用痕跡稱為「손때（手垢）」。「손때가 묻다」是表示物品用久了，熟悉而產生感情之意。

손에 익다 熟練 | 操作幾次後上手。

(直) 熟於手。

(例) 키보드가 **손에 익도록** 여러 번 연습해라.

多練習幾次以熟練鍵盤。

오매불망 **成語** 寤寐不忘、魂牽夢縈 | 睡或醒皆無法忘懷。

(直) 寤寐不忘。

(漢) 寤寐不忘：깰 오，잠잘 매，아니 불，잊을 망

(例) 인터넷으로 주문한 옷이 도착하기를 **오매불망** 기다렸다.

寤寐不忘地等待網購的衣服到來。

이골이 나다 習慣成自然 | 如同習慣一般熟練。

(直) 熟練技藝生出。

(例) 만두 장사만 30년 한 아주머니는 만두 빚기는 **이골이 났다**고 하셨다.

賣了三十年餃子的嬸嬸對包餃子已習慣成自然。

「이골」是指做慣了某件事情而熟於身之意。這表現是用在某件事情經常做，或是經常經歷／遭遇已成習慣之情況。

인상이 깊다 印象深刻、留下深刻的印象 | 很清楚地印在心中。

(直) 印象很深。

(例) 영화의 마지막 장면이 아직도 **인상 깊게** 남아 있다.

電影的最後場景仍然印象深刻留在心裡。

「인상（印象：도장 인，모양 상）」是指如同蓋印章一般，深刻心中之意。

입에 붙다 口頭禪 | 如同習慣的說。

（直）貼在嘴上。

（例）언니는 사춘기가 되더니 '몰라'라는 말이 **입에 붙었어**.

姐姐進入青春期後，「我不管」這話成為口頭禪。

如同貼在嘴上一般，用來表示經常重複相同的話。

자기도 모르게 不知不覺 | 在沒察覺下自然地⋯。

（直）自己也不知道。

（例）지아는 맛있는 음식이 나오자 **자기도 모르게** 침을 삼켰다.

智雅在好吃的食物一上菜就不知不覺地嚥了口水。

這是指自己對自己的行動沒有察覺的意思。這是用在熟悉到下意識動作的情況。

자리가 잡히다 步入正軌 | 熟悉而安定下來。

（直）位置被抓住。

（例）이제 골키퍼로 완전히 **자리가 잡혔다**.

現在當守門員完全上手了。

在某地方重複地坐，那位子好像是那個人的位子一樣，因此這是用來衍伸表示某件事情，如果反覆做的話，會對那件事情產生熟悉與安定感。

피와 살이 되다   變成自己的一部分 | 完全理解並變成自己的知識。

🔘 變成血與肉。

▶ 피가 되고 살이 되다

例 지금 읽은 책들은 네 인생에 **피와 살이 될** 것이다.

현재讀過的那些書會成為你人生的一部分。

吃的東西如果變成血與肉的話，這是指完全吸收成為自己的一部分，對吧？這衍伸表示完全理解知識或想法之後，成為自己的的意思。

藐視

　　「무시（無視）」是指不用心看。如此，這是指不去好好地理解人或事物的價值，而有輕視之意。

개 콧구멍으로 알다　藐視小看｜視之為渺小。

🔵 **當作是狗鼻孔。**

🔵 **例** 나를 **개 콧구멍으로 아니까** 아는 척도 안 하지.

　　不把我當一回事，我也不會裝做認識。

狗從以前就與人很親近，並能夠在周圍常常看到。但是，如果說不當一回事的話，這是指不特別看待並輕視之意。

개똥도 모른다　什麼都不懂｜什麼都不知道。

🔵 **連狗大便都不知道。**

🔵 **例** 너는 **개똥도 모르면서** 참견하지 마.

　　你什麼都不懂，別來插嘴。

有個俗語是「개똥도 약에 쓰려면 없다（狗屎要當藥時也難找）」。這是用來表示平常很容易看到的東西，在真的需要的時候很難找到之意。如此，「개똥（狗屎）」是代表隨處可見的東西，連狗屎是什麼也不知道的話，那什麼都不知道了。

개밥에 도토리　被排擠｜遭到藐視排擠。

🔵 **狗飯裡的橡實。**

🔵 **例** 미운 오리 새끼는 **개밥에 도토리** 같은 신세였어.

　　醜小鴨就像是狗食裡的橡子。

狗不吃橡實，因此即使狗飯裡有橡子也會留著不吃。這是用來比喻不能擠入群體中而在邊緣的人。

개뿔도 모르다　一無所知｜不知道任何事情。

🔵 **連狗睪丸也不知道。**

◐ 쥐뿔도 모르다
㉋ **개뿔도 모르면서** 아는 척 좀 하지 마.

　你什麼都不知道，別裝懂了。＝連狗懶趴也不知道，別裝懂了（台）。

개뿔도 없다 　**一無所有**｜什麼都沒有。

🔵 連狗睪丸也沒有。

◐ 쥐뿔도 없다

㉋ **쥐뿔도 없으면서** 잘난 척하기는.

　你什麼都沒有，別裝了。＝連狗懶趴也沒有，別裝了（台）。

그렇고 그렇다 　**沒什麼特別的**｜沒有特別。

🔵 也就那樣。

㉋ 주변엔 **그렇고 그런** 식당뿐이고 손님을 대접할 곳이 없었다.

　周邊也只有普普通通的餐廳，沒有能夠招待客人的地方。

「그렇다（那樣的）」是指沒有特別的變化之意。這是用在不滿足某東西時，使用「그냥 그렇다（還好）」之表現用法。相同的字詞重複使用兩次表示強調沒有特別的事情之意。

꼴값하다 　**擺架子、囂張、顯擺**｜做令人討厭的行動。

🔵 做合於長相的行為。

㉋ 자기가 엄청나게 잘난 줄 아나 봐. 정말 **꼴값하네**.

　他好像以為自己很了不起的樣子。令人作嘔。

「꼴」是外表或人的長相的藐稱。那麼，「꼴값하다」原本應該是指做合於長相之行動的意思，但是實際上是相反的諷刺，意指做不合於長相的行動而令人厭惡之意。

꿈도 야무지다 　**別做夢、想得美**｜無法成真。

🔵 夢也很紮實標緻。

㉋ 1등 하면 콘서트를 보내 달라고? **꿈도 야무지네**.

　你說如果考到第一名就讓你去演唱會？夢做得可真好／想得美。

如同「너는 꿈이 뭐니？（你的夢想是什麼？）」這問題，這裡的「꿈」是指將來的希望或是可能性之意。「야무지다」是指緊實不鬆散。這表現是控苦苦期盼的事情難度太高，無法實踐。

놀고 앉았네　不做正經事｜不喜歡某行動。

🔹 坐著玩。

▶ 놀고 있네, 놀고 자빠졌네

🔹 **놀고 앉았네**. 자기가 무슨 대장이라도 되는 줄 아는지.
　看你悠哉悠哉，你以為你是什麼將軍喔？

就好像對愛玩、調皮搗蛋的人說「잘 논다（玩得真好）」一般，有些話表面所說的與內心所想要表達的正好相反。這表現也是一樣，用來諷刺不喜歡某些行動而顛倒說的。

눈도 거들떠보지 않다　漠不關心｜連看都不看一眼。

🔹 眼睛也不往上瞧。

🔹 동생은 분홍색 옷이 아니면 처음부터 **눈도 거들떠보지 않았다**.
　不是粉紅色衣服的話，妹妹一開始就不瞧一眼。

머리에 피도 안 마르다 　乳臭未乾 | 年紀還小。

🔵 頭上血都還沒乾。

▶ 이마에 피도 안 마르다

例 **머리에 피도 안 마른** 녀석이 벌써 연애나 하고 말이야.

　乳臭未乾的小子已經在談戀愛了。

剛出生的小孩子身上會沾滿血或是分泌物。這是指從媽媽肚子裡生出來的時候，沾的血還未乾，因此這是用來強調年紀還小的表現。

물로 보다 　藐視 | 視如草芥。

🔵 看成水。

例 나를 **물로 봤다가**는 큰코다칠 줄 알아.

　那樣把我當成笑話，哪天你會遭殃的。

對待他人就像是無色無味的水一般，這是表示傲慢對待他人，看輕他人的表現。

백안시 成語 　翻白眼 | 輕視。

🔵 白眼視。

漢 白眼視：흰 백，눈 안，볼 시

例 평소에는 **백안시**하더니 오늘은 웬일로 이렇게 반갑게 맞아 주는 거지?

　平常都翻白眼，今天什麼緣故這麼親切地迎接呢？

很久以前，中國有個叫阮籍的書生因為國家權力鬥爭而一團紊亂時，為了躲避亂世而避居林間。阮籍是好惡分明的人，因此如果有不喜歡的人找他時，他就會像是對待仇人一般瞪視對方。甚至在母親去世的時候，朋友的哥哥來弔喪時也是「백안시（翻白眼）」輕看對方。「백안시」是指不用黑色眼珠而用眼白看對方，由這故事而來的「백안시（翻白眼）」就用在用輕視的態度對待，並斜眼看對方時。

별 볼 일 없다 　沒什麼特別 | 沒有什麼特別的、很一般。

🔵 沒有要做的事情。

例 저처럼 **별 볼 일 없는** 사람에게 더운밥도 내어 주시고 감사할 따름입니다.

　像我這樣沒什麼特別的人卻給熱呼呼的飯，真的是非常感謝。

쉽게 여기다 輕視 | 小看、藐視。

🔵 視為簡單、視為草芥。

▶ 우습게 여기다

🔵 나를 너무 **쉽게 여기는** 거지. 내 농구 실력을 알면 놀라 자빠질걸?

　　太輕視我了。如果知道我籃球實力的話，應該會嚇到摔倒？

對難應付的人畢恭畢敬的；對容易打發的人卻輕藐他。這表現用來表示藐視他人之意。

안중에 없다 眼空四海、目空一切 | 沒有關心。

🔵 不在眼中。

🔵 하라는 공부는 **안중에 없고** 게임만 하는구나.

　　荷拉不把讀書放在眼裡，只愛玩遊戲啊。

「안중」原本指眼內之意。這話衍伸為表達有興趣、關心的範圍。因此不在眼中是指在自己關心之外、不理會之意。

어느 집 개가 짖느냐 한다 (俗語) 不理會 | 不理會他人的話，連假裝聽一下也不會。

🔵 誰家的狗在叫。

▶ 어디 개가 짖느냐 한다

🔵 **어느 집 개가 짖느냐 한다**고 여기지 마시고 억울한 제 사연 좀 들어주세요.

　　別不理會，請先聽我說一下我的冤屈。

在對方大聲說話也無視對方存在，連假裝聽一下也不會時，可以使用此表現。

옆으로 제쳐 놓다 擱置一旁 | 由關心對象中排除。

🔵 擱在旁邊。

🔵 그 문제는 일단 **옆으로 제쳐 놓고** 다른 것부터 먼저 해결하자.

　　首先先擱置這問題，我們先解決其他事情吧。

「제쳐 놓다（擱置）」是指「빼놓다（抽出）」。把某物抽出擱置一旁則是由關心範圍遠離之意。

웃어넘기다 —笑置之 | 裝作沒發生過。

直 笑著帶過。

例 그저 장난이라고 **웃어넘길** 일이 아니야. 네 장난에 다친 사람을 생각해야지.

這不是說是開玩笑而一笑置之的事情，要想一想因你開玩笑而受傷的人。

코웃음을 치다 嗤之以鼻 | 輕蔑嘲笑。

直 用鼻子笑。

例 지네는 거미가 장수풍뎅이에게 다리가 적다고 놀리자 **코웃음을 쳤다**.

蜘蛛取笑獨角仙腳短；蜈蚣聽了嗤之以鼻。

這是用鼻子輕蔑地笑。意思是指藐視取笑他人，令人厭惡的笑。

콧방귀를 뀌다 嗤之以鼻 | 認為不重要，譏笑。

直 鼻子放屁。

例 하루에 다섯 끼를 먹는 누나가 다이어트를 선언하자 가족들이 **콧방귀를 뀌었다**.

一天吃五餐的姐姐說她要減肥，家人們嗤之以鼻。

「콧방귀」是指阻塞從鼻子出來的氣，然後爆裂所發出的聲音。這是用來表示聽到別人說的話不可理喻或感到很無言時，不自覺「哼」地所發出的聲音。

한 귀로 흘리다 左耳進，右耳出 | 不當一回事地聽。

直 由一隻耳流出。

例 엄마 말 **한 귀로 흘리지** 말고! 집에 오면 숙제부터 하고 놀렴.

媽媽說的話別左耳進，右耳出！回到家的話就先寫作業再玩。

한주먹감이다 不是對手、一拳即垮的對象 | 不是打架的料子。

直 挨一拳的材料／對象。

▶ 한주먹감도 아니다

例 까불지 마. 너는 나한테 **한주먹감이야**.

別放肆。你不是我的對手。

까불지 마. 너는 나한테 **한주먹감도 아니야**.

別放肆。你打不過我的。

用拳頭打一次稱之為「한주먹」。這表現是指打一拳，打架就結束之意，用來表達瞧不起弱勢的對方。

홑으로 보다 小看、小覷 | 認為不重要、輕視。

直 看成單個。

○ 홑벌로 보다

例 글을 쓸 때는 글자 하나도 **홑으로 보면** 안 된다.

在寫文章的時候，即使一個字也不能忽略。

재 **홑벌로 볼** 사람은 아냐. 얼마나 딱 부러진다고!

他不是可小看的人。他是很乾脆的人。

「홑」是指一層的意思。它與一層層堆疊的比起來，會是較單薄的對吧。如此，這是指不是很重要之意。此表現主要是與否定用法一起使用。

偏見、不辨事理

　　人們有按所見、所聽而思考的傾向，若僅按一次見聞做偏向思考，稱為偏見。所以偏見或是不辨事理等情況所使用的表現，會有許多「귀」或「눈」相關的字詞。

갈피를 잡지 못하다　毫無頭緒 | 不能判斷該如何做。

🔳 無法抓到頭緒。

▶ 갈피를 못 잡다

例 글짓기 주제로 무엇을 할지 **갈피를 잡지 못하겠다.**

作文主題要寫什麼，我無法找到頭緒。

「갈피」是指堆疊或重疊時，層間的縫隙。因此沒辦法找到頭緒的話，就無法照所願分類。這是無法完全掌握事情，或不知道該怎麼辦時所使用之表現。

고운 사람 미운 데 없고 미운 사람 고운 데 없다 俗語 　順眼的人

怎麼看都順眼，不順眼的人怎麼看都不順眼 | 一旦喜歡的話就會一直喜歡，一旦討厭的話就會一直討厭。

🔳 喜歡的人不會有討厭的地方，討厭的人沒有喜歡的地方。

例 **고운 사람 미운 데 없고 미운 사람 고운 데 없다**더니 너는 어째 하는 일마다 밉상이니?

俗話說順眼的人怎麼看都順眼，不順眼的人怎麼看都不順眼，你怎麼做任何事情都讓人討厭呢？

這句話前後交換為「미운 사람 고운 데 없고 고운 사람 미운 데 없다」。這俗語是指一旦生成偏見就很難改變。

귀가 얇다　耳根子軟 | 很容易聽信他人的話。

🔳 耳朵薄。

▶ 귀가 엷다

例 아빠는 **귀가 얇아서** 남이 좋다고 하면 무엇이든 다 산다.

爸爸耳根子軟，別人說好的東西都會買。

귀가 여리다 　**耳根子軟** ｜ 不知道被騙，很容易相信別人的話。

直 耳朵軟。

例 후배는 **귀가 여린** 탓에 다른 사람에게 잘 속는다.

學弟因為耳根子軟，很容易被別人騙。

不硬，柔軟薄弱者稱為「여리다」。如果耳根子硬的話，不會聽信任何話的；那耳根子軟的話，則指很容易相信聽到的話。

낫 놓고 기역 자도 모른다 　**俗語** 　**目不識丁** ｜ 非常無知。

直 放看鐮刀連ㄱ這個字都不認得。

例 **낫 놓고 기역 자도 모른다**더니, 너는 이렇게 쉬운 문제도 모르니?

俗語說目不識丁，你怎麼連這麼簡單的問題都不知道？

有看過「낫（鐮刀）」嗎？在農村割草或是稻子時所使用的工具，長得很像「ㄱ」字。如果用最近的話來說，可以說，「도넛을 앞에 놓고도 이응(ㅇ)을 모른다（甜甜圈擺在面前也不知道是「ㅇ」）」。這用來表達非常無知。

눈꺼풀이 씌다 　**鬼遮眼、失去理智、失去判斷力** ｜ 沉溺愛情而無法明白判斷。

直 眼皮被遮蔽。

▷ 눈에 뭐가 씌다

例 그때는 **눈꺼풀이 씌었는지** 아빠를 보고 첫눈에 반했지.

那時候大概鬼遮眼，看到你爸就馬上一見鍾情了。

너는 나쁜 남자만 좋아하더라. **눈에 뭐가 씐** 것 아니야?

妳只喜歡壞男生，妳是眼睛有什麼東西蓋住了嗎？

「눈꺼풀（眼瞼）」是指覆蓋在眼睛上的薄肉。如果眼皮被蓋住的話，就像是看不清楚一般，用來表示因為愛情或是喜歡而無法明確做出判斷的情況。

눈에 보이는 것이 없다 　**什麼都顧不了、什麼也看不見** ｜ 無法分辨事理。

直 眼裡沒有看到的東西。

例 등산하고 났더니 너무 배가 고파 **눈에 보이는 것이 없었다**.

登山過後，肚子餓得眼花花。

눈에 콩깍지가 씌었다 (俗語) 看走眼、目睭糊到蜆仔肉（台） | 眼前被遮住，無法分辨事物。

(直) 眼睛被豆莢蓋住。

(例) 네가 **눈에 콩깍지가 씌었구나**. 걔가 그렇게 좋아?

　　妳看走眼了吧。他有那麼好？／妳那麼喜歡他？

豆子的殼稱為「콩깍지」，眼睛蓋上豆莢的話，是指眼前被什麼蓋住。如同「눈꺼풀이 씌다」一般，這俗語是指沉溺愛情而失去判斷力。也用在不知道事情或是東西價值時的情況。

눈이 멀다　失去理性、被迷惑、眼瞎 | 因貪欲而喪失判斷力。

(直) 眼睛遠。

(例) 저 사람들은 돈에 **눈이 멀어서** 이런 범죄를 저질렀대.

　　聽說那些人因為錢而失去理性，才會犯下這種罪。

本來「눈이 멀다」是指眼瞎的意思。

눈이 어둡다　利慾薰心、掉進錢坑裡 | 精神渙散而判斷力薄弱。

(直) 眼睛暗。

(例) 엄마는 돈에 **눈이 어두워** 닥치는 대로 일을 하셨다.

　　媽媽掉進錢坑裡，莽撞行事。

똥오줌을 못 가리다　不分青紅皂白、是非不分 | 不能分辨事理。

(直) 不能分辨屎尿。

(例) **똥오줌도 못 가리는** 거야? 여긴 네가 나설 자리가 아니야.

　　你是非不分嗎？這不是你能出頭的地方。

小孩子能夠自理大小便的時候，稱之為「똥오줌을 가리다」。

물인지 불인지 모르다　不知天高地厚 | 無法理性分辨事理而莽撞行事。

(直) 不知是火是水。

(例) **물인지 불인지 모르고** 무조건 하겠다고 달려들었다.

　　他不知天高地厚非做不可，說著就往前衝。

想法

색안경을 쓰다 懷有成見 | 用不好的感情去看待。

直 戴有色眼鏡。

▶ 색안경을 끼고 보다

例 사람들은 혼혈아라고 하면 일단 **색안경을 쓰고** 보는 경향이 있다.

　　人們聽到是混血，就會有先戴著有色眼鏡的傾向。

세상모르다 不諳世事 | 不知道世間如何運轉。

直 不懂這世界。

例 과학자는 **세상모르고** 몇 년째 연구에만 몰두하였다.

　　科學家不諳世事，專心埋頭研究。

오류를 범하다 犯錯 | 下錯誤判斷。

直 出錯。

▶ 오류를 저지르다

例 단순 계산에서 **오류를 범하는** 바람에 점수 높은 문제를 틀리고 말았다.

　　在單純計算中出差錯，以致分數高的問題答錯了。

「오류」表示錯誤且不合道理之意。

정신을 차리다 打起精神 | 覺醒。

直 提振精神。

▶ 정신이 나다

例 이제부터는 **정신 차리고** 내 말 똑똑히 들어라.

　　從現在開始打起精神好好聽我說。

제 눈에 안경 情人眼裡出西施 | 一旦
自己喜歡，則全部都很美好。

直 自己眼睛的眼鏡。

▶ 눈에 안경

例 제 **눈에 안경**이라더니, 정말 저 오빠가 그
렇게 멋있니?

俗話說情人眼裡出西施，那哥哥真的那麼帥嗎？

這是戴著適合自己眼睛的眼鏡，所以只有自己看得清楚。問題是，就算對方其貌不揚，只要是自己喜歡的話，就都看起來很美好。

팥으로 메주를 쑨대도 곧이듣는다 俗語 不管別人說什麼都相信 | 過

份地無條件相信別人的話。

直 如果說用紅豆熬成醬餅的話也會相信。

▶ 팥을 콩이라 해도 곧이듣는다

例 너는 그 사람 말이라면 **팥으로 메주를 쑨대도 곧이듣겠구나**.

　　只要是他說的話，黑的說成白的你都會相信囉！

「메주（醬曲）」是製作醬油與豆醬的材料，是煮了豆子後製作而成。「팥（紅豆）」不是製作「메주（醬曲）」的材料。這俗語是用來表達不分辨正不正確，就無條件相信他人的話時所使用之表現。

한 치 앞을 못 보다 目光淺短 | 不知前景只顧魯莽行動。

直 無法看到眼前一寸。

例 **한 치 앞을 못 보는** 사람이 어떻게 지도자가 되겠단 말이오?

　　目光淺短的人該怎麼做領導人呢？

「한 치（一寸）」長度大約是3.03公分。原指視力不好，以致連近距離的東西都無法看清，也用於諷刺無法好好地分辨眼前的事情。

想法

解決問題

　　「계책（計謀）」、「대책（對策）」、「방안（方案）」、「방도（辦法）」等都是表示解決問題之計畫或方法的字詞。如果記下這些字詞的話，有助於理解這些表現。

고육지책 成語　苦肉計｜為脫離困境而不得已使用的策略。

- 直 苦肉之策。
- 漢 苦肉之策：쓸 고，고기 육，어조사 지，꾀 책
- 例 회사의 부도를 막기 위해 월급을 줄이는 **고육지책**을 써야 했다.

　　為了防止公司倒閉，必須採用減薪的苦肉計了。

這是來自《三國志》最有名的〈赤壁之戰〉之成語故事。在吳國對抗曹操百萬大軍的狀況下，吳國想辦法要打敗曹操的水軍。但是曹操的士兵數量多又強大，因此無法輕易靠近。這時候，吳國有一叫黃蓋的將帥說謊要降伏於曹操。為了要應付曹操的懷疑，黃蓋受盡嚴刑拷打假裝投降，最後率領裝滿油的船，把曹操的船隊都燒光了。這黃蓋的計畫正是「고육지책（苦肉之策）」。這是指犧牲自己的身體而想出的計畫，也稱為「고육책（苦肉計）」。

골을 메우다　消除隔閡｜要清除糾結物。

- 直 填山谷。
- 例 여당과 야당은 **골을 메우기** 위해 대화의 장을 열었다.

　　執政黨與在野黨為了要消除隔閡而展開對話。

「골」是指山與山之間凹陷的山谷。如果山谷越深，要越過每座山就會越辛苦。相反地，如果將山谷填滿相互往來就會比較容易。

궁여지책 成語　權宜之計｜在困境中沒辦法中的辦法。

- 直 窮餘之策。
- 漢 窮餘之策：궁할 궁，남을 여，어조사 지，꾀 책
- 例 우산도 없는데 웬 비야. **궁여지책**이지만 겉옷이라도 뒤집어쓰고 가야겠다.

　　身上也沒有雨傘，下什麼雨啊。雖然是權宜之計，但我看得披著外套走。

「궁하다」有著事情或狀況難解決而再也不能閃躲之意。因此「궁여지책（窮餘之策）」是指在無法逃避的情況中，想盡辦法使出的計策。

길을 뚫다 打開通道 | 覓得新方法。

🈷 鑽穿道路。

🈸 새로운 제품을 수출할 수 있도록 제가 **길을 뚫어** 보겠습니다.

　我要開發能讓新產品輸出的管道。

人或動物行走的「길」，其意衍伸為方法或手段。

길을 열다 開路 | 開啟新道路。

🈷 打開路。

🈸 형편이 어려운 학생들에게 무료 공부방을 열어 배움의 **길을 열어** 주기로 했다.

　我們決定為家境困難的學生們設立免費讀書室，並開啟求學的道路。

답이 나오다 有解決方案 | 有解決問題的辦法。

🈷 答案出來。

🈸 동네 사람들이 머리를 맞대니 주차 문제의 **답이 나왔다.**

　社區裡的人們聚在一起討論，因此停車問題有了解決方案。

解決問題稱為「답」。因此「답이 나왔다」表示找到解決問題的方法；相反的「답이 안 나오다」是指想不出解決問題的方法。

돌파구를 마련하다 找到突破口 | 有解決問題的辦法。

🈷 創造突破口。

🈸 각국 정상들은 급증한 미세먼지의 **돌파구를 마련하기** 위해 한자리에 모였다.

　各國首領為了要找到解決急遽增加霧霾的突破口而聚在一起。

「돌파구」是指要讓堵住的道路能夠通過所開闢的道路或通道。「돌파구를 마련하다」是尋得問題的解決方法。

매듭을 짓다 收尾 | 解決問題善後。

🈷 打個結。

🔟 제가 책임지고 이 일을 **매듭짓도록** 하겠습니다.

我會負起責任將這事情做個了結。

做完針線活的話，會需要好好打結使其不鬆開，並確實地收尾。因此，「매듭을 짓다」意義衍伸為表示事情結束要打個結。

매듭을 풀다 解開癥結點｜解決。

🔟 解結。

🔟 이번 일의 **매듭을 제대로 풀지** 못하면 모두 큰 손해를 보게 될 거야.

如果這次事件的癥結點無法好好解開，大家都會蒙受很大的損失。

머리를 맞대다 互相議論｜為議論事情而見面。

🔟 互碰頭。

🔟 나무 위에 올라간 공을 꺼내기 위해 **머리를 맞댔다.**

為了要拿下樹上的球，大家互相議論。

哇

再努力一下…

碰頭拿球…

「머리를 맞대다」表示碰頭、見面之意。要討論某件事情或是要解決問題而互相見面時用此表現。

미봉책 成語 權宜之計、補救辦法｜臨時想出的暫時解決問題的方法。

🔟 彌縫策。

🔟 갑자기 실내화가 끊어진 거야. **미봉책**이지만 스테이플러를 박아서 신었어.

突然室內鞋壞了。雖然是權宜之計，但還是用膠帶黏好後穿。

「미봉（彌縫：두루 미，꿰맬 봉）」是指縫補衣服破掉的地方。這是出自鄭國有個叫張工的人，因為戰爭中戰車與步兵的距離太遠，於是派士兵去填補的故事。它就像是修補破損地方的計策，因此稱之為「미봉책（彌縫策）」。但是一旦破過的地方，以後還是會破掉。因此現在是指無法成為完全解決問題而暫時解決問題所想出之解決問題的方法。

불을 끄다 解燃眉之急、救火 | 解決當務之急。

直 熄火。

例 형님이 빌려주신 돈 덕분에 급한 **불을 껐다.**

託哥哥借我錢的福,解了燃眉之急。

손을 쓰다 採取措施 | 建立並實行對策。

直 用手、著手。

例 **손을 쓸** 겨를도 없이 쓰나미가 몰려와 많은 사람이 실종되었다.

連採取措施的時間都沒有,海嘯襲捲而來,許多人失蹤了。

숨통을 틔우다 疏通堵塞、緩解壓力 | 解決讓人感覺喘不過氣的事情。

直 打通氣管。

例 새로운 입학 제도가 학생들의 **숨통을 틔워** 줄 수 있기를 기대합니다.

期待新的入學制度能夠減緩學生們的壓力。

呼吸時如果氣管堵住,光用想的就感覺喘不過氣吧?如此,「숨통을 틔우다」是指解決窒礙的問題。

실마리가 보이다 看見端倪 | 有解決的辦法。

直 線頭呈現。

▶ 실마리가 잡히다

例 경찰은 일 년이 넘도록 사건 해결의 **실마리가 보이지** 않아 애를 먹고 있다.

警察因一年多了,事件解決端倪未現而傷腦筋。

「실마리(頭緒)」原本是指纏繞或混亂的線的線頭。如果找到頭緒的話,就能夠輕易解開線團。因此衍伸為能夠解決事情或事件的契機。漢字語稱之為「단서(端緒:끝 단,실마리 서)」。

실마리를 잡다 有眉目 | 找到解決問題的頭緒。

直 抓住線頭。

例 코난이 드디어 사건의 **실마리를 잡았어!** 이 만화 흥미진진한데?

柯南最後終於掌握了事件頭緒!這漫畫很有趣耶?

실마리를 찾다　找到方法、找到頭緒 | 找到解決問題的方法。

直 找線頭。

例 의사는 오랜 연구 끝에 간암 치료의 **실마리를 찾았다.**

　　醫生在長久研究之後，終於找到治療肝癌的頭緒了。

임시방편　成語　一時方便、權宜之計 | 方便行事。

直 臨時方便。

漢 臨時方便：임할 림，때 시，방법 방，편할 편

例 피가 많이 나서 일단 **임시방편**으로 붕대를 감아 두었어요.

　　流很多血，因此一時方便就用繃帶包紮了。

為了要解決突發難題而緊急使用臨時的方法處裡問題。

칼을 빼 들다　出面解決 | 為了要解決問題挺身而出。

直 拔出刀。

例 학교 폭력 문제를 해결하기 위해 교장 선생님이 **칼을 빼 들었다.**

　　為了要解決學校暴力問題，校長出面解決。

在戰爭的時候拔刀是為了要結束戰爭挺身而出的意思。「문제를 앞두고 칼을 빼 들었다（面對問題而拔刀）」是表示為了解決問題親自挺身而出之意。

탁상공론　成語　紙上談兵 | 不考慮現實情況且沒有意義的討論。

直 桌上空論。

漢 桌上空論：탁상 탁，위 상，빌 공，논할 론

例 **탁상공론**은 그만하고 밖에 나가 시민들 의견도 들어봅시다.

　　別紙上談兵，我們到外面去聽一下市民的意見吧。

漢字意思是指會議桌上的空理論。「탁상（桌上）」是「책상（桌床）」的意思。表示不去問題現場而只是坐在桌前想解決問題，這種無意義且荒誕的思考、討論稱之為「탁상공론」。

특단의 조치　殺手鐧、果斷措施 | 別的對策。

直 特別的措施。

例 아빠가 금연에 꼭 성공하실 수 있도록 **특단의 조치**가 필요해.

爸爸為了要戒菸成功需有果斷的措施。

「특단（特別、特殊）」是與普通有所區別的意思；「조치（措施）」是指為了要
解決問題而使出的辦法。因此，「특단의 조치」是指為了要解決問題而使出的特別
對策。

하늘이 무너져도 솟아날 구멍이 있다 俗語 天無絕人之路｜即使處於

困境也自有解決辦法。

直 天塌下來也會有聳出的洞孔。

● 사람이 죽으란 법은 없다 俗語

例 여행 중에 길을 잃었는데 다행히 같은 숙소 사람을 만났잖아. 역시 **하늘이 무너져도
솟아날 구멍이 있다**니까.

在旅行中迷路了，幸好遇到同一住所的人，果然是天無絕人之路。

「하늘이 무너진다（天塌）」比喻情況很困難、絕望。這俗語是指不管情況多麼困
難，即使陷入困境也有解決辦法。

想法

想法、深思

가닥을 잡다 抓到重點 | 整理散亂思緒並予以修正。

直 抓住線縷。

例 막막했는데 네 이야기를 들으니 어떻게 하면 될지 **가닥을 잡을** 수 있겠어.

感覺很渺茫，但聽了你的話後，該如何做就可以理清頭緒了。

「가닥」指頭髮一股之類、絲線一股之類，由一群集中的線分歧而出的一股線。如果這些線散亂各處，會打結而顯得亂七八糟。相反地，如果抓到線頭去整理就會整整齊齊。因此「가닥을 잡다」是指氣氛、想法依照某些基準整理，就能馬上找到思緒之意。

가닥이 잡히다 整理思緒 | 整理散亂的思緒。

直 頭緒被抓住。

例 이번 운동회는 학부모들도 함께 참여하는 것으로 **가닥이 잡혔다**.

這次運動會因家長們也都一起參加而找到了解方。

골머리를 썩이다 傷腦筋 | 費心苦思。

直 腐蝕頭腦。

▶ 머리를 썩이다

例 한동안 **골머리를 썩이던** 일이 깔끔하게 해결됐어!

傷腦筋一陣子的事情已經乾淨地解決了！

「썩이다」指因擔心、擔憂而處於煎熬狀態。「골머리」是「머리」的俗稱，「골머리를 썩이다」是苦思某件事而到痛苦的境地。

골머리를 앓다 傷腦筋 | 頭腦苦思。

直 頭腦生病、頭腦苦。

▶ 골치를 앓다

例 층간 소음 문제가 해결되지 않아 **골머리를 앓고** 있다.

樓層之間的隔音問題沒解決，正在傷腦筋。

「골머리」又稱「골」或「골치」，是指人體內支配思考與感覺的重要器官。絞盡腦汁思考到頭痛的情況稱之為「골머리를 앓다」。

과대망상 成語 癡心妄想 | 比事實更誇張，無根據的想法。

直 誇大妄想。

漢 誇大妄想：자랑할 과，큰 대，허망할 망，생각할 상

例 오빠는 개인 방송을 몇 번 하더니 인기 크리에이터라도 된 양 **과대망상**에 빠져 있어.

哥哥做過幾次個人節目，就陷入癡心妄想好像自己已成為有名的創作者。

「망상（妄想）」是指不合道理，無根無據的想法。膨脹事實地思考，相信浮誇與誇張的想法為現實，稱之為「과대망상（癡心妄想）」。這也指誇大自己的財產、能力並相信它為事實的病症。

넋을 놓다 失神 | 沒有思想處於發呆的狀態。

直 放掉魂魄。

例 승혜가 자꾸 수업 시간에도 창문 밖을 **넋 놓고** 바라보는데 혹시 무슨 일이 있는 걸까?

勝慧經常在上課時間也失神看著窗外，是有什麼事情嗎？

「넋」也稱「혼（魂）」、「혼백（魂魄）」，是指存在於人的身體中，管理著身體與精神之超自然的某物。如果把它放掉，則是指如同靈魂出竅般的發呆狀態。

넋을 잃다 入迷 | 熱衷於某事而無他念。

直 失了魂。

例 빅토리아 폭포의 아름다운 풍경을 **넋을 잃고** 바라봤다.

我出神望著維多利亞瀑布的美景。

넋이 나가다 失魂落魄 | 沒有任何意念，發呆。

直 魂魄川ㅇ

例 **넋 나간** 사람처럼 서 있지 말고 이리 와서 나 좀 도와줘.

別像失魂落魄的人站在那裏，快點來幫忙。

마음에 없다　無心 | 沒有意念、意願。

🜛 心裡沒有。

▶ 마음이 없다

🜂 엄마가 여러 옷을 보여 줬지만, 전혀 **마음에 없다**.

　　媽媽給我看了幾件衣服，但我完全不想要。

　　나는 이번 일에 참여하고 싶은 **마음이 없다**.

　　我沒有參予這事的心思。

「마음」的意義也擴大衍伸為指對某件事情產生情感和意念，即對之有關心。因此「마음에 없다」簡單說，是沒有心思關注之意。用於表示自己沒有想要做或持有某件事物的意念。

마음에 있다　有心 | 有想要做或持有某件事物的意念。

🜛 心裡有。

▶ 마음이 있다

🜂 그 강아지가 **마음에 있으면** 네가 키워 볼래? 유기견이라 주인이 없거든.

　　那隻小狗你有心的話，要不要養看看？是流浪狗沒有主人。

마음이 콩밭에 있다　心不在焉 | 心思、關心在別處。

🜛 心在豆田。

🜂 **마음이 콩밭에 있으니까** 수업을 들어도 귀에 안 들어오지.

　　因為心不在焉，所以聽了課也沒聽進去。

俗話說「비둘기는 몸은 밖에 있어도 마음은 콩밭에 가 있다（鴿子身體在外，心在豆田）」。這是用在表示精神都放在吃的上面，而不顧及其他事情。最近簡縮為「콩밭에 있다（心在豆田）」，表示想法或關心放在別處。

마음이 통하다　心意相通、心有靈犀一點通 | 想法相同可互相理解。

🜛 內心相通。

🜂 역시 우리는 **마음이 잘 통하는** 친구야.

　　果然我們是心有靈犀一點通的朋友。

머리 회전이 빠르다　思索速度快、反應快 | 思考判斷快且明確。

(直) 腦袋迴轉快。

(例) 축구를 잘하려면 **머리 회전이 빨라야** 해. 똑똑해야 운동도 잘한다고!

想要踢好足球的話，反應要快。就是說必須要聰明，運動也才會好！

如果「머리가 빙글빙글 돌다（腦袋轉圈圈）」的話，會暈頭吧？不是的。這裡說「머리 회전이 빠르다」是指思緒快轉。

머리가 깨다　思想開明 | 脫離陳腐思想。

(直) 腦袋被打破／被啟發。

(例) 우리 부모님은 **머리가 깬** 분이셔서 무조건 대학에 가라고는 하지 않으셔.

我爸媽思想開明，所以沒有無條件要我一定要上大學。

머리가 잘 돌아가다　腦袋靈活 | 想法快速浮現。

(直) 腦袋轉很快。

(例) 쟤는 특히 위기 상황에서 **머리가 잘 돌아가.**

他特別是在緊急情況中，腦袋靈活。

머리가 크다　長大成人 | 如成人般思考判斷。

(直) 腦袋大。

(▶) 머리가 굵다

(例) 아들은 **머리가 컸다**고 사소한 일은 말하지 않고 스스로 결정한다.

兒子說自己已經長大了，小事不說都自己決定。

「머리가 컸다（腦袋變大）」是指身體、心智都隨之成熟。負責想法或判斷的頭部也一起長大稱為「머리가 크다」，即是思考判斷能力增長之意。

머리를 굴리다　動腦筋、思考 | 為尋找解決方案而思考。

(直) 滾動腦袋。

(例) 영어 단어를 더 쉽게 외울 방법을 찾으려고 **머리를 굴리는** 중이야.

想法、深思 | **279**

我想找出容易背英文單字的方法而在尋思中。

머리를 스치다 　想起 | 意念偶然浮現。

直 掠過腦袋。

例 어렸을 때의 일이 **머리를 스치고** 지나갔다.

小時候的事情浮掠而過。

「스치다（掠過）」是指意念瞬間浮現又消失。

머리를 쓰다 　動腦 | 深入思考各個方面。

直 用腦。

例 뚜껑이 꽉 닫혀서 힘으론 절대 안 열리네. **머리를 써야겠는걸!**

蓋子緊閉著，使力絕對打不開。要動動腦筋！

머리를 쥐어짜다 　費盡心思、絞盡腦汁 | 表深入思考。

直 擠壓頭腦、壓榨腦袋。

▶ 머리를 쥐어뜯다

例 아무리 **머리를 쥐어짜도** 좋은 방법이 생각나지 않아.

不管怎麼費盡心思，也想不出好方法。

「쥐어짜다（扭擠）」表扭轉擠出之意，也有專心探究思考之意。就算用語感類似的「쥐어뜯다」替代「쥐어짜다」也表相同意思。此時，腦中若能浮現抓著頭髮絞盡腦汁苦思的模樣也不錯。

머리에 맴돌다 　在腦海裡盤旋 | 不是很明顯的想法一直在腦袋裡盤旋。

直 在腦裡徘徊、在腦裡轉圈。

例 그 영화 줄거리는 **머리에 맴도는데** 제목이 생각이 안 나.

那電影故事情節一直徘徊在腦海裡，但記不得電影名稱。

심사숙고 成語 　深思熟慮 | 認真思考。

直 深思熟考。

漢 深思熟考：깊을 심，생각 사，익을 숙，생각할 고

例 오랜 **심사숙고** 끝에 방학 숙제를 없애기로 했다.

經過長時間深思熟慮，最後決定廢除假期作業。

「심사숙고（深思熟考）」是指花費長時間非常深入慎重地思考。

역지사지 成語 易地思之、換立場思考 | 轉換立場思考。

直 易地思之。

漢 易地思之：바꿀 역，처지 지，생각할 사，어조사 지

例 서로 의견이 다를수록 **역지사지**의 자세가 필요하다.

彼此的意見越是不同，越是需要換個立場思考。

這是表示將自己與其他人立場交換思考之意的成語。此成語是來自中國大學者孔子稱讚禹、后稷、顏回所說，這三個人的共通點是能夠將他人的痛苦視為自己的痛苦，亦即彼此立場互換。

理解、掌握、預料

　　如果要理解與認識對方，必須對他的談話或是行動抱持關心觀察之。所以經常可見含有「눈（眼）」、「보다（看）」、「눈치（眼神）」等字眼的表現。

가슴이 넓다　**心胸寬大** | 有豐富的理解心。

📘 心寬廣。

📝 우리 선생님은 **가슴이 넓어서** 아이들의 짓궂은 장난도 잘 받아 주신다.

　　我們老師心胸寬大，孩子們的惡作劇與開玩笑也能夠接受。

腦雖然用來理解知識，但也被視為用之理解他人內心，因而「이해하는 마음이 많다（很體貼）」以「가슴이 넓다」來表示。

가슴이 좁다　**心胸狹隘** | 沒有理解之心。

📘 心窄。

📝 그렇게 **가슴이 좁아서** 어떡하니? 동생이 실수로 그랬다니 이해 좀 해 줘.

　　如此心胸狹隘該怎麼辦？弟弟說是不小心的，你也理解他一下吧。

감을 잡다　**進入情況** | 掌握狀況。

📘 抓住感覺。

📝 설명만으로 이해하기 어려운 일은 직접 해 보면 **감을 잡을** 수 있어.

　　只以說明很難理解的事情，若直接去做的話就可進入情況。

這裡的「감（感）」是指以感覺或直覺來掌握狀況的能力。因此「감을 잡다」不是指透過判斷或推理來掌握狀況，而是用感覺或直覺來掌握狀況。

감이 오다 有感覺 | 狀況受掌握。

🔳 感覺來了。

例 저 증거를 보니까 범인이 누군지 딱 **감이 왔지**.

我看過證據之後，馬上有感覺知道誰是犯人。

과부 사정은 과부가 안다 俗語 同病相憐 | 處境相似的人更瞭解彼此。

🔳 寡婦知道寡婦的苦衷。

▶ 과부 설움은 홀아비가 안다 俗語

例 **과부 사정은 과부가 안다**고, 나 아니면 누가 네 마음을 알겠어.

俗話說同病相憐，要不是我，誰能理解你的心。

「과부（寡婦）」與「홀아비（鰥夫）」皆是失去配偶的人。因此都是處境相同的人。這俗語是用來比喻別人困難的處境，有親自經歷該事的人更能夠體會。

귀가 뚫리다 聽懂 | 可聽懂別人所說的話。

🔳 耳朵被穿透。

例 미국에 이민 간 지 1년 만에야 **귀가 뚫렸어**.

移民到了美國一年左右才聽懂英語。

귀가 열리다 聽力疏通、開竅 | 能夠理解話中的意思。

🔳 耳朵被打開。

例 나도 이제 **귀가 열려서** 음정은 틀리지 않아.

我現在也開竅了，因此音律不會錯。

귀가 질기다 理解慢，耳鈍 | 無法完全理解別人的話。

🔳 耳韌。

例 영식이는 **귀가 질겨서** 내가 한 번 말하면 잘 못 알아듣더라.

英澈理解慢，如果我只說一次，他無法理解。

請想一下堵住的耳朵打通了。這樣就聽得很清楚了吧？但如果「귀가 질기다」，耳朵難以打通時，就是指無法完全理解別人的話。

눈이 열리다　眼界大開 | 有了理解的緯度。

(直) 眼開。

(例) 매일 독서를 하니 **눈이 열려서** 어떤 책이 좋은 책인지 금방 파악돼.

每天閱讀眼界大開，什麼樣的書是好書馬上看出。

눈치가 빠르다　很會察言觀色 | 能夠迅速察覺別人的心思。

(直) 眼色快。

(例) 수미는 역시 **눈치가 빨라**! 내가 목마른 줄 어떻게 알고!

秀美果然很會察言觀色！怎麼知道我口渴了！

「눈치（眼神）」是指依照情況，能夠推斷並瞭解對方的心思。

맥을 짚다　掐指一算 | 推知對方的心思。

(直) 把脈。

(例) 현주가 어떻게 나오는지 보려고 내가 **맥을 짚어** 봤어.

想看賢珠會出哪一招，我做了演算。

中醫為了要診斷出病情而用手指感覺手腕的脈搏，稱之為「맥을 짚다（把脈）」。中醫師就是透過把脈診斷出病因。像這樣，不只是診斷出病因，也能作為推理揣測他人心理的意思，此情況以「맥을 짚다」表達。

머리에 들어오다　理解 | 完全理解。

(直) 進到腦裡來。

(例) 와! 네가 설명해 주니까 **머리에 쏙쏙 들어와**.

哇！你跟我說明後，我完全理解了。

선견지명 (成語)　先見之明、高瞻望遠、遠見卓識 | 預測未來的智慧。

(直) 先見之明。

(漢) 先見之明：먼저 선, 볼 견, 어조사 지, 밝을 명

(例) 거북선을 준비한 이순신 장군의 **선견지명** 덕분에 왜군을 물리칠 수 있었다.

託李舜臣將軍製造龜船的先見之明，才能夠擊退日軍（倭軍）。

這是指在某件事情發生之前，就能夠展望未來的智慧。如果有「先見之明」的話，即使有困難的事情也能夠有智慧地解決。

속이 깊다 心思很深、穩重 | 慎重並有理解的心。

🔟 內心深。

🔘 어쩜 저렇게 **속이 깊을까**? 동생이 배고플까 봐 자기 것을 떼어 주다니.

　怎麼會心思那麼深呢？猜想妹妹好像肚子餓，就掰下自己的給她。

某物寬深則能裝下很多東西。「속이 깊다」是指理解他人，心情寬裕的意思。這也包含了慎重深思之意。

속이 보이다 心思暴露、司馬昭之心，路人皆知 | 心計暴露。

🔟 內心讓人看見。

🔘 내 것 먼저 해 달라는 그 말을 어떻게 해. **속 보이게**.

　我怎能跟人家說先做我的，多丟臉（要怎麼說出先做我的，讓人看透心思）。

「속」是看不見的地方，所以也可以隱藏陰險與心計。因此「속이 보이다」是指心思被看透之意。

손금을 보듯 하다 瞭如指掌 | 徹底了解。

🔟 如看掌紋般。

▶ 손금 보듯 환하다

🔘 내가 우리 동네 맛집은 **손금 보듯** 하지.

　我對我們社區好吃的餐廳瞭如指掌。

「손금（掌紋）」是指手掌上的紋線，聽說看掌紋，就能夠知道那個人的性格、運勢或健康狀況。因此「손금을 보듯 하다」是指瞭解大大小小全部的狀況。

好吃的餐廳瞭如指掌！

수를 읽다 知道招數、你屁股有幾根毛我都知道（台）| 預知會如何出現。

🔟 讀數。

🔘 엄마가 이미 내 **수를 다 읽고** 있어서 이실직고할 수밖에 없었어.

媽媽已經知道我的招數，因此只能一五一十地坦承了。

這裡所說的「수（數）」是指圍棋或是象棋輪流下的棋。「수를 읽다」指讀圍棋、象棋的數，能預知對方下一步會怎麼下，這意思衍伸為預知對方會出什麼招數。

아니나 다를까 　果然不出所料 | 如同預期一般。

直 難道不是嗎。

例 **아니나 다를까** 집에 오자마자 또 놀러 나갔구나?

　 不出所料，一回到家裡又要出去玩？

짚이는 데가 있다 　能夠預料到 | 有被料到的地方。

直 有被預料到的地方。

例 현서가 어디에 갔을지 **짚이는 데가 있어**. 일단 따라와!

　 能夠預料到賢書去了哪裡。先跟著我吧！

척하면 삼천리 　反應靈敏 | 很快察覺到某事。

直 一轉眼三千里。

例 쟤네 사귀는 줄 어떻게 알았냐고? 그런 거야, **척하면 삼천리**지.

　 你怎麼知道我跟他交往？真的是反應靈敏。

你有聽過「척 보면 안다（一看就知道）」這句話嗎？這是指一眼即知全部之意。如果說「척하면 삼천리」的話，則是指一瞥，三千里內所發生的事情全都知道。因此，這用來表示很快地察覺到對方的意圖或周遭所發生的狀況。

척하면 착이다 　一點就通 | 只用一句話就能夠馬上理解。

直 一看就是一眼。

例 **척하면 착이지**, 그걸 꼭 말로 해야 아니?

　 應該要一點就通吧，那個一定要說明嗎？

「척」與「착」有著相同的意思。表一眼即知的樣子，或是指毫不猶豫地行動。「척하고」眼睛一瞄即懂得「착하고」付諸行動，因此這表現是指只用一句話就能夠馬上理解之意。

意外、無法預料

　　漢字「의외（意外）」是指「뜻밖（意外）」之意。這是指完全沒想到，或者是不能預期的事情之意。

귀를 의심하다 懷疑自己的耳朵 | 太意外而無法相信。

🔲 懷疑耳朵。

💬 뜻밖에 대상에 호명되어 순간 내 **귀를 의심했다.**

出乎意料被唱名得冠軍獎，剎那間我懷疑自己的耳朵。

懷疑自己是否聽得很正確。因為是沒有預期到且很難相信的話，所以再次回想自己有沒有聽錯。

귀신이 곡하다 見鬼了 | 非常意外而完全無法瞭解。

🔲 鬼神哭。

▶ 귀신이 곡할 노릇이다 **俗語**

💬 **귀신이 곡하겠네!** 조금 전까지 여기 있던 아이스크림이 어디 갔지?

見鬼了！剛剛還在這裡的冰淇淋跑到哪兒去了？

「곡（哭：울 곡）」是指祭祀或葬禮上發出聲音哭泣之意。原本是生者悼念逝者而哭泣的行為，但居然說是死去的鬼魂在哭！這表現用來描述當遇上非常奇妙與意外的事情，且無法完全理解它的理由時。

꿈도 못 꾸다 連做夢都沒想到 | 完全無法想到。

🔲 夢裡也夢不到。

💬 뭐라고? 학교에서 화장? 엄마가 학교 다닐 때는 **꿈도 못 꿨지.**

你說什麼？在學校化妝？媽媽我在上學的時候連做夢都沒想到。

夢想是指想要實現的希望或理想。在夢中可以懷著希望，但連做夢也都沒得做，這是指不能預料或期待之意。

꿈도 안 꾸다　想都別想、門兒都沒有｜從來都沒有想過。

🔲 連夢也不要做。

🔘 설거지하는 건 **꿈도 안 꿔**! 제발 너 먹은 거 정리나 좀 해 줄래?

　　叫我洗碗，門兒都沒有！你自己吃的自己洗好嗎？

「못 꾸다（無法做夢）」是指想要做夢卻沒辦法做。「안 꾸다」是指從一開始就沒有想要做夢的想法。

꿈에도 생각지 못하다　做夢也沒想到｜

不能預期到某事。

🔲 夢裡也想不到。

▶ 꿈밖

🔘 찬호가 해리에게 고백 편지를 주다니 **꿈에도 생각하지 못했어**.

　　燦浩給惠莉告白信，做夢也想不到啊。

這是在沒有預期的例外情況時，經常使用的表現。

날벼락을 맞다　天外飛來橫禍｜遭受到意外的災難。

🔲 遭受到晴天霹靂、被雷打到。

▶ 마른벼락을 맞다

🔘 길 가다가 **날벼락을 맞았어**. 비둘기가 머리 위에 똥을 싼 거 있지.

　　走在路上天外飛來橫禍。鴿子在頭上大便。

「날벼락（晴天霹靂）」是指無故打的雷，衍伸為出乎意料的不幸或事故。因此，在完全沒有預期到的狀況下，遭受到很大的事故或災難時，以「날벼락을 맞다」表示。

눈뜬장님　睜眼瞎｜看也不懂的人。

🔲 睜眼瞎子。

例 지진의 전조 증상이 모두 일어났는데도 몰랐으니, 우리 모두 **눈뜬장님**이구나.

連地震的預兆都發生了也不知道,我們全都是睜眼瞎啊。

「눈뜬장님」是指睜眼不能看的人。這也用來嘲弄看了也無法掌握狀況的人。

눈을 의심하다　懷疑自己的眼睛 | 看到無法預期的事情而不可相信。

直 懷疑眼睛。

例 친구가 몰라보게 살을 빼 내 **눈을 의심할** 수밖에 없었다.

朋友減肥到認不出來,我只能懷疑自己的眼睛。

듣도 보도 못하다　前所未聞 | 全然不知。

直 聽都沒聽過,看都沒看過。

例 곤충 전시회에 갔더니 **듣도 보도 못한** 신기한 곤충들이 많이 있었다.

去過昆蟲展覽,那裡有許多前所未聞的神奇昆蟲。

這是指因為沒有聽過,也沒有看過,所以完全不能理解之意。

맥도 모르다　不知來龍去脈 | 不知道事情的真相。

直 不知道脈絡。

例 나는 **맥도 모르고** 급히 엄마와 힘께 할머니집으로 향했다.

我不知來龍去脈,就匆匆地跟著媽媽去奶奶的家。

「맥(脈)」是事情或事物之間的關係關聯,即「맥락(脈絡)」之意。「맥도 모르다」指不知事情與事情之間有什麼樣的關係,即不知內幕或無法理解的意思。

복병을 만나다 遭遇突襲 | 遭受到無法預期的困難。

直 遇到伏兵。

例 '독감'이라는 **복병을 만나는** 바람에 6년 개근상이 날아갔어.

遇到叫做「流行性感冒」的突襲，六年全勤獎飛了。

「복병（伏兵）」是指為了要突襲敵人而躲在敵軍會經過之道路上的士兵。戰爭時若遇到伏兵則會發生無法預期的困難。因此遭遇到預期之外的競爭對象或是意外困難時，以「복병을 만나다」表示之。

새옹지마 成語 塞翁之馬 | 無法預料是好事或壞事。

直 塞翁之馬。

漢 塞翁之馬：변방 새，늙은이 옹，어조사 지，말 마

例 기운 내! 누가 알아? **새옹지마**라고 더 좋은 일이 생길지.

加油！誰知道？俗話說「塞翁失馬焉知非福」，會有更好的事情發生的。

聽說在中國邊塞有一老翁，有一天這老翁所養的馬穿越國境逃亡。幸好，幾天過後這匹馬與其他馬成雙成對地回來，這是禍變福的瞬間。人們就紛紛獻上祝福。過了一陣子，聽說這老翁的兒子騎馬斷了腳。但是，老翁卻很泰然地說「誰知道這會不會是福呢？」。就如同老翁所說的，過了幾天之後，戰爭開打了，年輕人們全都強制參戰，但他兒子因為腳受傷的緣故而沒事。此成語就從這故事而來。這世界上所發生的事情，是福是禍都沒有人能夠預料到，這用來表示對眼前所看到的結果別太高興或傷心，是富含哲理意思的成語。

아닌 밤중에 突然、突如其來 | 突然之間。

直 在非半夜。

▶ **아닌 밤중에 홍두깨** 俗語

例 **아닌 밤중에** 이게 무슨 날벼락이야?

這麼突然，這是什麼晴天霹靂？

아닌 밤중에 홍두깨라고 갑자기 서준이가 전학을 간대!

這麼突然，聽說書俊突然轉學了！

「아닌 밤중에」是表示遇到突如其來之意外的情況時所說的話。與之相關的俗語有「아닌 밤중에 홍두깨（不在半夜出現的搗衣棒）」。搗衣棒象徵陽具，男人不在夜裡出現在寡婦家，是在預期之外，所以說是意外之事。這句俗語主要是表示對方

無法預料的話語或行動。

알다가도 모르다 **似懂非懂** | 無法理解。

⊜ 一知半解。

囫 도대체 무슨 속셈인지 **알다가도 모르겠다니까**!

他到底是何居心，真搞不懂。

열 길 물속은 알아도 한 길 사람의 속은 모른다 ⑯ 知人知面不

知心、人心叵測、十丈水深易測，一尺人心難懂 | 很難理解人們的內心。

⊜ 儘管十丈水深容易測，但一個人心難量。

囫 **열 길 물속은 알아도 한 길 사람의 속은 모른다**는 말처럼 정말 걔 마음을 하나도 모르겠어.

如同知人知面不知心這句話一樣，真不知道那小子的內心。

「한 길」是指一個人身高的長度。因此「열 길」是十個人的身長。雖然十丈的水不管有多深也還能測得它的深度，但只有一丈高的人，他的內心不管如何探詢也無法知道。因此「열 길 물속은 알아도 한 길 사람의 속은 모른다」即是「그 사람이 그럴 줄 몰랐다（不知道那人會是那樣）」之意。

예기치 못하다 **無法預期** | 無法預料。

⊜ 不能預料。

囫 **예기치 못한** 폭설이 내려 기상청에 전화가 빗발쳤다.

下了無法預期的暴雪，氣象廳的電話接連不斷。

「예기（豫期：미리 예，기대할 기）」是指預料即將發生的事情而期待之意。而「예기치 못하다」則指事先無法猜測、預料。

예상을 깨다 **出乎意料** | 與預料的不同。

⊜ 打碎預料。

囫 모두의 **예상을 깨고** 우리 팀이 승리했다.

出乎大家的意料，我隊贏得勝利。

在事件發生之前所設想的稱之為「예상（預想）」。但是，「예상을 깼다」則是指

與自己所想不符，而有其他事情發生之意。與此類似的有「예상을 벗어나다（超出意料）」或「예상 밖이다（意料之外）」。

이래 봬도　這麼看 | 現在這樣看也。

🔵 這樣子看起來。

🔵 **이래 봬도** 내가 예전에는 유명한 잡지에 표지 모델도 했었다니까!
　　這麼看來我之前也做過有名雜誌的封面模特兒呢！

這是「이러하여 보이어도」的縮語，即「이렇게 보여도（這麼看）」之意。用來表示「看起來是這樣子，但是」、「意外的有這樣子的一面」之意。

전화위복 成語　逢凶化吉、因禍得福 | 擔心轉為福氣。

🔵 轉禍為福。

🔵 轉禍爲福：바꿀 전，재앙 화，될 위，복 복

🔵 자신감을 키우려고 연기를 시작했는데 배우가 되었으니 **전화위복**이 된 셈이지요.
　　我是為了要培養自信心而開始演戲，卻成了演員，也算是因禍得福吧。

해가 서쪽에서 뜨다　太陽從西邊出來 | 超出預期之外。

🔵 太陽從西邊升起。

▶ 서쪽에서 해가 뜨다

🔵 오늘 **해가 서쪽에서 떴나?** 어쩐 일이야. 네가 청소를 다 하고!
　　今天太陽從西邊出來了嗎？發生什麼事。你居然把打掃工作全做了！

太陽從東邊升起才是正常的，太陽從西邊升起的話，是指完全無法預期的事情，或絕對不會發生的稀罕之事。

헛다리를 짚다　搞錯 | 錯誤判斷或預測。

🔵 踩空。

🔵 괜히 **헛다리를 짚어서** 잘못도 없는 사람을 오해할 뻔했잖아.
　　是我搞錯了，差點誤會無辜的人。

「헛다리（踩空）」與「짚다（估算）」一起使用，表示無法掌握對象，或預測而失誤的情況。

錯愕

개가 웃을 일이다 俗語 連狗都會笑話的事情 | 違背常理的事情。

直 狗會笑的事。

▶ 지나가던 개가 웃겠다 俗語

例 키도 작으면서 모델 선발 대회에 나가겠다고? 그건 **개가 웃을 일이다**.

個子那麼矮說要去參加模特兒大會？那是狗都會笑話的事情。

저 여배우보다 네가 더 예쁘다고? 야, **지나가던 개가 웃겠다**.

妳說妳比那女演員更漂亮？喂，路過的狗都會發笑。

기가 막히다 讓人瞠目結舌 | 非常無語。

直 氣塞。

例 약속을 아무렇지도 않게 어기다니 너무 **기가 막힌다**.

不當那麼一回事的違約真的是讓人瞠目結舌。

在東洋學中，宇宙中存在的能量稱之為「氣」。這是用來表達非常錯愕到了好像氣流動阻塞、呼吸停止而說不出話的程度。

기가 차다 語塞、氣結 | 感到非常錯愕而說不出話。

直 氣充滿、氣塞。

例 자기가 먼저 때려 놓고 선생님께는 내가 먼저 때렸다고 우겨서 **기가 찼다**.

自己先動手打人的，還跟老師說是我先動手，真的是氣結了。

말을 잃다 失語、啞然失聲 | 感到非常錯愕而說不出話。

直 失去語言。

▶ 할 말을 잃다

例 어머니가 돌아가셨다는 이야기에 그는 **말을 잃고** 서 있었다.

聽到媽媽去世的消息他不知該說什麼，站了好一會兒。

你有應該要說點什麼，偏偏因感到錯愕令人說不出話來，最後用嘆氣來代替話語的

經驗嗎？這句話指的正是那時候。是情況太錯愕而不知該說什麼時的表現。

배꼽이 웃다 可笑 | 言語或行動非常錯愕。

直 肚臍笑。

例 회의 시간에 **배꼽이 웃을** 이야기는 삼갔으면 좋겠어.

開會時最好克制少說一些可笑的話。

소가 짖겠다 (俗語) 讓人笑掉大牙 | 太失常理、荒唐。

直 牛要吠了。

例 이제 아침 여섯 시에 일어나서 운동하겠다고? **소가 짖겠다.**

你說從現在開始要早上六點起床運動？牛都要哈哈笑了。

牛「음매（哞）」地叫，小狗「멍멍（汪汪）」地叫，若是牛吠叫則不合常理。這是在取笑對方的話或行動讓人哭笑不得時所使用的表現，類似的有「개가 웃을 일이다（連狗都會笑話的事情）」。

어처구니가 없다 荒唐、讓人無法理解 | 太意外而錯愕無語。

直 沒道理、無緣無故。

例 **어처구니없는** 여행사의 실수로 여행 당일에 비행기가 취소된 것을 알았어.

旅行社犯了荒唐的錯誤，旅行當天才知道飛機已經取消了。

「어처구니」原指為驅趕鬼而放置宮殿屋頂的塑像，也指石磨的把手。在房子蓋好而開心的時候，卻忘記放塑像；或是要使用石磨而沒有手把無法使用，這兩情況皆會感到很荒唐、錯愕無言對吧？因此，「어처구니가 없다」是指讓人感到荒唐錯愕或氣塞的事情。

혀를 내두르다 令人咋舌 | 感到非常驚訝或錯愕而說不出話。

直 伸舌頭。

▶ 혀를 두르디

例 다섯 살짜리 아이의 피아노 실력에 **혀를 내둘렀다.**

五歲小孩的鋼琴實力令人讚歎。

「혀를 내두르다」是指左右搖晃腦袋並輕吐舌頭的動作。這是人們在感到驚嚇或是感嘆時做的動作。

意見、主張

　　「주장（主張）」是指堅定提出自己意見的意思。因此常使用諸如「세우다」、「높이다」、「토하다」、「찌르다」等表示強烈感情之動詞。

갑론을박 成語　辯論攻防｜相互提出自己的主張並反駁意見。

直 甲論乙駁。

漢 甲論乙駁：첫째 갑，논할 론，둘째 을，논박할 박

例 몇 학년이 먼저 급식을 먹을 것이냐를 두고 전교 어린이 회의에서 **갑론을박**이 벌어졌다.
　　針對哪一年級要先供餐的問題在全校孩童會議中激烈地辯論。

這表示甲方談論一事，乙方予以反駁，各自提出己見的攻防之意。「논박（論駁）」是指針對某主張或意見的缺點有條不紊地辯駁；「갑론을박」這成語是指展開激烈辯論。

거두절미 成語　去頭截尾｜只講重點。

直 去頭截尾。

漢 去頭截尾：버릴 거，머리 두，자를 절，꼬리 미

例 **거두절미**하고 본론만 말씀해 주세요.
　　廢話少說請說重點。

去掉頭與尾巴只會剩下身體了。這是指在表達意見或主張時，去掉前後不需要的部分，只講重要的核心。主要以「거두절미하고」的形式表示。

꼬집어 말하다　挑明說｜清楚地挑出來說。

直 捏住拉起來說。

例 다른 사람의 약점을 그렇게 **꼬집어 말해야겠니?**
　　需要那樣赤裸裸地說別人的缺點嗎？

用大拇指與食指捏而拉肉稱為「꼬집다」，這意義衍伸為清楚地挑起來使之暴露。但「꼬집다」的行為本身不帶有好的意思，因此「꼬집어 말하다」主要用在表示說出他人缺點或錯誤的情況。

달다 쓰다 말이 없다 不表意見、緘口不語、默不作聲 | 沒有任何反應。

直 沒有說甜或苦。

例 주말에 등산을 가자는 아빠의 말에 아이들은 **달다 쓰다 말이 없었다.**

　　孩子們對爸爸說周末一起去爬山的建議不吭一聲。

吃過食物後不表示甜或苦，就沒有任何反應。這是對別人的意見沒有任何反應或是不做任何意思表示的情況。

말꼬리를 물고 늘어지다 抓住別人說話的把柄不放 | 針對別人提出意見的問題點追究到底。

直 咬住話尾而喋喋不休。

例 지우가 자꾸 **말꼬리를 물고 늘어지는** 바람에 학급 회의가 한 시간이나 늦게 끝났어.

　　因為智宇一直抓住別人說話的把柄，所以班會晚一小時結束。

別人說話一結束就馬上接話，稱為「말꼬리를 물다（咬住話尾）」。如此，抓住別人說話的毛病並追根究底盤問，對話因而漸漸變長。「말꼬리를 물고 늘어지다」是指抓住他人主張或意見的毛病，追根究底盤問之意。

말발을 세우다 堅持己見 | 表堅持主張。

直 挺立話語效力。

例 엄마에게 거미를 키우는 것은 해롭지 않다고 **말발을 세웠지만** 들어주지 않으셨다.

　　雖然跟媽媽說養蜘蛛是無害的並堅持己見，但她不聽我說。

「말발」是讓人聽並使之跟著做的談話力。「세우다」有使之挺立之意，「말발을 세우다」指堅持己見不屈服。

말을 내다 發話 | 開始說話。

直 提出話。

例 **말을 내기**가 무섭게 질문이 쏟아져서 당황했다.

　　發話後緊接著有許多提問紛至沓來而不知所措。

말이 통하다 認知相同、言語投契 | 意見相通。

直 話語相通。

例 이렇게 **말이 통하니까** 일이 빨리 끝나잖아.

如此言語投契，事情才能這麼快結束。

목소리를 낮추다 　心平氣和談話 | 低姿態談自己的意見。

直 壓低聲音。

例 화합을 이루려면 **목소리를 낮추고** 서로의 이야기에 귀 기울여야 한다.

如果想要和睦的話，應壓低聲量表達彼此的意見並傾聽才對。

목소리를 높이다 　強烈主張 | 強烈表達自己的意見。

直 提高聲量。

例 대학생들이 등록금 문제에 대해 **목소리를 높이고** 나섰다.

大學生們為學費問題而大聲疾呼。

사공이 많으면 배가 산으로 간다 俗語

船公多了打爛船、人多手雜 | 各自堅持己見，事情很難成功。

直 船夫多的話，船會上山。

例 **사공이 많으면 배가 산으로 간대**. 그러니 우린 위원회의 결정에 따르자.

俗話說船公多了打爛船。因此我們就照委員會的決定做吧。

「사공（沙工）」是指掌控船的船夫。這俗語是指每個人都堅持自己的主張駕船的話，最後船會違背常理地往山的方向去。此外，意見、主張太多而使事情不能順利完成的有趣比喻，其後話為「목수가 많으면 집을 무너뜨린다（木匠多的話會弄垮房子）」。

손가락에 장을 지지겠다 俗語 　打包票、強力主張 | 保證自己的主張無誤。

直 要在手指上烙肉。

▶ 손톱에 장을 지지겠다

例 내 말이 틀림없다니까! 그렇지 않으면 내 **손가락에 장을 지지겠어**!

我說的話沒有錯！不然，我敢打包票！

「장을 지지겠다」既可稱為用燒紅的鐵去燙馬屁股的烙刑，也有另一說是手掌沾醬油去燙。雖然兩者何為正確說法至今尚未定論，但是兩者都是疼痛可怕的事。這俗語都是強調可以忍受巨大痛苦的意志，表示自己主張沒錯。

시시비비 ㊌成語 **是是非非、爭辯是非** | 議論正確或錯誤。

㊀ **是是非非。**

㊋ 是是非非 : 옳을 시, 옳을 시, 아닐 비, 아닐 비

㊌ 선생님, 누구 생각이 맞는지 **시시비비**를 가려 주세요.

老師，誰的想法是對的請幫忙分辨誰是誰非。

對就是對、錯就是錯是為「시시비비」。相同的字重複使用，是用來明確地強調對與錯。各持己見的人們爭論對與錯，爭論的情況也是「시시비비」。

씨도 먹히지 않다 **無動於衷** | 意見不被接受。

㊀ **連籽也不會被吃。**

▶ **씨알이 먹히지 않다**

㊌ 마을 입구에 가로등을 세워 달라고 구청에 민원을 넣었지만, **씨도 먹히지 않았다.**

雖然市民有跟市廳申請要在小區入口設立路燈，但無動於衷。

엄마에게 게임기를 사달라고 졸랐지만, **씨알이 먹히지 않았다.**

雖然苦苦糾纏媽媽要買遊戲機，但無動於衷。

열변을 토하다 **熱烈辯論、熱烈疾呼** | 強烈地表達自己的主張。

㊀ **吐露激烈辯論。**

㊌ 후보들은 자기를 꼭 회장으로 뽑아 달라며 **열변을 토했다.**

候選人們熱烈疾呼要選自己為會長。

「열변（熱辯 : 더울 열，말 잘할 변）」是指提高音量激烈主張的演說。因為是很強力表達自己主張，所以常與表達強烈噴出的「토하다」一起使用。

입심을 겨루다 **爭吵、打嘴砲** | 言語爭論。

㊀ **說話較勁。**

㊌ 정부와 환경 단체가 **입심을 겨룬** 결과, 고속도로를 우회하여 환경을 보존하기로 했다.

政府與環保團體爭吵的結果，決定要將高速公路迂迴以保護周圍環境。

保護環境！

o.k.

政府　　　　　環保團體

充滿力量很順暢地說話稱為「입심」。言語爭辯各自的主張為「입심을 겨루다」。

정곡을 찌르다 正中靶心、一語中的、突破盲腸｜點出重點。

🔵 刺正鵠。

🟠 어때? 내 **정곡을 찌르는** 질문이?

如何？我正中靶心的問題？

在射擊或射箭時，標靶中間稱之為「정곡（正鵠）」。是用布做成的標靶「正」與動物皮做成的標靶「鵠」合成的字，兩者皆為標靶中心的意思。因為是最重要的部分，所以衍伸為要點或核心之意。因此「정곡을 찌르다」是指正中核心之意。

300

虛假、詐術

눈 가리고 아웅 俗語 掩耳盜鈴 | 用膚淺的方法騙人。

直 遮蓋眼睛喵喵。

例 일기장에 날짜만 고쳐서 내겠다고? **눈 가리고 아웅**이지.

日記本上只改了一下日期就要交？這是掩耳盜鈴吧。

不是「야옹」而是「아옹」才是正確的表現。「아옹」是用手遮住臉後拿開，發出聲音的同時逗小朋友玩，與「까꿍」遊戲類似。小朋友們很容易被暫時把臉遮住然後馬上露出臉的遊戲給騙，以為媽媽消失了然後又出現了而高興。用如此膚淺的方法騙人，稱之為「눈 가리고 아웅」。

딴 주머니를 차다 存私房錢 | 有其他的算盤。

直 佩戴其他袋子。

例 수상한데. 나 몰래 **딴 주머니 차고** 있는 거 아니니?

奇怪，你不會瞞著我偷偷存私房錢吧？

從前主要是穿韓服，因為韓服沒有口袋，所以在腰間上有另外佩戴一個袋子，把錢或東西放在裏頭。「다른 주머니를 찬다」這話是指瞞著對方取錢另外保管。這用來表示有其他心計或圖謀其他事。

소설을 쓰다 杜撰 | 說謊。

直 寫小說。

例 네가 아니라 강아지가 망가뜨렸다고? **소설 쓰니?** 너 바른대로 말해!

不是你，而是小狗弄壞的？在編小說嗎？照實說！

小說是想像編造所寫成的故事，謊話也編成真的。謊話和小說兩者都有編造的相同處，因此以「소설을 쓰다」比喻謊言。

양의 탈을 쓰다 披著羊皮的大野狼、偽善 | 掩藏虛偽裝成善良。

直 戴著羊的面具。

例 아직도 모르겠니? 저 사람은 우리를 속이려고 **양의 탈을 쓰고** 있는 거야.

想法

你還不知道？那個人為了要騙我們而戴著羊的面具。

「탈을 쓰다（戴面具）」是指為了不露出本性而有隱藏的意圖。但是，在這過程中，因為戴著溫馴的羊面具，所以是想讓人從外表看來是溫馴善良的樣子。

입술에 침이나 바르지 俗語 別胡說八道｜不要再說淺顯的謊言了。

直 嘴唇擦點口水吧。／口乾了吧？

▶ 혓바닥에 침이나 묻혀라

例 오늘 좀 예쁘다고? 입술에 침이나 바르시지!

你說我今天有點漂亮？心口不一！

說謊或騙人的時候是會緊張的。一緊張血液會流向臉部並且嘴唇乾，會不自覺地舔唇。這俗語是用來諷刺非常自然地說謊，而不口乾舌燥。

조삼모사 成語 朝三暮四｜不管怎樣做結果都一樣。

直 朝三暮四。

漢 朝三暮四：아침 조，셋 삼，저녁 모，넷 사

例 1+1이나 하나를 절반 가격으로 할인하는 거나 어차피 똑같은 조삼모사야.

不管是買一送一，或第二件半價，反正都是相同的商業手法。

「조삼모사」是指「早上三個、下午四個」之意。以前有個叫狙公的人養猴子，但因為經濟越來越不好，所以猴子們的糧食也必須減少。因此決定早上給三個橡實，下午給四個橡實，但猴子們生氣反對。狙公裝出很不得已的樣子說，那麼早上給四個橡實，下午給三個橡實，猴子們就開心接受了。由這故事可以知道結論都相同，但只在意眼前的利益。如此了解「朝三暮四」的意義後，能知道這是指相同的欺騙手法，因此這成語表示比喻只看到眼前差異而不知結果相同的愚鈍情況。

콩으로 메주를 쑨다 하여도 곧이듣지 않는다 俗語 放羊的孩子｜
說實話也不相信。

直 即使說用黃豆做豆醬餅也不會相信。

例 나는 이제 네가 콩으로 메주를 쑨다 하여도 곧이듣지 않을 거야!

就算你現在說用黃豆做豆醬餅我也不會相信的！

豆醬餅是燉豆後製作而成的。因此「팥으로 메주를 쑨대도 곧이듣는다（說用紅豆做豆醬餅也會相信）」這俗語是指過份地相信對方所說的話。但相反地，「콩으로 메주를 쑨다 하여도 곧이듣지 않는다」是指儘管照事實描述也不會相信。經常說謊的人儘管說的是事實，當然會很難取得別人信任。

確實

돌다리도 두들겨 보고 건너라 俗語 三思而後行、小心使得萬年船｜很熟悉的事情也要小心注意。

- 直 石橋也要敲了再過。
- 例 **돌다리도 두들겨 보고 건너라**고 했으니 검산도 해야겠다!

  俗話說小心使得萬年船，要再驗算一遍！

딱 부러지게 毫不含糊、斷然｜非常果斷確實。

- 直 毅然折斷。
- ▶ 딱 잘라
- 例 싫으면 싫다고 처음부터 **딱 부러지게** 얘기해.

  討厭就說討厭，一開始就要毫不含糊地說。

  자꾸 약속 시각에 늦으면 안 된다고 **딱 잘라** 말했어.

  我明確地跟他說了常常遲到是不行的。

想法

떼어 놓은 당상 俗語 十拿九穩、木已成舟｜事情很確實，絲毫不差。

- 直 摘下的堂上。
- ▶ 따 놓은 당상 俗語　받아 놓은 밥상 俗語
- 例 이번 대회 득점왕은 **떼어 놓은 당상**이다.

  這次比賽得分王是十拿九穩的。

「당상」是朝鮮時代正三品以上高官的統稱。聽說從前依身分在網巾旁縫上固定網巾線的貫子；只有堂上官才能夠佩用玉或金做的貫子。因此，堂上官所佩用的玉金貫子也稱為「당상（堂上）」。這堂上不是隨便之人可以佩用，即使摘下了誰也不能取走，也不能據為己有，這是很確定的。因而有了絲毫無誤一點也不錯的意義。

못을 박다　明確的、敲定 | 很明確地指出某些事實。

直 釘上釘子。

例 손님이 자꾸 물건값을 깎자 주인은 그렇게는 팔 수 없다고 **못을 박아** 이야기하였다.

客人一直殺價，老闆明確地說不能那樣子賣。

백발백중 成語　百發百中、料事如神 | 不管什麼事都非常準確。

直 百發百中。

漢 百發百中：일백 백，쏠 발，일백 백，가운데 중

例 시우는 긴장한 기색도 없이 문제 내는 것마다 **백발백중** 다 맞혔다.

詩宇一點都不緊張，每道提出的問題都百發百中地全答對。

這是指射出一百發，一百發皆中之意，也指射出的槍或箭都射中瞄準點。

불을 보듯 뻔하다　很明顯、明若觀火 | 將要發生的事沒有懷疑的餘地，非常明確。

直 跟看火一樣很明顯。

▷ 불을 보듯 훤하다

例 차가운 아이스크림을 그렇게 많이 먹다간 배탈이 닐 게 **불 보듯 뻔하다**.

冰涼的冰淇淋那樣子吃，會拉肚子是明若觀火。

십중팔구 成語　十之八九 | 幾乎無誤。

直 十中八九。

漢 十中八九：열 십，가운데 중，여덟 팔，아홉 구

例 현수는 오늘도 **십중팔구** 지각할걸?

賢秀今天也十之八九會遲到吧？

這是十個之中有中八個或九個之意。以機率來說，大約有80%～90%。這是指大部分或無疑的成語。

쐐기를 박다 明確保證 | 保證再也不會發生那種事。

直 釘楔子。

例 다시는 거짓말 하지 못하게 **쐐기를 박아** 둘 필요가 있다.

　　有讓他不再說謊的必要。

「쐐기」是切割木頭、石頭，或穿插其間使之固定的工具。釘子或圖釘都是其中一種。釘就不會再動。明確地約定或是取得保證時，使用上楔子「쐐기를 박다」來表達。

아는 길도 물어 가랬다 **俗語** 熟路也要問了再走、小心駛得萬年船 | 很簡單的事也要慎重。

直 俗話說就連知道的路也要打聽後再去。

例 **아는 길도 물어 가랬다**고 확실하지 않으면 일단 선생님께 여쭤보자.

　　俗話說熟路也要邊打聽邊走，如果不是很確定的話，我們且請教老師吧。

這俗語含有在不確定的時候再做一次確定，謹慎行動之意。

因為常用，所以先學起來！

用來表達

生活

的適合表現

- 貧窮
- 擁有
- 經濟生活
- 事情、技藝
- 職業、工作
- 飲食
- 健康狀態
- 結婚、懷孕
- 說話

- 聽、傾聽
- 消息、傳言
- 實在
- 無主見
- 時間

好吃

很能吃的樣子

好吃

貧困

　　與貧窮相關的俗語相當多，似乎從前生活不是很富足。也有很多描述乞討人模樣的表現。

가난 구제는 나라도 못한다 俗語　救濟貧窮，國家也無奈 | 要救濟貧窮，

用國家的力量也很難做到。

∙ ∙

🔲 救濟貧窮，國家也無奈。

▶ 가난 구제는 나라님도 못한다

例 **가난 구제는 나라도 못 한다**지만, 저의 도움이 작은 보탬이라도 되면 좋겠어요.

　　雖然救濟貧窮，國家也無奈，但希望我們的幫助能有小小的助益。

幫助貧窮一事是無止境的，所以國家的力量也難以做到，個人力量更不可能。不管國家的力量有多麼強大，也無法讓每個人都富足生活。

가난이 들다 變貧困 | 變貧窮。

∙ ∙

🔲 貧困進入。

例 그 부부는 직장을 잃고 **가난이 들어** 먹고 살기 어렵게 되었다.

　　那對夫婦失去工作後變貧困，過生活有困難。

「가난이 들다」有生活變困難之意，也有每次要使用某東西都會找不到或很難取得之意。

가난이 원수 俗語　貧窮是冤家 | 貧窮起來很像是冤家。

∙ ∙

🔲 貧窮是冤家。

例 대학에 붙었어도 돈이 없어 등록금을 못 내고 있으니, **가난이 원수**다.

　　即使考上大學也沒有錢繳學費，貧窮真是冤家啊。

因為很貧窮，所以感到憂鬱或痛苦，意思是貧窮很像是冤家的感覺。

가난이 죄다 俗語　貧窮是罪 | 因貧窮而遭逢不幸與痛苦。

∙ ∙

🔲 貧窮是罪。

例 **가난이 죄**라고, 그 아이는 수술비가 없어서 병원을 못 간대. 우리가 조금씩 모아 보자.

俗話說貧窮是罪，聽說那小孩因為沒有手術費，而無法去醫院。我們還是捐一點吧。

가난이 파고들다　窮困潦倒 | 變得更加貧困。

直 貧窮深入。

例 흥부네 집에는 **가난이 파고들어** 하루 먹을 양식도 없었다.

興夫家窮困潦倒，連一天吃的東西都沒有。

가랑이가 찢어지다　生活貧困 | 非常困苦、生活窘困。

直 褲衩破裂。

▶ 똥구멍이 찢어지다

例 김 씨는 아이들 학원비를 감당하기에도 **가랑이가 찢어질** 지경이다.

金先生貧困到付孩子補習費都難的地步。

「가랑이（褲衩）」是指人的兩腿分叉的部分。「가랑이가 찢어지다」是指生活好像褲衩要裂掉的樣子，要努力工作才能溫飽。

가세가 기울다　家道中落 | 家業衰敗，生活艱難。

直 家勢傾垮。

例 혜인이네는 **가세가 기울어** 집을 팔고 이사를 해야 했다.

慧仁家家道中落，必須要賣房子搬家。

「가세（家勢）」是指家道運勢或生活況狀。「기울다（傾斜）」是倒向某一方，不如以前之意。因此「가세가 기울다」是指家業衰敗，處境變困難之意。

거리에 나앉다　風餐露宿、露宿街頭 | 窮到無家可歸。

直 坐到街道。

例 그는 잘 나가던 사업이 졸지에 망해서 손에 아무것도 쥔 것 없이 **거리에 나앉게** 뇌었다.

他原本很好的事業突然破產，手頭無錢而風餐露宿。

自家變為別人所有，家道中落無處可去則稱為「거리에 나앉았다」。

生活

궁상을 떨다　哭窮｜現出窮酸樣以讓人憐憫。

🔵 **直** 現出窮酸樣。

🔵 **例** 생일날 혼자 **궁상떨지** 말고 나랑 같이 놀이동산에 가는 게 어때?

　　生日當天別自己哭窮，跟我一起去遊樂場玩如何？

「궁상（窮狀）」是指貧窮困頓的狀態。此時人們通常想隱藏困窘狀況。但「궁상 떨다」卻是故意展露出窮酸樣。此則包含希望人們可憐包容的意圖。

깡통을 차다　到了乞討要飯的地步｜到了乞討的處境。

🔵 **直** 佩帶罐頭。

🔵 **例** 그렇게 돈을 펑펑 쓰다가는 나중에 **깡통을 차게** 될지도 몰라!

　　那樣闊綽地花錢，說不定哪一天會要出去要飯！

「깡통」是指鐵製保管食物的器具。從前，乞丐是在腰際「바가지를 차다（佩帶瓢瓜）」要飯。聽說韓戰時是使用美軍丟棄的罐頭要飯。因此「깡통을 차다」也是指處在須乞討維生的情況。

말이 아니다　不成話｜狀況窘困。

🔵 **直** 不是話。

▶ 말도 아니다

🔵 **例** 철수네 집에 가니 **말이 아니에요**. 갑자기 부모님도 아프시고, 집에 도둑까지 들었대요.

　　去了哲秀家發現他們家變得不成樣。聽說突然父母都生病，家裡還遭小偷。

「말이 아니다」是指不合道理或難以用邏輯說明的情況。這是用於表示很難以言語形容，情況變得困難的情形。

목구멍에 풀칠하다　勉強餬口｜勉強維生。

🔵 **直** 喉嚨上黏糨糊。

▶ 입에 풀칠하다

🔵 **例** 장사가 잘 안되어서 요즘 **목구멍에 풀칠하기도** 힘들어.

　　生意不好，最近要勉強餬口都很難。

「풀（糊）」是指水滾米或麵粉後成糊狀的東西。是指從前漿衣服使之硬挺，或黏

窗紙時所使用的糨糊。原本不用於食用卻吞食以勉強果腹，「목구멍에 풀칠하다」指勉強果腹度日的窘困情況。

목구멍이 포도청 俗語 肚子是冤家｜肚子餓所以什麼事情都做得出來。

(直) 喉嚨是捕盜廳。

(例) **목구멍이 포도청**이라 일을 하루라도 쉬면 가족들이 굶어야 해서 쉴 수가 없답니다.

都說肚子是冤家，聽說只要一天休息不工作，家人就得餓肚子，所以沒辦法休息。

「포도청（捕盜廳）」是指從前逮捕做壞事的人的衙門，類似於今日的警察局。「목구멍이 포도청」指為存活而做壞事來到捕盜廳的意思。飽腹實為人生問題中，最急需解決的問題。

목에 거미줄 치다 喝西北風、窮困潦倒｜窮困而久餓。

(直) 喉嚨長蜘蛛網。

(▶) 입에 거미줄 치다

(例) 아무리 장사가 안되어도 설마 **목에 거미줄 치기야** 하겠니?

儘管生意不好，難道會喝西北風嗎？（生意再差，難道會差到喝西北風嗎？）

배가 등에 붙다 餓到前胸貼後背｜表餓到肚子凹陷。

(直) 肚子黏到背上。

(例) 종일 굶어서 **배가 등에 붙었다**.

整天餓到前胸貼後背。

주머니가 가볍다 口袋空空｜持有的錢很少。

(直) 口袋很輕。

(▶) 호주머니가 가볍다

(例) 받은 용돈을 하루 만에 다 써서 **주머니가 가벼워**.

一天用完拿到的零用錢，口袋空空。

沒有錢，也沒有任何東西可裝進口袋裡，空空如也，口袋因而很輕。

주머니가 비다　口袋空空 | 沒帶錢。

直 口袋空空。

例 **주머니가 비니** 친구들 만나기도 어렵다.

因為口袋空空，所以很難跟朋友見面。

집도 절도 없다　俗語　無家可歸、無棲身之處 | 沒有可住的地方。

直 連家連廟也沒有。

例 마을에서 쫓겨난 베짱이는 이제 **집도 절도 없는** 신세가 되었어요.

被村裡人趕出來的紡織娘，現在變成了無家可歸的地步了。

「집（家）」是指一般人所住的地方；「절（寺廟）」是指僧侶們修行的地方。
「집도 절도 없다」是指內心沒得依靠或沒得棲身的情況。

쪽박 들고 나서다　出而行乞 | 破產而窮困。

直 拿著瓢瓜片走出來。

例 월급이 두 달째 안 나와서 당장이라도 **쪽박 들고 나서게** 생겼다.

連兩個月沒發薪水，快要喝西北風了。

「쪽박」是指小的瓢。生活用品都沒有了，僅剩小瓢瓜可出而行乞，表非常窘困的
處境。

쪽박을 차다　行乞 | 變成乞丐。

直 佩瓢瓜。

例 삼촌은 무리하게 주식에 투자하더니 결국 **쪽박 차는** 신세가 되었다.

叔叔過份地投資證券，最後到了要行乞的地步。

從前乞丐在腰際間佩掛瓢瓜行乞，因此「쪽박을 차다」意指完全破產要乞討的處
境。

코 묻은 돈　小孩子的錢 | 形容小孩子所擁有的錢。

直 黏著鼻涕的錢。

例 학교 앞에서 떡볶이나 팔며 **코 묻은 돈**이나 번다고 무시하지 마시오!

不要因為是在學校前面賣辣炒年糕賺小孩子的錢，就小看別人！

擁有

「소유（所有）」是指持有某事之意，因而有「손에 넣다（放在手上）」、「손에 쥐다（抓在手裡）」的表現。

그림의 떡 畫中之餅｜不管多麼喜歡也無法擁有。

🔵 畫裡的糕。

🟠 다이어트 중이라 그 아이스크림은 나에게 **그림의 떡**이야.

正在減肥，所以那個冰淇淋對我來說就像是畫裡的糕。

即使畫裡有看起來多麼可口的糕也是無法吃的。這是指雖然眼前能夠看到，但實際上無法得到的情況。

꿀꺽 삼키다 獨吞｜獨自一人佔有。

🔵 獨吞。

🟠 남의 돈을 **꿀꺽 삼키고도** 아무렇지 않게 잘살 줄 알았니?

獨吞別人的錢，還裝作沒事過好日子？

꿩 먹고 알 먹기 俗語 一舉兩得、皆大歡喜｜做一件事得到兩樣以上的利益。

🔵 吃雉又吃蛋。

▶ 누이 좋고 매부 좋다 俗語，도랑 치고 가재 잡는다 俗語

🟠 달리기를 하면 살도 빠지고 건강에도 좋으니 **꿩 먹고 알 먹기**지.

跑步能夠減肥，還能夠促進身體健康，一舉兩得呀。

「꿩（雉）」是非常敏感的動物，一旦有人接近會很快地逃走，但如果正在孵蛋，牠們會動也不動地保護好蛋。這俗語是指在雉孵蛋的時候，能捉到雉也能有雉蛋，即一舉兩得之意。

날로 먹다 生吃｜不勞而獲。

🔵 生吃。

▶ 생으로 먹다

生活

例 김장할 때는 코빼기도 안 보이더니 보쌈만 **날로 먹으려고** 하네!

在醃泡菜的時候連人影都看不見，卻想來吃生菜包肉！

通常「회（膾）」類的稱為「날 것（生的）」，「날로 먹다（生吃）」是指不處理或烹煮就直接吃的情況。因此這是藐稱不經處理、不花勞力就想吃或獲得某物品的情況。

손에 넘어가다　**轉入他人手中** | 變成他人的所有物。

直 越過手。

例 내가 아끼던 로봇이 재성이의 **손에 넘어갔다**.

我很珍惜的機器人到了在成的手了。

손에 쥐다　**掌握在手裡** | 使某樣東西為自己所有。

直 掌握在手裡。

例 이성계는 조선의 첫 임금이 되어 최고의 권력을 **손에 쥐었다**.

李成桂成為朝鮮第一位國王，掌握最高的權力。

「쥐다（握）」是緊緊抓住之意。這是指將物品、金錢或權力等化為己有之情況。

일거양득　**成語**　一舉兩得 | 做一件事獲得兩樣利益。

直 一舉兩得。

漢 一舉兩得：하나 일，들 거，둘 량，얻을 득

例 이 책을 읽으면 성어도 알고 속담도 많이 알 수 있으니 **일거양득**이지.

讀這本書的話能夠知道許多的俗語跟成語，真的是一舉兩得。

聽說卞莊子在趕路，天黑而投宿一家旅館。夜深欲入寢時外頭很吵嘈，一看發現是兩隻老虎在吵架。大力士卞莊子想要捉老虎，但在旅館幫忙做事的小孩子阻止道：「兩隻老虎相互吵架後，如果有一隻死掉的話，那時候再捉另一隻老虎吧。」卞莊子聽了那小孩子的話後就等待時機，輕易地一次捉住這兩隻老虎。「일거양득」出自中國《卞莊刺虎》這個故事，意即做一件事，獲得兩樣利益。

침 발라 놓다　**看中、標為自己所有** | 標示為自己所有。

直 已塗上口水。

例 여기는 내가 처음부터 **침 발라 놓은** 자리야.

這是我從一開始就占好的位子。

經濟生活

經濟生活是指物品或金錢來來去去、生產、消費的全部活動。從前沒有錢包，使用布或皮做的袋子，裡面放瑣碎的物品或錢。因此有「돈」或「주머니」相關聯的表現。

값이 닿다 價和合適、講好價 | 指合適的價格。

🔘 價格抵達。

🔘 팔 사람과 **값이 닿으면** 당장이라도 그 가방을 사겠습니다.

跟賣家要價接近的話，我會馬上買那包包。

날개가 돋치다 銷售很好 | 快速賣出。

🔘 翅膀長出。

🔘 이 운동화는 들어오기만 하면 **날개 돋친 듯** 팔려 나간다.

這款運動鞋一進貨就像長翅膀一樣飛快銷售。

如果人或物品長出翅膀則會飛向天去。某樣物品受歡迎就如同長出翅膀般暢銷。此語主要以「날개 돋친 듯」之形態運用。

哇 賣得很好～

돈더미에 올라앉다 坐擁金山 |

突然之間賺了許多錢，變成大富翁。

🔘 坐上錢堆。

🔘 장사가 잘 돼서 **돈디미에 올라앉아** 봤으면 소원이 없겠나.

如果生意很好能坐擁金山，我就別無所求了。

許多物品聚集稱為「디미（團）」。因此「돈더미」是指金錢的堆積。這表現是指錢多得好像坐在錢堆上，變成有錢人的情況。

生活

돈방석에 앉다　腰纏萬貫 | 擁有許多錢財，過著安樂的生活。

直 坐在錢坐墊上。

例 이모는 개발한 인형 모자가 불티나게 팔려서 순식간에 **돈방석에 앉았다**.

姨母開發的玩偶帽子賣得很暢銷，頓時間腰纏萬貫。

「돈방석」是指用金錢做成的坐墊，這表示擁有許多錢財之意。

돈을 굴리다　錢滾錢 | 拿錢做各種投資，增加許多利益。

直 滾動錢。

例 미진이 어머니는 적금으로 **돈을 굴려** 큰 재산을 만드셨다.

敏智的媽媽用零存整付錢滾錢，創造出許多財產。

滾小雪球，會越滾越大而成大雪球，像這樣，錢也不靜放而到處投資，如同滾雪球一般地增加利益，此情況稱為「돈을 굴리다」。

돈을 만지다　賺錢 | 掙錢。

直 摸錢。

例 농사는 추수해서 농작물을 팔아야 **돈을 만질** 수 있다.

農作物秋收，必須要賣了農作物後才能夠摸到錢。

문을 닫다　歇業、關門 | 不做生意。

直 關門。

例 유명한 식당도 불황에 견디지 못하고 **문을 닫았다**.

就連知名餐廳也無法度過辛苦的時期而歇業。

這是店家關門不營業、不做生意之意。

문을 열다　開門、開始營業 | 開始做生意。

直 開門。

例 저기 새로운 빵집이 **문을 열었대**! 어서 한번 가 보자.

聽說那裡開了新的麵包店！我們快去吃看看。

밑져야 본전 (俗語) 反正也沒損失 | 這是指即使事情做不好也沒有損失。

直 虧了也還有本金。

例 **밑져야 본전**이니, 네가 하고 싶은 일에 도전해 보는 게 어떨까?

反正也沒損失，你就去挑戰想做的事情如何？

「밑지다」是指獲利很少。「본전（本錢）」是指作為老本剛開始持有的錢。「밑져야 본전」是指獲利少但保有本錢，所以沒有很大損失之情況。

싼 것이 비지떡 (俗語) 便宜沒好貨 | 便宜的東西品質不好。

直 包著的東西是豆腐渣。

▶ 값싼 비지떡

例 저렴해서 샀더니 금방 구멍이 났네! 역시 **싼 것이 비지떡**이라니까!

因價格便宜而買了，卻馬上破了！果然便宜沒好貨！

從前有個好心的酒館老闆娘，她送用包袱包著的豆腐渣餅給要走遠路的書生們，書生問：「보자기에 싼 것이 무엇이오？（包袱裡是包著什麼東西呢？）」，酒館老闆娘回答：「싼 것은 비지떡입니다。（包著的是豆腐渣餅）。」這話原本就是包袱包著的是豆腐渣餅。但因為豆腐渣餅的味道不比糕餅，再加上「싼 것」有價值低的含意，因此這俗語因同字異義變成便宜的東西不怎麼好，品質差的意思。

적자를 보다 看到紅字 | 有損失、虧損。

直 看到赤字。

例 이번 달에도 **적자를 보게** 생겼으니 어쩌면 좋을까요?

這個月也會看到紅字，該怎麼辦才好呢？

「적자（赤字）」是指紅色的字。「적자를 보았다（有損失）」表示「손해를 보았다」；記帳時以紅色字標示支出。相反地，「흑자（黑字）」則是指獲利之意。

주머니 끈을 조르다 勒緊口袋 | 非常節省用錢。

直 勒緊口袋繩。

例 경기가 안 좋아 사람들이 **주머니 끈을 조른다**며 상인들이 푸념했다.

商人們不斷地抱怨景氣很不好，人們都勒緊口袋。

不讓錢隨便出去節約使用，以「주머니 끈을 조르다（勒緊口袋）」的模樣比喻。

生活

주머니 사정이 나쁘다 阮囊羞澀 | 金錢狀況不好。

(直) 口袋的情況不好。

(▶) 호주머니 사정이 나쁘다

(例) 월급은 오르지 않고 물가만 올라 사람들의 **주머니 사정이 나쁘다**.

薪水不漲只漲物價，人們的口袋不深，手頭都不寬裕。

주머니 사정이 좋다 口袋夠深 | 金錢狀況很好。

(直) 口袋的情況很好。

(▶) 호주머니 사정이 좋다

(例) 엄마는 요즘 **주머니 사정이 좋다**며 치킨 한 마리를 시켜 주셨다.

媽媽最近手頭寬裕，於是買了一隻烤雞。

주머니가 두둑하다 手頭寬裕 | 擁有的錢財很充足。

(直) 口袋厚實。

(▶) 주머니가 넉넉하다

(例) 세뱃돈을 많이 받아 **주머니가 두둑해졌다**.

拿到許多壓歲錢，手頭變寬裕。

「두둑하다（厚實）」是非常厚之意。口袋厚是裡面錢塞滿了口袋的緣故。

주머니를 털다 傾囊而出 | 掏出身上所有的錢財。

(直) 抖抖口袋。

(例) 형제는 **주머니를 털어** 어머니의 생일 케이크를 샀다.

兄弟們傾囊而出買了媽媽的生日蛋糕。

천정부지로 오르다 無限上升 | 價格無限上升。

(直) 不知天高地上升。

(例) 명절이 되니 과일값과 채솟값이 **천정부지로 오르는구나**.

年節到了，蔬菜水果價格無止境地上漲。

「천정부지（天井不知：하늘 천，우물 정，아닐 부，알 지）」是不知天井在何處

之意，簡單來說就是「하늘 높은 줄 모른다（不知天有多高）」。因此「천정부지로 오르다」是指物價如同不知天高一般，無限上升之意。

티끌 모아 태산 (俗語) 積沙成塔 | 就算小東西一點一滴累積的話，也會成為大東西。

○ 聚塵成泰山。
▶ 실도랑 모여 대동강이 된다 (俗語)
例 **티끌 모아 태산**이라고 지금부터 백 원, 이백 원씩 모으다 보면 나중에는 큰돈이 되겠지?

　俗話說積沙成塔，從現在開始一百、兩百元存的話，以後會變成一筆大錢對吧？

「티끌」為灰塵，又指非常少或很小之物。這俗語是比喻小東西一點一滴累積的話，會變成大東西。

파리를 날리다 生意冷清 | 生意不好而很閒。

○ 趕蒼蠅。
例 그 식당은 여전히 **파리 날리고** 있더라.

　那餐廳猶如往常地生意冷清。

餐廳或店家若有許多客人出入，則沒有蒼蠅來停坐。這是描述生意不好而停有蒼蠅的安靜餐廳裡，店家主人趕蒼蠅的樣子。

폭리를 취하다 謀取暴利 | 用不好的方法取得利益。

○ 謀取暴利。
例 그 참기름집은 중국산 깨를 국산 깨라고 속여 팔아 **폭리를 취했다**.

　那家麻油店家謊稱中國製的芝麻是韓國製的芝麻而謀取暴利。

「폭리（暴利）」是指過多不當的獲利。「부당하다」是不合道理的意思，故這是指用不正當的方法取得利益的情況。

한몫 잡다 撈一筆錢 | 輕易地取得利益。

○ 抓到一份。
▶ 한몫 보다
例 콘서트 공연장 앞에서 장사꾼들은 **한몫 잡으려고** 두 팔을 걷어붙였다.

在演唱會場地前面的商人們都想要撈一筆而捲起雙袖。

허리띠를 졸라매다 勒緊腰帶 | 下定決心要過樸素的生活。

直 勒緊腰帶。

例 집의 대출금을 갚을 때까지 가족 모두 **허리띠를 졸라매기로** 하자.

在還清家的貸款之前，我們全家人都勒緊腰帶過日子吧。

從前，祖先們生活不充裕，挨餓的情況很多，因而勒緊腰帶忍住飢餓。「허리띠를 졸라매다」是指無法任意花用，為了達到目標而忍住，省用度日之意。

헐값에 내놓다 低價銷售 | 賤價出讓。

直 賤價出讓。

例 집을 보러 사람들이 오지 않아 급한 김에 **헐값에 내놓았다.**

沒有人來看房子，情急之下就賤售了。

事情、技藝

做任何事，身體部位中最常用到的是手。而製作物品發揮手藝時，手要使出能力。因此有關做事或手藝的表現中，常有「손（手）」與「발（腳）」等身體部位的字眼。

능수능란하다　技藝精巧 | 表很熟悉某件事情，手藝很好。

直 能手能爛。

例 아주머니, 어쩜 이렇게 만두를 **능수능란하게** 잘 빚으세요?

大嬸，妳怎麼能如此嫻熟地包水餃呢？

「능수（能手）」是指熟練的手藝；「능란（能爛）」是非常熟練之意。類似的話重複是表強調之意。

몸으로 때우다　以勞力償還 | 以身體勞力替償。

直 用身體抵消。

例 나는 누나에게 진 빚을 심부름하여 **몸으로 때웠다**.

我欠姊姊債的用跑腿幹活的方式來抵消。

몸으로 뛰다　躬體力行、躬親 | 動用身體工作。

直 用身體跑。

例 사장이 직접 **몸으로 뛰어야** 직원도 따라 열심히 일하는 거야.

老闆要躬體力行，職員才會跟著努力工作。

발로 뛰다　奔波 | 親臨現場工作。

直 用腳跑。

例 신입 사원은 열심히 **발로 뛰며** 일을 배웠다.

新進員工努力奔波學習工作。

손에 물 한 방울 묻히지 않고 살다 茶來伸手，飯來張口、舒適優渥地

生活 | 不做辛苦的事，舒適地生活。

🈲 手不沾到一點水地生活。

例 나와 결혼해 준다면 **손에 물 한 방울 묻히지 않고 살게** 해 주겠소.

　　如果跟我結婚的話，我會讓妳過著茶來伸手，飯來張口的日子。

「설거지（洗碗）」、「빨래（洗衣服）」、「청소（打掃）」、「음식 만들기
（煮飯）」等，這全都是要碰到水的事。「손에 물 한 방울 묻히지 않고 살다」就是
有人代替做這些事情，而過著舒適的生活。這主要表示不用做家事。

손에 붙다 上手 | 熟練而效率提升。

🈲 黏在手上。

例 지금은 어색해도 계속하다 보면 일이 **손에 붙을** 거야.

　　就算現在生疏，繼續做也會上手的。

손이 달리다 勞力不足、人手不足 | 人手不足。

🈲 手不足。

▶ 손이 모자라다

例 얘, 지금 손님이 많이 와서 **손이 달리니까** 얼른 와 줘!

　　孩子，現在客人很多人手不足，快點來幫忙。

　　마침 **손이 모자랐는데** 잘 왔어. 얼른 좀 도와줘.

　　你來的正好，剛好現在人手不足，快點來幫忙。

「손이 달리다」是指「일손이 부족하다」之意。通常「달리다」會誤發音為「딸리
다」。若要表示缺什麼東西，必須要說「달리다」才是正確發音。請不要說「손이
딸리다」，請說「손이 달리다」。

손이 뜨다 動作慢 | 做事情的動作非常慢吞吞。

🈲 手鈍。

例 그렇게 **손이 떠서** 언제 송편을 다 빚을 거야?

　　動作那麼慢的話，什麼時候才能包好松餅？

손이 빠르다　**動作快**｜處理事情的速度快。

直 手快。

例 은선이는 어찌나 **손이 빠른지** 그 많은 종이꽃을 벌써 다 오렸더라고.

恩善動作怎麼會這麼快，這麼多的紙花全都已經剪好了。

손이 여물다　**手巧**｜事情處理無瑕疵，很仔細。

直 手熟。

▶ **손끝이 여물다**

例 수선집 아주머니는 **손이 여물어서** 항상 가게에 손님이 많다.

修繕店的嬸嬸手很巧，所以店裡總是有許多客人。

這裡的「손」是指「일솜씨（做事的手藝）」。「여물다」原指水果或穀物成熟，其意衍伸指處理事情或動作確實迅速。因此「손이 여물다」是指手藝齊備之意。

일손을 놓다　**歇手**｜暫時放下手裡的工作。

直 放下工作的手。

例 점심시간이라 잠시 **일손을 놓고** 밥을 먹었다.

午餐時間了，歇手吃飯。

일손이 잡히다 有心思工作 | 生起想工作的心思。

直 工作的手被抓住。

例 감기에 걸려 집에 혼자 있는 아이를 생각하니 도무지 **일손이 잡히지** 않는다.

想到感冒獨自在家的孩子，就工作心不在焉。

職業、工作

「목(喉)」在呼吸維持生命上有著重要功能。所以常用於與工作相關聯的表現。還有，職場上的位子即職位之意。

감투를 벗다　卸任｜卸下重要職位。

直 脫下烏紗帽。

例 학부모 대표 자리라는 **감투를 벗으니** 마음이 한결 편하다.

卸下家長會代表的職務，內心感到舒暢。

감투를 쓰다　戴烏紗帽｜擔任重要職位。

直 戴烏紗帽。

例 회원들이 회장으로 추대했지만, 아버지는 **감투 쓰기** 싫다고 손사래를 쳤다.

雖然會員們擁戴當會長，但爸爸揮揮手表示不想戴烏紗帽。

「감투」是從前當官的人戴的帽子。到官府服勤必須穿戴整齊，所以「감투를 쓴다」就表示任官之意。現代指升官或擔任重要職務的情況。

강단에 서다　站在講台上｜成為教師。

直 站在講壇上。

例 민혁이는 **강단에 서는** 것이 꿈이야.

民赫的夢想是站在講台上。

「강단(講壇)」是指授課教師、講師所站之有點高的位子。主要是指大學教授們站在講台上授課的情況。

교단에 서다　站在教壇上｜當老師。

直 站在教壇上。

例 선생님께서 처음 **교단에 섰을** 때 이야기를 해 주셨는데 너무 흥미진진했어.

老師說了他第一次站在教壇上的故事，聽了趣味盎然。

生活

「교단（教壇）」與「강단（講壇）」類似。現在幾乎消失了，但是指老師在教室登上的地方。

교편을 잡다 **當教師** | 從事教師生涯。

- **直** 抓教鞭。
- **例** 우리 엄마는 20년 가까이 초등학교에서 **교편을 잡고** 계신다.

  我媽在國小執教將近二十年的時間。

「교편」。「교편을 잡다」即指拿著教鞭從事教書生涯。

날품을 팔다 **日領工作、賣勞力** | 領日薪工作。

- **直** 賣日工。
- **例** 이 씨는 **날품을 팔아** 어렵게 살아가고 있다.

  李先生打工困難地度日。

「날」是一天；「품을 팔다」是指從事體力勞動賺錢。因此「날품을 판다」是工作一天賺一天錢的意思。

녹을 먹다 **拿俸祿** | 做公職。

- **直** 吃祿。
- **例** 나라의 **녹을 먹는** 사람이라면 국민을 최우선으로 생각해야지.

  如果是吃公家飯的人，應該視國民為最優先啊。

「녹（祿）」是指「녹봉（俸祿）」，從前是給官吏的薪俸。除了錢以外還會給米或麥，「녹을 먹다」現代主要用在指為公家做事，拿官俸的公務員身上。

뒤로 물러나다 **退休** | 引退、退休。

- **直** 退到後面。
- ▶ **뒤로 빠지다**
- **例** 할아버지는 30년간 해 오시던 일을 그만두고 **뒤로 물러나셨다**.

  爺爺辭掉做了三十年的工作退了下來。

목이 달랑달랑하다 職位不保 | 處於被擠下位子的情況。

直 脖子搖搖晃晃。

例 대표팀 감독이 이번 대회 부진으로 **목이 달랑달랑한다는데** 정말이야?

代表隊的教練在這次比賽因表現不好而被迫退陣,這是真的嗎?

목이 떨어지다 掉了工作 | 遭到解雇。

直 腦袋掉落。

例 그 사고로 김 과장 **목이 떨어졌다던데** 안타깝군.

因為那事件,金課長掉了工作而感到可惜。

목이 붙어 있다 保住工作 | 好不容易保住職位。

直 脖子貼著。

例 회사에 구조 조정이 있는 모양이야, **목이 붙어 있으려면** 실수하지 말자고.

公司好像在做結構調整,如果想要保住工作的話,不要有一點差錯。

목이 잘리다 丟飯碗 | 被辭去工作。

直 脖子被砍。

▶ 목이 날아가다

例 직장에서 **목이 잘리지** 않으려면 늘 노력해야 해.

在職場,如果不想要丟飯碗的話,要常常努力。

어쩌지, 이번에 큰 실수를 저질러서 **목이 날아갈지도** 몰라.

怎麼辦,這次犯下大錯,說不定會丟飯碗。

몸을 담다 投身 | 投入某領域。

直 裝入身體。

例 우리 힐아버지는 30년긴 출핀게에 **몸을 남으셨어.**

爺爺置身出版業有三十年的時間。

生活

밥줄을 끊다 讓人丟飯碗、讓人丟工作 | 讓人無法繼續工作。

直 切斷飯源。

例 서비스에 불만을 품은 고객은 **밥줄을 끊어** 놓겠다며 으름장을 놓았다.

不滿意客服的顧客恐嚇要讓我丟飯碗。

「밥줄（飯碗）」是掙錢生活的方法或手段之俗稱。「밥줄을 끊다」是指讓人無法繼續工作之俗語說法。

밥줄이 끊어지다 失業 | 失去工作。

直 飯源斷。

▶ 밥줄이 떨어지다

例 **밥줄이 끊어질까** 봐 하고 싶은 말도 못 하고 산다니까.

因為怕失業，所以連想說的話都無法說地過活。

보따리를 싸다 捲舖蓋 | 辭掉職位。

直 包紮包袱。

例 고모는 회사의 부당한 조치를 참지 못하고 **보따리를 싸고 나왔다**.

姑姑因為無法忍受公司不當的措施而辭職了。

被辭退的話須整理自己座位。因要離開而打包整理物品的模樣，而有了「보따리를 싸다」之表現產生。

옷을 벗다 卸下職務 | 從某職位中退出。

直 脫衣服。

例 경찰이셨던 아버지는 **옷을 벗고** 평소 꿈이셨던 사업을 시작하셨다.

曾經是警察的爸爸，離開工作之後，開始做理想中的事業。

일손을 떼다 停手 | 停止正在做的事。

直 抽掉人手、抽手。

例 할머니는 농사일에 **일손을 떼셨다**.

奶奶停手不再種田。

자리를 박차고 나오다 離職 | 辭掉工作。

直 踢掉位子出來。

例 가수의 꿈을 이루기 위해 취직한 지 일 년 만에 **자리를 박차고 나왔다**.

為了要追尋歌手夢而辭去工作一年的崗位。

자리를 잡다 站穩地位 | 保有某程度的份量。

直 抓住位子。

例 회사에서 몇 년 일했더니 어느 정도 **자리를 잡았다**.

在公司工作了幾年後，占有某程度的地位。

「자리」是指讓人們能夠坐的地方。在職場中有「과장（課長）」、「부장（部長）」等職位，依職位有特定的位子。因此在職場上佔有某位子時，以「자리를 잡았다」表示之。

자리에 붙어 있다 ─直在某位置 | 維持某職務、職位。

直 貼在位子上。

例 저 사람이 그 **자리에 붙어 있을** 수 있는 건 아내의 내조 때문인 것 같아.

他能夠一直黏在那位子上，好像是因為他妻子幫助的關係。

자리에 오르다 升職 | 升到更高的職位。

直 登上位子。

例 그녀는 어린 나이에 황후의 **자리에 올랐다**.

那女子年紀輕輕地就登上皇后的職位。

잔뼈가 굵다 擅長、熟稔 | 熟悉某件事情與經驗很多。

直 細骨長粗。

例 오늘 사회를 맡은 신행사는 지역 축제에서 **잔뼈기 굵은** 사람이다.

今天的主持人是個擅長地方節慶的人。

這是纖細無力的骨頭變粗硬之意。長時間從事某事而熟悉，經驗豐富之意。

청운의 꿈　遠大志向｜懷抱飛黃騰達的理想。

直 青雲之夢。

▶ 청운의 뜻

例 한동안 가족들과 떨어져야 하지만 그는 **청운의 꿈**을 갖고 유학길에 올랐다.

雖然暫時必須要跟家人分開，但是他懷抱遠大志向踏上留學的路。

「청운（青雲）」是指藍色的雲。藍色與雲兩者皆指高的「天」。因此「청운（青雲）」比喻高的地位或官位。懷抱出人頭地、立身揚名的希望稱為「청운의 꿈」。

한자리하다　占一席之地｜登上重要地位。

直 占重要位子。

例 백수처럼 보여도 삼촌이 디자인 업계에서 **한자리하는** 사람이더라고!

看起來很像無業遊民的叔叔卻是在設計界佔有一席之地的人。

飲食

게 눈 감추듯 狼吞虎嚥、急快速地吃、風捲殘雲 │ 匆匆忙忙地吃的樣子。

直 如同螃蟹閉眼一般。

▶ 마파람에 게 눈 감추듯

例 밥 한 그릇을 <u>게 눈 감추듯</u> 먹었네? 배가 매우 고팠나 보구나.

　狼吞虎嚥地吃了一碗飯？看起來肚子真的很餓呀。

　그 많던 과자가 **마파람에 게 눈 감추듯** 사라져 버렸네.

　那麼多的餅乾，如風捲殘雲一般地消失了。

螃蟹在平常的時候是會兩眼露在外頭走動，但如果感到一點點的威脅的話，會瞬間收起眼睛躲起來。「게 눈 감추듯」是指如同螃蟹閉眼的速度，快速地把食物吃完；與「마파람에 게 눈 감추듯（如螃蟹因南風而藏起眼睛一般）」意義相似。「마파람」是指南方吹起的風，或迎面而來的風。

나발을 불다 整瓶喝 │ 直接整瓶喝。

直 吹喇叭。

▶ 병나발을 불다

例 목이 너무 말라서 음료수를 병째 <u>나발 불었다</u>.

　口非常渴，整瓶飲料直接喝。

「나발（喇叭）」也稱為「나팔（喇叭）」，是管樂器之一，吹口窄細，整體呈圓弧狀。瓶子也是口小，似喇叭。「나발을 불다」是指跟吹喇叭一樣，口對口，飲料或酒整瓶拿著喝之意。

둘이 먹다 하나가 죽어도 모르겠다 **俗語** 兩個人一起吃著，其中一個人死都不知道 │ 食物非常美味。

直 兩個人一起吃，中途一個人死都不知道。

▶ 셋이 먹다가 둘이 죽어도 모른다

例 이 집 통닭 한번 먹어 봐. <u>둘이 먹다 하나가 죽어도 모른다</u>고.

　吃吃看這家店的炸雞。兩個人一起吃，途中一個人死都不知道。

生活

這是指食物非常好吃，好吃到一起吃食物的人不見了都不知道之意。當然這是稱讚的表現。

먹을 때는 개도 때리지 않는다 俗語 吃飯時不打狗 | 形容在吃東西的時候，不打或責罵人。

🔘 吃飯時狗也不打。

▶ 밥 먹을 때는 개도 안 때린다

📝 여보, **먹을 때는 개도 때리지 않는대요**. 애들한테 잔소리는 그만 좀 하세요.

親愛的，俗話說吃飯時不打狗。不要再對孩子們碎念了。

俗話說吃飯時不打狗，何況是打人，這是拐個彎說話。最近也常用「밥 먹을 때는 개도 안 건드린다（吃飯時狗也不碰）」。

목구멍의 때를 벗기다 打牙祭 | 飽食。

🔘 脫除喉嚨的污垢。

▶ 목구멍의 때를 벗긴다

📝 친구 생일날 오랜만에 **목구멍의 때를 벗겼다**.

朋友生日那天久違地打了牙祭。

목구멍이 크다 食量大 | 食量多。

🔘 喉嚨大。

📝 하민이는 **목구멍이 커서** 급식을 적어도 두 번은 받아먹어.

夏敏因為食量大，所以供餐至少要吃兩盤。

발이 길다 有口福 | 有吃的福氣。

🔘 腳長。

📝 방금 치킨 시켰는데……. 너는 참 **발이 길어**.

剛剛點了炸雞……。你真有口福。

如果腳很長，則能到處走動，每當有吃的場合就插一腳，因此有吃的福氣的人稱為「발이 길다」。

발이 짧다 沒口福 | 沒有吃的福氣。

直 腳短。

例 차린 음식은 다 먹었는데, 어쩌지? 조금만 더 일찍 오지. **발이 짧아도** 너무 짧구나!

上的菜都已經吃完了，怎麼辦？你應該要早一點來的。說是沒口福也太沒口福了吧。

밥상을 물리다 撤走飯桌 | 撤走餐桌。

直 使飯桌退下。

例 아버지는 **밥상을 물리신** 후 항상 커피를 드신다.

爸爸在飯桌撤下後，常常喝咖啡。

「물리다（撤下、使退下）」是指人或東西移到他處之意。

※韓式餐桌是四短腳小桌，故可端上撤下。

밥알을 세다 數飯粒、沒胃口 | 不好好吃飯，搞得很凌亂。

直 數飯粒。

例 무슨 고민 있니? **밥알을 세고** 있어서.

有什麼煩惱嗎？怎麼在數飯粒呢。

在韓國，吃飯用湯匙，吃菜用筷子。但沒胃口或吃不下飯時，有些人會用筷子一點一點地挑著吃。那模樣彷彿是用筷子數飯粒般，故有此表現。

산해진미 成語 山珍海味 | 山與海中最珍貴的食物。

直 山海珍味。

漢 山海珍味：산 산，바다 해，보배 진，맛 미

例 엄마는 할머니 생신을 맞아 온갖 **산해진미**를 다 차려 내셨다.

媽媽在奶奶生日這天準備了山珍海味。

不只是來自山跟海，世界各種材料製作的美食都稱為「산해진미」。另「수륙진미（水陸珍味）」以及「고량진미（膏粱厚味）」也與之同義。

숟가락을 들다 開動、吃飯 | 開始吃飯。

直 舉湯匙。

例 가족들이 다 모였으니 이제 **숟가락을 들자꾸나.**

因為家人全都到齊了，現在開動。

술독에 빠지다 酗酒 | 過度喝酒。

直 掉進酒缸。

例 옆집 할아버지는 늘 **술독에 빠져** 지내시더니 결국 병원에 입원하셨어.

鄰家爺爺經常酗酒，最後終於住院了。

「술독」是指裝酒的。這是描述過度飲酒，就好像掉進酒缸裡，全身散發酒氣的情況。這也有不正常生活，只顧著喝酒之意。

식음을 전폐하다 不吃不喝 | 不吃任何東西。

直 食飲全廢。

例 할머니께서 **식음을 전폐하고** 누워만 계시니 큰일이야.

奶奶不吃不喝只是躺著，會出事的。

「식음（飲食）」是吃喝；「전폐（全廢）」是完全不做事。因此，「식음을 전폐하다」是指完全不進食，什麼都不吃。

요기하다 充飢 | 吃一點東西。

直 充飢。

例 등산 중에 너무 배가 고파 중간에 간단히 **요기하고** 다시 올라갔다.

在登山的途中，因為肚子非常餓而在中間吃點東西充飢後再上山。

「요기」是僅得以解決飢餓感而吃一點東西。「요기했다」是指不全吃飽，而只吃一點之意。

입에 달고 다니다 吃不停 | 不時地在吃。

直 掛在嘴上走動。

例 시하는 종일 먹을 것을 **입에 달고 다니는데도** 살이 찌지 않는다.

詩夏整天吃不停也不會胖。

입에 대다　吃東西、吃飯 ｜ 吃喝食物。

🔘 碰嘴。

🔘 제사 음식은 제사가 끝날 때까지 **입에 대면** 안 된다.

　　祭拜的食物在祭拜結束之前是不可以吃的。

입이 광주리만 하다　俗語　很能吃 ｜ 吃很多東西的模樣。

🔘 嘴巴像簍筐。

🔘 우리 오빠는 **입이 광주리만 해서** 집에 남아나
　　는 음식이 없다.

　　哥哥很能吃，因而家裡沒有剩下的食物。

能夠裝很多東西且口很大的容器稱之為
「광주리（簍筐）」。「입이 광주리만 하
다」是指張大嘴巴吃很多食物的模樣。

입이 궁금하다　嘴饞 ｜ 想咀嚼吃東西。

🔘 嘴巴好奇。

▶ 입이 심심하다

🔘 **입이 궁금하던** 차에 아빠가 치킨을 사 오셔서 너무 기뻤다.

　　正當嘴饞時，爸爸買炸雞回來，太高興了。

　　이상하게 밤만 되면 **입이 심심하다**니까! 이래서 살이 찌나 봐.

　　很奇怪，一到晚上就會嘴饞！大概是這樣所以才變胖的。

입이 짧다　挑嘴 ｜ 吃很少或是有挑食的習慣。

🔘 嘴短。

▶ 입이 밭다

🔘 우리 아이는 **입이 짧아서** 걱정이에요. 키가 크려면 잘 먹어야 하는데.

　　我們小孩很挑嘴，真擔心。要個子長高的話，要好好吃才行。

「짧다（短）」是指東西不充分或是短缺之意。「입이 짧다」是指不吃任何東西，
或是吃很少的意思。

진수성찬 🈯️成語 珍饈盛饌 | 擺滿很珍貴的食物。

🈯️直 珍饈盛饌。

🈯️漢 珍饈盛饌：보배 진, 음식 수, 담을 성, 반찬 찬

🈯️例 임금님의 부름을 받고 달려갔더니 그곳엔 **진수성찬**이 차려져 있었어요.

接到國王的召喚而跑過去，發現那裡擺滿珍饈盛饌。

코가 비뚤어지게 爛醉如泥 | 喝很多酒的模樣。

🈯️直 鼻子歪掉。

🈯️例 **코가 비뚤어지게** 술을 마셨더니 다음날 머리가 깨질 것 같았다.

喝得爛醉如泥，隔天頭好像要爆裂一般。

필름이 끊기다 喝到斷片 | 因酒醉而想不起來。

🈯️直 膠卷斷掉。

🈯️例 아버지는 **필름이 끊겨서** 어제 일이 하나도 기억나지 않는다고 하셨어.

爸爸說他喝到斷片，昨天的事情一點都想不起來。

雖然數位相機將相片存在記憶體裡，但從前的相機是用膠卷底片儲存。因此「필름이 끊어졌다」是指儲存的內容消失。雖然有失神或失憶的意思，但主要用於喝醉而記不起來的情況。

한술 뜨다 吃一口 | 吃少量的食物。

🈯️直 舀一匙。

🈯️例 아무리 바빠도 **한술 뜨고** 나가거라.

不管有多忙，吃一口再出門吧。

「한술（一口）」是指用湯匙舀起的食物。

호의호식 🈯️成語 錦衣玉食 | 穿好的衣服，吃好的食物。

🈯️直 好衣好食。

🈯️漢 好衣好食：좋을 호, 옷 의, 좋을 호, 밥 식

🈯️例 조선 시대에 양반들은 **호의호식**하며 살았지만, 노비들은 겨우 밥술이나 떴다.

朝鮮時代的貴族過著錦衣玉食的日子，但是奴婢們都僅能糊口。

健康狀態

　　我們祖先在人們過世的時候，以「돌아가셨다（歸去）」代替「죽었다（死了）」來表示。這是比較不傷心且較委婉的說法。這裡有許多比較婉轉表達死亡、生病等身體狀態的說法。請感受一下祖先們的口才吧。

골골하다 　病懨懨｜身體很虛弱總是在生病。

直 病懨懨。

例 그 전부터 **골골하더니** 아예 입원하고 병원에 누워 있대.

　　聽說之前就感覺病懨懨的，索性入院躺床了。

「골골」是描述生病厭倦模樣的擬態語。

노익장 成語　老當益壯｜雖老，但意志或力氣漸漸變好。

直 老益壯。

漢 老益壯：늙을 로，더할 익，씩씩할 장

例 교수님은 일흔이 넘으셨는데도 올해 논문을 두 편이나 내시다니, 정말 대단한 **노익장**이야.

　　儘管教授超過七十歲，但今年發表了兩篇論文，真的是老當益壯。

「노익장（老當益壯）」是出自中國後漢馬援將軍的故事。馬援擅長武藝且為人正直。年輕時因釋放冤獄囚犯而成為逃亡者，但日後為皇帝賞識而升為將軍。馬援老後仍領先上戰場。儘管皇帝阻止他，他回答：「大丈夫立志，老也要更加強壯」。「노익장」表示儘管老了，體力卻漸漸變好。

녹초가 되다 　癱軟無力、精疲力盡｜疲累無力。

直 變成溶化的蠟燭。

例 퇴근 후 나는 완전히 **녹초가 되어** 잠자리에 들었다.

　　下班之後我精疲力盡，馬上睡了。

「녹초」是指溶化的蠟燭，其意衍伸指血脈散，無法使力的狀態。

生活

눈에 흙이 들어가다 入土為安、死亡 | 人死後埋入土中。

🈶 泥土進入眼睛。

例 내 **눈에 흙이 들어가도** 이 결혼은 절대 허락할 수 없어!

　　即使我死了，也絕不允許這門婚事！

다릿골이 빠지다 精疲力竭 | 走許多路而腳疲倦。

🈶 腿骨骨髓流失。

例 종일 순례길을 걸어 다녔더니 **다릿골이 빠질** 것 같아.

　　走了整天的巡禮之路，感覺好像精疲力竭。

「다릿골」是指腿骨裡的骨髓。這是指腳痛或疲勞到了腿骨骨髓流失的程度。

만수무강 成語 萬壽無疆 | 無止境地長活、活很久。

🈶 萬壽無疆。

漢 萬壽無疆：일만 만，목숨 수，없을 무，지경 강

例 할아버지, **만수무강**하세요.

　　祝爺爺萬壽無疆。

此為活到一萬歲也無止盡的壽命！即指活得長久之意。這是祈求長輩能長壽時，經常使用的話。與無病且很健康地活得長長久久的「무병장수」意思相近。

몸을 버리다 損害健康 | 損害健康。

🈶 丟身。

例 그렇게 일만 하다 **몸을 버릴** 수 있으니 건강부터 챙겨라.

　　那樣一直工作的話會損害健康，從照顧健康開始吧。

몸이 천근만근이다 身體沉重 | 累而感覺身體沉重。

🈶 身體千斤萬斤。

例 밤샘 작업을 했더니 피곤하고 **몸이 천근만근이야**.

　　熬夜作業感到很疲倦，身體沉重。

「근（斤）」是重量的單位。肉「한 근（一斤）」大約600公克。如果說「천근만

근（千斤萬斤）」，是指非常重。「몸이 천근만근이다」則指身體沉重。這是用於表示辛苦與疲累的情況。

몸져눕다 臥病在床 ｜ 無法支撐身體而臥床。

🈲 臥倒。

例 옆집 형은 상한 음식을 먹고 배탈이 나서 **몸져누웠대**.

　　聽說鄰家哥哥吃了壞掉的食物後拉肚子，臥病在床。

세상을 떠나다 離開世間 ｜ 人死亡。

🈲 離開世上。

▶ 세상을 등지다

例 오늘따라 **세상을 떠나신** 외할머니가 무척 그립다.

　　今天特別想念已經離開世間的奶奶。

這是人離開活著的世界的話，婉轉表示「죽었다」的用詞。其他還有如「세상을 뜨다（離開世上）」、「세상을 하직하다（告別人世）」、「세상을 버리다（棄世）」等說法。

속이 부대끼다 不消化、不舒服 ｜ 內心不舒服。

🈲 腹部受苦。

例 저녁을 너무 많이 먹었나 봐. **속이 부대끼네**.

　　晚餐好像吃太多了。感覺不舒服。

「부대끼다」是指經常碰撞、衝突之意。「속이 부대끼다」是指飲食在肚子裡碰撞，感覺無法消化，難受的情況。

숟가락을 놓다 辭世 ｜ 人死亡。

🈲 放下飯匙。

例 큰 병에 걸려 **숟가락을 놓게** 생겼디디리

　　他生重病好像要掛了。

「숟가락을 상에 내려놓았다（把飯匙放到桌上）」是用餐結束之意。因為死亡的人無法再次「숟가락을 들다（拿起飯匙）」，因此以此委婉表示死亡。

숨을 거두다 撒手而去、斷氣 | 死亡。

📖 收起呼吸。

📝 할아버지께선 오랜 투병 생활을 하시다 조용히 **숨을 거두셨다**.

爺爺長時間地與病魔搏鬥而靜靜地撒手而去。

「거두다」是指結束在做的事。因此「숨을 거두다」是停止呼吸，即婉轉表示死亡之意。

숨을 넘기다 斷氣、死亡 | 無法再繼續呼吸而死亡。

📖 嚥氣。

📝 장군은 적의 화살을 맞고 손을 쓸 새도 없이 **숨을 넘기고** 말았다.

將軍種了敵人的箭，來不及救就斷氣了。

숨이 붙어 있다 有氣、還活著 | 好不容易地活著。

📖 氣黏著。

📝 솥에 올려둔 물고기는 아직도 **숨이 붙어 있는** 건지 솥이 덜그럭덜그럭했다.

放在鍋裡的魚好像還有氣，在鍋上趴搭趴搭地跳動。

유명을 달리하다 離開人世、陰陽兩隔 | 死亡。

📖 幽冥分隔。

📝 다이애나는 젊은 나이에 **유명을 달리한** 비운의 왕세자빈이다.

黛安娜是年紀輕輕就離開人世的不幸的王子妃。

「유명（幽明）」指黑暗與明亮，衍伸為陽間與陰間。「유명을 달리하다」是指離開光明的陽間到了黑暗的陰間。

자리를 털고 일어나다 康復 | 臥病在床的人站起來。

📖 抖開床舖起來。

⭕ 자리를 걷고 일어나다

📝 할아버지는 며칠 만에 씻은 듯 **자리를 털고 일어나셨다**.

爺爺過了幾天完全康復了。

자리에 눕다 <small>臥病在床 | 躺著不舒</small>
服。

🔲 在床上躺著。

🔴 아버지께서 암으로 **자리에 누우신** 지
벌써 2년이나 되었다.

爸爸因為癌症臥病在床已經兩年了。

파김치가 되다 <small>精疲力盡 | 疲累沒</small>
有力氣。

🔲 變成蔥泡菜。

🔴 종일 봉사 활동을 하러 돌아다녔더니 몸이 완전 **파김치가 되었다**.

整天當義工跑來跑去,身體累癱了。

「파(蔥)」平常硬挺挺是其特徵,若加入各類調味料,會因調味料滲入而變軟。
這用來表示類似狀態的疲憊。

한 줌의 재가 되다 <small>變成灰燼、變成一抔黃土 | 死亡。</small>

🔲 變成一撮灰。

▶ **한 줌의 흙이 되다**

🔴 수학 여행을 갔다 온다던 아들이 **한 줌 재가 되자** 어머니는 정신을 잃고 말았다.

說要去校外教學就回來的兒子變成一抔黃土,母親就暈倒了。

「한 줌의 재가 되다」是指人的肉體存在是微小無常的。

生活

結婚、懷孕

과년이 차다 　適婚年齡、二八年華、破瓜之年 ｜ 表女子到了適合結婚的年紀。

直 到達適婚年齡。

例 아빠는 언니를 소개할 때마다 **과년이 찬** 딸이라고 했다.

爸爸每次在介紹姐姐的時候，都說她是到了適婚年齡的女兒。

漢字「瓜」是由兩個「八」字所組成，兩個八則為十六。從前，女生１６歲是適合結婚的年齡。因此「과년（瓜年：오이 과，해 년）」是指女子適婚年齡，「과년이 찼다」是指女子到了適合結婚的年齡。

국수를 먹다 　結婚 ｜ 舉辦結婚典禮。

直 吃麵條。

▶ 국수를 먹이다

例 언제 **국수 먹여** 줄래?

你什麼時候要請吃麵條？

在韓國，婚禮結束後會招待客人吃麵條。因此這是期待喜事接連而來之意。結婚典禮之後必然會請客人吃麵條，便有了這說法。

달이 차다 　滿月、足月 ｜ 到了要生產的時候。

直 月滿。

例 이모는 **달이 차서** 아이를 낳을 준비를 하였다.

阿姨懷孕足月準備要生小孩了。

머리를 올리다 　出閣、嫁人 ｜ 女子結婚。

直 頭髮往上擺。

▶ 머리를 얹다

例 할머니는 스무 살에 **머리를 올리셨어**. 그때 당시에도 일찍 결혼한 거래.

奶奶在二十歲的時候出閣。聽說在當時算是很早就結婚了。

從前少女留長辮子，若結婚則將頭髮盤起固定腦後。這是已婚女子的象徵。「머리를 올리다」就是表示女子結婚之意。

면사포를 쓰다 戴頭紗 ｜ 女子結婚。

直 使戴頭紗。

例 독신으로 살겠다던 막내 이모가 드디어 다음 달에 **면사포를 쓴다**.
原本宣稱要過單身生活的小阿姨，終於要在下個月蓋頭紗了。

「면사포（棉絲布）」是結婚典禮時，新娘戴在頭上往後垂的白色裝飾。因為頭紗是只在結婚的時候才使用的裝飾品，所以「면사포를 쓰다」就是結婚的意思。

몸을 풀다 分娩 ｜ 生小孩。

直 解身。

例 산모들은 **몸을 풀고** 미역국을 먹는다.
產婦們分娩後吃昆布湯。

배가 남산만 하다 俗語 挺著大肚子、肚子像顆大皮球 ｜ 肚子裡有孩子。

直 肚子像南山。

例 이모는 막달이 되니 **배가 남산만 해졌다**.
阿姨到了足月，肚子像顆大皮球。

這俗語是表示產婦的肚子像南山一般鼓鼓的。

백년가약 成語 百年佳約、百年好合 ｜ 承諾一起度過一生的約定。

直 百年佳約。

漢 百年佳約：일백 백，해 년，아름다울 가，약속 약

例 이로써 부부는 **백년가약을** 맺었습니다. 큰 박수로 축하해 주십시오.
從此這對夫妻締結百年佳約。請給他們掌聲祝賀。

指是一生都在一起的美麗約定，即結婚後一生一世都會在一起的約定。主要以「백년가약을 맺다」的形態使用。

살림을 차리다 生活 | 組成家庭。

🔴 準備生計。

🟠 삼촌은 결혼 후 작은 단칸방에서 **살림을 차렸다.**

　叔叔結婚之後就在小套房裡生活。

장래를 약속하다 相約未來、相約結婚 | 相約好要結婚。

🔴 相約將來。

🟠 남자와 여자는 **장래를 약속하고** 서로의 집에 인사 드리기로 했다.

　男子與女子相約結婚後，決定要拜訪彼此的家庭。

조강지처 成語 糟糠之妻 | 曾共甘苦的妻子。

🔴 糟糠之妻。

🟣 糟糠之妻 : 지게미 조, 겨 강, 어조사 지, 아내 처

🟠 뭐니 뭐니 해도 함께 고생한 **조강지처**가 최고지!

　不管怎樣，同甘共苦的糟糠之妻是最好的！

「지게미（酒糟）」是指釀酒過後剩下的酒渣。「조강지처」是指以酒糟與米糠充
飢，共同度過艱難時期的妻子之意，是指第一任妻子。

부부 싸움은 칼로 물 베기 俗語 夫妻吵架，如刀割水、床頭吵，床尾和 |
夫婦吵架也很快和好。

🔴 夫婦吵架，如刀割水。

🟠 **부부 싸움은 칼로 물 베기**라잖아. 걱정하지 마! 부모님 곧 화해하실 거야.

　俗話說夫妻吵架就如刀割水。別擔心！你父母會很快就和好的。

用刀割水雖然可看到刮紋，但卻很快就會復原。這俗語是指夫妻吵架如同刀割水，
會很快和好之意。

한 몸이 되다 成為一體 | 成為夫妻。

🔴 成為一身。

🟠 신랑과 신부는 **한 몸이 되어** 서로를 존중하며 살아갈 것을 약속하시겠습니까?

新郎跟新娘願意相約成為一體、互相尊重與生活嗎？

這話本指眾人意志合而為一，如同一體般行動。此為男女結婚之後，如同一體般生活之意。

화촉을 밝히다　**舉辦婚禮** ｜ 結婚。

直 點亮華燭。

例 외국인과 결혼한 외삼촌은 외숙모의 나라로 가서 한 번 더 **화촉을 밝히셨어**.

跟外國人結婚的舅舅到舅媽的國家再舉辦一次婚禮。

「화촉」是婚禮時立在兩側的蠟燭。此話來自結婚典禮中，雙方母親入場點燃蠟燭的儀式。

說話

가는 말이 고와야 오는 말이 곱다 ^{俗語} 說好的話，才能聽到好話、禮
尚往來 | 很親切地對待對方的話，對方也會親切地對待自己。

. . . .

- 🎯 去話要美，來話才美。
- 🗣 **가는 말이 고와야 오는 말이 곱다**잖아. 네가 먼저 친구에게 인사해 보렴!

   俗話不是說禮尚往來嘛。你先跟朋友打招呼吧！

這是以真誠待人，則他人也會以真誠相待之意。

광을 치다 誇大其辭 | 吹牛。

. . . .

- 🎯 打光。
- 🗣 허구한 날 **광을 치고** 다니니 사람들이 네 말을 믿어 주겠니?

   一直以來都是誇大其辭，其他人會相信你的話嗎？

「광（光）」是「빛（光）」之意。光照射物品會看起來一閃一閃的。像這樣，若
說話與行動誇大超過事實，以「광을 치다」表示之。

까놓고 말하다 坦白說 | 沒有隱藏。

. . . .

- 🎯 剝開來說。
- 🗣 내가 그거 사용해 봤는데 솔직히 **까놓고 말해서** 별로야.

   我有使用過那個，但坦白說還好而已。

剝掉外殼則裡面都顯露出來。「까놓다（剝好）」主要以「까놓고」的形態使用，
以表沒有隱藏，吐露內心想法或秘密之意。「솔직히 까놓고 말해서」之形態表示
沒有隱藏，很坦白地說。

노래를 하다 重複說 | 為了要得到某事物而重複自己的話。

. . . .

- 🎯 唱歌。
- ▶ 노래를 부르다
- 🗣 갈비찜이 먹고 싶다고 **노래를 했더니** 엄마가 만들어 주셨다.

   糾纏說想吃燉排骨，媽媽就做給我吃了。

這是因一直重複同樣的話，如同重複唱同樣的歌曲一般所衍伸的表現。

단도직입 **成語** **單刀直入** ｜ 不拐彎抹角，直接說重點。

直 單刀直入。

漢 單刀直入：홑 단, 칼 도, 곧을 직, 들 입

例 **단도직입**으로 묻겠는데, 너 나 좋아해?

　　單刀直入地問，你喜歡我嗎？

這是拿著刀直接進入之意。用來表示說話不拐彎抹角，直接切入問題的要點或核心。

담소를 나누다 與人談笑風生、談笑、歡談 ｜ 愉快地交談。

直 分享談笑。

例 엄마는 오랜만에 만난 친구와 **담소를 나누셨다**.

　　媽媽與許久不見的朋友歡談。

「담소（談笑）」是指歡愉交談。

두말 못 하다 不容置喙、不敢再多說一句 ｜ 無法如此這般說。

直 無法說二話。

例 거짓말이 드러나자 민혁이는 **두말 못 하고** 도망갔다.

　　被發現說謊的民赫，不敢再多說一句地逃走了。

「두말（二話）」是這樣說或那樣說之意。「두말 못 하다」是無法如此這般說或無法抱怨。

두말하면 잔소리 毋庸贅言、多說一句都是廢話、不用再說 ｜ 說的內容無誤。

直 說二話就是嘮叨。

▶ 두말하면 숨차기

例 치킨이 맛있냐고? **두말하면 잔소리**지!

　　你問炸雞好吃嗎？這個用再說吧！

再多說就是嘮叨。這是用以強調已經說的話是千真萬確的，不用再多說的意思。

두서없이 말하다 沒有條理地說話 | 東扯西扯抓不著頭緒地說話。

直 沒有頭緒地說。

例 그렇게 **두서없이 말하니까** 무슨 말인지 하나도 모르겠어.

你那樣沒有條理地說話,我一點都不懂你在說什麼。

「두서가 없다」是指談話的順序或條理無法掌握之意。這是指一下子說這個,一下子又說那個,不知道到底在說什麼,紊亂的情況。

말 한마디에 천 냥 빚도 갚는다 俗語

一句話可抵千兩債 | 若說話得體,不可能的事也能解決。

直 一句話也能償千兩債。

例 **말 한마디에 천 냥 빚도 갚는다**잖아. 그렇게 툴툴 대지 말고 부드럽게 부탁해 봐.

俗話說一句話可抵千兩債嘛!別那樣嘟嘟囔囔,婉轉地拜託看看吧。

這是說明話語有多麼重要的俗語。如果說話得體可以動搖對方的心,甚至連千兩債也都可以讓它當作沒有之意。

말머리를 자르다 打斷話 | 中斷對方的話。

直 切斷話頭。

▶ 말허리를 자르다

例 어른이 말씀하시는데 **말머리를 자르다니!** 大人在說話,居然打斷!

인혁이는 내 이야기는 들어보지도 않고 **말허리를 잘랐다.**

仁赫不聽我說的,就打斷我。

말문을 막다 堵住嘴、封口 |

不讓說話。

直 堵住話門。

例 남편은 진실을 말하려는 아내의 **말문을 막았다.**

老公堵住想要說出真相的太太的嘴。

說話的門,正是嘴巴。「말문」是指說話時張開的嘴。如果把嘴堵住,當然就無法說話了。

말문을 열다 開口、打開話匣子 | 開始說話。

🔒 打開話門。

▶ 입을 열다

例 아라는 선생님의 설득으로 한참 만에 **말문을 열었다**.

雅菈在聽老師的勸說後過一陣子開口了。

말문이 떨어지다 張口說話 | 話從嘴裡出來。

🔒 話門掉落。

▶ 입이 떨어지다

例 막상 선생님 얼굴을 마주 대하니 **말문이 떨어지지** 않았다.

真的和老師面對面，卻說不出話來。

뭐라고 말해야 할지 **입이 떨어지지** 않았다.

不知道該說什麼而保持沉默。

말문이 막히다

語塞、被…堵住嘴 | 話無法說出。

🔒 話門被堵住。

例 외국인 선생님의 예상하지 못했던 질문에 그만 **말문이 막혔다**.

在外國老師的意外提問下感到語塞。

「말문이 막혔다（話門被堵住）」，話就無法從嘴裡出來。這主要用於驚嚇而不知說什麼話的情況。

말문이 트이다 開口說話 | （過去）不能說的話（現在）可以說了。

🔒 話門打通。

例 내 동생은 또래보다 늦게 **말문이 트여서** 어머니 걱정이 많았대요.

聽說我妹妹比同年紀的還要晚開口說話，所以媽媽很擔心。

말부리를 따다 首先發言 | 張開嘴開始說話。

(直) 摘到話頭兒。

(►) **말부리를 헐다**

(例) 모두 잠자코 있어서 할 수 없이 내가 **말부리를 땄다.**

大家都默不吭聲，所以不得已我開始發言。

아이들끼리 서먹서먹해 하자 반장이 먼저 **말부리를 헐었다.**

每個小孩對彼此都很生疏，所以班長先開始發言。

「말부리」是「吃」的俗稱。「따다（摘）」是「열다（開）」之意。這話用於在沒有人說話的狀態下開始說話的情況。

말을 꺼내다 談話、（給對方）講起 | 張開嘴開始說話。

(直) 取出話來。

(例) 사태가 심각해지자 그 배우는 열애설에 대해 **말을 꺼냈다.**

事態一變嚴重，那演員針對戀愛傳聞開口說了。

말을 삼키다 把話吞了回去 | 原本有想說的話卻又不說了。

(直) 吞話。

(例) 목구멍까지 나오려던 **말을 삼키고** 그저 쳐다보기만 했다.

到了喉嚨的話吞了回去，而只互瞧著。

말이 나다 提到某話 | 開始說某些話題。

(直) 話題出來。

(例) **말이 났으니** 말인데, 지난번에 왜 말도 하지 않고 가버렸는지 물어봐도 될까?

既然提到了這話題，我可以問一下，為什麼上次一句話都沒說就走了呢？

말이 새다 走漏風聲 | 祕密被傳了出去。

(直) 話洩漏出來。

(例) 어떻게 **말이 샜는지** 모르겠지만 이미 네가 전학 간다는 걸 다 알고 있는 것 같아.

我不知道是怎麼走漏風聲的，可是你轉學的消息好像大家都知道了。

말이 씨가 된다 (俗語) 口為禍福之門 | 指說過的話最終化為現實。

直 話變成種子。

例 **말이 씨가 된다**잖아! 말조심하는 게 좋겠어.

　　俗話不是說口為禍福之門嘛!說話小心點比較好。

好種子生出好果實;壞種子生出壞果實。這俗語是強調我們所說的話會結成某種果實,所以說話要小心。

목이 잠기다　沙啞 | 無法發出正常的聲音。

直 被鎖住。

例 축구팀을 응원하느라 너무 소리를 질러 **목이 잠겼다**.

　　為了給足球隊加油而喊叫,喉嚨都沙啞了。

這是指聲音異於平常,變粗、分岔的情況。

목이 터지다　大聲吶喊 | 發出大聲音。

直 喉嚨破裂。

例 결승전으로 달려가는 계주 선수를 보며 아이들은 **목이 터져라** 응원했다.

　　孩子們看著跑最後一棒的接力選手,吶喊加油。

살을 붙이다　潤飾 | 潤飾話語。

直 貼肉。

例 네 이야기에 **살을 붙이면** 재미있는 동화가 될 것 같아.

　　你的故事稍加潤飾的話,將會是有趣的童話故事。

比起骨瘦如柴,適當地有點肉才會好看。在寫文章或說話時也一樣。不只是傳達事實,而是要加些話以傳達自己的意圖,這情況稱為「살을 붙이다」。

속에 없는 말　言不由衷的話 | 與內心相反的空話。

直 內心沒有的話。

▶ **속에 없는 소리**

例 괜히 **속에 없는 말** 하지 말고 솔직하게 말해.

　　不要說言不由衷的話,坦白地說。

어불성설 ^{成語}　自相矛盾、天方夜譚 | 前後不符的話。

ⓘ 語不成說。

ⓐ 語不成說：말씀 어，아니 불，이룰 성，말씀 설

ⓔ 살 뺀다면서 고구마는 많이 먹어도 괜찮다니! 그런 **어불성설**이 어디 있니?

　　要減肥卻說地瓜多吃也沒關係，哪有那樣的天方夜譚！

「어불성설」是指雖然說的是話，卻前後不符，無法理解不符道理的話。亦即「말도 안 되는 소리（不像話的話）」。

운을 떼다　提起話題 | 針對某主題先開始說。

ⓘ 起韻。

ⓔ 미희가 교실 청소 문제에 대해 먼저 **운을 떼자** 모두 귀를 기울였다.

　　敏熙針對教室清掃的問題先提起話題，大家都認真地聽。

「운」是指作詩時有規律地使用類似的字，使之感覺有韻律。從前祖先們即席吟詩享受風雅，通常由一人起頭訂韻作詩，其他人接續之。由此衍伸指談話時先提起話題開始說的情況，稱為「운을 떼다」。

일언반구 ^{成語}　隻字片語、一言半語 | 一句話或簡短的話。

ⓘ 一言半句。

ⓐ 一言半句：하나 일，말씀 언，반 반，글귀 구

ⓔ 누구도 나에게 먹어 보라는 **일언반구**의 말도 없어서 기분이 몹시 상했다.

　　沒有人提及隻字片語要我吃看看，因此感到很受傷。

「일언반구」是指一句話或半句話，意即簡短的話。

입 밖에 내다　說出嘴 | 以語言表露想法、事實。

ⓘ 拿出嘴外。

ⓔ 이 이야기는 절대 **입 밖에 내면** 안 되는 거 알지?

　　這事情絕對不能說出來，知道吧？

「내다」是提出之意。這是指用語言表露某祕密或珍藏心中的故事。

입 안에서 뱅뱅 돌다 欲言又止 │ 不忍說出。

🔘 在嘴裡打轉。

▶ 입 끝에서 돌다

🔘 말이 **입 안에서 뱅뱅 돌기만** 할 뿐 나오지 않았어.

話欲言又止，而沒說了出來。

這是指羞愧沒自信不敢說，舌頭在原位置打轉的情況。

입만 뻥긋하다 一開口 │ 張開口說話。

🔘 只要一開口。

▶ 입만 뻥끗하다

🔘 너는 **입만 뻥긋했다** 하면 거짓말이니?

你一開口就是謊話？

「뻥긋하다（微張）」是描述張開口想開始說話的模樣。主要是以「입만 뻥긋하다（一開口就）」、「입만 뻥긋했다 하면（一開口的話）」之形態使用。

입만 아프다 白費口舌 │ 說話沒成效。

🔘 只是嘴巴痛。

🔘 밥 먹었으면 바로 치우라고 몇 번을 말했니? 말해야 내 **입만 아프지**.

吃完飯就要馬上收拾，我說過幾次了？非要人唸。

這是指說了許多次也不聽，沒有說的效果之意。

입방아를 찧다 嚼舌根、不斷談論 │ 不斷談論同一個話題。

🔘 嚼舌頭。

🔘 아이들은 근거 없는 소문을 두고 여기저기 **입방아를 찧고** 다녔다.

孩子們就沒有證據的謠言到處嚼舌根。

「방아」是搗米或磨米的工具。「입방아（嘴做的杵臼）」是指就某事當話題，論長說短的情況。

입에 달고 다니다 說個不停 │ 如習慣般不斷重複相同的話。

🔳 掛在嘴上走動。

例 할머니는 몸을 움직이실 때마다 "아이고" 소리를 **입에 달고 다니신다**.

奶奶起身的時候都會發出「天呀」的聲音說個不停。

這表現有兩種意思。一是飲食上吃個不停；一是談話上如同習慣般不停地重複或經常使用某話。

입에 담다 說話 │ 針對某事情談論。

🔳 裝在嘴巴。

例 어떻게 그런 말을 **입에 담을** 수 있니? 정말 실망이야.

怎麼能夠說出那種話？真的很失望。

「담다」是指將某物放入容器內。「입에 담다」是指將心中的話拿到嘴上來。

입에 자물쇠를 채우다 閉口

不談 │ 不表達任何意見。

🔳 嘴巴上鎖。

例 형사들은 맡은 사건에 대해 **입에 자물쇠를 채우는** 것이 철칙이다.

刑警們對所負責之案子保持緘默是鐵的紀律。

입에 재갈을 물리다 俗語

堵住嘴 │ 故意不讓說話。

🔳 叫人嘴巴銜枚。

例 재판장에서 변호사는 우리의 **입에 재갈을 물려** 단속하였다.

法庭上律師叫我們不要亂說話。

「재갈」是為操控馬而讓馬咬在嘴裡的棒子；或為了不讓行進中的軍隊發出聲響而銜在嘴裡的竹片。因此「입에 재갈을 물리다」是指堵住嘴不讓說話之意。

입을 놀리다 耍嘴皮子 | 胡亂說話。

直 耍嘴皮子。

例 사또 앞에서 거짓으로 **입을 놀리면** 곤장을 맞을지도 몰라.

　　如果在使道前面耍嘴皮子說謊的話，說不定會挨板子。

「놀리다（耍弄）」是指隨心所欲令人移動之意。「입을 놀리다」則指不節制，胡亂說話。

입을 다물다 不說話、緘默 | 不說話或停止說話。

直 閉口。

▶ 입을 닫다, 입을 봉하다

例 동생은 형의 잘못을 말하지 않고 **입을 다물기로** 했다.

　　弟弟決定不說哥哥的錯誤而緘口不言。

「다물다」是閉嘴之意。閉嘴則無法說話。這用於決心不管在什麼理由下都不說，緊閉嘴巴的情況。

입이 떨어지지 않다 難以啟齒 | 話難以說出口。

直 嘴巴不掉下來。

例 선생님께 솔직하게 잘못을 말씀드려야 하는데 **입이 떨어지지 않았다**.

　　應該要向老師誠實地說出錯誤，但難以啟齒。

입이 얼어붙다 嘴巴僵 | 緊張而說不出話。

直 嘴巴凍住。

例 짝사랑하는 남자 친구 앞에서 **입이 얼어붙었는지** 한마디도 못 하고 돌아섰다.

　　在我單戀的男朋友面前嘴巴好像凍住了，一句話都沒法說就轉身了。

청산유수 **成語** 談話流暢、滔滔不絕、出一張嘴（台）、說的比唱的好聽 | 滔滔不絕地說話。

直 青山流水。

漢 青山流水：푸를 청，산 산，흐를 류，물 수

例 말은 **청산유수**지! 그걸 행동으로 좀 보여 봐.

說的比唱的好聽，你用行動表現一下吧！

這是在青山流動之清水，是指說話像滔滔不絕的流水般非常流暢。但這主要用在沒有付諸行動，只是很會說話的負面情況。

촌철살인 成語　一語中的｜直擊核心的話。

直 寸鐵殺人。

漢 寸鐵殺人：마디 촌, 쇠 철, 죽일 살, 사람 인

例 내 마음을 꿰뚫어 본 선생님의 **촌철살인**에 할 말을 잃었다.

　　因看透我內心的老師他直擊核心的話而說不出話來。

「촌철살인」字面意義為用一寸的鐵去殺人，意同中文的「寸鐵殺人」，比喻事物貴精不貴多。一寸約三公分，是非常短的長度。用這麼短的刀子殺人就是直擊核心。衍伸為用簡單扼要的話來使人感動，或是攻擊別人弱點之意，故實際使用時，會比較接近中文的「一語中的」。

토를 달다　加註解說明｜在話的尾端再附註說明。

直 添加助詞。

例 너는 왜 말끝마다 **토를 다니**?

　　你為什麼都在（別人的）每句話後面加油添醋？

「토」是指讀漢文時，在文句後附加韓語語法元素以利閱讀。例如，「～하고」、「～더니」、「～로」等語法元素稱為「토」。今指在話尾添加某些話的情況，稱為「토를 달다」。

혀가 돌아가는 대로　隨便順口說｜順著話勢接下去說。

直 跟著舌頭轉動。

例 **혀가 돌아가는 대로** 말하다가는 언젠가 그 말 때문에 혼꾸멍이 날 거야.

　　想到哪裡說到哪裡，總有一天會因為那些話而挨罵的。

혀가 꼬부라지다　大舌頭、說話含糊不清｜發音模糊。

直 舌頭轉彎。

例 마취가 덜 깼는지 그는 비몽사몽 간에 **혀 꼬부라진** 소리로 괜찮다고 하더라.

　　或許麻醉沒全退，他在半夢半醒之中用含糊不清的聲音說沒事。

向一端彎曲的樣子稱為「꼬부라졌다」。「꼬부라지다」比「고부라지다」有強烈的感覺。若生病或酒醉舌捲無法發出清楚聲音時，稱為「혀가 꼬부라졌다」。

혀가 짧다　口齒不清 | 發音不正確。

🔘 舌頭短。

🔘 너 왜 자꾸 **혀 짧은** 소리를 내니?

　你為什麼總是發出口齒不清的聲音呢？

舌頭底下有像薄帶的舌繫帶。舌繫帶若過長會無法隨意運作舌頭，不僅難以正確發音，且舌頭會看起來很短。因此無法正確發音或說話模糊，稱為「혀가 짧다」。

혀를 굴리다　嚼舌根 | 說話。

🔘 滾動舌頭。

▶ 혀를 놀리다

🔘 정남이는 사람들 눈치를 보지 않고 함부로 **혀를 굴렸다.**

　正男不看他人臉色，任意地嚼舌根。

호랑이도 제 말 하면 온다 俗語　說曹操，曹操到 | 不能說不在場的人的壞話。

🔘 老虎也會在說牠的時候出現。

🔘 **호랑이도 제 말 하면 온다**더니. 저기 쟤야, 쟤!

　說曹操，曹操就到。就是他，他！

正在說某人的壞話，如果那個人出現的話會互相感到不舒服。這俗語是指正在談論他人，但很恰巧地那個人正好出現之情況。

화통을 삶아 먹다　吃了煙囪 | 說話聲音非常大。

🔘 煮火筒吃。

🔘 너는 기차 **화통 삶아 먹었니?** 왜 이렇게 **목소리가** 커?

　你吃了火車煙囪了嗎？為什麼聲音這麼大聲？

火車或是工廠的煙囪稱為「화통（火筒）」。從前蒸氣火車從火筒冒出煙，會發出嘟嘟嘹亮的聲音行駛。因此就有形容說話聲音很大的人好像是烹煮吃了火車煙囪的說法。

生活

聽、傾聽

　　「경청（傾聽）」是指傾斜著耳朵聽的樣子。「귀 기울여 듣다（傾耳聽）」或「대충 듣다（大概聽）」的聽都和「귀（耳朵）」有關。

귀가 닳다　**聽到厭煩** | 聽很多次而厭煩。

- （直）耳朵磨壞。
- （例）거짓말을 하면 안 된다는 소리는 어려서부터 **귀가 닳도록** 들어 왔다.

　　不能說謊是從小就聽到耳朵要壞掉的話。

這是指聽了很多次而厭煩之意。主要以「귀가 닳도록」之形態使用。

귀가 따갑다　**刺耳** | 聲音很大，聽起來難受。

- （直）耳朵疼。
- （例）윗집 공사하는 소리가 너무 커서 **귀가 따갑다**.

　　樓上施工的聲音太大很刺耳。

귀가 먹다　**耳聾** | 無法聽清楚。

- （直）耳聾。
- （▶）귀가 멀다
- （例）우리 할머니는 **귀가 먹어서** 잘 못 들으신다.

　　奶奶因為耳聾所以無法好好聽到聲音。

　　소리 좀 줄여. 이렇게 크게 듣다가는 **귀가 멀겠어**.

　　小聲一點。那樣大聲聽的話，會耳背的。

「먹다」不是指吃食物，而是被堵住之意。耳朵、鼻子被堵住則無法使用其功能，此時使用「먹다」或「멀다」表示。

귀가 밝다　**耳朵尖、聽覺靈敏** | 一點細小的聲音都聽得很清楚。

- （直）耳朵明亮。

例 나는 잠잘 때 **귀가 밝아서** 옆에서 조금만 부스럭거려도 금방 잠에서 깨.

我睡覺的時候耳朵尖，所以隔壁有一點沙沙的聲音就會醒過來。

某種知覺靈敏時也用「밝다（明亮）」來表示。因此「눈이 밝다」是指眼睛雪亮；「귀가 밝다」是指細小的聲音都聽得很清楚。「귀가 밝다」也用於表示對消息、情報快且靈通。

귀가 아프다 耳朵痛 ┃ 聽了很多次而不想再聽。

直 耳朵痛。

例 복도에서 뛰면 안 된다는 소리를 **귀가 아프도록** 들었다.

不要在走廊上奔跑的話，我聽到耳朵痛了。

귀가 어둡다 耳背 ┃ 無法好好聽清楚。

直 耳朵黑暗。

例 **귀가 어두운** 할머니는 여러 번 불러야 그제야 대답하신다.

耳背的奶奶要叫她很多次才會回覆。

這是「귀가 밝다」的反義詞。如同無法看清楚事物稱為「눈이 어둡다」，無法聽清楚或是無法理解的情況稱為「귀가 어둡다」。

귀동냥하다 耳濡目染 ┃ 聽別人說話而習得。

直 耳濡目染。

例 정식으로 한문을 배운 것은 아니고 그냥 **귀동냥해서** 조금 아는 정도야.

我不是正式學習漢文的，只是耳濡目染知道一點點。

「동냥」是指乞丐到處走，乞求人家給予錢或物品的行動。「귀동냥」是指某項知識或消息不是自行學習，而是旁聽他人所說才學到之意。

귀를 기울이다 洗耳恭聽、注意聽 ┃ 感興趣、關心地聽別人說的話。

直 側耳牌。

▶ 귀를 재다

例 조용히 **귀 기울이면** 작은 풀벌레 소리를 들을 수 있어.

安靜地洗耳恭聽的話，能夠聽到小草蟲的鳴叫聲。

귀를 열다 打開耳朵 | 準備聽。

🔵 開耳。

🔵 지금부터 내가 하는 얘기 **귀를 열고** 잘 들어.

從現在開始，打開耳朵認真聽我要說的話。

귀를 주다 偷聽 | 從旁聽別人的話。

🔵 給耳朵。

🔵 엄마는 설거지하면서 우리 이야기에 **귀를 주었다.**

媽媽洗碗的同時偷聽我們說的話。

귀에 못이 박히다 聽到耳朵都長繭了 | 聽了很多次不想再聽。

🔵 耳裡繭生成。

🔵 귀에 딱지가 앉다

🔵 공부하라는 소리를 **귀에 못이 박히도록** 들었다.

要我讀書的聲音，聽到耳朵都長繭了。

누나의 잔소리 때문에 **귀에 딱지가 앉을** 것 같아.

因為姐姐的嘮叨，聽到耳朵都要長繭了。

「못」不是指鐵做的尖釘子，而是指手掌或
腳掌長出的硬皮（繭）。硬皮（繭）是因相同部位反覆持續使用而產生的。實際上
耳朵不會真的長繭，這裡指相同的話反覆聽了許多次之意。今常以「귀에 못이 박
히다」表示，但原本「귀에 못이 박이다」才是正確用法。

귓전을 울리다 迴響於耳邊 | 聲音好像在近處。

🔵 震響耳廓。

🔵 어디에서 집수리를 하는지 종일 망시 소리가 **귓전을 울렸다.**

不知道是哪裡在修房子，整天錘子的聲音在耳邊響著。

귀청을 때리다 　震動耳膜 | 聲音聽起來非常大聲。

🔵 打耳膜。

🟠 **귀청을 때리는** 소리에 깜짝 놀라 돌아보니 자동차 사고가 나 있었다.

　　聲音震動耳膜而嚇了一跳,回頭看發現有車禍。

귀청이 떨어지다 　耳膜破掉、震耳欲聾 | 聲音非常大聲。

🔵 耳膜掉了。

▶ **귀청이 찢어지다, 귀청이 터지다**

🟠 깜짝이야! **귀청 떨어질** 뻔했잖아. 그렇게 가까이에서 소리를 지르면 어떡하니?

　　嚇死我了!耳膜差點破掉。那麼近地尖叫,你想幹嘛?

　　비행기가 낮게 지나가니 **귀청이 터질** 것 같았다.

　　飛機低空掠過,震耳欲聾。

耳朵裡的鼓膜稱為「귀청」。這表示耳朵鼓膜快要破裂的樣子,聲音非常大。

듣기 좋은 꽃노래도 한두 번이지 🔲俗語　好聽的歌曲聽多也會膩 | 美話如果一直反覆聽也會生厭。

🔵 好聽的花曲也聽一兩次。

🟠 **듣기 좋은 꽃노래도 한두 번이지**. 이제 여행 다녀온 얘기는 그만 좀 해.

　　好聽的歌曲聽多也會膩。旅行回來的故事就不要再說了。

這句俗語來自「듣기 좋은 꽃노래도 한두 번이지 그렇게 여러 번 들으면 싫증 난다. (好聽的花曲也聽一兩次就好,那樣聽了許多次的話也是會膩的)」。

쇠귀에 경 읽기 🔲俗語　對牛彈琴 | 不管怎麼教也聽不懂的情況。

🔵 對牛耳讀經。

▶ **우이독경**

🟠 아무리 가르쳐 줘도 알아듣지 못하니 **쇠귀에 경 읽기**지.

　　不管怎麼教也聽不懂,這是對牛彈琴吧。

對著牛耳教牠們聖賢教訓,牛也不會聽懂、變聰明的。如此,這用於表示不管怎麼教也教不懂,或無法接受他人忠告的情況。

한 귀로 듣고 한 귀로 흘린다 俗語 左耳進右耳出｜不注意聽別人說的

話。

🅰 一耳聽一耳流。

🅱 **한 귀로 듣고 한 귀로 흘리지** 말고 엄마가 하는 말 명심하렴!

別左耳進右耳出，要記得媽媽說的話！

左耳進右耳出，則聽到的話都沒留下。這用在聽是有聽，但是不誠心接納或是不存
在腦海裡的情況。

362

消息、傳言

　　消息或傳言是傳達話語的意思。從嘴裡說出的話，雖然會對人們有益處，但也會傷害人或是造成誤會。因此就有許多說話要小心的俗語。

감감무소식　**杳無音訊** | 有很長時間沒有消息。

🔵 杳無音訊。

▶ 감감소식

例 치킨 시킨 지가 언제인데 아직도 **감감무소식**이야?

　　什麼時候訂炸雞的，到現在都杳無音訊嗎？

「감감（渺茫）」是指完全不知道，或忘記某事實的樣子。也有發音更強的「깜깜（渺茫）」。這是好像忘記了而沒有消息之意。

귀 장사 말고 눈 장사 하라 俗語　**別只是聽，要用眼睛看** | 若非實際確認則勿言傳。

🔵 別只是做耳朵生意，也要做眼睛生意。

▶ 귀 소문 말고 눈 소문 하라

例 옛 속담에 **귀 장사 말고 눈 장사 하라**고 그랬어. 내 눈으로 직접 확인해야 안심이지.

　　古諺有云：「別只是聽，也要用眼睛看。」要用我的眼睛直接確認了才能安心。

不用眼睛確認而只用耳朵聽到的消息來做生意的話，會很容易吃虧。其他事情也是一樣，如果沒用自己的眼睛確認過，而是隨意搬話或造謠是不行的。

귀에 들어가다　**傳到耳裡** | 被他人知道。

🔵 進到耳裡。

例 내가 어제 학원에 가지 않았다는 소식이 엄마 **귀에 들어갔다**.

　　我昨天沒去補習的消息，傳到媽媽的耳裡了。

꿩 구워 먹은 소식 俗語　**石沉大海沒消息** | 完全沒有消息。

🔵 吃烤雉雞的消息。

生活

例 언니가 오늘 떡볶이를 사 오기로 했는데, **꿩 구워 먹은 소식**이군.

姐姐說她今天要買辣炒年糕，但石沉大海沒消息。

從前要吃到肉是很不容易的，尤其雉雞是非常珍貴的肉之一。因此若得到雉雞肉，由於量非常少，只能默不作聲地烤來吃。如果讓鄰居知道的話，很明顯地他們會很羨慕，就小心翼翼地不讓吃雉雞肉的消息傳出去。這就是「꿩 구워 먹은 소식」的由來。

낮말은 새가 듣고 밤말은 쥐가 듣는다 俗語 隔牆有耳 | 即使在沒有
人的地方，說話還是要小心。

直 白天說話鳥會聽，夜晚說話老鼠聽。

例 **낮말은 새가 듣고 밤말은 쥐가 듣는다**고 하더니, 도대체 누가 우리 말을 몰래 들었을까?

俗話說隔牆有耳，到底是誰偷聽我們說話呢？

不管多麼小心，說的話還是會傳出去。這是任何時候說話都要小心之意。

도마 위에 오르다 受到檢討、審判 | 成為被批判的話題。

直 登上砧板。

例 초등학생이 학원에 다닐 수밖에 없는 현 교육 정책이 **도마 위에 올랐다**.

國小生不得不去補習的現行教育政策如今要受到檢討了。

말을 옮기다 傳話 | 向別人傳話。

直 搬話。

例 괜히 네가 나서서 **말을 옮기지** 말고 당사자들끼리 만나서 오해 풀라고 해.

你別沒事出面傳話，叫當事者們見面來解開誤會。

무소식이 희소식 俗語 沒消息就是好消息 | 沒有消息這件事本身就是好的消息。

直 沒消息就是好消息。

例 **무소식이 희소식**이라잖아요. 군대 간 아들 걱정은 하지 마세요.

俗話不是說沒消息就是好消息嘛。請不要擔心去當兵的兒子。

身體不舒服或是生病的話，一定最先跟家人聯絡。因此沒有任何消息反而就是過得很好的意思，這是安慰對方不要太擔心的俗語。

발 없는 말이 천 리 간다 俗語 話不脛而走、沒有不透風的牆｜說的話瞬間傳開，要小心說話。

🗣 無足言傳千里。
📝 **발 없는 말이 천 리 간다**더니, 벌써 알고 있어?

　俗話說沒有不透風的牆，你已經知道了？

話沒有長腳但卻能瞬間就傳到很遠的地方去。就好像講好了只有我們知道的事，也會瞬間傳開一樣。因此這是提醒經常要小心說話的俗語。

벽에도 귀가 있다 俗語 隔牆有耳｜因為沒有秘密，所以須謹慎說話。

🗣 牆上也有耳朵。
📝 **벽에도 귀가 있으니** 말을 좀 가려서 해.
　그러다 소문이라도 나면 어떻게 하려고 그래?

　隔牆有耳，所以說話要酙酌說。不然如果有傳聞的話該
　怎麼辦？

如果想到有人正在聽我說的話，就會想好了再說。如同隔牆有耳一般，這是意識到有人在聽自己說話，即使只是自言自語也要小心說話的俗語。

소문이 자자하다 傳言滿天飛｜傳言廣播。

🗣 傳言廣為流傳。
📝 이 집은 맛있는 집으로 **소문이 자자해**.

　這家餐廳以美食餐廳之名傳言滿天飛。

「자（藉）」是指舖放在位子上的坐墊。「소문이 자자하다」是傳言如同舖墊一般，舖天蓋地的散佈之意。

유언비어 成語 流言蜚語、謠言｜沒有證據的謠言。

🗣 流言蜚語。
🈶 流言蜚語：흐를 류，말씀 언，날 비，말씀 어

例 그 가수가 우리 학교에 온다는 소문은 **유언비어**래. 괜히 좋다 말았어.

那歌手要來我們學校的消息聽說是謠言。白高興一場。

「유언（流言）」是指到處流竄的話；「비어（蜚語）」是指飛來飛去的話。這兩個都是意思相近的話，表示沒有證據的謠言。

입 밖에 오르다 談論｜變成話資。

直 登到嘴外。

例 남의 **입 밖에 오르지** 않도록 행동을 조심하도록 해라.

盡量不要讓人說閒話，小心地行動。

입에 올리다 提起、談論｜變成話題。

直 抬升到嘴上。

例 친구의 약점은 함부로 **입에 올리는** 게 아니다.

不能隨便提起朋友的弱點。

입에서 입으로 傳開｜從這個人傳到那個人。

直 口到口。

例 진호가 미영이를 좋아한다는 소문이 **입에서 입으로** 퍼졌다.

鎮浩喜歡美英的消息已經傳開了。

입이 무섭다 人言可畏｜傳言令人畏懼。

直 嘴巴可怕。

例 사람들의 **입이 무섭겠지만** 용기를 내서 진실을 말해 줄래?

雖然人言可畏，但是要不要提起勇氣幫忙說出真相？

這是從嘴裡說出的話或傳言很可怕之意。這是擔心會受到他人的指責，或成為人們說長道短的話資。

입이 천 근 같다 口風緊｜說話慎重，很會保守秘密。

直 嘴好像有千斤。

(例) 지영이는 **입이 천 근 같아서** 좀처럼 남의 이야기를 하지 않는다.

智英口風緊，所以不會輕易說別人的壞話。

一斤約有600g重。「입이 천 근 같다」是指口風緊且不會任意地說話。

한 입 건너 두 입 (俗語) 一傳十，十傳百 | 傳言漸漸傳開。

(直) 越過一張嘴後有兩張嘴。

(例) **한 입 건너 두 입**이라고 어제저녁 부부 싸움 했다는 소문이 온 동네에 다 퍼졌다.

說是一傳十，十傳百，昨天傍晚夫妻吵架的消息已經傳遍整個社區了。

一人傳話兩人知；兩人傳話四人知。如此，這俗語是指傳言很快傳開。

함흥차사 (成語) 一去不回、杳無音信 | 跑腿的人一旦出門便沒有任何消息。

(直) 咸興差使。

(漢) 咸興差使：다 함，일어날 흥，어긋날 차，부릴 사

(例) 우유 가지러 간 종수는 아직도 **함흥차사**니?

去拿牛奶的鍾秀仍是杳無音信嗎？

「함흥（咸興）」是指位於北邊的地名；「차사（差使）」是指王派出的使臣。建立朝鮮的太祖李成桂因為兒子們的叛亂持續而讓出王位到了咸興。此後兒子李芳遠登上王位，為了接父親回來持續派遣差使去咸興。李成桂將每個來咸興的差使殺了或監禁起來。自此每當派去跑腿的人沒有回來時，就稱為「함흥차사」。

혀끝에 오르내리다 成為話題 | 成為別人的話題。

(直) 在舌尖上上下下。

(▶) 입에 오르내리다

(例) 서하는 워낙 특이한 옷을 좋아해서 늘 옷차림이 사람들의 **혀끝에 오르내린다**.

瑞露原本就很喜歡特別的衣服，因此穿著總會是人們的話題。

實在

「실속（真實）」指如同果實飽滿的樣子，實在且有內涵的狀態。

겉만 번지르르하다　虛有其表 | 外表煞有其事，但無內容。

直 只有外表華麗。

例 이 장난감은 아무 기능이 없이 **겉만 번지르르하잖아**!

這玩具完全沒有功能，虛有其表。

내실을 다지다　充實內部 | 使內容物充實。

直 紮實內容。

例 올해는 야구부의 **내실을 다지기** 위해 많은 훈련을 할 예정입니다.

今年為了要充實棒球隊實力，預計要做許多的訓練。

努力使內部比外表更有價值與充實。

밑 빠진 독에 물 붓기 俗語　如填無底洞、竹籃打水一場空 | 不管多麼辛苦，
終究也是徒勞無功。

直 往破底缸倒水。

▶ 밑 빠진 항아리에 물 붓기

例 수학 학원을 계속 다니는 것은 **밑 빠진 독에 물 붓기**인것 같아.

繼續上數學補習班，就像是竹籃打水一場空。

「독（缸）」是長得很像瓷的大陶瓷器。底部「밑이 빠졌다」是破洞之意。如同不管添加多少水也無法裝滿的情況一樣，這俗語是表示不管下多少功夫，最後也是徒勞無功。

빈 수레가 요란하다 俗語　半瓶水響叮噹 | 無內在的人卻更會呱呱叫。

直 空車聲響大。

▶ 속이 빈 깡통이 소리만 요란하다

例 **빈 수레가 요란하다**고. 쟤는 아는 것도 없으면서 제일 크게 떠들어.

俗話說半瓶水響叮噹。他什麼都不懂，說話最大聲。

拉車越輕聲響越大。這跟空罐頭發出更吵的聲音滾動的情況一樣。是用於指沒實力的人卻更虛張聲勢聒噪的情況。

빛 좋은 개살구 俗語 金玉其外敗絮其中、虛有其表 | 外表華而無實。

直 顏色很好的野杏子。

例 쟤는 **빛 좋은 개살구**처럼 키만 컸지 달리기는 전혀 못 하네.

他是虛有其表，只是個子高，跑步根本不行。

野生狀態或味道不好的東西，會在名字前加一「개」字，如同「개복숭아（野水蜜桃）」、「개살구（野杏子）」。這俗語是指外表有美味可口的顏色，但一吃卻是不好吃的「개살구（野杏子）」，似此指外表美好卻無內容的情況。

소문난 잔치에 먹을 것 없다 俗語 盛名之下，其實難副、名不副實 | 實際出乎意料之外。

直 出名的慶典沒有吃的。

例 **소문난 잔치에 먹을 것 없다**고 예고편은 엄청 화려하더니 막상 영화는 재미없더라.

俗話說盛名之下，其實難副，預告片非常華麗，但實際上電影很無趣。

속 빈 강정 俗語 華而不實 | 外表美好，內容無物。

直 內容物很空的米餅。

例 그 회사는 규모만 컸지 **속 빈 강정**이다.

那公司規模大，但華而不實。

속살이 찌다 充實、結實 | 不露於外部，內部充實。

直 裡部的肉紮實。

例 그 회사는 생각보다 **속살이 찐** 기업이어서 투자자들이 눈독을 들이고 있다.

那公司比起想像中的還紮實，所以投資者們都虎視眈眈。

被衣服遮住不露於外的肉稱為「속살（裡肉）」。雖然不露於外，但內部卻胖呼呼的，即表示非常實在之意。

生活

속을 차리다   **充實自己** | 充實自己。

- **直** 準備裡部。
- **例** 남 좋은 일만 하지 말고 이제 너도 **속 좀 차려**. 네 앞날도 생각해야지.

  別只是做別人喜歡的事，現在你也要充實自己。應為你前途著想。

속이 차다   **腳踏實地** | 思想、行動可讓人信賴、踏實。

- **直** 內心充滿。
- **例** 저 사람이 덜렁대 보여도 **속이 찬** 사람이야.

  就算那個人看起來冒冒失失，但是個腳踏實地的人。

我們稱白菜內心黃色且緊實的模樣為「배추가 속이 찼다（白菜心飽滿）」。比喻一個人思想行動無虛偽之處且實在時，以「속이 찼다」表示。

씨알머리가 없다   **沒有內涵** | 不實在、渺小。

- **直** 沒有種子。
- **例** **씨알머리 없는** 농담은 하지 말고 너 할 일이나 빨리해.

  別開一些沒有內涵的玩笑，你快點去做你自己的事。

「씨알」是果實或穀物的種子，「씨알머리」是其俗稱。果實裡若沒種子則是缺少最重要的東西。是指不實在，沒用處之意。

씨알이 먹다   **言行有分寸** | 語言、行動有條理，實在。

- **直** 有內涵。
- **例** 이제 다 컸다고 **씨알 먹은** 소리도 할 줄 아는구나.

  現在已經長大且懂得說有分寸的話了。

얌전한 고양이가 부뚜막에 먼저 올라간다 俗語   **深藏不露** | 外表看起來什麼都不會，但仔細了解的話，會發現很有內涵。

- **直** 老實的貓先上灶台。
- **例** **얌전한 고양이가 부뚜막에 먼저 올라간다**더니, 현주에게 제일 먼저 남자 친구가 생겼다!

俗話說深藏不露，賢珠最先有男朋友了！

유명무실 成語 有名無實、虛有其名、名不符實 | 名字煞有其事卻不實在。

直 有名無實。

漢 有名無實：있을 유，이름 명，없을 무，열매 실

例 지각하면 벌금을 내자는 그 규칙은 **유명무실**해져 아무도 지키지 않았다.

說遲到的話就要罰錢的規矩落得有名無實，根本都沒有人遵守。

漢字字面意義為有名字但沒有果實。這是用在表示雖然很出名，但是實際上是完全空洞、沒內涵。

입만 살다 光說不做、出一張嘴（台） | 剩嘴巴很靈活。

直 只有嘴巴活著。

例 누나는 하라는 청소는 하지도 않은 채 **입만 살아서** 별의별 핑계만 댄다.

姐姐都不打掃，只會出一張嘴找些奇怪的藉口。

허례허식 成語 虛文浮禮 | 不實在，沒誠意。

直 虛禮虛飾。

漢 虛禮虛飾：빌 허，예절 례，빌 허，꾸밀 식

例 이모는 **허례허식** 없는 작은 결혼식을 하셨어.

姨媽辦了一個虛文浮禮的小型結婚典禮。

這是指無心、沒誠意，只注意外表形式，不實在。

無主見

「줏대」是指附在車輪邊緣的鐵片。車輪如果無此鐵片則無法直走而搖搖擺擺到處搖晃。人們的行動或心思也是，如果沒有主見的話，常常會心意搖擺。如此，主見對人來說是很重要的。因此，有許多藉身體中最重要的器官「간（肝）」、「쓸개（膽）」來比喻沒有主見的話。

간도 쓸개도 없다 俯首帖耳、奴顏婢膝 | 沒有自尊心，屈服於人。

🟢 連肝都沒有可以用的。

🟡 넌 **간도 쓸개도 없니**? 우리를 무시하는 저 녀석의 편을 들게?

　　你是奴顏婢膝嗎？竟敢站在無視我們那小子的一邊？

身體裡沒有肝與膽是指沒有最重要的器官。這是指沒有定位自己中心的思想或自尊心，屈服於人或任意搖擺之意。

간에 붙었다 쓸개에 붙었다 한다 俗語 牆頭草，兩邊倒 | 跟著利益見機依附。

🟢 黏著肝又黏著膽。

▶ 간에 붙었다 염통에 붙었다 한다

🟡 **간에 붙었다 쓸개에 붙었다 하는** 친구는 진짜 친구가 아니야.

　　牆頭草兩邊倒的朋友不是真正的朋友。

부화뇌동 成語 隨聲附和 | 沒有自己的主張而無條件附和別人的意見。

🟢 附和雷同。

🟤 附和雷同：붙을 부，화목할 화，우레 뢰，한가지 동

🟡 다른 사람의 의견에 무조건 **부화뇌동**하는 것은 문제가 있다.

　　對於其他人的意見無條件地隨聲附和是問題。

「부화（附和）」是指無條件黏著、跟隨他人的意見；「뇌동（雷同）」是指打雷則世界萬物隨之震響之意。因此「부화뇌동」是指如同雷響時世界萬物隨之響震般，無己見而跟隨他人的情況。

속없다　沒有主見 | 思想上沒有主見。

🔵 沒有裡部。

🔵 남의 말이라면 무조건 믿는 **속없는** 친구 때문에 걱정이야.

因無條件相信他人所說、沒有主見的朋友的緣故而擔心。

「속」有內部的意思，也有所懷心意或想法之意。因此，「속 없다」就如同沒有思想一般。

속을 빼놓다　坦懷 | 拋棄自尊心，壓抑感情。

🔵 掏出心。

🔵 그 친구와 싸우지 않으려면 **속을 빼놓고** 말해야 한다.

如果不要跟那朋友吵架的話，就要坦懷地說。

쓸개가 빠지다　沒有勇氣、沒有主見 | 膽怯沒有主見。

🔵 膽囊掉了。

🔵 이런 **쓸개 빠진** 녀석! 헤어진 여자 친구한테 또 연락하면 어떡해?

這沒膽的傢伙！跟分手的女友再聯絡該怎麼辦啦？（怎麼會又跟分手的女友聯絡！）

「쓸개」的漢字是「담（膽）」；「담력이 있다（有膽力）」、「대담하다（大膽）」中的「담（膽）」是指勇氣。因此「쓸개가 빠졌다」是沒有膽量、膽小沒主見的意思。

우유부단 成語　優柔寡斷 | 猶豫、無法了結或切斷。

🔵 優柔不斷。

🈶 優柔不斷：넉넉할 우，부드러울 유，아닐 부，끊을 단

🔵 난 **우유부단**한 성격 때문에 물건 고르기가 너무 어려워.

因我優柔寡斷的性格之故，很難下決定挑東西。

事情須決定後才能進行，這是指無法果斷地下決心，猶豫之意。

친구 따라 강남 간다 俗語　跟著朋友去江南、人云亦云、無主見 | 自己不想去，卻被他人拉著一起去。

🔵 跟著朋友去江南。

⑩ **친구 따라 강남 간다**고 너도 쟤랑 같이 여기 수학 학원에 다니는 거야?

俗話說跟著朋友去江南，你也是跟他一起在這裡補數學嗎？

「강남（江南）」不是指韓國的江南，而是指中國的外圍地方，這是非常遠且很難到達的地方。但因為朋友說要去，就跟著一起去了又遠又不是很清楚的江南。這是指原本沒想要做，卻因他人做而跟著做的俗語。

時間

눈 깜짝할 사이 　**轉瞬間、一眨眼的時間** ｜ 非常短的時間。

- 🔴 一眨眼的時間。
- 🔴 오빠는 **눈 깜짝할 사이**에 복숭아를 다 먹어 치웠다.

  哥哥在一眨眼的時間吃完水蜜桃。

  這是指閉眼後睜眼的瞬間。「한순간（一瞬間）」也是指閉眼睜眼的期間。

백날이 가도

即使過了百日 ｜ 不管過了多久。

- 🔴 即使過了百日。
- 🔴 **백날이 가도** 나의 조국 대한민국을 향한 내 마음은 변치 않을 것입니다.

  即使過了百日，向著我祖國大韓民國的心也沒有改變。

  「백날（百日）」是指許多之意。

시시각각 🈁 　**時時刻刻** ｜ 每個時刻。

- 🔴 時時刻刻。
- 🔴 時時刻刻：때 시, 때 시, 새길 각, 새길 각
- 🔴 **시시각각** 변하는 달의 모양을 관찰하는 숙제를 내주셨다.

  老師給了時時刻刻要觀察月亮模樣的作業。

  「시（時）」是指「때」或「시각」；「각（刻）」是指「새기다（刻劃）」，這是指「물시계（滴漏）」的刻度。因此「시시각각」是指每時之意。

십 년이면 강산도 변한다 🈁

十年江山變、變化無常、滄海桑田 ｜ 歲月流逝，全部的事情都會改變。

- 🔴 十年的話，連江山也會變。
- 🔴 **십 년이면 강산도 변한다**는데, 고모는 하나도 안 변하셨어요.

生活

俗話說江山十年一改，姑姑一點也沒有改變。

這是指歲月流逝，人自然也會改變之意。

요람에서 무덤까지 從搖籃到墳墓｜由出生到死亡。

直 從搖籃到墳墓。

例 사람은 **요람에서 무덤까지** 배우고 또 배워야 한다.

人們從搖籃到墳墓為止都需要不停地學習。

「從搖籃到墳墓」這是英國實施社會保障制度的口號。「요람（搖籃）」是指搖動讓嬰兒睡覺的東西。「무덤（墳墓）」是指埋葬死人的地方。因此「요람에서 무덤까지」是指從出生到死亡的意思。

전광석화 成語 電光石火、剎那間｜非常短暫的時間。

直 電光石火。

漢 電光石火：번개 전，빛 광，돌 석，불 화

例 떡볶이를 보니 어린 시절에 자주 먹었던 기억이 **전광석화**처럼 스치고 지나갔다.

看到辣炒年糕，小時候常常吃的回憶就如電光石火般快速掠過。

閃電或是火石的火一閃會是非常短的時間。如此，這也是指移動迅速。

차일피일 成語 一天拖過一天｜持續延遲時間。

直 此日彼日。

漢 此日彼日：이 차，날 일，저 피，날 일

例 방학 숙제를 **차일피일** 미루다가 결국 다 못해 갔다.

放假作業一天拖過一天，最後都沒做就去學校了。

這是表示持續推遲約定的日期或時間，不遵守約定的情況。

찰나의 순간 剎那的瞬間、剎那間｜非常短的時間。

直 剎那的瞬間。

例 할아버지는 지나온 세월이 **찰나의 순간**처럼 느껴진다고 하셨다.

爺爺說他感覺過去的歲月就如同剎那的瞬間。

「찰나（剎那）」是古印度使用之最小時間單位「kasna（剎那）」的漢字翻譯。

以現在時間來算，1剎那約0.013秒，是極為短暫的瞬間。

촌각을 다투다 分秒必爭、爭取時間 | 是非常緊急的情況而急急忙忙。

- 直 爭取寸刻。
- 例 응급실에서는 **촌각을 다투는** 일들이 매일 일어나고 있다.

    在急診室每天都有分秒必爭的事情發生。

「각（刻）」是指「물시계（滴漏）」的一個刻度，大約是十五分鐘左右。而「촌각（寸刻）」指1刻的十分之一，是指非常短的時間。「다투다（爭）」不是指打架之意，而是指情況太急迫，一秒的時間也感覺珍貴之意。

하루가 여삼추 俗語 一日不見，如隔三秋、度日如年 | 短的時間感覺很長。

- 直 一日如三秋。
- ▶ **일각여삼추**
- 例 새벽부터 여행지 이곳저곳을 돌아다녔더니 **하루가 여삼추** 같다.

    大清早就到處跑觀光地，感覺度日如年。

「여삼추（如三秋：같을 여，셋 삼，가을 추)」是指好像經過了三個秋天一樣，即如同三年之意。「하루가 여삼추」是指一天如同三年一樣長。類似的話有「일각여삼추」，這是指十五分感覺如同三年一般。

하루아침에 一朝一夕、突然、一朝 | 轉眼間。

- 直 一朝一夕。
- 例 그 사람은 먹는 소리를 들려주는 개인 방송을 하여 **하루아침에** 유명해졌다.

    他做了一個讓人聽吃東西聲音的個人廣播，一朝出名了。

生活

有趣的表現嘩啦啦！

用來表達

性格

的適合表現

- ● 性急
- ● 悠閒
- ● 積極、寬宏大度
- ● 消極、心胸狹窄
- ● 裝腔作勢
- ● 厚臉皮、不知廉恥
- ● 害羞

- ● 無禮
- ● 固執、變通
- ● 無情
- ● 爽朗、快活
- ● 正直、坦率
- ● 自由
- ● 謙虛

借的錢
快點還我！

真的是
厚顏無恥！

厚臉皮

性急

　　若因事心急時，會有跺腳或坐立不安的情況。因此在表示性急的話中，有許多表現描述性急時所做之行動。

고삐를 조이다　**精神緊繃** | 使之緊張。

🔘 勒緊韁繩。

🔘 시상식이 코앞이라 여배우들은 드레스를 입기 위하여 다이어트에 **고삐를 조였다.**

　　頒獎典禮在即，女演員們都為了要穿上禮服節制飲食而心情緊張。

「고삐（韁繩）」是指綁在牛或馬身上的繩子。「고삐를 조이다」表示將要出發或移動之意，也就是使之精神緊張之意。

급히 먹는 밥이 목이 멘다 俗語　**欲速則不達** | 勿促行事易敗事。

🔘 急忙吃的飯噎喉。

🔘 **급히 먹는 밥이 목이 멘다**더니, 서둘러 나온다고 지갑을 두고 왔어.

　　俗話說欲速則不達，急急忙忙出門結果忘了帶錢包。

這俗語表示吃的急會噎著。這是比喻不管什麼事情，急急忙忙地做會導致失敗之意。

길이 바쁘다　**馬不停蹄、行程緊迫** | 須趕路而快走。

🔘 路忙。

🔘 나는 갈 **길이 바빠서** 이만 먼저 갈게. 나중에 봐!

　　我要趕路，先走了。下次見！

這用於表示有急事須儘早趕到目的地的情況。主要以「갈 길이 바쁘다」之形態使用。

抱歉！因為需要馬不停蹄地趕路～

非常忙

路

눈코 뜰 사이 없다 忙得不可開交｜非常忙碌。

🔵 沒有睜眼鼻的時間。

🔵 발표회 준비하랴, 봉사 활동하랴. 요즘 정말 **눈코 뜰 사이 없다니까**!

又要準備發表、又要做義工。最近真的忙得不可開交！

這是連眨眼的時間都沒有，非常忙碌之意。雖然「뜨다（睜開）」只用在睜開眼睛上，但是為了強調，連鼻子也加上。這句話更常以縮語「눈코 뜰 새 없다」表示。

동분서주 成語 東奔西走｜非常忙碌地到處跑。

🔵 東奔西走。

🔵 東奔西走：동쪽 동，달릴 분，서쪽 서，달릴 주

🔵 깜빡하고 준비물을 안 가지고 와서 빌리러 다니느라고 **동분서주**하고 있다.

因為忘記，沒把準備的東西帶來而正東奔西走到處借。

這是指往東跑又往西跑，即非常忙碌地行動之意。

몸살이 나다 急不可待、急得渾身不舒服｜想要做某事而渾身不舒服。

🔵 渾身倦怠。

🔵 새 게임기를 사고 싶어 **몸살이 났구나**.

想要買新的遊戲機而急不可待。

「몸살이 나다」指身體痠痛不舒服的情況。想做一件事而焦急、坐立不安的情況以「몸살이 나다」表示。

몸이 달다 著急｜內心焦急。

🔵 身體熱忱。

🔵 아이는 놀이공원에 가자는 말에 **몸이 달았는지** 벌써 문 앞에 서 있었다.

小孩子聽到要去遊樂場，就迫不急待似地已經在門前等著。

「달다」是指內心漸漸焦急之意。如果連身體都感到著急、熱起來，即是很著急的意思。內心焦急不安的樣子稱之為「몸이 달았다」。

발등에 불이 떨어지다 火燒眉毛、迫在眉睫｜某事發生而著急。

🔵 火掉到了腳背上。

● 불똥이 떨어지다
（例）책상에 앉아 공부를 다 하다니! **발등에 불이 떨어졌구나.**

居然坐在書桌前讀書！原來是火燒眉毛了呀！

발을 구르다 　十分急迫｜非常急迫。

（直）跺腳。

（例）기다리는 버스가 오지 않아 **발을 동동 굴렀다.**

等的公車不來，急得跺腳。

急著上廁所時會不自覺地跺腳。「발을 구르다」是描述類似這樣的心情。

발이 빠르다 　迅速｜快速行動。

（直）腳快。

（例）우리 반 아이들은 선생님의 설명을 듣고 **발 빠르게** 움직였다.

我們班的孩子們聽了老師的說明後很迅速地動起來。

번갯불에 콩 볶아 먹겠다 （俗語）　心急、急不可耐｜性情急躁，任何事情都
想要馬上解決。

（直）要用閃電炒豆。

（例）**번갯불에 콩 볶아 먹겠다**! 무슨 결혼을 그렇게 서두르니?

真是急性子！是什麼結婚要那麼匆匆忙忙辦？

벼락 치듯 　如閃電一般｜非常快速地。

（直）如打閃電一般。

（例）그 많은 일을 **벼락 치듯** 해치웠다면서?

聽說那麼多的事情如閃電般解決了，是嗎？

부리나케 急急忙忙 | 非常快速移動。

直 似取火般。

例 갑자기 소낙비가 내려 **부리나케** 나무 밑으로 뛰어갔다.

突然下起一陣驟雨,急急忙忙地跑進樹下。

這是來自「불이 나게(起火似地)」。從前為取火種而將樹枝垂直立在石頭凹陷處鑽木取火。這時須快速地轉動樹枝,因此「불이나게」是如同取火般快速地行動的意思。

분초를 다투다 分秒必爭 | 急促行動。

直 爭分秒。

例 응급 환자는 **분초를 다투기** 때문에 수술을 지체할 수 없다.

因為急診患者是分秒必爭,所以不能延遲手術。

「분초」是指非常短暫的時間。「분초를 다투다」是短暫的時間也很珍惜,爭取快速行動之意。

설레발치다 吵吵鬧鬧、喧騰 | 非常匆忙與忙亂。

直 心情浮躁。

例 형제는 처음 해외여행을 간다며 새벽부터 **설레발쳤다**.

兄弟第一次出國旅行,從凌晨開始吵吵鬧鬧。

不安靜而一直動來動去稱為「설레」。此字後加「발(腳)」就成「설레발」。

쇠뿔도 단김에 빼랬다 俗語 打鐵趁熱 | 不管想做什麼事情,就不要猶豫,
馬上行動。

直 牛角也要趁熱拔。

▶ 쇠뿔도 단김에 빼라

例 **쇠뿔도 단김에 빼랬다**고, 말이 나온 김에 바로 가 보지.

俗話說打鐵趁熱,既然提起,我們現在就去吧。

從前祖先使喚牛的時候,因為牛角可能會讓人受傷,而有將之拔除的習慣。拔角的時候,直接拔會不好拔,所以會將之加熱。那樣的話,牛角就會變軟。此時要馬上把角拔出,否則稍作猶豫牛角會再次變硬。因此表示不要猶豫導致錯失時機時使用「쇠뿔도 단김에 빼랬다」。

숨 돌릴 사이도 없이 喘口氣的時間都沒有 | 沒有一點轉圜餘地。

直 緩口氣的時間都沒有。

▶ 숨 돌릴 틈도 없이

例 영어 학원에서 돌아온 종혁이는 **숨 돌릴 사이도 없이** 태권도 학원을 가야 했다.

從英語補習班回來的鍾赫連喘口氣的時間都沒有，就得馬上去跆拳道補習班了。

숨 쉴 사이 없이 喘口氣的時間都沒有 | 沒有休息的時間。

直 呼氣的時間都沒有。

▶ 숨 쉴 틈도 없이

例 **숨 쉴 사이 없이** 바쁘게 지내다 보니 벌써 일 년이 지나갔네요.

忙得連喘口氣的時間都沒有，一年就這樣過去了。

요즘 너무 바빠서 **숨 쉴 틈도 없이** 일하고 있어.

最近非常忙，連喘口氣的時間都沒有一直工作。

「사이」是指短暫的時間、閒暇、短暫的間隙等。「숨 쉴 사이 없이」是指非常短暫的時間，是為非常急迫忙碌之意。

숨도 쉬지 않고 沒有時間喘息 | 沒有空閒，很急。

直 氣也不喘一個。

例 너무 배가 고픈 나머지 **숨도 쉬지 않고** 후다닥 밥을 먹었다.

肚子非常餓，氣也不喘一個就唏哩嘩啦把飯吃了。

숨이 가쁘다 艱難、辛苦 | 某件事情非常吃力急迫。

直 氣喘、氣急促。

例 우리나라는 6·25 이후 **숨이 가쁘게** 발전했다.

韓國在韓戰後就很辛苦地發展。

※現代韓國人習慣用歷史事件發生的日期來代稱近代事件。譬如1950年6月25日～1953年7月27日的韓戰稱為625（육유기오）、1980年5月18日～1980年5月27日的光州事件稱為518、1945年8月15日二戰日本無條件投降，韓國光復，故稱光復節為815，以及2014年4月16日發生的世越號沉船事件，簡稱416。

숨이 넘어가는 소리

氣喘吁吁 | 非常緊急發出急促的聲音。

直 喘氣的聲音。

例 연우는 황급히 교실로 뛰어 들어오며 **숨
넘어가는 소리**로 친구가 다쳤다고 했다.

賢宇勿忙地跑進教室，氣喘吁吁地說朋友受傷
了。

안달이 나다　焦慮 | 好像著急的樣子。

直 內心焦急生。

例 빨리 놀러 나가고 싶어서 **안달이 났구나?**

想要快點去玩，等不及了？

內心焦慮著急稱為「안달」。

엉덩이가 가볍다　坐不住 | 無法久坐而離開座位。

直 屁股輕。

▶ 궁둥이가 가볍다

例 걔는 **엉덩이가 가벼워서** 가만히 오래 앉아 있지를 못해.

他坐不住而不能靜靜地久坐。

「엉덩이가 가볍다」是無法很有耐心地久坐之意。此即焦急地到處走動。這話也表
示無法在職場長時間工作之意。

엉덩이가 근질근질하다　如坐針氈 | 無法靜坐，總想動來動去。

直 屁股很癢。

例 빨리 집에 가고 싶어서 **엉덩이가 근질근질했다.**

因為想要快點回家而如坐針氈。

「근질근질하다（癢）」是指某物碰觸皮膚而有癢的感覺。這話也用於表示想要做
某件事情而有行動的衝動。

우물에 가 숭늉 찾는다 俗語 到井邊去找鍋巴水、操之過急 | 不知事情順序而躁進。

🈺 到井邊去找鍋巴湯。

🈺 **우물에 가서 숭늉 찾는다**더니, 그림 그리는데 스케치도 안 하고 바로 색칠하려고?

俗話說到井邊去找鍋巴水，你畫畫不打草稿就想要直接上色？

想做鍋巴水首先應該要先煮飯，然後用水滾煮鍋巴。但是直接到只有水的井邊去找鍋巴，這是指不知道事情的先後順序而急躁之意。

이리 뛰고 저리 뛰다 東奔西跑 | 忙碌行動。

🈺 這裡跑，那裡跳。

🈺 엄마는 설 명절 음식을 장만하려고 시장을 **이리 뛰고 저리 뛰셨다**.

媽媽因為要準備年菜而在市場轉來轉去。

입이 근질근질하다 嘴癢想說 | 想說話而忍不住。

🈺 嘴癢。

🈺 수학 백 점 받은 사실을 친구들에게 자랑하고 싶어서 **입이 근질근질했다**.

想要跟朋友炫耀數學一百分而嘴癢癢的。

한시가 바쁘다 爭分奪秒、分秒必爭 | 如同須和時間爭先般忙。

🈺 一時忙。

▶ 한시가 급하다, 일시가 바쁘다

🈺 시간 맞춰 공항에 가려면 **한시가 바쁜데** 왜 이렇게 음식이 안 나오는 거지?

如果想要準時抵達機場的話，時間非常緊迫，為什麼點的菜還沒來呢？

오늘까지 이 일을 다 끝내려면 **한시가 급하다**.

如果想要今天完成事情的話，分秒必爭。

「한시」、「일시」皆是指「一時」，短暫時間之意。「한시가 바쁘다」是連短暫的閒暇也沒有，非常忙碌之意。

悠閒

고삐를 늦추다 　放鬆心情｜舒緩緊張。

- 🔘 放鬆韁繩。
- ⑩ 연장전까지 선수들은 **고삐를 늦추지** 않고 최선을 다해 싸웠다.

  到了延長賽選手們也不放鬆，盡力打了一仗。

궁둥이를 붙이다 　坐下來｜坐下來舒緩休息。

- 🔘 屁股坐下來。
- ⑩ 이제 좀 **궁둥이를 붙였는데** 또 심부름하라고요?

  現在有點時間坐下來，又要我去跑腿？

「궁둥이를 붙이다」是指坐到某處舒緩一下休息之意。有坐著從容不迫休息的意思，也有停留某地安身之意。

늑장을 부리다 　拖拖拉拉｜不匆忙，很悠閒。

- 🔘 耍磨蹭。
- ⑩ 이렇게 **늑장을 부리다**간 버스 놓치겠어! 어서어서 빨리 준비해.

  那樣拖拖拉拉是會錯過公車的！快點準備。

「늑장」是指慢吞吞地行動的態度。「부리다」是指持續這種行動。這表現是用於一刻也不能錯失卻慢吞吞行動的情況。

性格

머리를 식히다 　讓腦袋冷靜、舒緩緊張壓力│沉澱緊張的心情。

ⓐ 使腦袋冷靜。

ⓔ 미영이와 나는 **머리를 식힐** 겸 운동장을 한 바퀴 돌았다.

　　美英跟我要讓腦袋冷靜，就去運動場跑了一圈。

工作很多或壓力很大的時候會上火。而「머리를 식히다」是使興奮或緊張的心情舒緩之意。

세월아 네월아 　手腳慢吞吞、做事磨磨蹭蹭│虛耗時間。

ⓐ 三個月，四個月。

ⓔ 그렇게 **세월아 네월아** 하다가 이 많은 일을 언제 다 할래?

　　那樣手腳慢吞吞，這麼多的事情要什麼時候才能做完？

「세」是數字三，「네」是數字四之意。「세월아 네월아」是指浪費三個月、四個月的歲月。事實上並沒有「네월」這個字詞。這是和「세월（歲月）」搭配的雙關用法。

엉덩이가 무겁다 　耐久坐、坐得住│在一位子上坐很長的時間。

ⓐ 屁股重。

▷ 궁둥이가 무겁다

ⓔ 지아는 **엉덩이가 무거워서** 한 번 앉으면 세 시간이고 네 시간이고 책을 읽는다.

　　智雅因為耐久坐，所以如果一坐下，就能看三個小時或四個小時的書。

「엉덩이가 가볍다」是與此相反的話。這是指一旦坐下或佔有某位子就不輕易站起來且很有耐心堅持之意。

여유만만 ⓢ成語 　游刃有餘│非常沉著且從容。

ⓐ 餘裕滿滿。

ⓗ 餘裕滿滿：남을 여, 넉넉할 유, 가득 찰 만, 가득 찰 만

ⓔ 상대 팀은 그동안 연습을 많이 했는지 **여유만만**인 모습을 보였다.

　　對方隊伍好像做了很多練習，顯示出一副從容不迫的樣子。

這是表示人的品性或言行很沉著且從容的情況。

한숨을 돌리다 鬆一口氣｜很從容。

直 鬆一口氣。

例 이 숙제만 다 끝내고 **한숨 돌리자**.

這作業做完就能夠鬆一口氣了。

「한숨」是指吐出的一口氣。當結束一件辛苦或忙碌的事情後，為了調勻呼吸而吐出一口氣。這也是指渡過一個關鍵時刻或忙完之後有了悠閒時間。

積極、寬宏大度

這是指不被小事羈絆，不論是什麼事情都率先帶頭，積極進取並展現出上進的性格或態度。

간이 붓다　膽大包天 | 過分大膽。

直 肝腫大。

▶ 간덩이가 붓다，간땡이가 붓다

例 그 위험한 곳을 갔다고? 얘가 **간이 부었네**.

你說他去過那危險的地方？他真是膽大包天。

쟤는 간땡이가 부었는지 웬만한 거로는 놀라지도 않아.

他應該是膽大包天，所以一般不會受到驚嚇。

「간이 크다」是大膽之意，更有甚者不僅「간이 크다」還「부었다（腫大）」，因此「간이 붓다」有過分大膽的否定意義。

간이 크다　膽大如斗、一身膽、大膽 | 沒有恐懼，大膽。

直 肝大。

▶ 간덩이가 크다，간땡이가 크다

例 혼자 여행을 가다니 너 보기보다 **간이 크구나**.

居然說要自己去旅行，你比外表看起來還要來得膽大如斗。

中醫學裡，「간（肝）」在五行中被視為木，是聚集精力所在，也是推展新事物或引領去做新事物之動力。因此「간이 크다」是指推進力或決斷力很強且大膽之意。

거침없다　暢通無阻、毫無障礙 | 沒有阻礙或是窒塞。

直 無窒礙。

例 발표자는 쏟아지는 질문에 **거침없이** 대답했다.

發表者針對滔滔不絕的提問都毫無障礙地回答了。

「거침」是指行動或說話中，沒有窒礙之意。「거침없다」是指沒有窒礙之意。主要以「거침없이」的形態表示大膽地說話或行動。

눈도 깜짝 안 하다 眼睛都不眨一下 | 泰然。

- 直 眼睛都不眨一下。
- 例 유령의 집에 들어가도 예슬이는 **눈도 깜짝 안 하더라**.

    藝瑟即使進了鬼屋，眼睛都不眨一下。

如果眼前有驚嚇或可怕的事發生，會不自覺地眨眼。但在這種情況之下連眼睛都不眨一下，就是一點都不驚訝且泰然處之。即使有重大事情也不驚慌動搖，豁達之意。

눈썹도 까딱하지 않다
眼皮都不眨一下、面不改色 | 非常泰然。

- 直 眉毛也不動一下、不皺眉頭。
- 例 소영이는 번지 점프대에 섰는데 **눈썹도 까닥하지 않더라**.

    昭英站在高空彈跳台上連眼皮都不眨一下。

뒤끝이 없다 不記恨 | 不好的感情不放在心裡。

- 直 沒後續的事、無隔宿之仇。
- 例 그 친구와 나는 자주 싸워도 **뒤끝이 없어서** 우정이 오래 간다.

    即使那朋友跟我很常吵架，也不記恨，因此友情持續很久。

「뒤끝」是指事情的最尾端，其意衍伸指遭遇不好的事情後存留於心中的感情。

물불을 가리지 않다 赴湯蹈火、奮不顧身 | 奮不顧身地行動。

- 直 不分水火。
- 例 친구 일이라면 **물불을 가리지 않고** 달려드는 오빠 때문에 늘 걱정이다.

    我常因只要是朋友的事就奮不顧身衝撞的哥哥而擔心。

如果善用水或火是有益的；但危急的情況也很多。「물불을 가리지 않다」是指不管好事或危險的事情，都奮不顧身地行動之意。

발 벗고 나서다 挺身而出、全力以赴 | 很積極地站出來。

- 直 脫鞋光腳站出去。

例 맹추위에 수도관이 터져서 온 가족이 물을 퍼내는 데 **발 벗고 나섰어요**.

在寒流中，因為水管破裂，所以全家族的人挺身而出去滔水。

「발 벗고 나선다」是指脫鞋光著腳站出的情況。從前耕種時大家互相幫忙做事。若在水田裡要脫鞋脫襪赤腳進田。因此「발 벗고 나선다」即是表示很積極地共同參與某事之意。

배포가 크다 深思熟慮、目光深遠、膽識過人 │ 思慮深且心胸寬大。

直 規劃宏大。

例 만덕은 어려운 이웃을 위해 그렇게 큰돈을 내놓다니, 정말 **배포가 큰** 사람이구나.

萬德為了生活困苦的鄰居而給了那麼一大筆錢。真的是有度量的人。

「배포（排布）」是用心仔細計畫之意。因此「배포가 크다」是制訂大計畫然後行事。對思緒深與有膽量的人也以「배포가 두둑하다（懷抱篤厚）」、「배포가 남다르다（懷抱異於常人）」等描述。

선이 굵다 豪邁 │ 性格或行動很落落大方。

直 線粗。

例 우리 아빠는 **선이 굵어서** 웬만한 일에는 놀라지도 않으셔.

爸爸是個豪邁的人，所以一般是不會受到驚嚇。

長相高大健壯的人稱「선이 굵다」，也指性格、行動大方或寬宏大量的人。

소매를 걷어붙이다 捲起袖子 │ 非常積極地挺身而出。

直 捲起袖子。

▶ 소매를 걷다

例 산불 진화에 동네 사람들이 **소매를 걷어붙이고** 나섰다.

為了要滅森林大火，村里的人捲起袖子站出來。

與「발 벗고 나서다」類似，這是指為積極參與而預作準備的模樣。

속이 트이다 心胸坦蕩 │ 內胸寬大爽快。

直 內心敞開。

例 우리 선생님은 **속이 트인** 사람이니까 이해해 주실 거야.

我們老師是心胸坦蕩的人，所以他會理解你的。

沒有體諒他人的心且心胸狹隘的人稱為「속이 좁다」。其相對情況即為「속이 트이다」，即心胸寬大、豁達之意。

손길을 뻗치다 給予協助 | 積極參與涉入。

🔲 伸出援手。

▶ 손을 뻗치다

🔘 우리나라는 가뭄이 심해진 아프리카에 구호의 **손길을 뻗쳤다**.

　　韓國對乾旱嚴重的非洲國家伸出了援手。

신경이 굵다 落落大方、心胸寬大 | 豁達。

🔲 神經粗。

🔘 이래 봐도 내가 **신경이 굵은** 사람이라 이만한 일로는 놀라지도 않아.

　　現在看來我也是個心胸寬大的人，到這程度也不驚訝。

神經細胞功能主要是傳達進入我們體內的刺激。「신경이 굵다」實際上不是細胞變粗，而是指即使是不小的事也不受刺激。相反地，「신경이 가늘다（神經細）」則指任何小事都能受到刺激，心胸狹隘的情況。

심장이 강하다 壓力承受力強、心寬、心臟大顆（台）| 不害怕且忍受度強。

🔲 心臟強。

🔘 결승전이 코앞인데 안 떨리니? 넌 정말 **심장이 강하구나**!

　　決賽在眼前不緊張嗎？你真的是心寬耶！

當遭遇驚嚇或恐怖的事情時，心臟會噗通噗通地顫跳，這裡是指面對這種情況，心臟仍強壯健全，不懼怕或承受力度強的情況。

앞뒤를 가리지 않다 思慮不周、魯莽行動 | 不思前顧後，胡亂行動。

🔲 不分前後、奮不顧身。

🔘 그 친구는 평소엔 차분한데 화가 나면 **앞뒤를 가리지 않는** 성격이야.

　　他是平常冷靜，一生氣就會魯莽行動的性格。

性格

어깨를 들이밀다 　奮不顧身│捨身奮進。

🔘 往前推肩膀。

🔘 자기가 먼저 하겠다고 **어깨를 들이밀고** 덤비는데 내가 어떻게 당하겠어?

　說自己先做而奮不顧身地撲上去，我怎麼抵擋得住？

통이 크다 　器量大、大器│行動寬宏大量。

🔘 筒大。

🔘 그 많은 걸 한꺼번에 다 기부하겠다고? 역시 **통 큰** 사람은 다르다니까!

　他說要一次捐那麼多東西？果然大器的人就是不一樣！

消極、心胸狹窄

　　不自行解決而只照別人說的做，或膽小而過度小心的性格、態度之相關表現。

간이 작다　膽小｜不大膽。

- 🔎 肝小。
- 🗣 나는 **간이 작단** 말이야. 유령의 집은 무서워서 근처도 가기 싫어.

　　我是膽小啊。我怕鬼屋，因此都不敢靠近。

꾸어다 놓은 보릿자루 俗語　借來裝大麥的袋子、悶葫蘆｜許多人聚在一起的場合中，不講話的人。

- 🔎 借來裝大麥的袋子，不用時擺在角落。
- 🗣 **꾸어다 놓은 보릿자루**처럼 거기서 뭐 하니? 이리 와서 같이 놀자.

　　你跟個悶葫蘆一樣站在那裡做什麼？來這裡一起玩吧。

　　這俗話是指稱許多人聚在一起聊天談笑時，靜靜的在位子上都不說一句話之人。這情況如同放在房間一角中，向別人借來裝大麥的袋子一般，指孤零零地在原處的人。

꿀 먹은 벙어리 俗語　啞巴吃黃蓮，有苦說不出｜這是指無法說出自己想法的人。

- 🔎 吃了蜂蜜的啞巴。
- 🗣 **꿀 먹는 벙어리**처럼 가만히 있지 말고 너도 네 의견을 말해 봐.

　　你別像是啞巴吃黃蓮不說一句話，你也說一下你的意見。

　　「벙어리（啞巴）」是有語言障礙的人。指有如偷吃蜂蜜卻怕事跡敗露而不敢開口說話的情況，不能表現出自己想法的人稱為「꿀 먹은 벙어리」。

뒤꼬리를 따르다　人云亦云｜落在後頭消極地行動。

- 🔎 跟著尾巴。
- 🗣 평소 다른 사람의 **뒤꼬리를 따르던** 영우가 먼저 의견을 내었다.

　　平常都是人云亦云的英宇卻先發表意見了。

　　「뒤꼬리」是強調在後面的意思。緊緊跟在他人後面是消極地跟著他人行動之意。

性格

뒤를 사리다 顧及後果 | 擔心後面所會發生的事情而事先小心預防。

直 夾起尾巴。

例 친구는 **뒤를 사리느라고** 고개를 절레절레 저었다.

朋友說為防後患而左右搖搖頭。

「꼬리를 사리다」指害怕的狗將尾巴夾到兩腿之間畏畏縮縮的模樣。「뒤를 사리다」指感到害怕而先逃跑或小心之意。

뜸을 들이다 磨蹭、悶 | 動作穩且靜靜地待著。

直 燜鍋。

例 그렇게 **뜸 들이지** 말고 빨리 말해 봐!

別那樣磨蹭，快點說！

煮飯時為了讓飯熟透而放著一段時間不打開蓋子，此稱「뜸을 들인다」。也指在做事情或說話時，不急忙且中間靜默一陣子的情況。

말만 앞세우다 光說不練 | 話說前頭卻沒有實際行動。

直 話說前頭、說話在行動之前。

例 옆에서 이래라저래라 **말만 앞세우지** 말고 네가 직접 조립해 봐.

別在旁邊說這說那的，你親自組裝看看。

說話與行動原應同步，但這是指嘴巴說說卻無實際行動。意即在實踐方面非常消極之意。

몸을 아끼다 偷懶、不盡力 | 不盡力。

直 惜身。

▶ 몸을 사리다

例 그렇게 **몸을 아껴서** 어디다 쓸 거야? 이거 오늘 안에 끝내야 하니까 빨리하자.

那樣愛惜身體要用在哪裡？這個今天之內要完成，快點做。

살얼음을 밟듯 如履薄冰 | 因恐懼而小心翼翼地。

直 如同踩在薄冰上。

例 성난 호랑이 우리를 지나갈 때는 **살얼음을 밟듯** 조용히 지나가야 한다.

經過生氣的老虎籠子時，必須如履薄冰靜靜地過。

신경이 가늘다 非常膽小怯懦 | 非常膽小。

🔵 神經小條。

🔵 나는 **신경이 가늘어서** 발표하는 건 부담스러워.

因為我非常膽小，對於發表感覺很有負擔。

심장이 약하다 膽小怕事、胸無大志、壓力承受力小、抗壓性低 | 心性脆弱且沒活力朝氣。

🔵 心臟弱。

🔵 그렇게 **심장이 약해서** 어떻게 가수가 되겠어?

抗壓性那麼低該怎麼當歌手呀？

심장이 작다 膽小、沒有魄力 | 膽小、不果斷。

🔵 心臟小。

🔵 난 **심장이 작은** 편이라 저렇게 높은 번지 점프는 보기만 해도 속이 안 좋아.

我是膽小的性格，光是看那麼高的高空彈跳，就覺得身體不舒服。

아귀가 무르다 心腸軟 | 心性不剛強，怯懦。

🔵 虎口軟。

🔵 동생은 **아귀가 물러서** 항상 물가에 내놓은 어린애처럼 걱정된다.

妹妹因為心腸軟，總是像放到水邊的小孩子一樣令人擔心。

「아귀（虎口）」是指大拇指與食指之間。通常稱握手的力量為「아귀힘（握力）」。「무르다」是指力量弱小；因此「아귀가 무르다」即指握力弱之意。也指關於類似握力漸漸鬆弛般，心不堅定容易為人所屈的情況。

통이 작다 器量小、小肚雞腸 | 不寬宏大量、小氣。

🔵 筒小、器量小。

🔵 엄마는 **통이 작아서** 비싼 물건은 절대 못 사.

媽媽器量小，貴的東西絕對不買。

裝腔作勢

傑出帥氣的人有想要凸顯自己的心理，會昂首挺胸。但不是真的帥卻想表現這種模樣與行動就是「잘난 체하다（裝腔作勢）」。

거드름을 피우다 傲慢 | 裝作很了不起的樣子，並展現出輕視別人的態度。

🔵 要傲慢。

⭕ 거드름을 부리다

📝 반에서 일등 한 번 했다고 **거드름 피우는** 꼴이라니.

在班上得了一次第一名就展現出傲慢的樣子。

거드름을 부리는 동생을 보니 꿀밤 한 대 때려 주고 싶다.

看到傲慢的弟弟，真的是很想要一拳打下去。

「거드름」是指自傲而表現出藐視瞧不起他人的態度。

도도하게 굴다 傲慢 | 自以為了不起，超越分寸的行動。

🔵 傲慢。

📝 제일 잘난 것처럼 **도도하게 굴더니**, 정말 쌤통이다!

自以為最傑出而舉止傲慢，真的是活該！

「도도하다（滔滔）」有說話時無窒礙的意思，也有非常平和歡欣之意。但若與「굴다」併用，則表示逾越本分地行動之意。

목에 힘을 주다 趾高氣昂 | 自傲瞧不起人。

🔵 在脖子使力。

📝 걔, 반장 되더니 **목에 힘을 주고** 다니더라.

他啊！當上班長就趾高氣昂的。

在脖子施力抬頭的話，會看起來自信滿滿，但是若太過分則有輕視他人之感。此話與表謙虛之意的「고개를 숙인다（低頭）」正好意義相反。

비싸게 굴다 自視甚高 | 不輕易聽取要求。

🔘 昂貴地行動。

🔘 야, **비싸게 굴지** 말고 이리 와서 같이하자!

　　喂，別擺架子，快點過來一起做！

如果有人要求很多跑腿錢，我們會說「그건 너무 비싸！（那太貴了）」。由此可知，在用人上花很多錢時也用「비싸다（貴）」表示。「굴다」有「那樣子行動」之意，所以這兩者合用，是指自視身價高而傲慢行動的情況。

어깨에 힘을 주다 大搖大擺、囂俳（台語） | 現出傲慢的態度。

🔘 肩膀施力。

▶ 어깨에 힘이 들어가다

🔘 여태 1등을 놓친 적이 없으니 **어깨에 힘을 주고** 다닐만하지.

　　他到現在都沒有錯過第一名，是有資格大搖大擺地走啊。

「어깨에 힘을 주다」表示挺起垂縮的肩膀使力的模樣。

으스대다 驕傲、不可一世 | 不協調地裝神氣炫耀。

🔘 驕傲。

🔘 토끼는 자기가 세상에서 제일 빠르다며 **으스댔어요**.

　　兔子說自己是世界上速度最快的，不可一世。

雖然常說「으시대다」，但「으스대다」才是標準語。

있는 티를 내다 出風頭 | 炫耀自己有的東西與擺架子。

🔘 擺出有那個的架子。

🔘 그렇게 **있는 티를 내고** 싶어? SNS에 온통 남자 친구 사진뿐이네.

　　那麼想要出風頭？SNS上面全都是男朋友的照片。

「티를 내다」是顯露在外之意。「있는 티를 내다」是指想炫耀自己有的某樣東西而用話語、行動假裝很行的情況。

코가 높다 要求標準高、鼻子翹到天上去 | 裝作很厲害並炫耀。

🔘 鼻子高。

例 **코가 높은** 손님을 상대하는 것은 정말 어렵다.
面對鼻子翹到天上的客人真的很難做。

코가 우뚝하다 目中無人、揚揚得意 │ 裝作很厲害並顯現傲慢模樣。

直 鼻子高聳。
例 상을 몇 번 타더니 아주 **코가 우뚝해졌구나!** 得了幾次獎就目中無人！

코를 쳐들다 仰頭 │ 裝作很厲害並自命不凡。

直 抬起鼻子。
例 별 거 아닌 거로 **코를 쳐들고** 다니는 모습이 참 웃겨.
也不是什麼大事就仰頭看著天的模樣真是好笑。

콧대가 높다 趾高氣揚、自命不凡、自視甚高 │ 裝作很厲害並炫耀之意。

直 鼻樑高。
例 **콧대 높던** 평강 공주가 온달이랑 결혼하다니!
自視甚高的平岡公主要與溫達結婚！

「콧대」是指鼻子隆起的部分，用來比喻得意與傲慢之意。另外，「코가 높다」與「콧대가 높다」是相同的意思。

厚臉皮、不知廉恥

「뻔뻔하다（厚臉皮）」與「염치 없다（無廉恥）」的人不知臉羞慚。因此在表厚臉皮或不知廉恥時，有許多與「얼굴（臉）」相關的字眼。

낯이 두껍다 **不知羞恥、厚臉皮** | 不知羞恥。

- （直）厚顏。
- （▶）낯짝이 두껍다, 낯가죽이 두껍다
- （例）잘못하고도 사과할 줄 모르다니. 너처럼 **낯 두꺼운** 사람은 처음 봐.

  做錯事也不會道歉。像你那樣厚臉皮的人是第一次看到。

「낯이 두껍다」是指臉皮很厚之意。

낯짝이 소가죽보다 더 두껍다 **臉皮比牛皮還厚** | 完全不知羞恥，臉皮厚。

- （直）臉皮比牛皮還厚。
- （例）거짓말을 밥 먹듯 하는 걸 보니 **낯짝이 소가죽보다 더 두껍구나.**

  看他說謊像吃飯一般，真的是臉皮比牛皮還厚呀。

「얼굴」、「낯」、「낯짝」都是同樣意義的詞。這俗語是指臉皮比又厚又韌的牛皮更厚，以表示不知羞恥的程度無可比擬。

방귀 뀐 놈이 성낸다 （俗語） **倒打一把** | 沒道理且厚臉皮。

- （直）放屁的人生氣。
- （例）**방귀 뀐 놈이 성낸다**더니 늦게 와 놓고 도리어 나한테 화를 내?

  俗話說倒打一把，晚到的人反而對我生氣？

這是指自己放屁反而責怪他人，生氣的樣子。這俗語用於明顯是自己犯錯卻對他人生氣之厚臉皮且不可理喻的情況。

性格

벼룩도 낯짝이 있다 俗語 連跳蚤也有臉皮、人要臉、樹要皮 | 沒有良心很厚臉皮。

直 連跳蚤也有臉皮。

▶ 빈대도 낯짝이 있다 俗語，족제비도 낯짝이 있다 俗語

例 벼룩도 낯짝이 있지, 네가 어떻게 여길 또 오니?

連跳蚤也有臉皮，你怎麼有臉再來這裡？

「벼룩（跳蚤）」是身長不到2mm，非常小的昆蟲。「낯짝（面子）」即是「낯」之意，也指「체면（體面）」。這俗語是指連跳蚤也有臉皮，更何況是人，哪能不知廉恥厚臉皮。這是用小小的跳蚤與人相比的俗語。

비위가 좋다 脾氣好、沒脾氣 | 連討人厭的事情也很會忍受。

直 脾胃好。

例 그 소리 듣고 화도 안 나니? 넌 참 비위도 좋다.

聽到那話你都不會生氣嗎？你真的是好脾氣。

「비위（脾胃）」是指動物的內臟脾與胃。如果脾胃健康，則血腥或不合胃口的食物也能接納消化。因此「비위가 좋다」亦用於不管是令人憎恨、厭惡的事都能忍受的情況。

402

얼굴 가죽이 두껍다 厚顏無恥｜厚臉皮。

直 臉皮厚。

▶ 얼굴이 두껍다

例 얼굴 가죽이 두껍지 않고서야 어떻게 매번 이런 부탁을 할까?

如果不是那麼厚臉皮，怎麼每次都拜託這種事情？

엄마는 나이가 들더니 점점 **얼굴이 두꺼워지는** 것 같아.

媽媽上年紀了，好像漸漸臉皮變厚了。

常人害羞會臉紅，但如果臉皮厚則無此跡象。這話指完全不顯現羞恥樣貌，即厚臉皮之意。

염치없다 不知羞恥｜不知羞恥，厚臉皮。

直 沒有廉恥。

例 모둠 숙제는 같이하지도 않았으면서 이름을 써 달라고? 너 참 **염치없다**.

沒寫學習小組的作業卻要求記上名字？你真是不知羞恥。

「염치（廉恥）」是指沒有貪念的心與知羞恥的心。但若沒有這兩種心，則指貪婪、不知羞恥之意。

염치와 담을 쌓은 놈 俗語 絲毫不知廉恥的傢伙｜不知羞恥且厚臉皮的人。

直 與廉恥築起一道牆。

例 할아버지는 쓰레기를 버리는 사람에게 **"염치와 담을 쌓은 놈"**이라고 하며 혀를 찼다.

爺爺對丟垃圾的人喊「絲毫不知廉恥的傢伙」的同時嘖了舌。

「염치（廉恥）」是指懂得羞恥的心。但與那種心築起一道牆，就是不知羞恥且沒有一點廉恥心。另附加「놈（傢伙）」字而有藐視之意。

적반하장 成語 做賊的喊捉賊｜犯錯的人反而指責沒做錯事情的人。

直 賊反荷杖。

漢 賊反荷杖：도둑 적, 도리어 반, 꾸짖을 하, 지팡이 장

例 먼저 때린 건 너인데 왜 나보고 사과하래? **적반하장**이구나!

先動手打人的是你，為什麼要我道歉？真的是做賊的喊捉賊啊！

性格

這成語意指「反而是小偷舉著棍子責罵他人」。這是做錯事的人一點抱歉的心都沒有，反而指責做對事情的人之哭笑不得的情況；或是對厚臉皮的人經常使用的話。這成語經常與表示應該要守住分寸的漢字語「유분수（有分數：있을 유，나눌 분，셈 수）」一起以「적반하장도 유분수지」的形態使用。

철면피 成語 厚臉皮、厚顏無恥｜擁有如同鋼鐵一般厚的臉皮，不知廉恥且厚臉皮。

（直）鐵面皮。

（漢）鐵面皮：쇠 철，얼굴 면，가죽 피

（○）얼굴에 철판을 깔다

（例）그 사람은 끔찍한 범죄를 저지르고도 뉘우칠 줄 모르는 **철면피**다.

那人是個就算犯下滔天大罪也不知悔改的厚臉皮。

從前中國有個叫王廣文的人。聽說這個人因為想要成名，所以經常對官位高的人低聲下氣；或是有權勢的人們鞭打驅趕他也不改變臉色，經常是笑著帶過。因此那時候的人看到王廣文就嘲笑他是「광원의 낯가죽은 열 겹의 철갑처럼 두껍다。（廣文的臉如同十層鐵面般厚）」，「철면피（鐵面皮）」的話因此產生。「철면피」是指像鐵一般厚的臉皮。

철판을 깔다 厚臉皮、厚顏無恥｜不知恥、厚臉皮。

（直）舖鐵板。

（○）얼굴에 철판을 깔다

（例）그런 짓을 하고도 여길 또 와? 아주 얼굴에 **철판을 깔았구나**!

做了那種事情怎麼又來這裡？真的是厚顏無恥！

此話一般在其前加「얼굴（臉）」，即以「얼굴에 철판을 깔다」的形態使用。

파렴치 成語 恬不知恥、寡廉鮮恥｜不知廉恥。

（直）破廉恥。

（漢）破廉恥：깨뜨릴 파，청렴할 렴，부끄러울 치

（例）미성년자를 이용해 돈을 버는 것은 **파렴치**한 행동이다.

利用未成年者賺錢是個寡廉鮮恥的行動。

「파렴치」是「염치를 깨뜨린다（打破廉恥）」，即沒有羞恥之意。無廉恥之行動以「파렴치한 행동」，無羞恥之人以「파렴치한 사람」表示。

후안무치 成語 厚顏無恥 | 厚臉皮不知廉恥之人。

🔵 厚顏無恥。

🔵 厚顏無恥：두터울 후，얼굴 안，없을 무，부끄러울 치

🔵 친구의 돈을 떼먹고도 당당한 **후안무치**에 두 손 두 발 다 들었다.

吞了朋友的錢還很理直氣壯、厚顏無恥的人，敗給他了。

這用於指不知廉恥且厚臉皮的人或情況。也以「후안무치하다」作為動詞。

害羞

　　如果害羞會不自覺地臉紅。有關害羞的表現，會有無意識地做某些行動，或是臉的變化的描述。

귀밑이 빨개지다　**面紅耳赤** | 非常害羞而臉紅。

直 耳根子變紅。

例 너는 걔 이야기만 나오면 **귀밑이 빨개지더라**.

　　你只要聽到有關他的事情就面紅耳赤。

如果感到害羞，會不自覺地臉紅。但不只是臉紅，連耳朵也會赤紅，這是強調害羞之意。

낯간지럽다　**難為情** | 感覺讓人看到會害羞、丟臉。

直 臉癢。

例 **낯간지러워서** 사랑한다는 말을 못 하겠어.

　　很難為情，無法說出我愛你的話。

「간지럽다」是指發癢難受、非常不舒服的情況。感覺到有這種情況出現在臉上則是感覺害羞。

낯이 뜨겁다　**害羞、臉發燙** | 臉到了炙熱程度的害羞。

直 臉燙。

○ 얼굴이 뜨겁다

例 요즘 드라마에는 **낯 뜨거운** 장면이 너무 자주 나와.

　　最近電視劇常常出現許多讓人臉發燙的場面。

　　키스는 영화 속 주인공이 했는데 왜 내 **얼굴이 뜨겁지**?

　　親嘴是電影主角做的，為什麼我的臉發燙呢？

臉變紅以致發燙，若與他人面對面會更加害羞。

머리를 긁다 不好意思 | 感到尷尬害羞不知道該怎麼辦。

直 搔頭。

▶ 머리를 긁적이다

例 그렇게 **머리 긁지** 말고 좋아한다고 말해 버려. 別那樣不好意思，快點說你喜歡他。

면구스럽다 難為情 | 羞愧、難為情。

直 感到面灸。

例 부모님께 거짓말한 것이 **면구스러워서** 얼굴을 들 수가 없었다.

對父母親說謊我感到難為情而抬不起臉來。

면목이 없다 沒臉見人、丟臉 | 感覺抱歉與丟臉，無法面對他人。

直 無面目。

▶ 볼 낯이 없다

例 약속을 지키지 못해서 아빠를 볼 **면목이 없어요.**

沒有守信而沒臉見爸爸。

「면목（面目）」是指「얼굴（臉）」。「면목이 없다」是指到了無法面對他人，或無法正視他人的害羞情況。

몸을 꼬다 扭捏 | 害羞。

直 扭動身體。

例 무대에만 올라가면 그렇게 **몸을 꼬고** 있더라.

一到舞台上就那樣子扭捏。

손발이 오그라들다 不忍直視、慘不忍睹 | 尷尬害羞。

直 手腳捲縮。

例 어릴 적 유치원 발표회 동영상을 보고 있으니 **손발이 오그라들었다.**

看到小時候的幼稚園發表會影片，我不忍直視。

天啊，好害羞！

幼稚園發表會

這是描述看到自己或他人的話語、行動後感到害羞，手腳不自覺捲縮的情況。

손이 부끄럽다 　**難堪、難為情** | 給予或收受都感到難為情、害羞。

🔘 **手害羞。**

🔘 준선이 생일 선물이 너무 작아서 **손이 부끄러웠다.**

　　俊善的生日禮物很小，感到難堪。

「손이 부끄럽다」並不是指手感到害羞的意思。這裡的「手」是指收受或給予某東西的情況。自己感覺害羞是因為「手上所持的東西的緣故」，而有此比喻。

얼굴이 홍당무가 되다 　**脹紅臉** | 害羞或丟臉而臉脹紅。

🔘 **臉變成胡蘿蔔。**

▶ **낯바닥이 홍당무 같다**

🔘 발표하려고 일어서기만 하면 **얼굴이 홍당무가 돼.**

　　要發表一站起來，臉就會紅得跟胡蘿蔔一樣。

「홍당무」就是胡蘿蔔。「얼굴이 홍당무가 되다」是藉胡蘿蔔的顏色來比喻害羞的情況。

얼굴이 화끈거리다 　**滿臉通紅** | 羞愧、尷尬。

🔘 **臉熾熱。**

▶ **얼굴이 뜨겁다**

🔘 그때 일만 생각하면 **얼굴이 화끈거려서** 고개를 들고 다닐 수가 없다니까.

　　只要想到那時候的事情，就會感到滿臉炙熱發紅而無法抬起頭。

「화끈거리다」是脹熱之意。

염치를 차리다 　**知廉恥** | 知廉恥而不做羞恥的行動。

🔘 **具備廉恥。**

🔘 **염치를 차릴** 줄 아는 사람이었다면 그렇게 행동하지 않았겠지.

　　如果是知廉恥的人的話，應該不會做出那樣的行動。

쥐구멍을 찾다 想找洞鑽進去躲起來 | 害羞與為難，而想要找個地方躲起來。

直 找老鼠洞。

例 벌거벗은 임금님은 너무 부끄러워 **쥐구멍을 찾고** 싶은 심정이었어요.

衣衫襤褸的國王非常害羞，而到了想找洞躲起來的心境。

這話描述非常害羞而想避開那個地方，即使有小的老鼠洞也想要躲進去的心境。此話經常附加「～라도」以表示雖然不是最佳的，但仍可接受之意。即「쥐구멍에라도 들어가고 싶다」。

無禮

「무례하다（無禮）」是談話或行動沒有禮儀之意。也指不合常理或不正當的行動。

되지못하다　人品不佳、不像話 | 話語或行動不正當。

🔆 不成材。

🔆 어른에게 말대꾸나 하고! **되지못한** 녀석이로구나.

　　跟大人頂嘴！真是不像話的傢伙。

「되다」也指話語中具備品格與德望。與否定的「못하다」一起使用，則指未具備禮儀或德望。

몰상식하다　愚蠢無知 | 完全沒有常識。

🔆 沒常識。

🔆 아니, 어쩜 저렇게 **몰상식할까**? 자기 개가 싼 똥은 치우고 가야지!

　　不是，怎麼會那麼愚蠢無知？自己的狗大便要收拾好再離開吧！

「상식（常識）」是指一般人所擁有的正誤判斷力。「몰（沒）」有完全沒有之意，因此 「몰상식」指在各種情況下做出既不判斷又沒禮貌的行動。也可說「상식 없다」。

못된 송아지 엉덩이에 뿔이 난다　俗語　越不成器的人越愛惹是生非 | 不成器的人只會做醜事情。

🔆 不成材的小牛屁股上長角。

🔆 **못된 송아지 엉덩이에 뿔이 난다**더니 매일매일 사고 치고 돌아다니는구나.

　　俗話說越不成器的人越愛惹是生非，每天到處闖禍。

牛頭上長角才是正常的，臀部長角是違背常理的事。「못된 녀석（不成器的人）」愛惹事，總是只挑讓人討厭的事情做。這是用在表示不成器的人只會挑壞事做的情況。

방자하다 放肆 | 任意妄為。

直 放恣。

例 일본은 독도를 문제 삼으며 **방자한** 태도를 보였다.

日本拿獨島大做文章並顯現放肆傲慢的態度。

「방자（放肆）」是指任意妄為與傲慢之態度。

사람 같지 않다 不像個人、禽獸不如、豬狗不如 | 為人品行不佳。

直 不像人。

▶ 인간 같지 않다

例 <u>사람 같지 않은</u> 사람과는 말도 섞지 마.

別跟豬狗不如的人接觸。

그렇게 무서운 범죄를 저지르다니! <u>인간 같지도 않다</u>.

竟然犯下這麼可怕的滔天大罪！真是禽獸不如。

這裡指的「사람（人）」不是指外表的人，而是指內在的人。即性格或人品之意。

위아래가 없다 沒大沒小 | 不知順序。

直 沒上下。

▶ 찬물도 위아래가 있다

例 그 사람은 어른도 몰라보고 정말 <u>위아래가 없다니까</u>.

那個人不尊重長輩，真的是沒大沒小。

每件事情都有先後順序，這是要依照順序的意思。相反地，「위아래가 없다」則指不知先後順序。這是用在不尊重長輩、不懂規矩的情況。

하늘 높은 줄 모르다 不知天高地厚 | 不知道自己的分寸。

直 不知天高。

例 영수는 자기가 제일 잘난 줄 알아. <u>하늘 높은 줄 모르고</u> 말이야.

英秀以為自己很了不起，真的是不知天高地厚。

固執、變通

　　不改變或改正自己的意見並堅持稱為「고집（固執）」。有時依照情況或形勢，處理事情必須有通融性，若不那樣做並堅持己見，也是挺讓人受不了的。

가시가 세다　頑固｜尖酸刻薄與固執很深。

🔵 刺硬。

🔵 언니는 **가시가 세서** 우리 식구 중에 아무도 당해 내지 못한다.

　　姐姐很頑固，所以我們家裡的人都對她招架不住。

「가시（刺）」是比喻尖銳地攻擊人，或埋怨不滿的情況。因此尖酸刻薄、固執很深、不屈於人的情況以「가시가 세다」表示之。

각주구검　俗語　刻舟求劍｜愚蠢與愚鈍且沒有變通能力。

🔵 刻舟求劍。

🔵 刻舟求劍：새길 각，배 주，구할 구，칼 검

🔵 더 좋은 기계가 생겼는데 아직도 옛날 방식을 고집하다니! **각주구검**이 따로 없구나.

　　有更好的契機出現，卻仍固執舊方法！真的是刻舟求劍。

「각주구검」有個很有趣的故事。聽說有個年輕人乘著船過江，卻把珍貴的劍落到江裡。急得跺腳的年輕人就在劍落下的地方，在船欄杆做記號。說是為了下船後沿著標記要去找劍。人們取笑愚笨的年輕人沒有想到船會移動。自此在表示愚鈍不知變通時使用「각주구검（刻舟求劍）」。

늘고 줄고 하다　變通｜有變通能力。

🔵 增加減少、增增減減。

🔵 배가 부른데도 그걸 다 먹었어? 그럴 때는 **늘고 줄고 해서** 먹을 줄도 알아야지.

　　肚子都已經飽了還把那個也都吃了？那種時候要懂得變通吃啊！

這是指照情況要能夠加長、縮短。即能夠照當時情況適當處理的變通能力。

막무가내 ^{成語} 無可奈何、魯莽｜無可奈何。

🔵 莫無可奈。

🈶 莫無可奈：없을 막，없을 무，옳을 가，어찌 내

🔵 아무리 말려도 **막무가내**로 덤비는데 어떻게 해?

不管怎麼勸阻，他還魯莽地衝撞，這該怎麼辦？

此成語指對某人無可奈何。這是指非常固執、沒有變通能力、不瞻前顧後，因此對之不能做任何處置。

앞뒤가 막히다 死腦筋｜沒有通融性且頑固。

🔵 前後阻塞。

🔵 가이드는 **앞뒤가 막힌** 사람이라 예정된 일정대로 사람들을 데리고 다녔다.

導遊是個死腦筋的人，依照預定行程帶人。

주변머리가 없다 不知變通｜使事情順利完成的溝通能力不足。

🔵 沒有變通力。

🔵 삼촌은 배우 뺨칠 정도로 잘 생겼지만, **주변머리가 없다.**

叔叔雖然帥到媲美演員，但是不知變通。

「주변」是指能夠溝通，好好處理事情的能力。「주변머리」是「주변」的俗稱，主要與「없다」併用表負面意義。

코가 세다 自尊心強｜非常固執。

🔵 鼻子硬。

🔵 그 사람은 **코가 세서** 남의 말을 잘 듣지 않아.

那個人的脾氣非常倔強，所以不聽別人說的話。

「코（鼻）」位在臉的正中央高高聳起，也象徵自尊心。「코가 세다」是自尊心很強，不聽別人的話，很固執之意。

하나만 알고 둘은 모른다 ^{俗語} 只知其一，不知其二｜不知變通、頑固。

🔵 只知其一，不知其二。

例 태풍 때문에 학교에 안 가서 좋다고? **하나만 알고 둘은 모르는** 소리! 결국 방학이 줄 어드는 거야.

你說因為颱風不用去學校很好？真是只知其一，不知其二！這結果是縮短假期呀。

這是只知道其中一面，且沒能全面性地思考。即思慮狹隘與頑固之意。

황소고집을 세우다 頑固不化、耍牛脾氣 | 固執到底。

直 犯牛脾氣。

▶ 쇠고집을 부리다

例 장난감을 사 주기 전에는 한 발자국도 움직이지 않을 듯 **황소고집을 세우고** 있다.

在買玩具給他之前，他好像一步也不動的樣子，正在耍脾氣。

牛肩負重鐵犁耕田，搬重物都不會投機取巧。牠只是默默地做著自己的事情。因此「牛」代表著固執與愚直的性格。「쇠고집」或「황소고집」是指太正直、死腦筋與固執。

無情

　　若友善待人，會有溫暖和煦的感覺。但若冷淡待之則有冷酷尖銳的感覺。所以在表示無情時頗多冷漠感的字眼。

가차 없다　毫不留情 | 對事情絲毫不通融。

🔵 毫不假借。

🟠 부도덕한 정치인에게 **가차 없는** 비판이 쏟아졌다.

　　對不道德之政治人物毫不留情的批判紛沓而來。

「가차（假借）」是指暫時借用。如此，這就是對別人的事情通融。「가차 없다」則表示沒有善意，不眷顧或默許之意。

냉혈한　冷漠無情的人 | 沒有人情味，冷漠的男子。

🔵 冷血漢。

🟠 영화 속 악당은 피도 눈물도 없는 **냉혈한**이었어.

　　電影中反派角色是個沒血沒淚冷漠無情的人。

「냉혈한（冷血漢：찰 랭, 피 혈, 사나이 한）」是指冷血男子，即沒有人情味且冷漠無情的男子。

맵고 차다　冷酷無情 | 性格凶狠殘酷。

🔵 辣又冷。

🟠 스크루지는 **맵고 찬** 성격이라 주변에 친한 사람이 하나도 없었어요.

　　史古基的性格冷酷無情，因而身邊沒有好朋友。

「맵다（辣）」與「차갑다（冷）」都是很強烈的感覺，原表示味道或感覺，亦表示人冷酷無情的情況。

아픈 곳을 건드리다　揭人瘡疤 | 指出他人的弱點。

🔵 觸碰到痛處。

▶ 아픈 데를 찌르다

例 너는 어쩌면 그렇게 남의 **아픈 곳을 건드리니?**

你怎麼會那樣揭別人的傷疤？

在這裡的「아픈 곳」是指對方的弱點或做錯的事。

찔러도 피 한 방울 안 나겠다 俗語 沒人情味｜沒人情味，惡毒。

直 扎不出一滴血來。

例 그렇게 사정사정해도 소용이 없었어. 정말 **찔러도 피 한 방울 안 나겠더라.**

即使那樣苦苦哀求也沒用，真的是沒人情味。

「피（血）」在人體裡溫暖地流動，因此象徵令人溫暖的人情味或愛等。但若是針扎不出血來則是非常冷酷無情的意思。「이마를 찔러도 피 한 방울 안 나겠다（針扎額頭也不會出血來）」與之同義。

찬바람을 일으키다 冷冰冰｜冷酷或冷淡。

直 掀起冷風。

例 그 사람은 도와달라는 부탁을 듣고도 **찬바람을 일으키며** 쌩하고 가 버렸다.

他即使聽到別人拜託他，還是冷冰冰咻地離開。

피도 눈물도 없다 沒血沒淚、冷酷無情｜一點人情味都沒有。

直 無血無淚。

例 너는 **피도 눈물도 없니?** 어떻게 다친 강아지를 보고 그냥 갈 수가 있어?

你沒血沒淚嗎？看到受傷的小狗也能若無其事走開？

爽朗、快活

구김살이 없다　開朗、陽光、沒煩憂｜性格不扭曲與爽朗。

🅓 沒有皺紋。

🅔 어려운 환경 속에서도 **구김살 없이** 참 잘 자랐구나.

　　在困境中也不受挫折，長得真好。

「구김살」是指皺起的紋路。若遭遇難事或苦事而皺眉則產生皺紋。因此衍伸為憂鬱或扭曲的模樣。「구김살이 없다」指在困境中，仍不皺眉頭或開朗、陽光地生活的情況。

맺힌 데가 없다　灑脫｜心胸寬大與爽朗。

🅓 沒有糾結的地方。

▶ 맺힌 구석이 없다

🅔 지현이는 성격이 시원시원하고 **맺힌 데가 없어서** 좋아.

　　智賢性格爽朗與灑脫，所以我覺得他很好。

「매듭을 맺는다（結繩）」時會在一個地方打一個結。如此，不悅或惆悵之感凝結於心的情況稱為「마음에 맺혔다」。相反的，「맺힌 데가 없다」則指不是將之放在心上的性格，不耿耿於懷之意。

물 만난 고기　如魚得水｜逢好時機，及時發揮能力的好狀況。

🅓 遇到水的魚。

🅔 교실에서는 풀이 죽어 있더니 운동장으로 나오니까 **물 만난 고기**처럼 신났구나!

　　在教室裡死氣沉沉，但出來到了運動場就像是如魚得水一般開心！

魚遇到水則能自由自在地游來游去，這用於遇到好時機而能愉快地活動、發揮自己實力的情況。

생기발랄하다　生氣勃勃｜有朝氣，活潑。

🅓 生氣勃勃。

🅔 학생들의 **생기발랄한** 모습을 보고 선생님은 기분 좋은 미소를 지으셨다.

看到學生們生氣勃勃的模樣，老師露出會心的微笑。

「生氣」是指新鮮、有力的氣息。「發剌하다」是指表情、行動有活力。「生氣發剌하다」是指新鮮、有活力、活潑的情況。

正直、坦率

　　正直或率直是指不虛假，內心沒有隱藏之物。因此有許多與內心相關之表現。

격의 없다　推心置腹、無話不談｜沒有隱藏的心思。

直 沒有隔閡。

例 친구끼리는 **격의 없이** 지내는 게 좋아. 그래야 오해가 안 생기지.

　　朋友之間推心置腹地相處是比較好的，那樣才不會有誤會。

「격의（隔意：사이 뜰 격，뜻 의）」是指不開敞的心。「격의 없다」則指沒有不開敞的心思，即內心裡的話都說出來之意。

곧이곧대로　毫無顧慮地｜沒有一點虛假，照實地。

直 如實。

例 주희는 엄마 말이라면 팥으로 메주를 쑨다고 해도 **곧이곧대로** 믿어.

　　如果媽媽說用紅豆做豆醬餅，珠熙也會照實相信的。

명실공히　名副其實｜眾所皆知與實際符合。

直 其實共同。

例 아빠는 여전히 **명실공히** 우리 동네 최고의 몸짱이야.

　　爸爸仍然是我們村子裡名副其實身材最好的。

「명실」是指顯露在外的名聲與內在互相符合。「공히」是「같다」之意。「명실공히」即是人們知道的名字與實際符合。

법 없이 살다　過自律的生活｜內心善良不做壞事。

直 過沒有法律的生活。

例 내 친구가 얼마나 착한데, 걔는 **법 없이도 살** 사람이야.

　　我朋友很善良，他是個自律的人。

這是指沒有法律約束也不做壞事的人。

속을 터놓다 敞開心胸 | 敞開顯露內心。

📖 敞開內心。

▶ 마음을 터놓다

例 그러니까 뜸 들이지 말고 **속 터놓고** 다 얘기해 봐.

所以不要賣關子，就敞開心胸地說了吧。

「터놓는다」是打開堵住的通路或門。「속을 터놓다」是打開心扉使互通，即內心沒有隱匿之意。

심사를 털어놓다 吐露心聲 | 說出內心話。

📖 吐露心思。

▶ 속을 털어놓다

例 그 친구는 내 **심사를 털어놓아도** 될 것 같은 사람이다.

他好像是我可以傾訴心事的人。

「심사（心思：마음 심，생각할 사）」是指對某事的各類想法。

입바른 소리 正直不諱、正直的話 | 追究他人過錯是非的正直話。

📖 說出正確的話。

例 그 친구는 불의를 보면 못 참고 **입바른 소리**를 잘해.

他如果看見不義之事會無法忍受而直言不諱。

「입에 침 바른 소리」是指用好聽的話掩飾，聽起來很順耳的話；但是「입바른 소리」則是指追究對錯的話。

입은 비뚤어져도 말은 바로 해라 俗語 即使嘴歪了也要說真話 | 應該無論何時都要說實話。

📖 即使嘴歪了也要說真話。

例 입은 비뚤어져도 말은 바로 하랬다고, 거짓말은 절대 하면 안 된다.

俗話說即使嘴歪了也要說真話，絕對無法說謊。

허심탄회 （成語） 開誠布公、胸懷坦蕩、坦白｜直說。

（直） 虛心坦懷。

（漢） 虛心坦懷：빌 허，마음 심，평탄할 탄，품을 회

（例） 우리 이 문제에 대해서 **허심탄회**하게 이야기를 나눠 보자.

우리針對這問題開誠布公地討論吧。

這是指放空心，坦蕩之意。「탄」指平坦，也表示寬容、不做作。因此能解釋為如同吐露所懷心思般，心裡無距離、坦率。

흉금을 털어놓다 敞開心扉｜坦率表露心思。

（直） 敞開胸襟。

（例） 우리는 오래전부터 **흉금을 털어놓고** 지내는 사이야.

我們從以前就是敞開心扉的關係。

「흉금（胸襟）」是指胸前衣領，也指內心所懷心思。「흉금을 털어놓다」即是敞開心扉之意。

自由

「자유롭다」是不受任何束縛與拘限之意。因此在表示自由時，經常有脫離「고삐（韁繩）」、「굴레（枷鎖）」、「울타리（籬笆）」的拘束或管制行動而得到自由的字詞。

고삐 풀린 망아지 脫韁之馬 | 脫離拘束而身體得到自由。

🔖 脫韁的小馬。

▶ 고삐 놓은 말

🔖 드넓은 바다를 보자 **고삐 풀린 망아지**처럼 펄쩍펄쩍 뛰어다녔다.

看到廣闊的大海就像是脫韁之馬，到處活蹦亂跳。

고삐가 풀리다 脫韁 | 不受拘束。

🔖 鬆脫韁。

🔖 방학이라고 완전히 **고삐가 풀려서** 여기저기 놀러만 다니는구나.

因為放假所以完全脫韁而到處去玩呀。

拉握韁繩就可將牛馬停下，也可利用韁繩使之導向自己所想的方向行動。反之，「고삐가 풀렸다」則指不受拘限、管制。

굴레를 벗다 脫掉枷鎖、擺脫束縛 | 從彎頭脫離得到自由。

🔖 脫掉彎頭。

🔖 그는 5대 종손이라는 **굴레를 벗고** 자유롭게 살고 싶어 했다.

他想脫掉第五代嫡長孫的枷鎖，自由自在地生活。

「굴레」是指跨綁韁繩的線、彎頭、籠頭。因此「굴레를 벗다」是指從束縛中脫離。相反地，「굴레를 씌운다（套上彎頭）」就是使之無法自由活動，拘限之意。

눈에서 벗어나다 脫離視線 | 脫離監視或拘束而得到自由。

🔖 脫離視線。

例 선생님의 **눈에서 벗어날** 때마다 만화책을 보았다.

每次脫離老師的視線就看漫畫書。

울타리를 벗어나다 脫離範圍、擺脫束縛｜脫離被限制的範圍。

直 脫離樊籬。

例 학교의 **울타리를 벗어나** 더 큰 사회로 나가거라.

脫離學校的範圍後邁向更大的社會去吧。

「울타리（籬笆）」是指在某特定場所設境界阻擋的物件。養牛馬時設圍籬以防逃脫。因此「울타리를 벗어난다」是指從狹窄或受限的活動範圍脫離而出的情況。

엿장수 마음대로 隨心所欲｜隨自己心意行事的模樣。

直 隨麥芽糖人的心意。

例 **엿장수 마음대로**니까 이렇다 저렇다 불평하지 마.

各人有各人的做法，不用說這說那的打抱不平。

從前有小販到處叫賣麥芽糖。當時可用膠鞋或不用的東西換麥芽糖吃，於是小販便隨意給大或給小的麥芽糖。因此指稱隨己意任意做事的情況為「엿장수 마음대로」。

입맛대로 하다 為所欲為｜照自己喜好行事。

直 依照口味。

例 모든 일을 네 **입맛대로만 하려고** 하니? 다른 사람 의견도 들어야지.

全部的事情你都要為所欲為嗎？也要聽一下別人意見吧。

자유분방 成語 自由奔放｜不被形勢所拘泥而且隨心所欲。

直 自由奔放。

漢 自由奔放：스스로 자，말미암을 유，달릴 분，놓을 방

例 예술가는은 **자유분방**한 성격이 많다.

藝術家們自由奔放的性格豐富。

「분방」是不受格式束縛，隨心所欲之意。

자유자재 ^{成語} 自由自在 | 可隨己意發揮才能。

直 **自由自在**。

漢 自由自在：스스로 자，말미암을 유，스스로 자，있을 재

例 큐브를 그렇게 **자유자재**로 다루다니, 대단해!

你那麼自由自在地操控魔術方塊，真是厲害！

意指擁有可照己意隨意行事的才能。

종횡무진 ^{成語} 縱橫馳騁 | 任意自由地行動。

直 **縱橫無盡**。

漢 縱橫無盡：세로 종，가로 횡，없을 무，다할 진

例 그 가수는 우리나라와 외국을 **종횡무진** 오가면서 활약하고 있다.

那個歌手在韓國與其他國家縱橫馳騁地活躍著。

這是指能夠自由自在往直往橫跑而無止盡之意，即不受阻礙，自由活動的模樣。

謙虛

겸양지덕 **成語** **謙讓之德、謙讓的美德** | 以謙虛態度禮讓之美好的心。

- **直** 謙讓之德。
- **漢** 謙讓之德：겸손할 겸, 사양할 양, 어조사 지, 덕 덕
- **例** 우리 할아버지는 **겸양지덕**이 몸에 배어 있는 분이야.

  爺爺是謙讓之德涵養在身的人。

벼 이삭은 익을수록 고개를 숙인다 **俗語** **越成熟的稻子頭越低** | 越有

修養的人，越謙虛。

- **直** 稻子越成熟越低頭。
- **例** **벼 이삭은 익을수록 고개를 숙인다**는 말이 있잖아? 딱 저 선생님을 두고 한 말 같아.

  不是有越成熟的稻子頭越低的俗語嗎？這正是指那位先生。

稻子剛開始是挺立著長，但稻穗越成熟飽滿，會因越重而低頭。這是以稻子低頭的模樣來比喻人地位越高越須謙虛的俗語。

어깨를 낮추다 **放下身段** | 謙虛地壓低自己。

- **直** 壓肩膀。
- **例** 교장 선생님은 **어깨를 낮추고** 학생들의 소리를 직접 들으신다.

  校長放下身段直接傾聽學生們的意見。

「어깨를 낮추다」壓低肩膀則腰會自然地彎曲。這表示樂意聽取對方的話而謙虛的姿態。

허리를 굽히다 **鞠躬** | 對別人展現謙虛的態度。

- **直** 彎腰。
- **例** 상대방이 먼저 **허리를 굽히고** 정중히 사과했대.

  聽說對方先鞠躬，很鄭重地道歉。

檢索

ㄏ

台灣廣廈 國際出版集團
Taiwan Mansion International Group

國家圖書館出版品預行編目（CIP）資料

用韓國小孩的方法學俗語慣用語/朴壽美著. -- 1版.
-- 新北市：國際學村出版社, 2024.09
面；　公分
ISBN 978-986-454-373-1(平裝)
1.CST: 韓語 2.CST: 俗語 3.CST: 慣用語

803.228　　　　　　　　　　　　　　　113009762

 國際學村

用韓國小孩的方法學俗語慣用語

作　　者／朴壽美	編輯中心編輯長／伍峻宏
審　　定／楊人從	編輯／邱麗儒
譯　　者／張芳綺	封面設計／林珈仔・內頁排版／菩薩蠻
	製版・印刷・裝訂／東豪・弼聖・紘億・明和

行企研發中心總監／陳冠蒨	線上學習中心總監／陳冠蒨
媒體公關組／陳柔彣	數位營運組／顏佑婷
綜合業務組／何欣穎	企製開發組／江季珊、張哲剛

發　行　人／江媛珍
法 律 顧 問／第一國際法律事務所 余淑杏律師・北辰著作權事務所 蕭雄淋律師
出　　版／國際學村
發　　行／台灣廣廈有聲圖書有限公司
　　　　　地址：新北市235中和區中山路二段359巷7號2樓
　　　　　電話：（886）2-2225-5777・傳真：（886）2-2225-8052
讀者服務信箱／cs@booknews.com.tw

代理印務・全球總經銷／知遠文化事業有限公司
　　　　　地址：新北市222深坑區北深路三段155巷25號5樓
　　　　　電話：（886）2-2664-8800・傳真：（886）2-2664-8801
郵 政 劃 撥／劃撥帳號：18836722
　　　　　劃撥戶名：知遠文化事業有限公司（※單次購書金額未達1000元，請另付70元郵資。）

■ 出版日期：2024年09月　　　ISBN：978-986-454-373-1

말과 글의 힘을 키우는 초등 국어 표현력 사전
Copyright © 2019, Park soomi
Original Korea edition published by Darakwon, Inc.
Taiwan translation rights arranged with Darakwon, Inc.
Through MJ Agency, in Taipei
Taiwan translation rights © 2020, 2024 by Taiwan Mansion Publishing Co., Ltd.